SHERLOCK HOLMES

福爾摩斯全集

IV

亞瑟‧柯南‧道爾爵士 (Sir Arthur Conan Doyle 1859–1930)，英國小說家，因塑造歇洛克‧福爾摩斯而成為偵探小說歷史上最重要的作家。《福爾摩斯全集》被譽為偵探小說中的聖經，除此之外他還寫過多部其他類型的作品，如科幻、歷史小說、愛情小說、戲劇、詩歌等。柯南‧道爾 1930 年 7 月 7 日去世，其墓誌銘為「真實如鋼，耿直如劍」(Steel True, Blade Straight)。

柯南‧道爾一共寫了 60 個關於福爾摩斯的故事，56 個短篇和四個中篇小說。在 40 年間陸續發表的這些故事，主要發生在 1878 到 1907 年間，最後的一個故事是以 1914 年為背景。這些故事中，有兩個是以福爾摩斯第一人稱口吻寫成，還有兩個以第三人稱寫成，其餘都是華生 (John H. Watson MD) 的敘述。

譯者李家真，1972 年生，曾任《中國文學》雜誌執行主編、《英語學習》雜誌副主編、外研社綜合英語事業部總經理及編委會主任，現居北京。譯者自敘：「生長巴蜀，羈旅幽燕，少慕藝文，遂好龍不倦。轉徙經年，行路何止萬里；耽書卅載，所學終慚一粟。著譯若為簡冊，或可等身；諷詠倘刊金石，只足汗顏。語云：非曰能之，願學焉。用是自勵，故常汲汲於文字，冀有所得於萬一耳。」

亞瑟·柯南·道爾

福爾摩斯全集

IV

李家真譯注

THE OXFORD SHERLOCK HOLMES
ARTHUR CONAN DOYLE

OXFORD
UNIVERSITY PRESS

OXFORD
UNIVERSITY PRESS

Oxford University Press is a department of the University of Oxford.
It furthers the University's objective of excellence in research, scholarship,
and education by publishing worldwide. Oxford is a registered trade mark of
Oxford University Press in the UK and in certain other countries

Published in Hong Kong by
Oxford University Press (China) Limited
18th Floor, Warwick House East, Taikoo Place, 979 King's Road, Quarry Bay,
Hong Kong

1 3 5 7 9 10 8 6 4 2

福爾摩斯全集
IV

亞瑟·柯南·道爾著

李家真譯注

ISBN: 978-0-19-399546-8
全集 ISBN: 978-0-19-943184-7

Title page illustration: Mark F. Severin

THE OXFORD SHERLOCK HOLMES
ARTHUR CONAN DOYLE

目　錄

福爾摩斯歸來
The Return of Sherlock Holmes

The Return of Sherlock Holmes

福爾摩斯歸來

空屋子 *

一八九四年春天，羅納德‧阿戴爾閣下不幸遇害。案發當時，這起無法解釋的離奇謀殺不僅成為了全城關注的焦點，更讓倫敦的上流社會驚愕莫名。警方在調查過程之中公佈的種種罪行細節，公眾皆已一一知悉。然而，相當一部分的案情並未公之於眾，原因是檢方的證據極其充分，無需將全部的事實呈上法庭。直到將近十年之後的今天，我才獲准披露那些缺失的環節，將這根不同尋常的事件鏈條補充完整。就這件案子而言，罪行本身也不乏特異之處，然而，對我來說，罪行的特異之處根本不能與它那不可思議的衍生結果相提並論，後者是我不算平淡的一生中最大的震撼與驚奇。即便是現在，即便事情已經過去了

---

* 這篇故事首次發表於 1903 年 10 月的《斯特蘭雜誌》(*The Strand Magazine*)，本書其餘故事亦皆首見於此雜誌，以下只注時間（本書注釋中的首次發表時間都是就英國而言）；在發表於 1893 年底的《最後一案》當中，亞瑟‧柯南‧道爾敘述了福爾摩斯的死亡（故事中給出的死亡時間是 1891 年 5 月 4 日，具體方式是福爾摩斯與死敵莫里亞蒂扭作一團，雙雙滾落阿爾卑斯山萊辛巴赫瀑布之下的深淵），打算就此結束本系列寫作，因為他妻子當時重病在身，除了照顧妻子，他還希望把精力用於他本人更為看重的歷史小說創作。福爾摩斯的死亡令當時的讀者極其失望，引發了他們的強烈抗議。即便如此，自《最後一案》發表之後，迄本故事發表之前，作者除了在 1901 年發表中篇小說《巴斯克維爾的獵犬》之外，再沒有發表過任何福爾摩斯故事。

這麼長的時間，回想到它的時候，我依然覺得渾身戰慄，覺得那片交織着欣喜、驚異和懷疑的潮水再一次淹沒了我全部的神智。我曾經發表過一些零零星星的文字，講述了一位傑出人物的思想和事跡，由此引起了一部分公眾的興趣。對於這部分公眾，我想要說明的是，之前我沒有跟他們分享我所知道的情況，並不是我有意藏私，因為我本來會把分享這些情況視為自己的第一要務，只可惜那位傑出人物親口向我下達了嚴厲的禁令。直到上個月三號，這道禁令才告解除。

可想而知，因為與歇洛克·福爾摩斯相知莫逆，我自己也對罪案產生了濃厚的興趣。自從他失蹤以後，我總是對見諸報端的各種案件讀得格外仔細，甚至多次嘗試用他的方法來尋找案件的謎底，效果雖然乏善可陳，自己也算是樂在其中。不過，所有的案件當中，最讓我感興趣的還是發生在羅納德·阿戴爾身上的這場慘劇。這件案子的死因調查報告 * 提出了種種證據，結論是死者遭到了某個不明身份的歹人或者團伙的蓄意謀殺。讀到這些報道，我比以往任何時候都更加清楚地意識到，對於我們的社會來說，歇洛克·福爾摩斯的死亡是多麼巨大的損失。我完全肯定，這件奇案的特異之處必能讓這位全歐第一神探躍躍欲試，而他訓練有素的觀察能力和機敏的頭腦必能讓警方從中受益，更大的可能則是讓警方相形見絀。獲悉案情之

---

* 死因調查是由驗屍官主持的一個法律程序。在英格蘭和威爾士，驗屍官是由地方政府聘任的獨立司法官員，職責之一是對非自然死亡進行驗屍及死因調查，調查時可自行決定是否召集陪審團，情況特殊的時候則必須召集陪審團（比如死者死於獄中或警方監管之下的時候）。

後，我四處出診，忙碌了一整天，腦子裏反復掂量着這件案子，但卻始終找不出一個說得通的解釋。在這裏，我打算甘冒拾人牙慧的風險，把公眾已經從死因調查報告當中了解到的事實概述一遍。

羅納德·阿戴爾閣下是梅努斯伯爵的次子 *，伯爵在某個澳大利亞屬地擔任總督 †。為了做白內障手術，阿戴爾的母親從澳大利亞返回英國，跟兒子羅納德和女兒希爾達一起住在公園路 427 號。小伙子活動的範圍不出倫敦的上流社會，據大家所知，他既沒有甚麼仇敵，也沒有甚麼惡習。他跟來自卡斯泰爾斯 ‡ 的埃迪斯·伍德利小姐訂過婚，幾個月之前又經雙方同意解除了婚約。不過，並沒有跡象表明，此事造成了甚麼強烈的後遺症。從其他方面來看，小伙子的生活局限在一個非常保守的狹窄圈子之內，因為他不喜張揚，天性也比較淡漠。可是，一八九四年三月三十日晚上十點至十一點二十之間，死亡卻以一種極其古怪、極其出人意表的方式落到了這位優哉游哉的年輕貴族頭上。

羅納德·阿戴爾喜歡打牌，長年都在牌桌上鏖戰，但卻從來不會接受超出自己承受能力的賭注。他加入了三個紙牌俱樂部，分別是「鮑德溫」、「卡文迪許」和「伯格特爾」。調查顯示，死亡當天，吃完晚飯之後，他在伯格

---

* 由於阿戴爾是貴族子弟，所以可以使用「閣下」(the Honourable) 這種尊稱。

† 當時，英國在澳大利亞的屬地包括昆士蘭、新南威爾士、維多利亞等六個部分，1901 年才合併為一個統一的自治領。

‡ 卡斯泰爾斯 (Carstairs) 是蘇格蘭南部兩個古老村莊的合稱。

特爾俱樂部打了一輪惠斯特*。同一天的下午，他也在那家俱樂部打過牌。跟他共桌的穆雷先生、約翰·哈蒂爵士和莫蘭上校都證明他們當時打的是惠斯特，大家的牌運也相去無幾。阿戴爾興許是輸了五鎊，不可能更多。他的家底相當殷實，這點兒損失不會對他造成任何影響。他差不多天天都在這個或者那個俱樂部裏打牌，同時又打得非常謹慎，通常都是以贏家的身份離場。相關證據還表明，幾個星期之前，他曾經跟莫蘭上校搭檔，從戈德弗雷·米爾納和巴爾莫拉勳爵手裏贏走了四百二十鎊巨款。死因調查過程之中，大家對他近況的了解就是這些。

　　案發當晚，他從俱樂部回到家裏的時間是十點整。他的母親和姐姐都出門串親戚去了，女僕則宣誓證明，她聽見他走進了三樓的前屋，也就是他平常使用的起居室。之前她已經在那個房間裏生了火，還打開了房間的窗子，為的是把煙霧放出去。梅努斯夫人和女兒是十一點二十到的家，在此之前，他的房間裏一直沒有任何動靜。回來之後，夫人打算去兒子的房間道個晚安，但卻發現房門反鎖，叫門也沒有回應。她們找人撬開了房門，發現這個不幸的小伙子躺在桌子旁邊，腦袋被一顆用於左輪手槍的開花彈打得慘不忍睹，與此同時，房間裏找不到任何類型的武器。桌子上有兩張十鎊的鈔票，另有總值十七鎊零十先令†的

---

*　惠斯特 (whist) 為一種四人牌戲，是橋牌的前身，在十八世紀和十九世紀的西方非常流行。

†　先令為英國舊幣，1先令等於12便士，20先令等於1英鎊。1971年之後英國貨幣改為十進制，1英鎊等於100便士，不再有先令這一貨幣單位。

金幣和銀幣。這些錢碼成了幾個數額不等的小堆。桌子上還有一張紙，上面寫着一些數字，數字後面是他在俱樂部裏的一些朋友的名字。大家由此推斷，遇害之前，他正在計算牌桌上的輸贏。

仔細推敲這件案子的種種細節，結果只是讓它顯得更加撲朔迷離。第一個無法解答的疑問就是，小伙子為甚麼要反鎖房門。當然，情形可能是兇手先把房門鎖上，然後才跳窗離去。然而，那個房間離地面足足有二十英尺 *，正下方是一個花台，花台裏的番紅花開得正豔。花叢和土壤都沒有任何遭受侵擾的跡象，屋子和大路之間的狹窄草坪上也沒有任何足跡。這樣看來，房門只可能是小伙子自己鎖的。可是，果真如此的話，他又是怎麼死的呢？沒有人能夠從窗子爬進房間，同時又不留任何痕跡。如果説子彈來自窗外的話，能夠用左輪手槍從遠距離造成如此可怕的傷害，開槍的人真不知道是個怎樣的射手。另一方面，公園路是一條非常熱鬧的通衢，離屋子只有幾百碼 † 的地方就有一個馬車車站，即便如此，仍然沒有人聽見槍聲。話説回來，人的確已經死了，左輪手槍子彈也是明擺着的事實。子彈的彈頭沒有金屬包裹，因此就在命中死者的時候炸裂開來，想必是產生了瞬間奪命的效果。以上這些就是公園路謎案的案情，奇中之奇則是它完全沒有動機，因為我已經説過，據大家所知，年輕的阿戴爾沒有任何仇敵，與此同時，房間裏的錢財和貴重物品都是原封未動。

---

* 1 英尺約等於 0.3 米。
† 1 碼約等於 0.9 米。

整整一天，我翻來覆去地掂量着這些事實，希望能靈光乍現，想出一個可以涵蓋所有事實的假設，由此找到這宗謎案的軟肋，因為我那個身遭不幸的朋友曾經説過，所有案件都會有一條最適合下手的線索。説老實話，當時我並沒有想出甚麼名堂。黃昏時分，我慢慢悠悠地穿過海德公園，跟着就在大概六點鐘的時候走到了公園路與牛津街交會的地方 *。公園路的人行道上站着一群閒人，全都在仰着腦袋窺視某一扇窗戶，由此向我指明了我專程來看的那座房子。一個戴着有色眼鏡的瘦高男人正在那裏宣講他對案情的一些推測，其他人都圍在他身邊傾聽。我暗自猜測，此人十有八九是一名便衣探員。我竭力擠到他的面前，可他的言論聽起來十分荒唐，我覺得有點兒厭惡，於是又從人群裏退了出來。退出來的時候，我撞到了身後的一個模樣醜怪的老頭，碰掉了他拿在手裏的幾本書。我記得，幫他把書撿起來的時候，我看到其中的一本是《樹木崇拜的起源》，由此推測他是個窮酸的愛書人，收集僻書可能是為了生意，也可能是為了興趣。我忙不迭地向他道歉。不巧的是，在主人看來，這幾本書顯然是十分寶貴的物事，而我對它們的凌虐實在是無理之至。只見他輕蔑地吼了一聲，轉身就走，佝僂的脊背和白色的連鬢鬍子漸漸消失在了人群之中。

我在公園路 427 號觀察了一陣，心裏的問題卻依舊毫無頭緒。房子和街道之間隔着一段帶欄杆的矮牆，矮牆和

---

* 如下文所述，此時華生的寓所兼診所在肯辛頓街區。肯辛頓位於海德公園的西邊，公園路緊貼海德公園的東側，北端與牛津街相接。

欄杆的高度加起來也超不過五英尺，這樣看來，任何人想要翻牆進入花園都不是甚麼難事。然而，那個房間的窗子是根本無法企及的，因為牆上並沒有水管之類可以借力的東西，身手再好也爬不上去。於是我順着原路走回肯辛頓街區，腦子裏比先前還要迷惑。我剛在自己的書房裏待了不到五分鐘，女僕就進來通報，説有個人想要見我。叫我萬分驚訝的是，來的不是別人，正是我素昧平生的那位老書迷。他嶙峋枯槁的臉龐從滿頭白髮之中支棱出來，右胳膊下面夾着一堆他愛如珍寶的書籍，至少得有十來本。

「看到我您一定很驚訝吧，先生，」他用一種古怪的沙啞嗓音説道。

我立刻承認，我確實很驚訝。

「是這樣，我這個人並不是不識好歹，先生。剛才我一瘸一拐地跟在您身後，碰巧看到您走進了這座房子。於是我就想，我不妨進去看看這位好心的紳士，跟他解釋一下，剛才我態度雖然有點兒粗暴，可我並沒有甚麼惡意。我還想告訴他，他幫我把書撿了起來，我心裏是非常感激的。」

「這不過是件小事情，您言重了，」我説道。「容我問您一句，您是怎麼認出我的呢？」

「呃，先生，如果不是特別高攀的話，我跟您也算是街坊，因為我那個小書店就在教堂街的拐角。還有啊，很高興見到您，真的。您沒準兒也有藏書的愛好吧，先生。您瞧，我這有《英國鳥類》、《卡圖盧斯詩集》*，還有

---

* 卡圖盧斯 (Catullus, 前 84 ？– 前 54 ？) 為古羅馬抒情詩人。

《神聖戰爭》，價錢都非常劃算。您不妨挑上五本，剛好可以把您書櫃第二層的空位填上。現在的樣子看着可不太整齊，對吧，先生？」

我扭頭看了看身後的書櫃，回過身來的時候，站在眼前的人已經變成了歇洛克·福爾摩斯，正隔着書房的桌子衝我微笑。我站了起來，直勾勾地盯着他看了幾秒鐘，然後呢，我多半是做出了一個空前絕後的舉動，當場暈了過去。毫無疑問的是，我眼前的確騰起了一股灰濛濛的霧氣。霧氣消散之後，我發現自己的領口已經鬆開，嘴裏還泛着白蘭地＊的辛辣餘味。福爾摩斯俯身對着我，手裏拿着他隨身攜帶的扁形酒壺。

「親愛的華生，」我無比熟悉的那個聲音説道，「我真該給你賠一萬個不是。之前我可沒想到，你居然會有這麼大的反應。」

我緊緊抓住了他的胳膊。

「福爾摩斯！」我大叫一聲。「真的是你嗎？你還活着，難道是真的嗎？難道説，你竟然從那個可怕的深淵裏爬上來了嗎？」

「等一等，」他説道。「你確信你眼下適合討論問題嗎？剛才我非得用這種多此一舉的戲劇方式重新露臉，真把你給嚇壞了啊。」

「我沒事，不過説實在的，福爾摩斯，我真是不敢相信自己的眼睛。天哪，想想吧，站在我書房裏的竟然會是你，不是別的甚麼人，確確實實就是你！」我又一次抓住

＊　維多利亞時代的人們認為白蘭地是一種具有滋補作用的藥劑。

他的袖子，捏了捏袖子裏那隻精瘦強健的胳膊。「好啦，再怎麼說，你確實不是一個幽靈，」我說道。「親愛的伙計，見到你我真是喜出望外哪。坐下吧，給我講講，你是怎麼逃出那個可怕的深淵的。」

他在我對面坐了下來，點起一支香煙，神態跟以往一樣淡漠。那件襤褸的外套仍然裹在他的身上，剛才的那個書店老闆卻已經無影無蹤，變成了桌子上的一團白髮和一堆舊書。一眼望去，他的身材比以往還要瘦削，神色也比以往還要機警，可他鷹隼一般的臉白得嚇人，讓我知道他近來的生活很不健康。

「我很高興能把自個兒的身體打直，華生，」他說道。「對於像我這樣的高個子來說，一連幾個小時讓自己矮下去一英尺可不是一件輕鬆的事情。好了，親愛的伙計，說到我欠你的那些解釋嘛，咱們還有一晚上艱難危險的活計要幹哩，當然嘍，前提是你願意幫我這個忙。要我說，我還是先等這件活計幹完，然後再給你一個完整的解釋吧。」

「可我好奇極了，現在就想聽你講。」

「那麼，晚上你會跟我一起去嗎？」

「你說去就去，不管甚麼時候，也不管甚麼地方。」

「真的還跟過去一樣啊。出發之前，咱們應該還來得及吃兩口晚飯。既然如此，好吧，咱們來說說深淵的事情。其實啊，從深淵裏出來我也沒費多大的勁兒，原因非常簡單，我壓根兒就沒有掉進去。」

「壓根兒沒掉進去？」

「沒有，華生，我壓根兒就沒有掉進去。我留給你

的那封信一點兒都不假，當時我斷定自己的人生已經到了盡頭，因為我確實看到，已故的莫里亞蒂教授那多少有點兒邪惡的形象出現在了那條狹窄的山徑上，擋住了逃生的去路。我從他灰色的眼睛裏看到了一種不依不饒的心思，於是就跟他聊了幾句，得到他禮數周全的允準，這才寫下了你後來收到的那封短束。我把短束、煙盒和登山杖留在那裏，然後就順着小徑往前走，莫里亞蒂緊緊跟在我的後面。走到小徑盡頭的時候，我已經無路可走，於是就站在了原地。他並沒有掏出甚麼武器，就那麼衝了過來，用長長的雙臂箍住了我。他知道自個兒的遊戲已經結束，一心只想着向我報仇雪恨。我倆扭在一起，跟跟蹌蹌地來到了瀑布邊上。還好，我多少懂點兒日式摔跤 *，以前也用過不止一次，每一次的效果都很不錯。於是我掙脫了他的掌握，他發出一聲駭人的慘叫，雙腳亂踢、雙手亂抓，瘋狂地折騰了幾秒鐘，但卻怎麼也維持不住平衡，最終就掉了下去。我把腦袋探到懸崖外面，看到了他漫長的跌落過程。到最後，他撞上了一塊岩石，身子一彈，栽到了激流之中。」

福爾摩斯一邊吞雲吐霧，一邊説出了上面這段解釋，聽得我驚奇不已。

「可你沒解釋那些足跡！」我叫道。「當時我親眼看見小徑上有兩行足跡，兩行都是有去無回。」

---

* 日式摔跤 (bartitsu) 是英國工程師巴騰 – 萊特 (Edward Barton–Wright, 1860–1951) 自 1898 年開始在英國推廣的一種衍生於日本柔道的武術，時間上比這個故事稍晚幾年。

「事情是這樣的，教授的身影剛剛消失，我立刻想到，老天爺給我安排了一個千載難逢的機會。我非常清楚，發誓要取我性命的人並不只有莫里亞蒂一個，至少還有三個人想來尋我的晦氣，與此同時，頭領的死亡只會讓他們更加迫不及待。他們都是極其危險的人物，總有一個能找到我的下落。反過來，如果所有人都確信我已經死了的話，這些傢伙就會放鬆警惕，露出各式各樣的破綻，這樣一來，他們遲早會栽在我的手裏。到那個時候，我就可以向大家宣佈，我並沒有離開人世。當時我腦子轉得飛快，按我看，莫里亞蒂教授還沒有沉到萊辛巴赫瀑布的水底，我就已經想明白了所有這些事情。

「我站起身來，開始檢查身後的山壁。幾個月之後*，我懷着極大的興趣讀到了你那篇生動感人的記述，其中你斷言小徑旁邊是高不可攀的絕壁，這種說法並不嚴謹。山壁上明擺着有幾個小小的落腳點，依稀還可以看見一個石台。山壁這麼高，一直爬到頂顯然是不可能的事情，可是，要想不留痕跡地順着濕漉漉的小徑走回去，同樣也是不可能的事情。誠然，我可以撿起類似情形之下的老招數，倒穿靴子往回走，可是，人家看到有三行足跡往同一個方向延伸，肯定會覺得其中有詐。所以呢，總體看來，最好的選擇還是冒險往上爬。這可不是甚麼輕鬆愉快的活計，華生。瀑布在我的下方咆哮不停。我這人並不耽於幻想，可我敢跟你保證，我彷彿聽見莫里亞蒂正在從那

---

* 原文如此，不過，在《最後一案》當中，華生說他隔了兩年才把這次事件寫出來。

個深淵裏朝我尖叫。任何錯誤都不會有補救的餘地，不止一次，當我抓在手裏的草突然滑脫，又或是我的腳突然滑出了濕漉漉的石縫，我都覺得自己性命休矣。儘管如此，我還是奮力往上爬，最終爬上了一個石台。石台有幾英尺寬，上面長滿了軟乎乎的綠苔，我可以舒舒服服地躺在那裏，不會被別人看見。親愛的華生，那時候，你和你那些跟班在下面滿心同情卻又徒勞無益地調查我的死亡，我卻在上面好端端地躺着呢。

「到最後，你們所有人一起得出了一個勢所必然卻又大錯特錯的結論，於是就離開現場回旅館去了。眼看四下無人，我覺得自己的冒險歷程已經告一段落，沒想到卻遇上了一件十分意外的事情，這才知道，前方的道路上還有新的驚奇。一塊大石頭從上面掉了下來，轟隆隆地掠過我的身邊，砸到下方的小徑上，又從小徑上彈進了深淵。剛開始，我以為這只是一次意外。緊接着，我往上方看了一眼，卻看見漸漸昏暗的天幕上冒出了一顆腦袋，與此同時，又一塊石頭砸在了我身下的石台上，離我的腦袋還不到一英尺。到這時，眼前的形勢當然是十分明顯。莫里亞蒂並不是一個人來的，教授先生向我發動攻擊的時候，還有個同伙在旁邊放哨。就憑剛才那匆匆一瞥，我已經看得明明白白，他這個同伙兇惡到了何等程度。顯然，他躲在某個我看不見的地方，遠遠地看到了他朋友的死亡，看到了我逃離現場的舉動。他等了一陣，然後就從其他地方繞到了山崖的頂上，打算完成他那位同志的未竟事業。

「我並沒有花太多的時間來思考這件事情，華生。轉

眼之間，那張陰沉的面孔又一次從崖頂往下張望，而我當然明白，這意味着又一塊石頭即將來臨，於是就手忙腳亂地爬向下方的小徑。按我看，頭腦冷靜的時候我是不會這麼幹的，往下爬可比往上爬難一百倍呢。可是，當時我根本沒有工夫去考慮危不危險，因為就在我用雙手吊在石台邊緣的時候，又一塊石頭呼嘯着飛過了我的身旁。爬到一半的時候，我失手掉了下去，多虧了上帝的恩典，我雖然摔得皮破血流，終歸是掉在了小徑上。我二話不說，拔腿就跑，摸着黑走了十英里 * 的山路。一個星期之後，我已經出現在了佛羅倫薩，並且確信無疑，這世上再沒有人知道我的下落。

「我只讓一個人知道了我的行蹤，那就是我哥哥邁克羅夫特。確實對你不住，親愛的華生，可是，至關重要的事情是讓大家相信我已經死了，與此同時，如果不是對我的不幸結局深信不疑的話，你一定寫不出如此令人信服的一篇記述來。過去的三年當中，好幾次我都提起筆來想給你寫信，可我終歸還是擔心，你對我實在是太過關切，難免會有一些不夠謹慎的舉動，致使我的秘密無法維持。因為同樣的考慮，今天傍晚你碰掉我的書的時候，我只能趕緊避開。當時我處於危險之中，一旦你表現出絲毫的驚奇或者激動，我的身份就可能被人識破，由此導致種種無法補救的可悲後果。至於邁克羅夫特嘛，我沒法不讓他知道這些事情，因為我需要用錢的時候就得問他要。那時候，倫敦這邊的形勢沒有我預期的那麼樂觀，原因在於，針對

---

* 1 英里約等於 1.6 公里。

莫里亞蒂匪幫的那次審判放跑了兩個危險程度數一數二的匪幫成員，那兩個傢伙同時也是跟我本人最不共戴天的仇敵。這一來，我就到西藏去遊歷了兩年，其間最大的樂趣就是前往拉薩、跟喇嘛的領袖一起消磨幾天的時間。你也許讀過一個名叫希格森的挪威人撰寫的精彩遊記，可我敢肯定，你絕對不曾想到，你讀到的是你的老朋友捎來的消息。接下來，我取道波斯去麥加看了看，跟着又去了喀土穆，對哈里發進行了一次短暫而又有趣的訪問，並且把訪問的結果通知了咱們的外交部*。之後我回到歐洲，花了幾個月的時間來研究煤焦油的各種衍生物，具體地點則是法國南部蒙彼利埃的一間實驗室。研究圓滿完成之後，我聽說我那些仇敵只有一個還在倫敦，本來就動了回來的念頭，剛好又收到了公園路這件離奇謎案的消息，於是就加快了行動的速度。我對這件案子非常感興趣，不光是因為案情很有特色，還因為它似乎為我個人提供了一個非常難得的機會。所以我即刻趕回倫敦，親身造訪貝克街的舊寓，把哈德森太太嚇得瘋病大發，然後就發現，邁克羅夫特把我的房間和文件都保存得十分完好，跟以前一模一樣。這麼着，親愛的華生，今天下午兩點鐘，我又一次回到了自己安身多年的老窩，坐進了自己安坐多年的那把扶手椅，唯一的遺憾就是，我多年的朋友華生沒有出現在他多年屈就的另一把扶手椅上。」

---

* 波斯是伊朗的舊稱；麥加是伊斯蘭聖地，今屬沙特阿拉伯；喀土穆 (Khartoum) 是蘇丹的首都，哈里發是伊斯蘭教國家政教合一的領袖的稱呼；以當時的國際形勢而論，福爾摩斯在中國西藏和蘇丹的經歷可說是非比尋常。

以上就是我在四月裏的那個傍晚聽到的非凡敍述。按常理説，這樣的敍述我根本無法相信，可是，不容置疑的證據明明白白地擺在眼前，我實實在在地看見了我本以為無緣再見的那個人，看見了他頎長消瘦的身形，看見了他機警熱切的臉龐。不知道通過甚麼方法，他看出了我不幸喪偶的事實，嘴裏雖然沒説甚麼，神色之中卻飽含同情。「工作是醫治傷痛的最好藥物，親愛的華生，」他説道，「按我的安排，咱倆今晚就有一件工作。完成得好的話，咱倆這輩子就不算枉活。」我央求他説得詳細一點兒，可他怎麼也不肯説。「天亮之前，你有的是東西可聽，也有的是東西可看，」他如是回答。「咱倆有整整三年沒見了，不如先聊聊這段時間當中的事情，聊到九點半，咱倆就可以展開這場非同一般的空屋探險。」

到了他指定的時間，情形真的跟過去一模一樣，我跟他一起坐進了一輛雙輪馬車，兜裏揣着左輪手槍，心裏裝滿冒險的興奮。福爾摩斯一言不發，神情冷峻。街燈的光線不時掠過他蕭穆的面容，我看見他正在沉思默想，眉弓壓得很低，薄薄的嘴唇緊緊地抿在一起。我不知道，這一次，倫敦罪案的黑暗叢林又給我倆準備了甚麼樣的野獸，不過，看到這位大師級獵手的神態，我完全明白此行極其兇險。另一方面，他刻板陰鬱的臉上偶爾也會露出譏諷的笑容，由此看來，我倆的追獵對象恐怕是凶多吉少。

我原本以為此行的目的地是貝克街，福爾摩斯卻讓馬車停在了卡文迪許廣場的角上。我注意到，下車時他極其小心地看了看左右兩邊的情況，此後每到轉彎的時候，他

也總是不厭其煩地反復檢查，確保沒有人跟蹤我倆。毫無疑問，我倆走的是一條極其古怪的路線。福爾摩斯對倫敦的犄角旮旯十分熟悉，這一次更是胸有成竹地迅速穿過了一大堆蛛網一般的後巷和馬房，都是些我根本不知道的地方。到最後，我倆踏進了一條兩邊都是陰沉老屋的小路，由小路進入曼徹斯特街，繼而轉入布蘭德福德街。這之後，他飛快地穿過一條狹窄的過道，從一道木門走進了一個荒廢的庭院，接着就用鑰匙打開了一座房屋的後門。我倆一起進屋之後，他立刻關上了門*。

　　門裏邊雖然一片漆黑，但卻顯然是一座空屋子。沒鋪毯子的地板在我倆的腳下吱呀作響，伸手所及的牆壁上耷拉着一條條剝落的牆紙。福爾摩斯用枯瘦冰涼的手緊抓住我的手腕，領着我走過一段長長的走廊。我剛剛依稀看到前門上方那個光影朦朧的扇形氣窗，福爾摩斯就突然折向右邊，把我領進了一個空空如也的方形房間。房間很大，各個角落都籠罩在濃重的暗影之中，房間中央倒是有一點兒暗淡的光線，光線來自外面的街燈。周圍沒有燈，窗子上又積着厚厚的塵土，我倆只能勉強看清彼此的輪廓。這時候，我同伴把一隻手搭在我肩膀上，嘴巴貼到了我的耳邊。

　　「你知道咱們是在甚麼地方嗎？」他悄聲說道。

　　「外面這條街，不就是貝克街嘛，」我一邊回答，一邊透過昏暗的窗子往外面張望。

---

* 　這段文字當中的廣場和街道都是至今猶然的真實存在，布蘭德福德街 (Blandford Street) 是與貝克街垂直相交的一條小街。

「沒錯。眼下這座房子是肯登宅邸，街對面就是咱們的老住處。」

「咱們幹嗎要到這兒來呢？」

「原因就是，從這兒可以把咱們那座漂亮房子盡收眼底。親愛的華生，你不妨往窗子跟前挪一挪，注意不要暴露自己，然後抬頭瞧瞧咱們的老住處，瞧瞧咱們無數次小小冒險的起始之地，我這個提議，你覺得怎麼樣呢？咱們馬上就可以知道，在外面跑了三年之後，我是不是已經徹底喪失了讓你驚奇的能力。」

我躡手躡腳地摸到窗前，抬頭望向街對面那扇熟悉的窗子。一瞥之下，我立刻驚呼一聲，倒吸了一口涼氣。窗子上拉着百葉簾，簾子背後的房間卻是燈火輝煌，房間裏有個坐在椅子上的人，黑色的剪影清清楚楚地落在了明亮的簾子上。錯不了，是那種腦袋傾側的姿勢，是那個方方正正的肩膀，是那張輪廓分明的臉龐。那張臉側對着窗子，映在簾子上的效果正如祖父母那一輩特別喜歡裱在鏡框裏的那種東西，正如那種黑色的剪紙頭像。眼前的剪影跟福爾摩斯唯妙唯肖，驚得我不由自主地伸出了一隻手，想要確定他真的還站在我的身旁。他正在無聲無息地竊笑，直笑得渾身顫抖。

「如何？」他說道。

「天哪！」我叫道。「這真是妙極了。」

「按我看，歲月不能耗盡我層出不窮的伎倆，習慣也不能叫它變得陳腐*，」他如是說道，聲音裏充滿了喜悅

---

* 這句話改造自莎士比亞戲劇《安東尼與克莉奧佩特拉》第二幕第

和自豪，如同一位藝術家正在品評自己的傑作。「它確確實實跟我有點兒像，對吧？」

「它就是你，讓我發誓都行。」

「這樣的效果得歸功於格勒諾布爾*的奧斯卡・繆尼耶先生，他花了好幾天的工夫來做模子呢。他做的是一個半身蠟像，剩下的都是我今天下午回貝克街的時候安排的。」

「可是，你為甚麼要這麼安排呢？」

「原因在於，親愛的華生，我擁有一些充分得不能再充分的理由，需要讓某些人認為我在那個房間裏面，儘管事實並非如此。」

「這麼說，你認為有人在監視你的房間嗎？」

「不是認為，我**知道**有人在監視。」

「誰呢？」

「當然是我那些老仇人，華生，當然是那幫親切可人的傢伙，他們的頭領已經躺在了萊辛巴赫瀑佈下面。你可別忘了，他們知道我還活着，知道我活着的也只有他們。他們認為我早晚也得回去，所以就一直監視着我的房間。今天上午我到的時候，他們也看見了。」

「這你是怎麼知道的呢？」

「因為我往窗子外面看了看，一眼就認出了他們安排的眼線。那個眼線倒沒有多少斤兩，名字叫做帕克，幹的

二場當中形容克莉奧佩特拉的語句：「歲月不能減損她的美貌，習慣也不能讓她層出不窮的伎倆變得陳腐。」

* 格勒諾布爾(Grenoble)為法國東南部城市。

是卡脖子劫財的買賣，吹得一口非常不錯的單簧口琴*。我一點兒也不擔心他，叫我捏一大把汗的是他的幕後主使。幕後主使比他可怕得多，既是莫里亞蒂的親密戰友，又是全倫敦最為狡詐兇殘的罪犯，也是從山崖頂上扔石頭砸我的那個傢伙。華生，今晚要來找我的就是他，可他並不知道，咱們也在找他。」

到現在，我漸漸看清了我朋友的計劃。埋伏在這個十分便利的處所，我倆可以監視那些監視者、追蹤那些追蹤者，窗子上的剪影是招引獵物的誘餌，我倆則是等待出擊的獵人。就這樣，我倆一起站在黑暗之中，靜靜地注視着窗前那些匆匆來去的人影。福爾摩斯一聲不吭、一動不動，同時又顯然是保持着高度的警惕，眼睛也死死地盯着過往的人流。這是個陰冷喧鬧的夜晚，風颳過長長的街道，發出了淒厲的尖叫。窗外有許多來來往往的人，大多數都把臉藏進了衣領或者圍巾。有那麼一兩次，我覺得自己看到了某個重覆出現的身影，尤其讓我懷疑的則是附近的兩個男的，他們站在街道上首一座房子的門洞裏，似乎是在躲避寒風。我打算提醒我同伴留意一下那兩個人，可他只是很不耐煩地哼了一聲，然後就繼續凝視外面的街道。不止一次，他雙腳換來換去，手指則在牆壁上不停叩擊，讓我知道他產生了不安的情緒、事情也不像他預期的那麼順利。午夜將臨，街道漸漸歸於沉寂，他終於按捺不

---

*　單簧口琴 (jew's harp)，英文直譯為「猶太人的豎琴」，是一種歷史悠久的簡單樂器，由一個豎琴形的框架和一個簧片組成，演奏時置於口中，通過手指撥動簧片及改變口部形狀發聲。

住心裏的焦急，開始在房間裏來回踱步。我剛打算跟他說點兒甚麼，卻在無意之中抬眼看了看那扇明亮的窗子，不由得像剛才一樣大吃一驚。我緊緊抓住福爾摩斯的胳膊，指了指那扇窗子。

「影子動了！」我嚷了一聲。

千真萬確，窗子上的人影已經變成了一個背影，不再是側對着我們。

顯而易見，三年的時光絲毫沒有改變他的峻刻性情，面對腦子不如他快的人，他還是像以往一樣不勝其煩。

「它當然會動，」他說道。「華生，你覺得我蠢笨到了如此可笑的地步，覺得我會支起一個一看就是假人的東西，同時還指望全歐洲最精明的一些傢伙上它的當，對嗎？咱們在這間屋子裏待了兩個小時，其間哈德森太太已經把那個假人挪動了八次，換句話說就是一刻鐘一次。挪動假人的時候，她總是藏在假人和窗子之間，這樣一來，她自個兒的影子就不會被人看見。啊！」他一下子變得十分緊張，倒抽了一口涼氣。借着昏暗的光線，我看見他突然把腦袋探到窗邊，精神高度集中，整個人僵在了那裏。外面的街道空無一人，潛伏在門洞裏的那兩個人也許還在，可我已經看不見他們。周遭鴉雀無聲、漆黑一片，視野當中只有前方那扇黃光明亮的窗子，還有窗子中央那個黑色的剪影。死寂之中，我又一次聽見了他倒吸涼氣的輕微聲音，知道他正在強自壓抑極度緊張的心情。轉眼之間，他把我拽進了房間裏最黑暗的角落，還用手捂住我的嘴巴，警告我不要出聲。他的手指不住地顫抖，訴說着我

前所未見的緊張情緒，與此同時，眼前的黑暗街道依然是空曠無人，依然是闃寂無聲。

突然之間，我察覺到了他更為敏銳的感官早已察覺的東西，聽到了一陣鬼鬼祟祟的輕微聲響。聲音並不是來自貝克街的方向，而是來自我倆藏身的這座屋子背後。甚麼地方的一道門開了，跟着又關了起來。片刻之後，過道裏傳來了鬼鬼祟祟的腳步聲。走路的人已經盡量放輕了腳步，刺耳的聲音卻依然在空屋之中四處回盪。福爾摩斯縮到了牆邊，我也貼緊牆壁，同時握住了自己的左輪手槍。昏暝之中，我看到了一個朦朧的人形，一個比門口的黑暗稍微黑一點兒的影像。他在敞開的門邊站了一小會兒，然後就彎下腰，氣勢洶洶地摸進了房間。這個邪惡的人影來到了離我倆不到三碼的地方，我已經準備好了迎接他的突然襲擊，跟着就意識到，他並沒有察覺到我倆的存在。他跟我倆擦身而過，悄無聲息地走到窗邊，輕手輕腳地把窗子往上抬了半英尺，沒有弄出一絲聲響。接下來，他跪到跟窗子的開口平齊的位置，整張臉立刻暴露在不再受到塵封玻璃遮擋的街燈光線之下。看樣子，這個人已經興奮得無法自控，兩隻眼睛像星星一樣閃閃發亮，五官也在不停地抽搐。他已經上了年紀，鼻子又細又高，額頭又凸又亮，斑白的髭鬚十分濃密。他的折疊禮帽 * 扣在了後腦勺上，大衣敞着，露出了白亮亮的禮服襯衫前襟。他長着一張黝

---

* 折疊禮帽 (opera hat) 也稱吉布斯禮帽，據說是十九世紀初法國人吉布斯 (Antoine Gibus, 生平不詳) 的發明，帽頂可以折疊，既方便攜帶，也可以解決當時禮帽尺寸過大、致使劇場更衣室無法存放的問題。

黑瘦削的臉，臉上刻滿了野性十足的深深線條。他手裏拿着一件看起來像是手杖的東西，放到地板上的時候卻發出了金屬的咣啷聲。接下來，他從大衣的口袋裏掏出一樣尺寸不小的物事，忙忙叨叨地折騰了一陣，最後就弄出了一記清脆響亮的「咔嗒」，似乎是彈簧或者插銷之類的東西就位的聲音。再下來，他保持着跪在地板上的姿勢，探身向前，用全身的重量和力氣去壓某種類似槓桿的東西，隨之而來的是一陣長長的颼颼聲和吱呀聲，最後則又是一記響亮的「咔嗒」。緊接着，他直起身來，我這才看出他手裏拿的是一支槍，槍托的形狀十分古怪。只見他打開那支槍的後膛，把甚麼東西塞了進去，然後就「啪」的一聲合上槍栓，伏下身子，把槍管的前端架上窗台，一隻閃閃發亮的眼睛順着槍管往前瞄，長長的髭鬚奔拉到了槍托上。這之後，他用肩膀頂住了槍托，我隨即聽見他發出一聲輕輕的歡呼，看到他的槍口已經對準了那個非同一般的目標，對準了黃色窗子裏那個黑色的人影。他一動不動地僵在那裏，片刻之後才扣動了扳機。我耳邊立刻傳來一記響亮的嗖嗖聲，聽起來十分怪異，跟着就是一陣玻璃碎裂的清脆聲響 *。說時遲那時快，福爾摩斯一躍而起，像猛虎一般撲到射手的背上，把他掀了個嘴啃泥。他馬上爬了起來，使出抽風似的蠻勁兒扼住了福爾摩斯的咽喉，可我用左輪手槍的槍把衝他的腦袋招呼了一下，讓他回到了地板上。我撲過去摁住了他，我朋友則掏出哨子，使勁兒地

---

* 前面這段文字描述的應該是組裝氣槍、壓縮空氣、裝填子彈、發射子彈的過程。

吹了一聲。人行道上立刻響起了噼里啪啦的腳步聲，兩名穿制服的警員和一名便衣探員從屋子的前門衝進了房間。

「是你嗎，雷斯垂德？」福爾摩斯說道。

「是我，福爾摩斯先生。我親自來料理這件事情。很高興看到你返回倫敦，先生。」

「按我的估計，你可能會需要一點兒來自民間的協助。一年裏就有三起謀殺案破不了，這樣子可不好交差啊，雷斯垂德。話說回來，你在『莫爾西謎案』當中的表現倒跟平常不大一樣，也就是說，表現相當不錯。」

到這會兒，我們都已經站了起來，犯人夾在兩名身形健碩的警員中間，呼哧呼哧地喘着粗氣。外面的大街上已經聚起了幾個閒人，福爾摩斯便走過去關上窗子，還把百葉簾放了下來。雷斯垂德掏出了兩支蠟燭，兩名警員也拉開了提燈上的擋板。這一來，我終於把犯人看了個清清楚楚。

眼前的這張面孔無比英武，同時又無比邪惡。他的額頭具有哲學家的風範，下邊卻接着一個酒色之徒的下巴，由此看來，為善為惡姑且不論，這個人必定是生來就具有非凡的稟賦。可是，只需要看看他那雙殘忍無情的藍色眼睛、那兩片憤世嫉俗的低垂眼瞼、那個來勢洶洶的蠻橫鼻子，再看看他那道咄咄逼人、高高聳起的眉棱，你就不能不承認，造物主已經在他臉上烙下了再明白不過的危險標記。他對其他所有人都是不屑一顧，只是死死地盯着福爾摩斯的臉，眼神裏半是仇恨、半是驚奇。「你這個魔頭！」

他翻來覆去地念叨。「你這個魔頭可真是狡猾，真是狡猾！」

「咳，上校！」福爾摩斯一邊說，一邊理了理皺巴巴的衣領，「老戲裏唱得好，『情人既已相見，旅路便是終點』＊。當初我在萊辛巴赫瀑布上面那個石台上躺着的時候，承蒙您多有關照，要我說，打那以後，我還一直沒有得到再睹尊顏的榮幸哩。」

上校仍然直勾勾地盯着我朋友，活像是中了魔咒。他說不出別的話來，只知道嘟嘟囔囔，「你這個魔頭真是奸詐，真是奸詐！」

「我還沒給你們介紹哩，」福爾摩斯說道。「先生們，這位是塞巴斯蒂安・莫蘭上校，曾經效力於女王陛下的印度軍團，還是咱們那個東方帝國有史以來最優秀的猛獸獵手。按我看，上校，如果我說您獵殺老虎的數目依然是個無人超越的記錄，應該不算信口開河吧？」

面容猙獰的老人沒有說話，繼續直愣愣地瞪着我的同伴。他的雙眼狂亂兇暴，髭鬚也根根倒豎，看着倒真是跟老虎唯妙唯肖。

「真沒想到，我這個計謀簡單至極，居然能騙到如此老練的一名猛獸獵手，」福爾摩斯說道。「這樣的計謀您應該非常熟悉啊。先把一隻小山羊綁在樹下，然後扛着來復槍爬到樹上，等着老虎來咬誘餌，這樣的把戲，您不會沒有玩過吧？這座空屋子就是我的樹，您呢，就是我的老

＊　這句話出自莎士比亞戲劇《第十二夜》第二幕第三場，英文字句與劇中原文略有小異。

虎。老虎沒準兒會不止一頭，而您本人雖然說百發百中，終歸也存在偶爾失手的可能，考慮到這些因素，您多半還會帶上備用的槍支。這些，」——他伸手往周圍比劃了一圈兒——「就是我的備用槍支。這樣的比喻再貼切不過了。」

莫蘭上校發出一聲憤怒的咆哮，猛然撲向前方，但卻被兩名警員拽了回去。他臉上的狂怒表情真可謂觸目驚心。

「坦白說，您還真是讓我小小地吃了一驚，」福爾摩斯說道。「沒想到，您居然也用上了這座空屋，用上了這扇十分方便的前窗。我本來以為您會從大街上動手，所以就讓我朋友雷斯垂德帶上手下在那裏等您。除了這一點之外，一切都不出我的意料。」

莫蘭上校轉向了那位代表警方的探員。

「不管你逮捕我的舉動是否正當，」他說道，「總而言之，讓我受這個人的嘲弄是不正當的。如果我眼下是在法律的掌握之中，一切就都得按法律來辦。」

「呃，你這個要求倒也算合情合理，」雷斯垂德說道。「我們離開之前，福爾摩斯先生，你還有甚麼要說的嗎？」

福爾摩斯已經把地板上那支威力巨大的氣槍撿了起來，這會兒正在仔細檢查它的結構。

「這件武器可真是令人叫絕、獨一無二，」他說道，「聲音很小，力道卻大得驚人。我認識一位雙目失明的德國技師，名字叫做馮·赫德，這支槍就是他替已故的莫里亞蒂教授製造的。好些年以前，我就聽說了這麼一支槍，只可惜一直都沒有機會把玩一下。現在我把它交給你，雷

斯垂德，還有這些專用的子彈，你可一定得小心保管。」

「你儘管放心，我們會把它保管好的，福爾摩斯先生，」一行人走向門口的時候，雷斯垂德說道。「你還有甚麼吩咐嗎？」

「我只是想問一問，你打算以甚麼罪名起訴他呢？」

「還能是甚麼罪名，先生？這不明擺着嘛，當然是企圖謀殺歇洛克·福爾摩斯先生嘍。」

「這可不行，雷斯垂德。我一點兒也不想在這件事情當中出頭露面。你們剛才完成的這次格外出色的逮捕，功勞全都歸你，由你一個人獨享。沒錯，雷斯垂德，祝賀你！你毫釐不爽地使出了智勇雙全的慣有手段，成功地抓住了他。」

「抓住了他！抓住了誰，福爾摩斯先生？」

「抓住了全倫敦所有警察抓而不獲的那名兇犯，也就是塞巴斯蒂安·莫蘭上校。上個月三十號，他用氣槍射出一顆開花彈，子彈穿過公園路 427 號三樓正面那扇敞開的窗子，擊中了羅納德·阿戴爾閣下。你們要用的就是這個罪名，雷斯垂德。好了，華生，如果你受得了吹進破窗的寒風，那就不妨到我的書房裏去抽支雪茄，待那麼半個鐘頭，這樣的話，我興許可以給你提供一點兒有趣有益的消遣。」

多虧了邁克羅夫特·福爾摩斯的監督和哈德森太太的照料，我倆的舊寓仍然保持着昨日的模樣。誠然，我一進屋就留意到了一種一反常態的整潔，不過，以往的那些標誌性物件全都在原來的位置。他的「化學角」還在，角落裏依然擺着那張酸漬斑斑的松木面桌子。那個架子也在，

架子上依然擺着那排內容豐富的剪貼簿和索引手冊，全都是與我們同城而居的許多公民焚之而後快的東西。游目所及，熟悉的舊物紛至沓來，各式各樣的圖表、小提琴盒子、煙斗擱架，甚至還有那隻裝煙絲的波斯拖鞋。房間裏已經有了兩位客人，一位是笑臉相迎的哈德森太太，另一位則是在今夜冒險當中居功至偉的那個奇異假人。那是一尊巧奪天工的彩色蠟像，看上去跟我朋友一模一樣。蠟像立在一個小小的台子上，還裹了一件福爾摩斯的舊睡袍，從大街上看的話，影像絕對是毫無破綻。

「我囑咐你的那些事情，你都照辦了吧，哈德森太太？」福爾摩斯說道。

「我是跪着爬到蠟像跟前的，先生，跟您的指示完全一樣。」

「好極了，這件事情你辦得非常漂亮。子彈飛到哪兒去了，你看見了嗎？」

「看見了，先生。要我說，您這個漂亮的半身像恐怕已經叫子彈給毀了哩，因為它直接穿過了蠟像的腦袋，然後才在牆上撞成了一塊扁片。我從地毯上把它撿了起來，喏，就是這個！」

福爾摩斯把子彈遞到了我的面前。「你瞧，華生，這是顆去掉了金屬包頭的左輪手槍子彈。這個點子算得上相當巧妙，因為你絕對料想不到，這樣的子彈會從氣槍裏發射出來。好了，哈德森太太，非常感謝你的幫助。現在呢，華生，麻煩你坐回你那個老位子，我有些事情想跟你討論討論。」

他已經脫去了那件襤褸不堪的禮服大衣，眼下又披上從蠟像上取下來的那件鼠灰色睡袍，恢復了昔日的模樣。

「咱們這位老射手真是雄風猶在啊，手沒抖，眼睛也沒花，」他檢查了一下額頭開花的蠟像，笑着說道。「子彈從後腦正中鑽進來，打穿了整個腦子。以前他是印度最優秀的射手，依我看，眼下的倫敦也沒幾個人比得過他。你聽說過他的名字嗎？」

「沒有，沒聽說過。」

「得啦，得啦，名氣這東西也就這樣！話說回來，我沒記錯的話，你以前也沒聽過詹姆斯·莫里亞蒂教授 * 的名字，他可是本世紀最聰明的人之一哩。好啦，把我架子上那本人物檔案遞給我吧。」

他靠回椅子背上，一邊懶洋洋地翻閱檔案，一邊猛吸雪茄、大口大口地噴着煙霧。

「我這份檔案的 M 字頭算得上人才濟濟，」他說道。「光是莫里亞蒂這個名字就足以令任何字頭熠然生輝，除此之外，這個字頭下面還有投毒專家摩根、臭名昭著的墨雷蒂歐，以及曾在查林十字車站候車室裏打掉我左邊犬齒的馬修斯，最後，你瞧，咱倆今晚碰見的這位朋友也在裏面 †。」

---

* 原文如此，這是整個福爾摩斯系列當中唯一一次提及莫里亞蒂教授的名字，不過，在《最後一案》當中，華生說自己發表該案的緣由是「詹姆斯·莫里亞蒂上校最近發表了一些信件，試圖為他已故的兄弟正名」。由此看來，詹姆斯·莫里亞蒂教授有個名叫詹姆斯·莫里亞蒂的兄弟，兄弟同名，令人費解。

† 莫里亞蒂、摩根、墨雷蒂歐、馬修斯和莫蘭這幾個名字的英文都是以「M」開頭。

他把檔案遞給了我，我讀到了以下這段文字：

莫蘭上校，名塞巴斯蒂安。無業。曾在班加羅爾第一工程兵團服役。一八四零年生於倫敦，其父奧古斯都·莫蘭爵士擁有三等巴斯勳位，並曾擔任英國駐波斯公使。先後就讀於伊頓公學及牛津大學，曾參加約瓦基戰爭、阿富汗戰爭、查拉西亞布戰役（其間曾獲軍令嘉獎）、舍爾普戰役及喀布爾戰役。著有《喜馬拉雅西部大型獵物》(1881年出版)及《叢林三月》(1884年出版)。住址：康迪特街。所屬俱樂部：英印俱樂部、坦克威爾俱樂部、伯格特爾紙牌俱樂部*。

同一頁的邊緣還有福爾摩斯字跡清晰的一行批注：

全倫敦排名第二的危險人物。

「真是不可思議，」我說道，把檔案還給了福爾摩斯。「從履歷上看，他可是一名光榮的戰士啊。」

「的確如此，」福爾摩斯回答道。「到某個時候為止，他一直都幹得不賴。他一向擁有鋼鐵一般的神經，印度那邊至今還流傳着一個故事，說他如何爬進排水溝去追一頭負傷的食人猛虎。可是，華生，這世上有那麼一些樹木，長到一定的高度，它們就會往不那麼雅觀的方向發展。人類社會之中，這樣的情形也是屢見不鮮。按我的理論，個體的成長變化可以反映此人祖祖輩輩的發展歷程，這一類突然之間變好變壞的情形都可以歸因於家族血脈之中的某

---

* 　此段夾雜虛構與真實名稱的文字牽涉與英國社會及歷史相關的諸多事實，總之可以說明莫蘭是一個出身名門、教育良好並曾在戰爭當中立功受獎的上流社會成員。此外，「坦克威爾俱樂部」這個虛構名稱也曾在《五粒橘核》當中出現。

種強烈傾向。總而言之，個人生平就是家族歷史的一個縮影。」

「毫無疑問，你這種理論相當怪異。」

「呃，我並不是非要你相信這種理論。不管是甚麼原因吧，莫蘭上校反正是走上了歪道。在印度的時候，他並沒有鬧出甚麼公開的醜聞，結果卻還是待不下去。於是他離開軍隊，返回倫敦，又一次落下了惡棍的名聲。正是在這個時候，莫里亞蒂教授找上了他，一段時間之內，他在莫里亞蒂帳下扮演着首席高參的角色。莫里亞蒂大把大把地給他錢用，但卻只讓他辦過一兩件非常高級的差使，全都是普通罪犯應付不了的活計。一八八七年，蘇格蘭勞德爾鎮斯圖爾特太太死於非命的那件案子，你可能還有點兒印象吧。沒有？是這樣，我斷定莫蘭是那件案子的主謀，只可惜找不到甚麼證據。上校隱藏得巧妙極了，即便莫里亞蒂匪幫已經覆滅，我們都還是指控不了他。那天我到你家去找你，一進門就關上了窗板，說是擔心氣槍的襲擊，你肯定還記得吧？毫無疑問，當時你肯定覺得我異想天開。事實上，我完全明白自個兒在幹甚麼，因為我知道他們有這麼一支非同凡響的槍，也知道拿槍的人是這世上數一數二的射手。在瑞士的時候，他和莫里亞蒂一起跟在了咱倆後面，當然嘍，就是因為他，我才在萊辛巴赫的那個石台上度過了苦不堪言的五分鐘。

「可想而知，暫居法國的那段時間裏，我一直在關注報上的新聞，尋找着把他送進監獄的機會。只要他還在倫敦逍遙快活，我這日子就真的是沒法過。他會像影子一

樣日日夜夜窺伺着我，總有一天能找到下手的機會。我能怎麼辦呢？總不能一看見他就開槍吧，那樣的話，我自個兒就該上庭受審了。找地方法官尋求保護也沒有用，他們肯定會覺得我這些懷疑都是捕風捉影，不可能據此採取甚麼措施。這樣看來，我完全是奈他不何。不過，我知道他遲早會落到我的手裏，所以就對那些罪案報道格外留意。後來呢，報上登出了羅納德·阿戴爾遇害的消息。我的機會終於來了！根據我當時掌握的情況，這不明擺着是莫蘭上校幹的好事嗎？上校跟這個小伙子一起打牌，接着就跟蹤他，從俱樂部跟到了他的家門口，之後又利用窗子敞開的機會開槍打死了他。這些事情都可以說是板上釘釘。不說別的，光是他用的那種子彈就可以把他送上絞架。這麼着，我立刻趕了回來。上校的眼線看見了我，而我知道他必然會向上校通報我突然返回的事情，上校也必然會把這件事情跟他的罪行聯繫起來，必然會覺得心驚肉跳。我有百分之百的把握，他一定會立刻採取行動來除掉我這個眼中釘，行動的時候也一定會帶上他那件殺人利器。於是乎，我在窗子裏邊給他安排了一個絕妙的靶子，然後就通知警方，我可能會需要他們的協助。順便提一句，華生，當時他們確實是藏在那個門洞裏，你一點兒也沒看錯。再往後，我給自己選了個絕佳的觀察地點，但卻萬萬沒有料到，上校居然會挑同一個地點來實施他的襲擊。好了，親愛的華生，還有甚麼需要我解釋的地方嗎？」

「有的，」我說道。「你還沒有解釋清楚，莫蘭上校為甚麼要謀殺羅納德·阿戴爾閣下。」

「噢!親愛的華生,你這個問題已經進入了猜測的領域,腦子再有邏輯也不管用了。任何人都可以通過現有的證據拿出自己的猜想,就猜對的機率而言,你跟我是不相上下的。」

「那麼,你肯定已經拿出了某種猜想吧?」

「按我看,相關的事實一點兒也不難解釋。根據現有的證供,莫蘭上校曾經跟年輕的阿戴爾搭檔,兩個人贏了一大筆錢。還有呢,莫蘭肯定是作了弊,他這個習慣,我早就已經一清二楚。據我看,遇害當日,阿戴爾發現了莫蘭打牌作弊的事情。接下來,他多半是私底下找莫蘭理論了一番,要求莫蘭主動退出俱樂部,並且保證以後不再打牌,不然的話,他就要揭發莫蘭的醜事。阿戴爾年紀還輕,不大可能當場揭露一個比自己年長得多的著名人物,由此導致一樁聳動視聽的醜聞。十之八九,他當時的選擇正如我的推測。不過,莫蘭的謀生手段就是從牌桌上騙錢,對他來說,離開俱樂部無異於自尋死路。於是乎,莫蘭謀殺了阿戴爾,後者遇害的時候正忙着計算自己應該退多少錢,因為他不想從搭檔的騙術當中分一杯羹。他之所以鎖上房門,是擔心家裏的女士突然闖進房間,然後又逼着他解釋,那些名字和硬幣到底是怎麼回事。怎麼樣,你覺得說得通嗎?」

「毫無疑問,你已經猜出了事情的真相。」

「對與不對,審判的時候就會見到分曉。與此同時,不管對與不對,以下三件事情終歸已經成為定局:第一,莫蘭上校不能再來找咱們的麻煩;第二,馮·赫德製造的

那把著名氣槍將會為蘇格蘭場博物館*增輝添彩；第三，歇洛克‧福爾摩斯先生已經擺脫羈絆，可以再一次投身於種種趣味橫生的調查工作，因為倫敦的生活多彩多姿，為他準備了層出不窮的小小問題。」

---

* 蘇格蘭場 (Scotland Yard) 是倫敦警察廳的代稱，按照蘇格蘭場官網的說法，這是因為它原來的辦公地點有一道開在「大蘇格蘭場街」(Great Scotland Yard Street) 的後門。1874 年，蘇格蘭場開始向公眾開放存放罪犯物品的倉庫，即此處所說的「蘇格蘭場博物館」，又稱「黑暗博物館」或「罪案博物館」。該博物館現已不再對公眾開放。

諾伍德的建築商

「從刑事專家的角度來看，」歇洛克・福爾摩斯先生說道，「自從莫里亞蒂教授不幸逝世以來，倫敦已經變成了一個極其無趣的城市。」

「我敢說，沒有幾個正派的市民會同意你的看法，」我回答道。

「算啦，算啦，我可不能光想着自己，」他笑了笑，把自己的椅子從早餐桌子跟前往後挪了挪。「社會顯然是受益的一方，所有人也都是皆大歡喜，倒運的只有這個可憐的專家，沒了工作還不算，事業也已經付諸東流。那位先生還在場上的時候，每一天的晨報都會帶來無窮無盡的可能性。華生啊，見諸報端的往往只是一縷最為細微的痕跡、一點最為隱晦的提示，但卻已經足夠讓我察覺那顆了不起的邪惡頭腦，情形好比是，只需要看到蛛網邊緣一絲最為輕柔的顫抖，你就可以推知潛伏在網中央的那隻兇險蜘蛛。微不足道的竊案、無緣無故的襲擊事件，還有漫無目的的暴行，所有這些零零碎碎都可以拼接成一個有機的整體，前提是你掌握了相關的線索。對於有志研究高層犯罪圈子的學生來說，當時的倫敦就是條件最為優越的課堂，歐洲哪個國家的首都也比不上。現在倒好——」他聳

聳肩膀，發出了半真半假的抗議，抗議他自己煞費苦心造成的現狀。

前面這段對話發生在福爾摩斯回國數月之後，當時我已經按他的提議賣掉自己的診所，搬回貝克街的舊寓，再一次成為了他的室友。這之前，一位名叫弗爾納的年輕醫生二話不說地接受了我大著膽子報出的最高價格，買下了我那間開在肯辛頓街區的小診所，痛快得叫我大吃一驚。多年之後，我發現這個弗爾納 * 是福爾摩斯的遠親，買診所的錢其實是我朋友出的，這才明白了其中原委。

實際上，我倆再次合作的頭幾個月並不像他說的那麼平淡。我翻了翻自己的筆記，發現這段時間裏有「前總統穆里羅文件案」，還有與荷蘭汽輪「弗萊斯蘭德號」相關的驚人事件，那次事件差一點就要了我倆的命。然而，他天性冷漠驕傲，不喜歡任何形式的公開讚美，並且對我下達了至為嚴厲的命令，禁止我再次談論他本人、他的方法以及他的成就，哪怕是一個字都不行。之前我已經解釋過，他這道禁令直到現在才告解除 †。

發表完適才那番心血來潮的抗議之後，歇洛克·福爾摩斯先生靠到椅子背上，漫不經心地打開了當天的晨報。就在這時，瘋狂響起的門鈴攫住了我倆的注意，隨之而來的是一陣震動全屋的咚咚聲，似乎是有人正在用拳頭捶打我們寓所的大門。大門開了之後，過道裏響起了一陣狂亂

---

* 這篇故事首次發表於 1903 年 11 月；弗爾納 (Verner) 這個姓氏和《希臘譯員》當中所說福爾摩斯祖母的姓氏弗爾內 (Vernet) 非常接近。

† 參見《空屋子》的開頭部分。

的跑步聲，跟着又是樓梯上一陣噼里啪啦的匆匆腳步，轉眼之間，一個臉色蒼白、眼神狂野、衣着凌亂的小伙子發瘋似的衝進了我們的房間，全身上下抖如篩糠。他來來回回地打量着我倆，看到了我倆的探詢目光，於是就醒悟過來，自己應該為這種欠缺禮數的上門方式賠個不是。

「很抱歉，福爾摩斯先生，」他大聲說道。「您千萬得多多包涵，因為我馬上就要瘋了。福爾摩斯先生，我就是那個倒霉的約翰·赫克特爾·麥克法蘭啊。」

聽他的口氣，似乎他只需要報出自己的名字，他上門的理由和上門的方式就都有了解釋。可是，看到我室友那張無動於衷的臉龐，我立刻知道他跟我一樣，也對這個名字一無所知。

「來支煙吧，麥克法蘭先生，」我室友一邊說，一邊把他的煙盒遞了過去。「我敢肯定，根據您現在的症候，我朋友華生醫生也會開給您一帖鎮靜劑。這幾天的天氣實在是熱得要命。好了，您要是已經緩過神來的話，麻煩您在那把椅子上坐下來，慢慢悠悠、輕言細語地說一說您是誰，找我們又有甚麼事。剛才您自報家門的時候，似乎是覺得我應該知道您的名字，可我必須老老實實地告訴您，我只知道您單身未娶、是個律師、加入了共濟會*，而且患有哮喘。除了這些明顯的事實之外，我對您就一無所知了。」

我對我朋友的方法非常熟悉，自然跟得上他的演繹

---

*　共濟會 (Freemasons) 是一個類似於兄弟會的國際性團體，歷史悠久，起源不詳，以慈善互助為主要宗旨，採用一些秘密的儀式和標記，帶有一定的神秘色彩。

過程，知道他這些結論的依據是來人凌亂的衣着、帶在身上的一札法律文書、懷錶鏈墜上的徽記和急促的呼吸。不過，我們的主顧卻驚奇地瞪大了眼睛。

「沒錯，您說的這些都對，福爾摩斯先生。除了這些之外，我還是此時此刻全倫敦最倒霉的人。看在老天份上，您可千萬別不管我，福爾摩斯先生！如果我還沒講完他們就來拘捕我的話，您一定得要求他們給我一點兒時間，好讓我把全部的真相告訴您。知道有您在外面為我奔走，進監獄我也心安了。」

「拘捕您！」福爾摩斯說道。「這可真是太讓人高——太有意思了。據您所知，他們要以甚麼罪名來拘捕您呢？」

「謀殺諾伍德低地*的喬納斯・奧戴克爾先生。」

我室友那張富於表現力的臉龐立刻寫滿了同情與憐憫，可我不得不承認，其中並不是一點兒也不摻雜見獵心喜的成分。

「天哪，」他說道，「我本來以為**轟動性**的案件已經跟我們的報紙絕了緣，剛才吃早餐的時候，我還在跟我朋友華生醫生這麼說呢。」

福爾摩斯剛剛打開的那張《每日電訊報》還在他自個兒的膝頭攤着，到這會兒，我們的客人伸出一隻顫抖的手，把報紙拿了起來。

---

* 諾伍德低地 (Lower Norwood) 是倫敦南部蘭貝思區的一片區域，今名「西諾伍德」，與《四簽名》當中的諾伍德高地 (Upper Norwood) 相鄰。

「您要是讀過這張報紙的話，先生，剛才就肯定能一眼看出我今天早上的來意。我本來以為，我的名字，還有我趕上的倒霉事情，一定已經變成了所有人的談資。」他把報紙翻到了中心的那一頁。「喏，就在這兒，您允許的話，我這就把它念出來。聽聽這個，福爾摩斯先生。報道的標題是這樣的：『諾伍德低地神秘事件。著名建築商下落不明。案情疑為謀殺縱火。罪犯身份已有線索。』他們已經根據報上說的這條線索展開了追查，福爾摩斯先生，而我非常清楚，這條線索必然會把嫌疑引到我的身上。我在倫敦橋車站下火車的時候，他們已經跟上了我，毫無疑問，他們之所以沒有動手抓我，只不過是在等逮捕令而已。這會讓我母親傷心死的，會讓她傷心死的！」說到這裏，他雙手扭在一起，身子也開始在椅子上前後搖晃，一副憂心如焚的模樣。

我仔細地打量了一下這個被控實施暴力犯罪的人。他長着亞麻色的頭髮，俊秀的面容呈現出一種曝光底片的色調，藍色的眼睛寫滿恐懼，臉刮得乾乾淨淨，嘴巴顯得又虛弱又敏感。他的年紀應該是二十七歲左右，衣着和神情都具有紳士派頭。他身上穿的是一件輕便的夏季外套，一札帶有簽押的文書從外套的口袋裏支棱出來，表明了他的職業。

「咱們必須抓緊時間，」福爾摩斯說道。「華生，麻煩你拿着這張報紙，把相關的報道念給我聽一下，可以嗎？」

我找到我們的主顧適才提及的那個觸目驚心的標題，念出了標題下方這篇指向明顯的報道：

昨日深夜或今日凌晨，諾伍德低地突生意外，或恐牽涉嚴重罪行。喬納斯‧奧戴克爾先生操營建之業，已在該近畿區域執業多年，為區內著名居民。奧戴克爾先生現年五十有二，未曾婚娶，居所為希登納姆路東端之迪普登宅邸，素有行為古怪、離群索居之名。該先生據云自營建業收穫頗豐，近年則已收山歇業，但於屋後保有小木場一處。今日凌晨二時許，木場中某木垛突生火警，消防車迅即抵達現場，惜乎木料乾燥，火勢猛烈，至木垛燃盡方得撲滅。事故至此，似與尋常意外無異，後來之種種跡象則似指涉嚴重罪行。火災現場不見屋主，訝異眾人遂往搜尋，屋中亦不見屋主身影。勘驗屋主臥室，則見床鋪未經寢臥，室中之保險櫃業已開啟，重要票據四處散落，此外尚有行兇格鬥之種種痕跡。室中可見細小血漬多處，另有橡木手杖一支，手杖把柄亦有血痕。據知喬納斯‧奧戴克爾先生曾於臥室接待訪客一名，時在昨日深夜，室中手杖即為訪客之物。該訪客名為約翰‧赫克特爾‧麥克法蘭，年紀尚輕，操律師之業，為格拉厄姆及麥克法蘭事務所次要合伙人，事務所位於東中部郵區＊格雷薩姆大樓 426 室。警方自信已掌握相關證據，犯罪動機可有充分解釋，毋庸置疑，此事將有驚人下文可期。

最新快訊——本報付印之時，傳言稱約翰‧赫克特

＊　東中部郵區是指倫敦市中心的一片郵政區域，包括下文提及的倫敦故城的絕大部分，以及一些周邊區域。

爾‧麥克法蘭先生已遭逮捕，罪名即為謀殺喬納斯‧奧戴克爾先生。即令逮捕未成事實，逮捕令業已簽發，此一節可無疑問。除此而外，諾伍德事件調查工作已有進展，足證案情至為兇險。據目前所知，該不幸營建商之臥室位於宅邸底樓，室中殘留格鬥跡象而外，落地長窗亦呈敞開狀態，並有痕跡表明，有人曾自窗口將某等重物拖至失火木垛所在之處。另據確鑿消息，火場炭灰之中業已發現焦黑殘軀。警方認為，此案牽涉駭人聽聞之重大罪行，兇手闖入死者臥室，以棍棒擊斃死者，撬竊死者票據，復將屍身拖至木垛所在之處，縱火以圖滅跡。此案由經驗豐富之蘇格蘭場雷斯垂德督察*負責偵辦，該警官業已着手追蹤線索，幹練精敏一如往日。

歇洛克‧福爾摩斯把雙手的指尖攏在一起，閉着眼睛聽完了這篇不同尋常的報道。

「這件案子的確包含着一些有趣的細節，」他的語氣跟平常一樣無精打采。「首先，麥克法蘭先生，請容我冒昧問您一句，既然他們似乎有充分的理由來逮捕您，您為甚麼到現在還能自由行動呢？」

「平常我都跟父母一起住在布萊克希斯†的托靈頓別墅，福爾摩斯先生。可是，昨天我跟喬納斯‧奧戴克爾先生約在了深夜裏，所以就在諾伍德的一家旅館裏住了下

---

* 英國的警衛系統與香港大致相同，故書中警衛譯名比照香港警衛，由低到高包括警員、警長、督察、警司等等級別。

† 布萊克希斯(Blackheath)是倫敦東南郊的一片區域。

來，從旅館去他家辦事。我對這次事件一無所知，上火車之後才讀到您剛剛聽到的這篇報道。讀完報道，我立刻看清了自己面臨的可怕處境，於是就趕了過來，為的是請您幫我辦這件案子。我敢肯定，要是我在辦公室或者家裏的話，這會兒肯定已經被他們給抓去了。我在倫敦橋車站下車的時候，有個人就跟上了我，我敢肯定——天哪，甚麼聲音？」

門鈴咣啷啷地響了一陣，樓梯上立刻傳來了沉重的腳步聲。轉眼之間，我們的老朋友雷斯垂德出現在了房間門口。我往他背後望了一望，瞥見了一兩名身穿制服的警察。

「約翰‧赫克特爾‧麥克法蘭先生，對嗎？」雷斯垂德說道。

我們這位不幸的主顧面無人色地站了起來。

「我現在宣佈你已經被捕，罪名是蓄意謀殺諾伍德低地的喬納斯‧奧戴克爾先生。」

麥克法蘭轉向我倆，做了個絕望的手勢，跟着就頹然坐回自己的椅子，活像是被人抽去了脊梁骨。

「等一等，雷斯垂德，」福爾摩斯說道。「對你來說，早半個鐘頭晚半個鐘頭不會有甚麼區別，再者說，這位先生正打算跟我們講這件非常有趣的案子，他的陳述興許能對破案有所幫助。」

「要我說，這件案子一點兒也不難破。」雷斯垂德冷冷地說道。

「話雖然這麼說，你不反對的話，我還是很想聽他講一講。」

「好吧，福爾摩斯先生，你的面子我不能不給，因為你以前也算是幫過警方一兩次，我們蘇格蘭場欠着你的人情，」雷斯垂德說道。「與此同時，我必須在犯人身邊守着，而且有責任警告他，他所說的一切都可能會成為指控他的證據。」

「就這樣我已經很滿足了，」我們的主顧說道。「我只希望能把我的事情講出來，也希望你們能聽明白，我講的都是千真萬確的事實。」

雷斯垂德看了看錶。「我可以給你半個鐘頭的時間，」他說道。

「首先我得解釋一下，」麥克法蘭說道，「我本來是完全不了解喬納斯·奧戴克爾先生的。我知道他的名字，僅僅是因為我父母多年之前曾經與他相識。不過，他們之間的關係早就已經漸漸疏遠。所以呢，昨天下午三點鐘左右，他突然走進了我在故城 * 裏的辦公室，實在是讓我非常驚訝。這還不算甚麼，聽了他的來意，我更是覺得匪夷所思。當時他手裏拿着幾張從記事本上撕下來的紙，紙上潦潦草草地寫滿了字。喏，就是這些。進門之後，他把這些紙放到了我的桌子上。

「『這是我的遺囑，』他說。『麥克法蘭先生，我希望你把它改寫成一份具有法律效力的正式文書。你動手幹吧，我就在這兒等着。』

---

* 故城 (the City) 通譯為「倫敦城」，特指倫敦市中心的一小片歷史悠久的區域，有時也稱「方里」(the Square Mile)，因為這片區域的面積剛好是一平方英里左右。為免與泛指倫敦全城的「倫敦城」發生混淆，本書均譯作「故城」。

「我開始抄寫紙上的條文，跟着就發現，除了若干保留權益之外，他要把他全部的財產遺贈給我，你們可以想像，當時我是多麼地震驚。他是個長相古怪的小個子，獐頭鼠目，眼睫毛是白色的，我抬頭看他的時候，發現他正在用他那雙銳利的灰眼睛死死地盯着我，眼裏是一種興致勃勃的神色。遺囑裏的條款讓我沒法相信自己的眼睛，可他解釋説，他是個單身漢，沒有甚麼在世的親戚，另一方面，他年輕時代就認識我的父母，又總是聽人説我是個非常值得託付的小伙子，所以他最終斷定，把錢留給我不會錯。聽了這些話，當然嘍，我只能結結巴巴地向他表示感謝。我按規矩抄好遺囑，我和他都簽了字，作見證的則是我辦公室裏的一名職員。喏，這張藍紙就是正式的遺囑，這幾張紙片呢，剛才我已經説了，就是遺囑的草稿。這之後，喬納斯·奧戴克爾先生告訴我，他家裏存放着一些租約、地契、質押憑證和收據之類的文件，我一定得去看看，弄明白它們是怎麼回事。他跟我説，必須得把整件事情安排好，他心裏才能踏實下來，然後又請求我當晚就帶着遺囑去諾伍德，上他家去商量相關的細節。他還説，『記好嘍，我的孩子，一切安排妥當之前，千萬別跟你父母提一個字。咱們可以給他們一個小小的驚喜。』他反復跟我強調這一點，還讓我保證一定做到。

「您可以想像，福爾摩斯先生，當時我不可能拒絕他的任何請求。他是我的恩人，我一心想要一絲不苟地執行他的指示。這麼着，我給家裏發了封電報，説我手頭有一件重要事情，眼下説不好要忙到多晚。奧戴克爾先生説他

要到九點鐘才會在家，所以希望在那個時間跟我一起吃晚飯。不過，我費了點兒力氣才找到他的宅子，趕到的時候已經將近九點半了。我發現他——」

「稍等片刻！」福爾摩斯說。「給您開門的是誰呢？」

「一個中年婦女，估計是他的管家。」

「按我看，把您的名字告訴警方的就是她吧？」

「沒錯，」麥克法蘭說道。

「麻煩您接着講吧。」

麥克法蘭擦了擦汗涔涔的額頭，繼續講他的故事。

「這個女人把我領進一間客廳，桌上已經備好了簡單的晚餐。晚餐之後，喬納斯·奧戴克爾先生領着我去了他的臥室，打開臥室裏那個沉重的保險櫃，拿出一大堆票據，跟我一起過了一遍，到十一點多才看完。他提醒我不要驚動管家，叫我從他臥室的落地窗出去。我們清點票據的時候，落地窗一直是開着的。」

「百葉簾放下來了嗎？」福爾摩斯問道。

「這我說不好，按我的印象是只放了一半。沒錯，我記得他曾經把百葉簾往上拉，為的是推開窗子。臨走的時候，我的手杖找不着了，於是他就說，『沒關係，我的孩子。要我說，以後咱倆會經常見面的，我會替你保管手杖，等你下次來取。』這麼着，我離開了他家，那時候保險櫃依然開着，票據也一捆一捆地碼在桌子上。時間太晚，我回不了布萊克希斯，於是就在阿奈利紋章旅館住了一夜。我知道的情況就這麼多，至於這次可怕的事件，我是今天早上才從報上讀到的。」

「你還有甚麼要問的嗎，福爾摩斯先生？」雷斯垂德說道。我們的主顧發表這篇奇特辯詞的時候，他的眉毛不止一次地揚了起來。

「要問也得等我去過布萊克希斯之後再問。」

「你的意思是去過諾伍德之後吧，」雷斯垂德說道。

「噢，沒錯，我的意思當然是指諾伍德，」福爾摩斯說道，臉上浮起了謎一般的笑容。雷斯垂德跟福爾摩斯的過往交道比他自己願意承認的還要多，經驗早已讓他明白，福爾摩斯那剃刀一般鋒利的頭腦可以觸及他無法觸及的深度。這時我便看見，他一臉狐疑地看着我的室友。

「依我看，一會兒我還得跟你聊兩句，歇洛克·福爾摩斯先生，」他說道。「好了，麥克法蘭先生，門口有我的兩名警員，門外還有輛四輪馬車，他們都在等你呢。」霉運當頭的小伙子站起身來，用哀懇的目光看了我倆最後一眼，跟着就走出了房間。兩名警官帶着他去坐馬車，雷斯垂德卻留了下來。

福爾摩斯已經把寫有遺囑草稿的那幾張紙片拿了起來，這會兒正在細細查看，臉上是一副全神貫注的表情。

「這份文件還挺有意思的，雷斯垂德，你覺得呢？」他一邊說，一邊把紙片推了過去。

警官大惑不解地看了看。

「開頭的幾行字我能認出來，第二頁的中間幾行和末尾的一兩行也很好認，這些都跟印出來的一樣清楚，」他說道，「可是，其他部分的筆跡卻很不好認，有三個地方我壓根兒就認不出來。」

「按你看，這事情應該怎麼解釋呢？」福爾摩斯説道。

「按**你**看，應該怎麼解釋呢？」

「解釋就是，這份文件是在火車上寫的，字跡清楚，説明火車停在站裏，不清楚的部分説明火車正在行駛，最不清楚的部分説明火車正在通過道岔。學養深厚的專家一眼就可以看出它是在一班市郊火車上寫的，原因在於，只有大城市的近郊才會有這麼接二連三的道岔。假定這個人全程都在草擬遺囑的話，咱們就可以推斷，他坐的是一班從諾伍德開往倫敦橋車站的快車，中間只停了一個站。」

雷斯垂德笑了起來。

「説到你那些理論嘛，那我可真是望塵莫及，福爾摩斯先生，」他説道。「這跟案子有甚麼關係呢？」

「有關係啊，這可以證實小伙子剛才的陳述，説明這份遺囑的確是喬納斯・奧戴克爾在昨天的旅途之中草擬的。奇怪的是，有人竟然會用如此漫不經心的方法來草擬一份如此事關重大的文件，你不覺得嗎？由此可知，他並不認為這份遺囑具有甚麼現實的效力。只有在壓根兒不想讓遺囑生效的時候，草擬遺囑的人才有可能這麼做。」

「要我説，草擬遺囑的時候，他等於是給自己擬了一份死刑判決書，」雷斯垂德説道。

「噢，你是這麼想的嗎？」

「你不這麼想嗎？」

「呃，你這麼想也是有道理的。不過，按我看，到現在為止，案情並不明朗。」

「不明朗？得了吧，這都算不上明朗的話，甚麼才算

得上明朗？這個小伙子突然發現，某個老人死了之後，他就可以繼承一大筆遺產。接下來他是怎麼做的呢？他沒有告訴任何人，但卻編出了一些藉口，當晚就去拜訪自己的主顧。等那座宅子裏僅有的一個礙事的人上床就寢之後，他殺死了獨處臥房的主顧，點燃木垛焚燒屍體，然後就離開現場，前往附近的旅館。房間裏和手杖上的血跡都非常少，他興許以為自己殺人的時候沒有見血，所以才覺得，只需要燒掉屍體，他就可以消滅關於死因的一切痕跡。具體是甚麼痕跡不好說，總歸是一些會讓他惹上嫌疑的東西。所有這些事情，不都是一目瞭然嗎？」

「我倒是覺得，親愛的雷斯垂德，這些事情一目瞭然得有點兒過了頭，」福爾摩斯說道。「你有不少長處，可惜的是不包括想像力這一項。即便如此，我還是要請你騰出哪怕是一瞬間的工夫，從這個小伙子的角度考慮考慮。換了是你的話，你會挑遺囑擬定的當晚實施罪行嗎？把這兩件事情的聯繫弄得這麼緊密，你不覺得太危險嗎？還有，領你進門的是個僕人，你去過那座宅子的事情自然包不住，你會挑這樣的場合下手嗎？最後，你既然知道煞費苦心地毀屍滅跡，為甚麼又那麼不小心，把自己的手杖留在屋裏充當罪證呢？趕緊承認吧，雷斯垂德，這些事情都是說不過去的。」

「說到手杖嘛，福爾摩斯先生，你我都知道，罪犯往往會驚慌失措，做事就不像平常那麼冷靜。很有可能，他知道手杖掉了，但卻不敢回頭去取。你倒是說說，還有甚麼解釋能涵蓋所有的事實。」

「不用費甚麼力氣，我就可以給你半打解釋，」福爾摩斯説道。「比如説，下面這種解釋就很有可能，甚至可以説是八九不離十。這種解釋我賣個人情，免費送給你好了。老人給小伙子看的是一些明顯很有價值的票據，一名過路的流浪漢從窗子外面瞧見了他們，原因是百葉簾只放了一半。律師前腳出門，流浪漢後腳進屋！他看見了屋裏的手杖，抄起手杖打死了奧戴克爾，然後就點着屍體，揚長而去。」

「流浪漢幹嗎要燒屍體呢？」

「你這麼問的話，我倒要問問你，麥克法蘭幹嗎要燒屍體呢？」

「因為他不想讓人看到某些證據。」

「那麼，流浪漢這麼做，興許是不想讓人知道那裏出了命案。」

「流浪漢甚麼也沒拿，這又是為甚麼呢？」

「因為他沒法把那些票據變成現錢。」

雷斯垂德搖了搖頭，不過，從他的神情來看，我覺得他已經不像剛才那麼信心十足了。

「好吧，歇洛克·福爾摩斯先生，你只管去找你的流浪漢，與此同時，我們會繼續在這個犯人身上打主意。誰對誰錯，將來自然會有個分曉。我只想提醒你注意一件事情，福爾摩斯先生，據我們所知，所有票據都是原封未動，另一方面，放眼世上，只有我們手裏的這個犯人才完全沒有去動它們的理由，因為他是死者的法定繼承人，這些票據遲早都是他的。」

聽了這番話，我朋友似乎有所觸動。

「我並不否認，從某些角度來看，這些證據的確跟你的解釋十分吻合，」他說道。「我只是想告訴你，其他的一些解釋也可以說得通。你剛才也說了，將來自然會有分曉。再見！據我估計，今天我多半會到諾伍德去走一遭，看看你進展如何。」

探員走了之後，我朋友立刻起身籌備一天的工作。看他那副麻利的架勢，眼前的任務顯然是非常符合他的胃口。

「剛才我已經說了，華生，」他一邊匆匆忙忙地套上禮服外套，一邊說道，「我首先要去的地方肯定得是布萊克希斯。」

「為甚麼不是諾伍德呢？」

「因為在這件案子當中，奇特的事情不只是後面的一件，與它緊密相連的前一件事情也很奇特。警方的錯誤是光顧着調查後一件事情，原因在於它剛好是實際發生的罪案。可是，在我看來，按照合乎邏輯的調查方式，首先要做的工作顯然是設法弄清前一件事情，弄清這份遺囑為甚麼會以如此突如其來的方式出籠，又為甚麼會指定一個如此不合常情的繼承人。把這件事情弄清楚，興許能讓後面的事情變得比較淺顯。不用，親愛的伙計，我覺得這次你幫不上忙。此行不會有甚麼危險，如其不然，我是萬萬不敢撇下你單獨行動的。照我的估計，晚上回來的時候，我應該可以向你報告，我已經為這個向我請求保護的不幸青年提供了一些服務。」

我朋友很晚才回來，一看他那張憔悴焦灼的臉，我就知道他出門之時的美好期望並沒有變成現實。接下來的一個鐘頭，他一直在胡亂撥弄自己的小提琴，盡力安撫自己動盪不寧的心緒。到最後，他把小提琴扔到一邊，突如其來地打開了話匣子，開始細細講述這一天的種種霉運。

　　「全都搞錯了，華生，全都是錯得不能再錯。我在雷斯垂德面前打腫臉充胖子，心裏卻犯起了嘀咕，覺得這傢伙終於對了一次，咱們反倒是搞錯了方向。我所有的直覺都指着一個方向，所有的事實卻指向了另外一個地方。我真是非常擔心，英國陪審員的智力還沒有達到那樣的高度，還不足以讓他們接受我的假設、棄雷斯垂德的事實於不顧。」

　　「你去布萊克希斯了嗎？」

　　「去了，華生，到了那裏之後，我很快就發現，剛剛去世的奧戴克爾是個不能小看的流氓。小伙子的父親出門找兒子去了，在家的只有小伙子的母親，一個身材瘦小、頭腦簡單的藍眼睛女人。當時她又是恐懼又是憤怒，全身都在發抖。當然，她認為她兒子根本不可能犯罪，與此同時，她又拒絕對奧戴克爾的命運表示絲毫的驚訝和惋惜。恰恰相反，說到奧戴克爾的時候，她的言辭十分刻毒，不知不覺地為警方的推測提供了十分有力的佐證。原因在於，她兒子要是聽見她這樣形容一個人的話，必然會產生仇恨的心理和實施暴力的傾向。『與其說他是個人，倒不是說他是隻兇狠狡詐的猿猴，』她這麼跟我說，『從年輕的時候開始，他一直都是這樣的。』

「『那時候您就認識他嗎？』我問她。

「『認識，而且非常熟悉，實際上，他還向我求過婚哩。謝天謝地，當時我心明眼亮地拒絕了他，嫁給了一個錢興許沒有他多、人品卻比他好的人。本來我已經跟他訂了婚，福爾摩斯先生，之後卻聽說了一件駭人的事情，聽說他曾經把一隻貓放到鳥籠裏去。我被他這種殘忍的舉動嚇得夠戧，再也不想跟他有任何來往。』說到這裏，她從書桌裏翻出了一張相片，相片裏是一個女人，臉和身體都被刀子劃得亂七八糟。『相片裏的人就是我，』她說。『在我婚禮當天的上午，他把相片弄成這個樣子寄給了我，詛咒我不得好死。』

「『可是，』我說，『再怎麼說，現在他總歸是原諒了您，要不就不會把所有財產都留給您的兒子了啊。』

「『我兒子和我都不想要喬納斯‧奧戴克爾的任何東西，不管他是死是活，』她大聲說，神情十分鄭重。『天上是有上帝的，福爾摩斯先生，上帝已經懲罰了那個邪惡的人，肯定也會在合適的時間昭告世人，我兒子的手並沒有沾上那個惡人的血。』

「接下來，我又順着別的一兩條線索追查了一番，不但沒能找到甚麼證據來支持咱們的假設，反倒是發現了幾個跟它對不上的疑點。最後我只好宣佈放棄，轉頭去了諾伍德。

「迪普登宅邸是座純用磚砌的新式大別墅，周圍都有庭園，正面則是一片月桂叢生的草坪。宅子右邊離大路稍遠的地方有一片木場，火災就發生在這個地方。這不，我

在記事本上畫了張草圖。左邊的這扇落地窗裏面是奧戴克爾的臥室，你瞧，從大路上就可以看見臥室裏面的情形。我忙活了這麼一整天，就只有這個發現多少算個安慰。我去的時候雷斯垂德沒在，他手下的那個警長倒也盡了地主之誼。他們剛剛取得了一個重大發現，也就是説，在木垛的灰爐裏面扒拉了一上午之後，他們終於發現，除了燒焦的生物殘骸之外，灰堆還有幾片燒得變了色的圓形金屬。我仔仔細細地檢查了一下，毫無疑問，那些金屬片的確是褲子上的紐扣。我甚至還辨認出來，其中一粒紐扣上面打着『海亞姆斯』的標記，奧戴克爾的裁縫就叫這個名字。接下來，我認認真真地把草坪勘查了一遍，不巧的是，最近的乾旱天氣把所有東西都弄得跟鐵一樣硬，甚麼痕跡也找不見。我只能瞧出來一件事情，那就是有人曾經把一具屍體或者一個包裹拖過一道低矮的女貞樹籬，方向正好對着那個失火的木垛。當然，所有這些發現都符合警方的推測。就這樣，我頂着八月的太陽在草坪上爬了一個鐘頭，站起來的時候卻還是一頭霧水，跟先前一模一樣。

「這場慘敗之後，我走進那間臥室，展開了新一輪的勘查。房間裏的血跡非常少，僅僅是一些斑斑點點，可它們都是新鮮的血跡，這一點不容置疑。手杖已經不在原來的位置，不過，手杖上面的確沾着少量的血跡。手杖無疑是咱們這位主顧的物品，他自己也不否認。地毯上可以看到他們兩個人的腳印，但卻沒有其他任何人的腳印，從這點上看，咱們的對頭又得了一分。你瞧，他們的分數一路上升，咱們卻一分也沒拿着。

「當時我看到過一點點希望的閃光，可它最終還是變成了泡影。我檢查了保險櫃裏的東西，其中大多數都已經被掏了出來，就那麼擺在桌子上。所有票據都疊成了封套的模樣，上面還加了蠟封，警察已經拆開了其中的一兩個。按我的判斷，那些票據所代表的財產算不上特別豐厚，從銀行存摺來看，奧戴克爾先生也不見得有多麼富裕。可我覺得，並不是所有的票據都在那裏。種種跡象表明，應該還有一些票據，興許是更有價值的票據，只是我找不到而已。當然，要是咱們能確切無疑地證明這一點的話，雷斯垂德搬起的那塊石頭就會砸到他自己的腳：明知道一件東西很快就會傳到自己手裏，誰還會去偷呢？

「能查的地方我都查了，但卻找不到任何線索，到最後，我只好到管家勒克辛頓太太那裏去試試運氣。她是個皮膚黝黑的小個子，不愛說話，乜斜的眼睛裏充滿懷疑。願意講的話，她是有東西可講的，這一點我完全肯定。可惜的是，她的嘴巴就跟封了蠟一樣嚴實。沒錯，九點半的時候，是她替麥克法蘭先生開的門，她只恨自己的手當時沒有突然失靈，居然把他放了進去。十點半她就去睡覺了，她的房間在屋子的另一頭，所以她甚麼也聽不見。麥克法蘭先生把帽子留在了門廳裏，按她的印象，他還把手杖留在了那裏。她是被火警的嘈雜聲吵醒的，她那個不幸的好主人肯定是遭了別人的謀害。主人有甚麼仇敵嗎？這個嘛，誰都免不了會有敵人，可是呢，奧戴克爾先生很少跟人打交道，僅有的交道也都是生意上的應酬。她看見了警察找到的那些紐扣，完全肯定它們來自她主人昨晚穿

的衣服。前面一個月都沒下雨，所以木垛非常乾，燒得跟火絨一樣快，等她趕到火場的時候，能看見的只有熊熊大火。跟所有的消防隊員一樣，她也聞到火堆裏有肉燒焦了的氣味。她完全不知道票據的事情，也不知道奧戴克爾先生的任何私事。

「好了，親愛的華生，這就是我的敗績報告。然而——然而——」——他突然握緊了精瘦的雙手，顯然是對自己的判斷深信不疑——「我**知道**這一切都不對勁，打心眼兒裏知道。還有些事情咱們沒有查出來，管家卻心知肚明。她眼裏有一種怒氣沖沖的挑釁，只有心虛的人才有那種眼神。不過，華生，這件事情多說無益。依我看，除非運氣找上門來，這次的諾伍德失蹤案恐怕不會出現在你記載咱們成功案例的著作裏面，儘管我估計，耐性十足的公眾遲早得攤上這麼一本著作 *。」

「不過，」我說道，「咱們主顧的外表肯定能打動任何一個陪審團，不是嗎？」

「你這種看法非常危險，親愛的華生。一八八七年，那個名叫伯特・史蒂文斯的可怕兇手想讓咱們幫他開脫罪行，你應該還記得吧？你見過哪個小伙子比他更溫文爾雅、更像主日學校†的好學生嗎？」

「這倒是真的。」

「咱們如果提不出一種言之成理的替代解釋，這個人

---

* 這句話暗含的意思是，早在偵辦這件案子的時候，福爾摩斯就已經知道自己遲早會撤銷對華生的封口令。

† 主日學校 (Sunday School) 是利用星期天對青少年進行宗教教育的慈善機構，後來也提供其他方面的課程。

就算是完了。指控他的證據眼下就已經找不出甚麼破綻，所有的深入調查也只是起到了雪上加霜的作用。對了，那些票據有一個小小的古怪之處，興許可以為咱們的調查提供一個突破口。檢查奧戴克爾的存摺的時候，我發現他的賬戶餘額之所以非常少，主要是因為他去年開出了好幾張大額支票，收款人是科尼利厄斯先生。老實說，我很想知道這位科尼利厄斯先生到底是何方神聖，為甚麼會跟一個退休的建築商進行金額如此巨大的交易。有沒有可能，他也跟這次事件有關呢？科尼利厄斯興許是個居間介紹的掮客，可我們並沒有找到跟這些大額支出相關的交易憑證。既然沒有別的線索，眼下我只能上銀行去打聽一下，看看是哪位先生兌現了這些支票。可我還是擔心，親愛的伙計，咱們這件案子將會迎來一個可恥的結局，以雷斯垂德吊死咱們的主顧告終。當然，對蘇格蘭場來說，這倒是一場勝利。」

　　不知道歇洛克・福爾摩斯當晚睡得如何，不過，第二天下樓吃早餐的時候，我發現他臉色蒼白、神情委頓，明亮的雙眼在黑眼圈的襯托之下顯得愈發明亮。他那把椅子周圍的地毯上落滿了煙蒂，還有當天的各種早版晨報。桌子上擺着一封拆開了的電報。

　　「這你怎麼看，華生？」他問道，把電報扔了過來。

　　電報是從諾伍德發來的，內容如下：

　　尋獲重要新證，麥克法蘭兇嫌已成鐵案。奉勸放棄此案。

雷斯垂德

「聽着不像是開玩笑，」我說道。

「這是雷斯垂德公雞打鳴式的小小喜報，」福爾摩斯回答道，臉上帶着苦澀的笑容。「不過，現在也許還沒到放棄這件案子的時候。不管怎樣，『重要新證』這種東西終歸是一把雙刃劍，完全可能切入一個跟雷斯垂德的想像大不相同的方向。你先吃早飯吧，華生，然後咱們就一起出去轉轉，看看還能做點兒甚麼。我覺得，今天我似乎需要你的陪伴，也需要你的精神鼓勵。」

我朋友自己倒是甚麼也沒吃，因為他有個怪癖，一旦進入高度緊張的狀態，他就不允許自己吃東西，而我還見過他有恃無恐地濫用自己鋼鐵一般的意志，最後竟然活活地把自己餓得暈了過去。「眼下我騰不出用於消化的能量和精力，」他總是用這句話來搪塞我從醫學角度提出的抗議。有了這些經驗，這天早上看到他扔下原封未動的早餐，就這麼跟我一起去了諾伍德，我並沒有感到驚訝。迪普登宅邸是一座典型的郊區別墅，跟我之前的想像一樣。我們趕到的時候，宅邸四周仍然圍着一群心理畸形的看客。雷斯垂德在大門裏邊迎候我倆，臉上泛着勝利的紅光，整個兒的神態得意之極。

「我說，福爾摩斯先生，你有辦法證明我們的錯誤了嗎？你找到你那個流浪漢了嗎？」他大聲說道。

「我還沒有得出任何結論，」我同伴回答道。

「我們的結論倒是昨天就有了，眼下又得到了證實。你必須承認，這次我們比你領先了那麼一點點，福爾摩斯先生。」

「看你的架勢，這樣的事情顯然是十分稀罕，」福爾摩斯説道。

雷斯垂德大聲地笑了起來。

「你也不喜歡落在別人後面，跟我們這些人沒甚麼兩樣嘛，」他説道。「誰也不能指望事事如意，對吧，華生醫生？這邊請，兩位，按我看，我可以一勞永逸地向你們證明，約翰·麥克法蘭就是真正的罪犯。」

他領着我倆穿過過道，進入了一個昏暗的門廳。

「實施犯罪之後，年輕的麥克法蘭必然會到這個地方來取他的帽子，」他説道。「好了，瞧瞧這個。」他做戲似的突然劃燃一根火柴，火光映出了白色粉壁上的一塊血跡。接下來，他把火柴舉到牆邊，我立刻發現那不只是一塊普通的血跡，還是一個輪廓清晰的拇指印。

「用你的放大鏡看看吧，福爾摩斯先生。」

「哦，我用放大鏡看着呢。」

「世上沒有哪兩個人的拇指印完全相同，這你應該知道吧？*」

「我聽過這一類的説法。」

「很好，我這還有一個今早取來的指印蠟模，是他們按我的命令從麥克法蘭的右手拇指上取下來的。麻煩你把兩個指印對比一下，可以嗎？」

他把指印蠟模湊到了那個血指印旁邊，毫無疑問，兩個指印來自同一根拇指，不用放大鏡也可以看出來。到

---

* 蘇格蘭場從 1901 年開始使用指紋鑑證方法，比這個案子的發生時間稍晚幾年。

這會兒，我清清楚楚地意識到，我們那位不幸的主顧已經沒救了。

「這就叫一錘定音，」雷斯垂德說道。

「是啊，一錘定音，」我不由自主地附和了一句。

「確實是一錘定音，」福爾摩斯說道。

我覺得福爾摩斯的語調有點兒異樣，於是就轉頭看了看他。他的臉已經發生了驚人的變化，這會兒正在喜不自禁地扭來扭去，雙眼也像星星一樣閃閃放光。看樣子，他正在竭力抑制一陣即將爆發的狂笑。

「天哪！天哪！」他終於說道。「咳，我說，這樣的事情誰能想得到呢？表面現象可真是靠不住，真靠不住！這小伙子看起來多麼正派啊！咱們都應該吸取教訓，不能再相信自個兒的眼力，對吧，雷斯垂德？」

「沒錯，咱們當中的一些人確實有點兒自信過頭，福爾摩斯先生，」雷斯垂德說道。這傢伙的無禮態度真是讓人生氣，可我倆也只能忍氣吞聲。

「從掛鉤上取帽子的時候，這個小伙子居然會用右手的拇指摁一下牆壁，老天可真是有眼哪！再仔細想想的話，你還會覺得，這樣的動作簡直是自然極了。」說話的時候，福爾摩斯表面上非常平靜，整個身子卻扭了一扭，暴露了強自抑制的興奮。

「對了，雷斯垂德，這個驚人的事實是誰發現的呢？」

「是管家勒克辛頓太太發現的，發現之後就通知了值夜班的警員。」

「夜班警員當時在哪兒呢？」

「他在看守罪案發生的那間臥室，免得有人去動裏面的東西。」

「可是，昨天你們為甚麼沒看見這個指印呢？」

「呃，當時我們並不覺得這個門廳需要仔細的檢查。再者說，你自己也看見了，它所在的位置算不上特別顯眼。」

「是啊，是啊，確實不顯眼。我說，你們敢肯定這個指印昨天就在這兒嗎？」

雷斯垂德緊盯着福爾摩斯，似乎是覺得他已經失去了理智。老實說，那個時候，連我都覺得十分驚訝，一方面是因為他那種歡天喜地的神態，一方面也因為他這個完全不着調的問題。

「我不知道你怎麼想的，是不是以為麥克法蘭曾經趁着夜靜更深的時候溜出監獄，就為了跑到這兒來增加自己的罪證，」雷斯垂德說道。「總而言之，你可以滿世界去請專家來鑑定，看看這是不是他的拇指印。」

「毫無疑問，這的確是他的拇指印。」

「喏，這不就得了嘛，」雷斯垂德說道。「我是個注重實際的人，福爾摩斯先生，沒有證據是不會下結論的。我寫報告去了，你要找我的話，就上客廳去吧。」

福爾摩斯已經恢復了平靜，可我還是覺得，他臉上帶着一抹隱隱約約的竊笑。

「天哪，華生，這個新情況可真是叫人傷心，你說是不是？」他說道。「話說回來，這個新情況也包含着一些奇特之處，給咱們的主顧提供了些許希望。」

「聽你這麼說，我真是高興極了，」我懇切地說道。「我本來還擔心他已經沒救了哩。」

「我可不會把事情說得這麼絕對，親愛的華生。咱們的探員朋友把這條新證據當個寶貝，事實呢，它包含着一個十分致命的破綻。」

「真的啊，福爾摩斯！甚麼破綻呢？」

「破綻僅此一處：我**知道**這樣一個事實，昨天我檢查門廳的時候，那個地方並沒有甚麼指印。好了，華生，咱們到周圍去轉轉，曬曬太陽吧。」

我陪着我朋友在花園裏轉了一圈，腦子裏雖然一片混亂，心裏卻漸漸升起了希望的暖意。福爾摩斯依次看了看宅子的各個側面，觀察得十分仔細。接下來，他領着我進了屋，從地下室一直轉到閣樓，把整座宅子檢查了一遍。大多數房間都沒有擺放傢具，可他並沒有就此放過，依然進行了細緻的檢查。到最後，我倆走進了頂樓的走廊，走廊邊上有三間空置的臥室。這時他又一次突然發作，進入了一種喜不自勝的狀態。

「這件案子還真是有點兒與眾不同，華生，」他說道。「要我說，時機已經成熟，應該跟咱們的朋友雷斯垂德吐露實情了。剛才他拿咱們尋了點兒小小的開心，眼下呢，如果我對這個問題的判斷沒錯的話，咱們也可以以牙還牙。沒錯，就這麼辦，依我看，我已經找到了處理這個問題的方法。」

福爾摩斯闖進客廳的時候，蘇格蘭場的那位督察還在奮筆疾書。

「據我看，你寫的是這件案子的報告吧，」福爾摩斯說道。

「是啊。」

「現在寫報告，你不覺得早了點兒嗎？我心裏不太踏實，總覺得你還缺那麼一點兒證據。」

雷斯垂德對我朋友十分熟悉，不敢把他的話當成耳邊風。他放下了手裏的筆，莫名其妙地看着福爾摩斯。

「你這話甚麼意思，福爾摩斯先生？」

「我只是想說，還有個重要證人你沒見到。」

「你能把他帶來嗎？」

「應該可以。」

「那就帶來好了。」

「我盡量吧。你手下有多少警員？」

「這周圍就有三個。」

「好極了！」福爾摩斯說道。「冒昧問你一句，他們都是塊頭大、身體壯、嗓門兒粗的伙計嗎？」

「那是當然，可我不明白，他們的嗓門兒跟這有甚麼關係。」

「興許，我不光可以讓你看到關係何在，還可以讓你看到一兩樣別的東西，」福爾摩斯說道。「麻煩你把你的伙計叫來，我這就開始嘗試。」

五分鐘之後，三名警員集合在了門廳裏。

「宅子外面的小屋裏有很多麥秸，」福爾摩斯說道。「請你們去抬兩捆進來。據我看，麥秸可以派上極大的用場，可以讓我要求傳召的那名證人現身作證。非常感謝。

你兜裏應該有火柴吧，華生。好了，雷斯垂德先生，請大家陪我一起去頂層的樓梯口吧。」

剛才我已經說過，頂樓有一條寬闊的走廊，走廊邊上有三間空空如也的臥室。歇洛克·福爾摩斯讓我們在走廊的一端排成一隊，三名警員咧嘴大笑，雷斯垂德則直勾勾地盯着我朋友，驚異、期待和嘲諷的表情在他臉上倏來倏往。福爾摩斯站在我們面前，架勢活像是一個正在變戲法的魔術師。

「麻煩你派一名警員去打兩桶水，好嗎？把麥稭撂在這兒的地板上，別挨着兩邊的牆。好了，咱們這就算是萬事俱備了。」

到這會兒，雷斯垂德已經氣得滿臉通紅。

「我不知道你安的甚麼心，是不是存心作弄我們，歇洛克·福爾摩斯先生，」他說道。「你要是知道甚麼情況的話，儘管說出來好了，用不着耍這套愚蠢的把戲。」

「你只管放一百個心，親愛的雷斯垂德，我的每一個舉動都有再充分不過的理由。你興許還記得，幾個小時之前，太陽照的似乎是你家的房頂，所以呢，你跟我開了幾句小小的玩笑，既然如此，眼下我稍微弄點兒排場，你也沒甚麼話可說。華生，麻煩你打開那扇窗子，然後就劃根火柴扔到麥稭邊上，好嗎？」

我按他說的做了，乾燥的麥稭立刻畢畢剝剝地燒了起來，穿堂風吹進窗子，灰色的煙霧打着旋兒湧進了走廊。

「好了，雷斯垂德，咱們現在就來看看，你需要的這名證人能不能請到。麻煩大家跟我一起喊『着火啦！』好

嗎？注意，一、二、三——」

「着火啦！」所有人齊聲大喊。

「謝謝你們。麻煩你們再喊一次。」

「着火啦！」

「最後再來一次，各位，大家一起來。」

「着火啦！」這一次，我們的喊聲多半是響徹了整個諾伍德。

我們的喊聲剛剛消歇，眼前就發生了一件令人驚異的事情。走廊盡頭那堵看似實心的牆壁上突然出現了一道門，一個瘦小枯乾的男人從門裏衝了出來，如同一隻蹦出地洞的兔子。

「妙極了！」福爾摩斯平靜地説道。「華生，往麥秸上倒桶水吧。可以了！雷斯垂德，容我給你介紹一下，這就是你那位下落不明的首要證人，喬納斯‧奧戴克爾先生。」

探員一臉茫然地盯着這位剛剛現身的先生，後者被走廊裏的明亮光線晃得直眨眼睛，接着就把眼睛眯縫起來，看看我們，又看看冒煙的麥秸堆。他的臉令人作嘔，集狡獪、卑鄙、惡毒於一身，淡灰色的眼睛閃閃爍爍，眼睛上方是白色的睫毛。

「你説説，這是怎麼回事？」雷斯垂德終於開了口。「這段時間你都在幹甚麼，唉？」

看到探員那張怒火熊熊的臉，奧戴克爾不由得縮了一縮，乾巴巴地笑了一笑。

「我又沒幹甚麼壞事。」

「沒幹壞事？你鉚足了勁兒把一個無辜的人往絞架上

送。要不是有這位先生在的話，你沒準兒還得逞了呢。」

這個卑劣的傢伙開始哭哭啼啼。

「説真的，先生，我這不過是開玩笑而已。」

「噢！開玩笑，是嗎？我包管你笑不出來。帶他去下面的客廳，我一會兒就來。福爾摩斯先生，」其他人離開之後，他接着説道，「警員們還在這兒的時候，我不好開這樣的口，可我不怕當着華生醫生的面説，這是你迄今為止辦得最漂亮的一件事情，雖然我完全不知道你是怎麼辦到的。你挽救了一個無辜者的生命，還阻止了一樁十分嚴重的醜聞，沒讓它葬送我在警界的聲譽。」

福爾摩斯笑了起來，拍了拍雷斯垂德的肩膀。

「你的聲譽不但不會葬送，親愛的先生，反而會得到極大的提高。只需要把你正在寫的那份報告稍微改改，大家就會發現，要想往雷斯垂德督察的眼睛裏揉沙子，簡直是難如登天。」

「你不希望報告裏有你的名字嗎？」

「一點兒也不希望。工作本身就是獎賞。還有啊，遙遠的將來，我或許會批准我這位熱心腸的歷史學家再一次展紙作傳，借此收穫一點兒榮譽——對吧，華生？好了，咱們去看看這隻老鼠藏匿的洞穴吧。」

走廊裏有一堵用板條和灰泥砌成的間壁，間壁離走廊的盡頭有六英尺，上面開着一道隱藏得非常巧妙的暗門。光線從開在屋簷下方的幾道窄縫透了進來，照亮了間壁背後的隔間，隔間裏擺着幾件傢具，備着食物和飲水，此外還有一些書籍和文件。

「搞建築的好處就在這裏，」我們走出隔間的時候，福爾摩斯如是說道。「他可以自己動手蓋一間小小的掩蔽所，用不着拉上任何同伙——當然，他肯定得拉上他那個寶貝管家。廢話不說，我這就建議你把管家收入獵囊，雷斯垂德。」

「你這個建議我一定照辦。不過，你怎麼知道有這麼個地方呢，福爾摩斯先生？」

「我一早就已經斷定，這傢伙藏在這座宅子裏，等我步測完這條走廊、發現它比樓下同樣位置的走廊短了六英尺之後，他藏身的具體地點也就昭然若揭。按我的估計，他的膽子還沒有大到面對火警歸然不動的程度。當然嘍，咱們完全可以衝進去抓他，可我覺得，還是讓他自動現身比較有趣。還有呢，雷斯垂德，上午你既然拿我逗樂，我跟你弄點兒玄虛也是該的。」

「這個嘛，先生，毫無疑問，你已經討回了公道。可是，不說別的，單說他藏在宅子裏的這個事實，你究竟是怎麼知道的呢？」

「通過那個拇指印知道的，雷斯垂德。當時你說它一錘定音，事實也的確如此，只不過，它定的音跟你想的很不一樣，因為我知道它昨天並不存在。你可能也發現了，我對細節非常在意，之前我仔仔細細地檢查過門廳，確切地知道那面牆上甚麼也沒有。既然如此，指印肯定是夜裏摁上去的。」

「可是，這怎麼可能呢？」

「非常簡單。把那些票據打捆封存的時候，喬納斯·

奧戴克爾讓麥克法蘭用拇指在某一團封口的軟蠟上摁了一下，為的是讓它牢靠一些。這不過是一瞬間的事情，而且非常自然，我敢說，小伙子自己都不會記得。很有可能，摁了也就摁了，即便是奧戴克爾自己，當時也沒想到指印可以派這種用場。後來呢，他在自個兒那個洞穴裏盤算這件案子，突然想到自己可以利用這個拇指印，給麥克法蘭安上一條鐵板釘釘的罪證。接下來的事情可謂簡單之極，他可以從蠟封上取下一個指印蠟模，用針扎出點兒血，盡量往蠟模上塗，然後就連夜把指印印到牆上，可以自己去印，也可以假手管家。我可以跟你打賭，只需要好好地檢查一下他帶進藏身之處的那些文件，你準保能找到那個帶有拇指印的蠟封。」

「妙極了！」雷斯垂德說道。「妙極了！聽你這麼一說，這一切真是跟水晶一樣清晰透徹。可是，福爾摩斯先生，他為甚麼要製造這麼一個陰險的騙局呢？」

看到這位探員突然放下自高自大的身段，換上了小學生請教老師的神態，我不由得暗自好笑。

「這個嘛，我看也不難解釋。在樓下等咱們的是一位非常陰險、非常歹毒、報復心非常強烈的先生。麥克法蘭的母親曾經拒絕過他，這你知道嗎？你不知道！我不是跟你說過嘛，首先要去的地方應該是布萊克希斯，然後才輪到諾伍德。遭到拒絕之後，他覺得自己受了傷害，所謂的傷口一直在他那個邪惡狡獪的腦子裏發炎潰爛。他一輩子都想着報復，但卻一直沒找到機會。過去的一兩年當中，他走了霉運，據我估計是栽在了甚麼秘密的投機生意上，

然後就發現自己身陷窘境。於是乎，他決心瞞天過海，甩掉他的各位債主，方法是向某個名叫科尼利厄斯的人開出一些大額支票，按我看，這不過是他自己的化名而已。我還沒來得及去追查那些支票，可我百分之百地肯定，支票已經被人用這個名字存進了某個銀行，銀行所在的地方則是某個偏僻的小鎮，奧戴克爾已經隔三岔五地在那裏過起了一種雙重生活。他的打算是徹底改名換姓，把錢取出來，然後就銷聲匿跡，到別處去開始新的生活。」

「嗯，這的確很有可能。」

「他多半是認為，銷聲匿跡的時候，他不光可以甩掉所有的債主，還可以對舊情人實施一次痛快淋漓的毀滅性報復，需要做的只是讓大家認為，舊情人的獨子謀殺了他。這是條水準一流的毒計，而他實施毒計的手法同樣夠得上一流水準。他留下遺囑，製造出一個明顯的犯罪動機，他讓麥克法蘭私下來訪，連後者的父母也不知情，他留下麥克法蘭的手杖、在房間裏灑上血跡，又在木垛裏擺上動物屍體和紐扣，所有這些都讓人拍案叫絕。短短幾小時之前，我都還覺得他這張網織得實在嚴密，小伙子已經插翅難飛。可是，他終歸欠缺藝術家必須具備的那種最重要的天賦，不懂得適可而止。他打算讓已經盡善盡美的騙局更上層樓，打算把已經套到不幸的受害者脖子上的繩子勒得更緊一些，結果就前功盡棄。咱們下樓去吧，雷斯垂德，我還有那麼一兩個問題想問問他。」

那個歹毒的傢伙坐在自己的客廳裏，兩名警察把他夾在中間。

「這只是個玩笑，好心的先生，只是場惡作劇，沒甚麼別的意思，」他沒完沒了地哀告。「我跟您保證，先生，我之所以要躲起來，只是想看看大家對我的失蹤有甚麼反應。要我說，您肯定不至於那麼冤枉我，不至於認為我會袖手旁觀、任由年輕的麥克法蘭先生無辜受害吧。」

「冤不冤得由陪審團說了算，」雷斯垂德說道。「不管怎麼樣，我們就算不告你謀殺未遂，也得告你圖謀不軌。」

「十之八九，您還會發現，您的債主們會要求凍結科尼利厄斯先生*的銀行賬戶，」福爾摩斯說道。

小個子猛一哆嗦，轉過頭來，惡狠狠地瞪着我的朋友。

「我真該好好地謝謝你，」他說道。「總有一天，我會還你這個人情的。」

福爾摩斯露出了慈祥的笑容。

「依我看，接下來的這幾年，您應該騰不出工夫來做這件事情，」他說道。「順便問一句，除了您的舊褲子之外，您還往木垛裏放了甚麼東西呢？一條死狗、幾隻死兔子，還是甚麼別的？您不想說？天哪，您可真不夠意思！算啦，算啦，我敢說，兩隻兔子就可以解釋那些血跡，也可以解釋那些燒焦的殘骸。華生啊，假使有那麼一天，你要把這個案子寫下來的話，那就按兔子來寫吧。」

---

* 莎士比亞戲劇《辛白林》當中有一個名為科尼利厄斯 (Cornelius) 的宮廷醫生，這個醫生擁有一種可以製造假死效果的藥物。

跳舞小人

福爾摩斯已經一言不發地坐了好幾個鐘頭，忙着用一個化學容器煉制一種味道特別難聞的玩意兒。他弓着瘦長的脊背，腦袋貼在胸前，從我的角度看過去活像是一隻瘦骨嶙峋的異鳥，身披暗灰色的羽衣、頭頂黑色的冠毛。

「如此説來，華生，」他沒頭沒腦地説道，「你是不打算投資南非證券嘍？」

聽了這話，我驚得猛一激靈。這一次，福爾摩斯突如其來地道破了我最隱秘的心事，儘管我對他的特異本領十分熟悉，但卻還是完全想不出其中的道理。

「這你究竟是怎麼知道的呢？」我問道。

他從凳子上轉過身來，手裏拿着一支熱氣騰騰的試管，深陷的眼睛裏閃着惡作劇式的精光。

「好了，華生，趕快坦白，你已經徹底暈頭轉向，」他説道。

「確實如此。」

「我得讓你立張字據，給這件事情留個證明。」

「為甚麼？」

「因為五分鐘之後，你保準兒會説，這一切真是簡單得可笑。」

「我肯定不會説這種話。」

「你明白吧，親愛的華生，」——他把手裏的試管插到架子上，擺出了教授講課的架勢——「要打造一根完整的演繹鏈條，並不是一件特別困難的事情，因為每一個單獨的環節都很簡單，都有前面的演繹作為基礎。演繹鏈條構築完成之後，你只需要砸掉所有的中間環節，再把鏈條的起點和終點同時呈現在觀眾面前，就可以製造出一種技驚四座、同時又可能流於粗鄙浮誇的效果。就拿這次來說吧，只需要好好看看你左手的虎口，誰都可以輕輕鬆鬆地斷定，你**不**打算把你那筆小小的資金投進南非的金礦。」

「我看不出這兩件事情有甚麼聯繫。」

「你多半是看不出，可我馬上就會讓你看到，兩者之間的聯繫是多麼地緊密。這根演繹鏈條非常簡單，你沒看見的只是以下幾個中間環節：一、昨晚你從俱樂部回來的時候，左手的虎口沾着殼粉 *；二、你在虎口塗殼粉是為了穩定球杆，說明你打過台球；三、你只跟瑟斯頓打台球，從來不跟別人打；四、四個星期之前，你跟我說過，瑟斯頓手頭有買進某種南非證券的期權，一個月之內就要到期，而他打算拉上你一起買；五、你的支票簿鎖在我的抽屜裏，你並沒有問我要過鑰匙；六、你不打算按這種方式進行投資。」

「這真是簡單得可笑！」我叫道。

「你說得對！」他說話的時候帶上了一點兒火氣。

---

* 這篇故事首次發表於 1903 年 12 月；殼粉 (chalk) 是台球行話，指的是用來塗抹球杆前端防止打滑的滑石粉，「殼」讀如「撬」，大概是音義兼取的一種譯法。

「我給你解釋完之後，所有的問題都變成了小孩子的把戲。喏，這兒有一個尚未得到解釋的問題。我倒要看看，你能從裏面看出些甚麼，華生老弟。」他把一張紙片扔到桌上，跟着就轉過身去，重新投入了他的化學分析。

我看了看紙上那些鬼畫符一般的圖形，只覺得莫名其妙。

「咳，福爾摩斯，這不是小孩子的亂塗亂畫嘛，」我大聲說道。

「喔，你的結論就是這個！」

「不是這個，還能是甚麼？」

「你這個問題，諾福克郡 * 萊丁索普宅邸的希爾頓·丘比特先生也很想弄明白。這個謎語是早班郵差捎來的，他本人也會搭緊隨其後的一班火車趕過來。這不，華生，門鈴已經響了。來的人如果是他的話，我是不會覺得特別意外的。」

樓梯上傳來一陣沉重的腳步聲，片刻之後，一位高個子紳士走了進來，臉刮得精光，清澈的眼睛和紅潤的雙頰訴說着一種與貝克街的騰騰煙霧相去遙遠的生活。進屋的時候，他似乎把東海岸那種濃鬱清新的空氣帶了進來，讓人精神一振。跟我倆握過手之後，他剛剛準備坐下，卻在突然之間瞥見了那張畫着古怪符號的紙片。那張紙片我剛剛看完，這會兒還留在桌子上。

---

* 諾福克郡 (Norfolk) 是英格蘭東部海濱（所以下文中有「東海岸」的說法）的一個郡，首府諾里奇 (Norwich) 在倫敦東北方向，距倫敦約 180 公里。

「呃，福爾摩斯先生，這東西您怎麼看呢？」他大聲說道。「他們說您特別喜歡古怪的謎題，依我看，比這還古怪的謎題您可找不出來。我預先寄出這張紙片，就是為了讓您有時間提前研究一下，不用等我來。」

「這東西確實古怪，」福爾摩斯說道。「乍一看，大家多半會覺得它是一種孩子氣的惡作劇，不過是畫在紙上的一橫排怪模怪樣的跳舞小人而已。既然它如此怪誕無稽，您為甚麼會覺得它事關重大呢？」

「我當然不會這麼覺得，福爾摩斯先生。可是，我妻子這麼覺得。這東西都快把她給嚇死了。她甚麼也沒說，可我能看見她眼睛裏的恐懼。就是由於這個原因，我才要把這件事情追查到底。」

福爾摩斯把紙片舉到了陽光下。紙片是從記事本上扯下來的，上面有一些用鉛筆畫的符號，如下圖所示：

福爾摩斯仔仔細細地看了一陣，然後就小心翼翼地把紙片疊起來，放進了自己的記事本。

「這多半會成為一個極有趣味、極不尋常的案子，」他說道。「您的信裏已經提到了一些細節，希爾頓·丘比特先生，可我還是很想麻煩您把所有事情再講一遍，讓我朋友華生醫生聽一聽。」

「我不太會講故事，」我們的客人說道，一雙強健的

大手時而握緊、時而鬆開，顯得很是緊張。「要是有甚麼地方沒講清楚的話，你們只管問我好了。我打算從我去年結婚的時候講起，不過，首先我想說明一點，我雖然不是甚麼富人，可我的家族已經在萊丁索普生活了五個世紀，整個諾福克郡也找不出比我家更著名的家族。去年我到倫敦來參加女王加冕五十周年慶典 *，跟隨我們教區的帕克牧師住進了拉塞爾廣場的一幢寄宿公寓。公寓裏住着一位美國來的年輕女士，姓帕特里克，全名是埃爾西·帕特里克。幾天之後，我倆成了朋友，一個月還沒到，我就全心全意地愛上了她。我倆沒有大操大辦，直接到一個登記處去結了婚，然後就雙雙回到了諾福克。您可能會覺得這件事情非常瘋狂，福爾摩斯先生，覺得一名世家子弟不應該這樣草率成婚，把一個履歷和身世都不明不白的女子娶進家門。不過，您要是見過她、了解她的話，多半就能夠體諒我的選擇。

「她對婚事的態度非常直爽，埃爾西這個人就是這樣。說實在的，她給了我充分的選擇機會，只要我想，隨時都可以退出。『過去我結交過一些非常糟糕的人，』她告訴我，『我希望能把他們徹底忘掉。我再也不想提起過去的事情，那只會帶給我莫大的痛苦。如果你娶了我，希爾頓，娶到的就是一個本身並沒有任何可恥之處的女人，不過，你必須滿足於我這句保證，容許我絕口不提嫁給你

---

* 「五十周年慶典」原文為「Jubilee」，鑑於維多利亞女王 (1837 至 1901 年在位) 加冕五十周年慶典的時間是 1887 年，這件案子應該發生在 1888 年，如果將「Jubilee」理解為「Diamond Jubilee」(六十周年慶典) 的話，此案就發生在 1898 年。

之前的所有事情。你要是覺得這些條件太苛刻的話，那就回諾福克去吧，讓我繼續過認識你之前的孤獨生活好了。』這些都是她的原話，說話的時候離我倆的婚禮已經只有一天了。當時我對她說，我願意按她的條件娶她過門，打那以後，我一直都是說話算話。

「到現在，我倆結婚已經一年，一直都過得非常幸福。可是，大概一個月之前，也就是六月底，我破天荒第一次看到了不好的兆頭。有一天，我妻子收到了一封從美國來的信。我說信是從美國來的，是因為我看到了信封上的郵戳。她一下子變得面無人色，讀完之後就把信扔到了火裏。過後她再也沒提這件事情，我也沒有提，因為我不能自食其言。糟糕的是，打那以後，她再不曾有過哪怕一個小時的安寧。她臉上總是帶着恐懼，似乎是預感到了甚麼厄運。其實她應該相信我才是，因為她肯定會發現，我是她最好的朋友。不過，在她主動開口之前，我說甚麼都不合適。您一定得記着，福爾摩斯先生，她是個誠實正派的女人，不管她過去的生活當中出現過甚麼樣的問題，總歸不會是她自己的過錯。我只是個沒見過多少世面的諾福克鄉紳，可我敢說，全英格蘭也不會有人比我更看重家族的榮譽。這一點她非常清楚，嫁給我之前就非常清楚。她絕不想讓我的家族蒙羞，這我完全可以肯定。

「好了，接下來我要說的就是故事當中的古怪之處。大概一個星期之前，準確說就是上週二，我發現我家的一個窗台上畫着一些怪模怪樣的跳舞小人，跟這張紙片上畫的一樣，只不過是用粉筆畫的。我一開始以為是我家的小

馬倌畫的，小馬倌卻發誓說他完全不知道這回事。不管是誰畫的，時間總歸是在夜裏。我叫人洗掉了那些小人，後來才跟我妻子提了一句。沒想到，她把這件事情看得非常嚴重，還跟我說，再有小人出現的話，一定得讓她看一看。接下來的一個星期都沒有小人出現，直到昨天早晨，我才在花園裏的日晷上發現了這張紙片。我把紙片拿給埃爾西看，結果她當場摔倒在地、人事不省。醒來以後，她一直都是一副夢遊者的模樣，成天恍恍惚惚，眼睛裏總是藏着恐懼。這麼着，福爾摩斯先生，我給您寫了信，還附上了這張紙片。我沒法把這件事情交給警察，因為他們多半會取笑我，您跟他們不一樣，肯定能告訴我該怎麼做。我雖然不算富裕，可是，如果我家裏的小婦人面臨危險的話，我願意花光最後一個銅板來保護她。」

眼前的男人來自英格蘭的古老土地，堪稱是造物主的一件佳作——純樸、坦誠、文雅，藍色的大眼睛真摯懇切，寬闊的臉膛端正俊朗，眉宇之間寫滿了對妻子的愛和信任。福爾摩斯一直在全神貫注地傾聽他的講述，眼下便靜靜地坐在那裏，沉思了一會兒。

「丘比特先生，」他終於打破了沉默，「最好的辦法是直接向您的妻子發出請求，讓她跟您分享自己的秘密，您覺得呢？」

希爾頓·丘比特搖了搖碩大的腦袋。

「說話就得算話，福爾摩斯先生。想說的話，埃爾西自然會說，如果她不想，我也不能逼着她說。不過，我覺得我完全可以自己來查一查，而且打定主意要這麼做。」

「那麼，我一定會盡力幫您的忙。第一個問題，據您所知，有沒有甚麼陌生人在你們那一帶現身呢？」

「沒有。」

「據我估計，你們那一帶應該非常寧靜。要是有陌生面孔出現的話，大家肯定會指指點點吧？」

「光看我家附近的話，確實是這樣。不過，離我家不算太遠的地方就有幾個小規模的海濱度假村，農夫們也會把房子租給外鄉人。」

「顯而易見，這些圖形包含着某種含義。如果它們的含義純粹出於任意指定的話，咱們多半是沒法破解。反過來，如果圖形的含義有章可循，咱們就肯定能查個水落石出。不過，眼前的這個樣本短得讓我無從下手，您剛才說的那些事實也實在是太過模糊，不能成為調查的依據。我建議您先回諾福克，密切留意周圍的情況，再有跳舞小人出現的話，您就原原本本地複製下來。窗台上那些粉筆畫的小人沒有留下副本，真是再遺憾不過了。除此之外，您還得小心謹慎地打聽一下，看看附近有沒有生人。找到新的證物之後，您不妨再來找我。我能給您的最好建議就是這些，希爾頓·丘比特先生。萬一有甚麼緊急情況，我隨時都可以前往諾福克，到府上去拜訪您。」

這次會面之後，歇洛克·福爾摩斯顯得心事重重。接下來的幾天裏，我多次看見他從記事本裏拿出那張紙片，聚精會神地查看紙片上的古怪圖形，每次都會看上好長時間。不過，他始終沒有提起這件事情。大概是兩週之後的

一天下午，我正要出門，他卻把我叫了回去。

「你最好還是別出門，華生。」

「怎麼啦？」

「因為今天早上，我收到了希爾頓‧丘比特發來的電報。你應該記得希爾頓‧丘比特，記得那些跳舞小人吧？他一點二十就應該到達利物浦街車站，隨時會上咱們這兒來。從他的電報來看，那邊又出現了一些重要情況。」

我倆並沒有等多久，因為我們的諾福克鄉紳一下火車就上了出租馬車，以最快的速度趕了過來。他看起來憂心忡忡，眼睛裏沒有神采，額上也有了皺紋。

「這事情真讓我心亂如麻，福爾摩斯先生，」他一頭栽進了一把扶手椅，似乎是已經心力交瘁。「你覺得自己周圍有一幫無影無形、無名無姓的傢伙，正在想方設法地算計你。光是這種感覺就已經夠糟糕的了，更何況你還知道，這樣的局面正在一寸一寸地吞噬你妻子的生命。兩種厄運加在一起，真不是血肉之軀所能承受。這事情壓垮了她，她一點一點地憔悴枯萎，就在我眼皮子底下，一點一點地憔悴枯萎。」

「她有沒有說甚麼呢？」

「沒有，福爾摩斯先生，她甚麼也沒說。可是，好幾次我都覺得，我可憐的姑娘想要說點兒甚麼，最後卻還是沒有勇氣開口。我試過鼓勵她說出來，只可惜我肯定是嘴巴太笨，反倒是把她嚇了回去。她會跟我說起我那個古老的家族，說起我家在郡裏的名望，又說起我們引以為豪的清白家聲。每次我都覺得，我倆馬上就要說到那個節骨眼

兒上的問題，不知道為甚麼，每次卻都是半途而廢。」

「可您還是自個兒查出了一些事情，對吧？」

「很多事情，福爾摩斯先生。我給您帶了幾張新發現的跳舞小人圖樣，更重要的是，我還瞧見了那個傢伙。」

「甚麼，您說的是圖樣的作者嗎？」

「是的，我把他逮了個正着。不過，我還是一件一件地說吧。從您這兒回去之後的第二天早晨，我睜眼瞧見的第一件東西就是又一些跳舞小人。有人用粉筆把它們畫在了工具房的黑色木門上，工具房在草坪的旁邊，從屋子正面的窗戶可以看得一清二楚。我把圖形原原本本地摹了下來，喏，就是這個。」他展開一張紙片，把它擺在了桌子上，紙片上的符號如下圖所示：

「好極了！」福爾摩斯說道。「好極了！麻煩您接着講吧。」

「留下副本之後，我就把那些符號給擦掉了。可是，兩天之後又出現了新的符號。喏，我這兒也有一個副本。」

福爾摩斯搓着雙手，吃吃地笑了起來，顯然是樂不可支。

「咱們手頭的資料增長得很快啊，」他說道。

「又過了三天，有人用石子把一張畫了小人的紙條壓在了日晷上。喏，這就是那張紙條。您瞧，紙上的小人跟上一次的一模一樣。這之後，我決定嚴陣以待，看看到底是怎麼回事。這麼着，我拿出我的左輪手槍，坐在我的書房裏守夜，從那裏可以看到草坪和花園。大概凌晨兩點的時候，我坐在窗子邊上，屋裏沒有燈火，唯一的照明只有屋外的月光。就在這個時候，腳步聲從我身後傳來，我妻子穿着睡袍走進了書房。她央求我去睡覺，而我直截了當地告訴她，我就是想要瞧瞧，到底是誰在用這種荒唐的把戲作弄我們。她說這只是一種毫無意義的惡作劇，還叫我別把它放在心上。

「『你要是真為這個生氣的話，希爾頓，咱們就出去旅行吧，咱倆一起去，躲開這件煩心的事情。』

「『甚麼，由着搞惡作劇的人把咱倆趕出自己的家嗎？』我說。『要我説，咱倆會成為全郡的笑柄的。』

「『那好，先去睡覺吧，』她説，『咱們明天早上再談這件事情。』

「她的話還沒有説完，突然之間，我看到她映着月光的蒼白臉龐變得更加蒼白，感覺到她的手緊緊抓住了我的肩膀。原來，有甚麼東西正在工具房的陰影之中移動。我看見一個鬼鬼祟祟的黑影慢慢繞到了工具房的正面，在門前蹲了下來。我抄起手槍往外衝，我妻子卻猛一下抱住了我，使勁兒把我往後拽。我想要甩開她，可她死也不肯鬆手。最後我終於掙脱了她，可是，等我打開屋子的門、衝到工具房跟前的時候，那傢伙已經不見了。不過，他還是

留下了一點兒蛛絲馬跡，因為工具房的門上又出現了一行跟前面兩次一模一樣的跳舞小人，就是我摹在那張紙上的東西。我把整個庭院搜了個遍，哪裏都沒有那傢伙留下的其他痕跡。奇怪的是，他肯定是一直躲在院子裏沒走，因為第二天早上我又去檢查了工具房的門，發現他又在原來的那行小人下面畫了一行新的。」

「新畫的小人您帶來了嗎？」

「帶了，新畫的這行很短，可我還是留了個副本，喏，就是這個。」

他又拿出一張紙片，跳舞小人的新動作如下圖所示：

「告訴我，」福爾摩斯說道——從他的眼神來看，他顯然是非常興奮——「從位置上看，這些小人僅僅是第一行的補充，還是跟第一行截然分開的單獨一行呢？」

「這些小人是畫在木門的另一塊板子上的。」

「好極了！對於咱們的調查來說，這一點再重要不過了。它讓我充滿了希望。好了，希爾頓·丘比特先生，您的故事有趣極了，麻煩您接着講吧。」

「我已經講完了，福爾摩斯先生，再有就是當晚我非常生氣，因為我本來可以抓住那個偷偷摸摸的惡棍，但卻被我妻子拖了後腿。她說她是擔心我受到傷害，一閃念之間，我不禁覺得，她真正擔心的沒準兒是**他**受到傷害，因為我完全肯定，她知道這個人是誰，也知道他這些古怪的

符號是甚麼意思。可是，福爾摩斯先生，她的語調和眼神裏都有一種不容懷疑的東西，讓我不得不相信，她心裏裝的確實是我的安危。整個兒的情形就是這樣，眼下我需要您提個建議，告訴我該怎麼辦。我自個兒的打算是從我農場裏找六、七個小伙子到灌木叢裏去守着，看到那傢伙出現就把他狠狠地教訓一頓，叫他不敢再來騷擾我們。」

「按我看，這件案子非常複雜，恐怕不能用這麼簡單的辦法來解決，」福爾摩斯說道。「您能在倫敦待多久呢？」

「我今天就得回去。無論如何，我也不能讓我妻子整個晚上獨守空房。她非常緊張，央求我回去陪她。」

「您這麼做當然沒錯，不過，您要是能等上一兩天的話，我多半就可以跟您一起回去。這樣吧，您把這些紙片留在我這兒，十之八九，我很快就能去拜望您，幫您把這件案子理出一些頭緒。」

客人離去之前，歇洛克·福爾摩斯一直保持着平靜淡漠的專業風範，不過，知他如我，自然可以一眼看出他極度興奮的心情。希爾頓·丘比特寬闊的背影剛剛從門口消失，我室友立刻撲到桌子旁邊，把所有畫着跳舞小人的紙片排在自己面前，全力投入了一次精深複雜的演算。接下來的兩個鐘頭，我看着他走筆如飛，用圖形和字母蓋滿了一張又一張的紙。他徹底沉浸在手頭的工作當中，顯然是忘記了我的存在。他時而吹起口哨、自詫高明，說明他的工作有了進展，時而又眉頭緊鎖、眼神空洞，一動不動地坐上好長時間，說明他遇上了某個難題。到最後，他歡呼一聲，從椅子上跳了起來，一邊搓手，一邊在房間裏來回

躞步。這之後，他拿出一張電報表格，草擬了一封長長的電報。「如果這封電報的回覆跟我的預計一樣的話，華生，你那份案件收藏就可以增添一件非常精美的藏品啦，」他說道。「依我看，咱們明天就可以去諾福克，給咱們這位朋友的煩心事提供一個非常確切的謎底。」

說實在的，當時我心裏充滿了好奇。可我非常清楚，福爾摩斯喜歡按他自己選擇的方式和時間來揭曉他的發現，所以我並沒有開口動問，等着他主動向我說明一切。

沒想到，他的電報並沒有得到即時的回覆。我倆心急如焚地等了兩天，兩天的時間裏面，福爾摩斯一直在側耳傾聽門鈴的每一次響動。第二天晚上，郵差送來了一封希爾頓·丘比特寫的信，信裏說他那邊一切正常，只不過當天早上，日晷的基座上出現了一段長長的符號。信裏附來了一個副本，如下圖所示：

福爾摩斯俯身查看這個奇形怪狀的圖樣。幾分鐘之後，他猛然直起腰來，驚駭地大叫一聲，表情十分煩躁。

「咱們把這件事情拖得太久了，」他說道。「今晚有去北瓦爾薩姆 * 的火車嗎？」

---

* 北瓦爾薩姆 (North Walsham) 為諾福克郡東北部近海城鎮，距倫敦約 200 公里。

我拿出列車時刻表來看了看，末班車剛剛開走。

「這樣的話，明天咱們就得提前吃早飯，坐第一班火車去，」福爾摩斯說道。「形勢萬分緊急，咱們必須立刻到場。哈！咱們等的電報終於來了。先別走，哈德森太太，我可能得拍個回電。哦，不用了，電報的內容跟我想的基本一樣。看了這封電報，咱們就更有必要讓希爾頓·丘比特盡早了解眼前的形勢，一個小時也不能耽擱，原因在於，咱們這位純樸的諾福克鄉紳已經陷進了一張非同一般的危險羅網。」

千真萬確，後來的事情正如他的預料。眼下我即將寫到這個故事的黑暗結局，當時的驚愕與恐怖再一次湧上心頭，儘管我一度以為，故事裏有的僅僅是一些幼稚可笑、怪誕無稽的情節。我一心想讓讀者們看到一個比較光明的結尾，只可惜這是一篇紀實的文字，我只能原原本本地講述一連串離奇的事件，一直講到那次悲慘的變故。就因為那次變故，一時之間，萊丁索普宅邸變成了一個全英格蘭家喻戶曉的名字。

我倆剛剛踏上北瓦爾薩姆的站台，開始跟人打聽此行的目的地，車站站長就急匆匆地走了過來。「你們是從倫敦來的探員吧？」他問我們。

福爾摩斯面露不悅之色。

「你這是從何說起呢？」

「因為諾里奇的馬丁督察剛剛才從這兒過去。當然嘍，你們也可能是醫生。她還沒死，至少最新的消息是這

麼説的。你們興許趕得及救她，只不過救了也是白救，因為她反正得上絞架。」

福爾摩斯臉色一沉，神情十分焦灼。

「我們確實是要去萊丁索普宅邸，」他説道，「不過，我們並不知道那邊出了甚麼事情。」

「出了非常可怕的事情，」站長説道。「他倆都中了槍，我説的是希爾頓‧丘比特先生，還有他的妻子。她先是開槍打他，然後又打自己，這是他們家的傭人説的。他已經死了，她多半也活不成。天哪，天哪，這可是諾福克郡數一數二的古老人家、數一數二的高貴門庭啊。」

福爾摩斯甚麼也沒説，只是急匆匆地走到了一輛馬車跟前。接下來的旅程足足有七英里，可他始終是一言不發，臉上寫着一種我很少看見的全然失望。我倆從倫敦趕過來的路上，他一直都顯得心神不寧，我還看見他把各種早報翻看了一遍，神色又專注又焦急。到這會兒，他最擔心的事情突然變成了現實，致使他茫然若失、滿心惆悵。他仰在自己的座位上，陷入了陰鬱的思索。事實上，我倆周圍有許多值得一看的景物，因為路邊的原野引人入勝，不輸給英格蘭的任何地方。坦盪如砥的青葱原野之中只有一些零星的農舍，表明了本地人煙稀少的現狀，與此同時，放眼四望，一座座帶有方塔的巨大教堂聳入雲天，訴説着東英格蘭*昔日的繁盛與輝煌。到最後，

---

* 東英格蘭 (East Anglia) 指的是英格蘭東部一片歷史悠久的區域，名稱來源於古代的東盎格魯王國 (Kingdom of the East Angles)，最初只指諾福克及薩福克 (Suffolk) 兩郡所在的區域。

日耳曼海 * 海水形成的紫色鑲邊從諾福克海岸的綠色邊緣躍入我們的眼簾，車夫用鞭梢指了指掩映林間的兩堵磚木結構的古老山牆。「那就是萊丁索普宅邸，」他告訴我們。

馬車漸漸靠近帶有柱廊的屋子正門，我立刻看到了草地網球場旁邊那座黑色的工具房，還有那個帶基座的日晷，它們都與此前那些離奇至極的事件息息相關。屋子前面停着一輛高高的小馬車，一個模樣精悍的小個子男人剛剛從車上走了下來，神態敏捷機警，髭鬚還打過蠟。他向我倆自報家門，說自己是諾福克警局的馬丁督察，聽到我同伴的名字之後，他一下子吃驚不小。

「哎唷，福爾摩斯先生，案發時間是今天凌晨三點，而您又身在倫敦，可您不但聽說了這件事情，還跟我同時趕到了現場，這是怎麼回事呢？」

「我預見到了這件事情，來這裏的目的是阻止它變成現實。」

「這麼說，您手裏一定有一些我們不知道的重要線索，因為這裏的人都說，他倆的夫妻關係特別和睦。」

「我的線索只是一些跳舞的小人，」福爾摩斯說道。「一會兒我再跟您解釋這件事情。還有啊，既然沒來得及阻止這場悲劇，我只有一個迫切的願望，那就是利用自己掌握的線索來替受害者討還公道。我可以跟您一起調查，也可以單獨行動，您覺得哪種方式比較好呢？」

---

* 日耳曼海 (German Ocean) 是北海的舊稱。據《蘇格蘭地名詞典》(*Gazetteer for Scotland*) 所說，這個舊稱之所以在二十世紀初遭到廢棄，是因為當時英德兩國之間的敵對狀態。

「要是能跟您一起調查的話，我會覺得非常榮幸，福爾摩斯先生，」督察懇切地説道。

「既然如此，我的希望是立刻傳訊證人、勘查現場，杜絕任何不必要的拖延。」

馬丁督察相當明智，懂得讓我朋友自行其是，自己則滿足於仔仔細細地記錄我朋友的成果。當地的醫生是位滿頭白髮的老先生，剛剛才從希爾頓·丘比特太太的房間走下樓來。他告訴我們，太太雖然傷勢嚴重，但卻並非必死無疑。子彈打穿了她的前腦，她多半得等上一段時間才能恢復神智。關於太太是受傷還是自傷的問題，他不願意遽下定論。可以肯定的是，子彈是從非常近的地方射來的。他只在房間裏找到了一把手槍，那是把左輪手槍，彈倉空了兩格。希爾頓·丘比特先生被子彈打穿了心臟。鑑於手槍躺在房間裏的地板上，跟夫妻兩個的距離一樣遠，情形既可能是丈夫開槍擊中妻子，然後再朝自己開火，也可能與此恰恰相反。

「你們動過他嗎？」福爾摩斯問道。

「我們只是抬走了那位女士，別的都沒動。她受了傷，我們可不能讓她就那樣躺在地板上。」

「您來了多久了，醫生？」

「我四點鐘就來了。」

「還有別的人來嗎？」

「有的，還有個警察。」

「你們甚麼都沒碰過吧？」

「沒碰過。」

「你們考慮得非常仔細。誰叫你們來的呢？」

「這兒的上房女僕*，桑德斯。」

「第一個發現出事的人就是她嗎？」

「她和這兒的廚娘，金太太。」

「她倆這會兒在哪兒呢？」

「應該是在廚房裏吧。」

「這樣的話，咱們最好馬上聽聽她倆的說法。」

就這樣，鑲着橡木牆板、開着狹長窗戶的古老廳堂變成了一個訊問的法庭。福爾摩斯坐在一張老式的大椅子上，絕不徇情的雙眼在他憔悴的臉上閃着寒光。看他的眼神，我知道他已經下定決心，不惜用畢生的精力來追查這件案子，務必要為他沒能搭救的這位主顧報仇雪恨，不達目的絕不罷休。除了他之外，這個奇異法庭的成員還有儀容整飭的馬丁督察、白髮蒼蒼的鄉村醫生、我自己，以及一名呆頭呆腦的鄉村警察。

兩個女人把自己知道的情況講得相當清楚。一聲爆炸將她倆從夢中驚醒，一分鐘之後又是一聲。她倆的房間挨在一起，金太太便衝進桑德斯的房間，兩個人一起下了樓。她倆發現書房的門開着，桌子上點着一支蠟燭。主人趴在房間中央，看樣子是已經斷了氣，他的妻子則蜷在窗邊，腦袋靠在牆上，半邊臉已經被鮮血染紅，傷情十分可怕。她大口大口地喘着粗氣，但卻甚麼也說不出來。過

---

* 在當時西方的大戶人家裏，女僕有不少等級。「上房女僕」原文是「house maid」，指職責範圍在樓上的高等女僕，通常歲數比較大，經驗也比較豐富。如果是更大戶的人家，上房女僕內部也有幾個等級。

道和房間裏都是煙霧瀰漫，充滿了火藥的氣味。窗子絕對是關着的，而且從裏面上了插銷，兩個女人都對這一點非常肯定。見此情景，她倆立刻派人去叫醫生和警察，之後又叫上馬夫和小馬倌，四個人一起把受傷的女主人抬回了主人的臥房。主人兩口子都在床上睡過，太太穿着平常的衣服，先生則穿着睡衣，外面套了一件睡袍。書房裏的東西都是原封未動。她倆從來沒聽說過主人兩口子拌嘴的事情，向來都覺得他倆是非常和睦的一對。

女僕證詞的要點就是這些。回答馬丁督察提問的時候，她倆毫不含糊地宣稱，所有的門都從裏面上了閂，誰也不可能從屋裏逃出去。回答福爾摩斯提問的時候，她倆都想了起來，當時她倆從頂樓的臥室往樓下跑，一出臥室就聞到了火藥的氣味。「我鄭重提議，您應該留意一下這個事實，」福爾摩斯對他的官方同行說道。「好了，依我看，咱們這就可以進入下一個步驟，對那個房間來一次徹底的檢查。」

書房並不大，三面牆上都擺着書，書桌對着一扇普普通通的窗子，窗子外面就是花園。我們的注意力首先集中到了那位不幸鄉紳的遺體上，他魁梧的身軀直挺挺地攤在房間裏，衣着凌亂不堪，說明他起床的時候十分倉促。子彈從前方打穿了他的心臟，眼下還留在他的身體裏面。他顯然是當場斷氣，死得毫無痛苦。死者的睡袍和手上都沒有火藥燒灼的痕跡，與此同時，按照鄉村醫生的說法，死者妻子的臉上有火藥的痕跡，手上卻沒有*。

---

* 如果手槍在很近的距離之內開火，傷口和衣服上就會有火藥和金

「手上沒有火藥的痕跡，並不能說明任何問題，當然嘍，如果有的話，可以說明的問題就太多了，」福爾摩斯說道。「除非子彈很不合適，擊發的時候火藥噴到了後面，不然的話，即便你開上許多槍，手上也不會留下甚麼痕跡。好了，依我看，丘比特先生的遺體已經可以挪走了。據我估計，醫生，您還沒有把打傷太太的那顆子彈取出來吧？」

「要把子彈取出來，不動大手術是不行的。不過，那把左輪手槍的彈倉裏還剩着四顆子彈。打出去的子彈只有兩顆，造成的槍傷也有兩處，這樣算起來，所有的子彈都已經有了着落*。」

「看樣子的確如此，」福爾摩斯說道。「不過，還有一顆子彈顯然是打在了窗框上，您有沒有把它算在裏面呢？」

他已經突然轉過了身，這會兒正用又細又長的指頭指着窗框上的一個窟窿，那個窟窿離窗框的底邊大約有一英寸†。

「天哪！」督察大叫一聲。「這您是怎麼看見的呢？」

「因為我預料到了它的存在。」

「妙極了！」鄉村醫生說道。「您的預料顯然不差，先生。如此說來，肯定還有人開了第三槍，也就是說，還有第三個人在場。可是，第三個人會是誰，又是怎麼跑掉的呢？」

屬碎片留下的痕跡。《萊吉特鎮謎案》當中也有類似情節。

* 左輪手槍的彈倉通常分為六格，可以裝六顆子彈。

† 1 英寸約等於 2.5 厘米。

「這正是咱們將要解決的問題，」歇洛克・福爾摩斯說道。「馬丁督察，這之前，女僕說她們一出自己的房間就聞到了火藥的氣味，我當即表示這一點極其重要，您應該還記得吧？」

「記得，先生。不過，說老實話，我並不明白道理何在。」

「這一點可以說明，開槍的時候，書房的窗子和門都是開着的。不然的話，火藥的煙霧就不可能如此迅速地蔓延到屋子裏的其他地方。只有在書房裏有穿堂風的情況下，煙霧才能蔓延得這麼快。不過，門窗同時開着的情形只持續了很短的一段時間。」

「這您怎麼證明呢？」

「因為桌上的蠟燭還沒有開始淌蠟。」

「妙極了！」督察叫道。「妙極了！」

「我斷定慘劇發生之時窗子開着，接下來的推測就是，這次事件多半還牽涉到第三個人，此人站在窗子外面，衝屋裏開了槍。屋裏的人如果開槍去打這個人，很可能就會擊中窗框。於是我就找了找，然後呢，果不其然，窗框上的確有彈孔！」

「可是，窗子又是怎麼關上插好的呢？」

「面對這種情況，太太的第一個本能反應肯定是關上窗子、插好插銷。等等，嘿！這是甚麼東西？」

他看到的是一個鱷魚皮鑲銀的女用提包，那個包小巧玲瓏、線條簡潔，這會兒就立在書房的桌子上。他打開提包，把裏面的東西倒了出來。出現在我們眼前的是用橡皮

筋捆在一起的一沓紙鈔，全都是英格蘭銀行發行的五十鎊鈔票，總共二十張，別的就沒有了。

「這可得好好保存，審判的時候用得上的，」福爾摩斯一邊說，一邊把提包和鈔票交給了督察。「好了，從木頭碎裂的情況來看，第三顆子彈顯然是從屋裏打出去的，現在呢，咱們得研究一下它到底是怎麼回事。我還得再見見金太太，也就是那位廚娘。金太太，您剛才說您是被**響亮的**爆炸聲驚醒的。您這麼說，意思是您覺得它比第二聲爆炸更響，對嗎？」

「呃，先生，我是從睡夢中突然驚醒的，很難辨別哪一聲更響。不過，第一聲爆炸聽起來確實很響。」

「按您看，它有沒有可能是兩支槍幾乎同時開火的聲音呢？」

「這我可說不好，先生。」

「按我看，肯定就是這麼回事。馬丁督察，我覺得這個房間已經提供不了甚麼線索了。您要是樂意的話，咱倆可以一起出去走走，看看花園裏有些甚麼樣的新證據。」

花園裏的一個花台一直延伸到了書房的窗子下面，走近花台的時候，大家不約而同地驚呼了一聲。花台裏的花已經被人踩倒，鬆軟的土壤上到處都是腳印，腳印來自男人的大腳，腳趾的部位又長又尖。福爾摩斯在草叢和落葉之中翻來找去，活像一隻替主人覓取中槍鳥兒的獵犬。過了一會兒，他歡呼一聲，俯身拾起了一枚小小的黃銅彈殼。

「果然不出我所料，」他說道，「第三個人的左輪手

槍裝有退殼杆 *，這就是第三槍擊發之後的彈殼。我真的覺得，馬丁督察，咱們這件案子已經辦得差不多了。」

看到福爾摩斯駕輕就熟、進展神速的調查過程，這位本地督察的臉上早已經寫滿驚嘆。剛開始的時候，他多少還有點兒固持己見的意思，眼下則已經五體投地，準備毫無保留地聽從福爾摩斯的任何安排。

「您懷疑是誰幹的呢？」

「這個問題等會兒再說。這件案子有幾個疑點，眼下我還沒法給您一個解釋。既然已經查到了這個地步，我最好還是順着自己的思路往下查，以便一勞永逸地解決整件事情。」

「您説怎麼辦就怎麼辦，福爾摩斯先生，只要能幫我們抓到兇手就行。」

「我並不是想要故弄玄虛，只不過，眼下我就得採取行動，沒工夫進行冗長複雜的解釋。我已經掌握了這件案子的所有線索，即便那位女士再也不能恢復神智，咱們照樣可以還原昨夜的種種事件、確保正義得到伸張。首先，我想問一問，這附近有沒有一家名為『埃爾里奇』的旅館？」

我們盤問了所有的僕人，他們都沒聽説過這麼個地方。幫上了忙的只有那個小馬倌，因為他想起附近有個農夫叫這個名字，那人的農莊在東拉斯頓 † 方向，離這兒只有幾英里。

---

* 退殼杆是轉輪手槍上面的一種裝置，用途是將擊發之後的空彈殼退出彈倉。

† 東拉斯頓 (East Ruston) 為諾福克郡的一個村莊，西距上文之中的北瓦爾薩姆約 8 公里。

「他的農莊偏僻嗎？」

「非常偏僻，先生。」

「這樣的話，昨夜這裏發生的事情，那裏的人興許還沒聽說吧？」

「有這個可能，先生。」

福爾摩斯思索片刻，臉上露出了一抹古怪的笑容。

「去備匹馬吧，小伙計，」他說道。「我要你遞張條子到埃爾里奇的農莊去。」

他從口袋裏掏出了那些畫有跳舞小人的紙片，把紙片擺到書桌上，對着紙片忙活了一陣。這之後，他把一張便條交給了小馬倌，囑咐他把便條交到收信人的手裏，同時還叫他格外留神，千萬不能回答那個人提出的任何問題。我瞧見了寫在便條反面的收信人姓名地址，字寫得彎彎繞繞、歪歪扭扭，完全不像福爾摩斯平時的清晰筆跡。收信人寫的是「亞伯‧斯蘭尼先生」，地址則是「諾福克郡東拉斯頓村埃爾里奇農莊」。

「依我看，督察，」福爾摩斯說道，「您不妨拍封電報，叫他們派一支押送隊來，原因嘛，如果我所料不差的話，您可能得把一名特別危險的犯人送往本郡的監獄。當然嘍，送信的小伙計可以幫您把電報捎到郵局去。下午要是有火車的話，華生，咱倆還是回倫敦去好了，因為我有一項比較重要的化學分析需要完成，與此同時，這次調查倒是很快就要完成了。」

小馬倌帶上便條出發之後，歇洛克‧福爾摩斯又給僕人們下達了一些指示。他千叮嚀萬囑咐地告訴他們，如果

有人來拜訪希爾頓‧丘比特太太的話，他們絕不能向來人透露太太的任何情況，同時又要把來人立刻帶進客廳。接下來，他表示局面已經脫離了我們的控制範圍，眼下我們只能盡量想辦法打發時間，靜待事態發展。說完之後，他領頭走進了客廳。到這會兒，醫生已經離開宅子診治病人去了，剩下的只有督察和我。

「依我看，我可以提供一種寓教於樂的消遣，幫你們打發一個鐘頭的時間，」福爾摩斯一邊說，一邊把他的椅子拖到桌邊，又把那些記錄着滑稽舞蹈動作的紙片排在了自己面前。「從你的角度來看，華生伙計，我讓你合情合理的好奇心壓抑了這麼長的時間，這樣的罪過怎麼彌補也不過份。您呢，督察，多半也會認為這整件事情是一次不同尋常的專業研究，不會覺得它無聊乏味。這之前，希爾頓‧丘比特先生到貝克街來找我諮詢過幾次，首先我得告訴您，其間都有些甚麼樣的有趣情形。」接下來，他把我已經寫在前面的種種事實簡要地講了一遍。「我剛才說的那些古怪玩意兒，眼下就擺在我的面前。要不是事實已經證明，它們預告了如此可怕的一場慘劇，大家興許還會覺得它們滑稽可笑哩。我對各種各樣的秘密文字都算是相當熟悉，自己也就這個主題寫過一篇不足掛齒的論文，對一百六十種不同的密碼進行了分析。即便如此，我還是不得不承認，這一回我真是開了眼界。這種密碼的始作俑者之所以要把它設計成這個樣子，顯然是為了讓人誤以為它只是小孩子的亂塗亂畫，用這種假象來掩蓋它訊息載體的身份。

「不過，一旦認識到這些符號對應着不同的字母，再用上破譯密碼的一些通行準則，我立刻發現，答案其實並不難找。我拿到的第一條訊息太過簡短，所以我甚麼也看不出來，有點兒把握的判斷只有一個，那就是 ✗ 代表 "E"。你們也知道，"E" 是英文當中最常見的字母，出現的頻率要比其他字母高不知道多少倍，即便是在一個很短的句子當中，它依然能表現出字頻最高的特徵。第一條訊息總共只包括十五個符號，其中卻有四個基本相同，說它是 "E" 自然合情合理。誠然，就這四個符號來說，有的小人打着小旗，有的沒打，不過，從小旗的分佈方式來看，很有可能，它並不是區分不同字母的記號，作用只是把句子點斷成一個一個的單詞。我認為這是一種可行的假設，由此就把 ✗ 標注為 "E"。

「可是，跟着我就碰上了真正的難題。刨開 "E" 不算，其他英文字母的字頻差距一點兒也不明顯，某個字母可能會在整頁的印刷文字當中表現出較高的平均字頻，到了單個的短句當中卻可能會變成罕見的字母。大致說來，英文字母按字頻排列的順序是 T、A、O、I、N、S、H、R、D、L。然而，T、A、O、I 的字頻相去無幾，要是把每種組合都試一遍的話，恐怕得到天荒地老才能解讀訊息的含義。這一來，我只好就此打住，等新的材料來了再說。第二次見到希爾頓·丘比特先生的時候，他果真給我帶來了兩個新的短句，此外還有一條訊息。後一條訊息似乎只包含一個單詞，因為所有的符號都不帶小旗。喏，這條訊息裏的符號就是這些：

「好了，這條一個詞的訊息一共只包括五個符號，而我已經認出第二個和第四個符號都是"E"，由此可知，這個詞可能是"SEVER"（切斷），也可能是"LEVER"（槓桿），還可能是"NEVER"（決不）。毫無疑問，後一個詞遠比前面兩個符合情理，因為它可以用來回答別人的請求，與此同時，種種跡象表明，這個回答出自那位女士的手筆。假定這個判斷正確無誤，咱們就可以斷定，其他三個符號分別代表N、V和R。

「即便到了這個時候，我依然面臨着很大的困難，幸虧我靈機一動，想出了其他幾個符號所代表的字母。當時我突然想到，如果情形符合我的推測，發出這些請求的人跟少女時代的丘比特太太非常親近，那他多半會在請求當中使用丘比特太太的名字，組合在一起的五個符號如果首尾都是"E"，很可能就代表着"ELSIE"（埃爾西）。一番檢查之後，我在一條訊息的末尾找到了這樣一個組合。這條訊息反復出現過三次，無疑是向"ELSIE"發出的某種請求。這一來，我就認出了L、S和I。再往下推，他究竟在請求甚麼呢？"ELSIE"前面只有四個符號，排在最後的一個也是"E"。可以肯定，這個詞只能是"COME"（來吧）。我把其他以"E"結尾的四字單詞都試了一遍，哪一個也不符合眼下的情形。這麼着，我又掌握了C、O和M，可以再一次嘗試解讀第一條訊息，

方法是根據小旗把它們分成一個一個的單詞，還不能辨認的符號就用小點兒代替。如此處理之後，第一條訊息變成了這個樣子：

.M .ERE ..E SL.NE.

「這樣一看，第一個字母只可能是 "A"。這個發現十分有用，因為 "A" 在這麼個短句子當中足足出現了三次。除此之外，第二個詞最開頭的那個 "H" 也是一目瞭然。這一來，訊息又變成了：

AM HERE A.E SLANE.

「一望而知，名字當中缺的是甚麼字母，補全之後就變成了：

AM HERE ABE SLANEY. (我到了。亞伯・斯蘭尼)

「既然掌握了這麼多字母，我自然可以信心十足地接着解讀第二條訊息。經過處理之後，第二條訊息變成了這個樣子：

A. ELRI.ES

「我只能找出一種辦法來解讀這條訊息，那就是在空缺的地方補上 "T" 和 "G"，同時還得假定，訊息當中的名字指的是發訊人下榻的公寓或者旅館＊。」

就這樣，我朋友條分縷析地講述了他破譯密碼、由此讓所有難題迎刃而解的整個過程，我和馬丁督察都聽得興致盎然。

「接下來您又是怎麼做的呢，先生？」督察問道。

＊　補上「T」和「G」之後的訊息是「AT ELRIGES」，意為「住在埃爾里奇」。

「我可以十拿九穩地推斷這個亞伯·斯蘭尼是美國人，不光因為『亞伯』是一個美國式的縮寫*，還因為所有麻煩的由頭正好是一封美國來信。除此之外，我也有充分的理由相信，這事情的背後隱藏着一些罪行。那位女士把自己的身世說得一無是處，同時又拒絕向丈夫透露詳情，這些情況都指着那個方向。於是乎，我發了封電報給威爾遜·哈格里夫，他是我在紐約警局的一個朋友，曾經多次從我這裏獲得關於倫敦罪案的有用情報。我問他知不知道亞伯·斯蘭尼這個名字，他的回覆是這樣的：『此人是芝加哥最危險的騙子。』收到他回電的同一天晚上，希爾頓·丘比特的信也到了，裏面附有斯蘭尼發出的最後一條訊息。代入已知字母之後，訊息是這樣的：

ELSIE .RE.ARE TO MEET THY GO.

「再添上“P”和“D”，我就得到了一條完整的訊息，由此知道這個惡棍已經把勸誘變成了恐嚇†。根據我對芝加哥騙子的了解，他的恐嚇多半會迅速兌現，所以我立刻行動，和我的朋友兼同事華生醫生一起來到了諾福克。不幸的是，等我們趕到的時候，事情已經發展到了最糟糕的地步。」

「能跟您一起辦案，實在是榮幸之至，」督察激動萬分地說道。「不過，恕我冒昧，您只需要跟您自個兒交

---

* 「亞伯」(Abe) 是「亞伯拉罕」(Abraham) 的縮寫及暱稱，多見於美國人名。美國總統亞伯拉罕·林肯 (Abraham Lincoln, 1809–1865) 即有「老亞伯」(Old Abe) 的愛稱。

† 補充完整的訊息是「ELSIE PREPARE TO MEET THY GOD」，意思是「埃爾西，準備去見上帝吧」。

代，我卻要應付各位上司。如果這個身在埃爾里奇農莊的亞伯·斯蘭尼確實是兇手，又趁我在這兒坐着的時候逃到了別處，那我肯定是吃不了兜着走。」

「您用不着擔心，他不會有逃跑的念頭的。」

「您怎麼知道呢？」

「逃跑就等於不打自招啊。」

「那好，咱們去抓他吧。」

「據我看，他正在上這兒來，隨時都可能會到。」

「可是，他幹嗎要來呢？」

「因為我寫了便條去請他。」

「這可真讓人沒法相信，福爾摩斯先生！您請他他就來，哪有這種道理呢？難道説，這樣的邀請不是正好引起他的懷疑、嚇得他趕緊逃走嗎？」

「依我看，這一類的便條應該怎麼措辭，我還是知道的，」歇洛克·福爾摩斯説道。「事實上，如果我不是大錯特錯的話，這位先生已經大駕光臨，正在順着馬車道往這兒走哩。」

通往屋門的小徑上大踏步地走來了一個男人，只見他身材高大、相貌英俊、膚色黝黑，黑色的絡腮鬍子宛如鋼針，碩大的鷹鈎鼻子氣勢洶洶。他身穿一套灰色的法蘭絨衣服，頭戴一頂巴拿馬草帽，手裏還舞着一根手杖。他大搖大擺走在小徑上，儼然是這個地方的主人。轉眼之間，我們就聽見他把門鈴拉得地動山搖。

「依我看，先生們，」福爾摩斯平靜地説道，「咱們最好到門背後去守着。對付這樣的一個傢伙，咱們不能有

任何疏忽。把您的手銬準備好，督察。問話的事情交給我好了。」

我們默不作聲地等了一分鐘，讓人永生難忘的一分鐘。接下來，客廳的門開了，那個男人走了進來。電光石火之間，福爾摩斯已經用手槍頂住了他的腦袋，馬丁也用手銬銬住了他的雙手。他倆的動作無比迅疾、無比嫻熟，那傢伙還沒來得及意識到自己中了埋伏，就已經徹底喪失了反抗能力。他大睜着一雙怒火熊熊的黑眼睛，挨個兒地打量着我們，跟着就突然爆發出了一陣苦澀的笑聲。

「咳，各位，這一局算你們佔了先手。看情形，我這是捏到了甚麼硬柿子。不過，我可是接到希爾頓·丘比特太太的信才上這兒來的。這事情她不會有份吧？總不至於，她會幫着你們給我下套子吧？」

「希爾頓·丘比特太太受了重傷，眼下已經是命懸一線。」

這人發出一聲嘶啞的悲號，響徹了整座房子。

「你肯定是瘋了！」他惡狠狠地吼道。「受傷的人是他，根本就不是她。誰忍心傷害小埃爾西呢？我確實恐嚇過她——願上帝寬恕我！——可我決不會叫她那顆可愛的腦袋上少根頭髮。把你的話收回去——說的就是你！快告訴我，她沒有受傷！」

「人們發現她的時候，她倒在死去的丈夫身旁，傷勢十分嚴重。」

他發出一聲低沉的哀鳴，癱坐到長椅上，用銬在一起的雙手捂住自己的臉，一聲不吭地坐了五分鐘。這之後，

他抬起頭來開始說話，一副萬事皆休的淡漠神情。

「我沒有甚麼好隱瞞的，各位，」他說道。「即便我開槍打死了那個男的，那也是在他衝我開槍之後，算不上甚麼謀殺。可你們要是認為我傷害了那個女的，那只能說明你們既不了解我，也不了解她。我可以告訴你們，世上從沒有哪個男人像我愛她那樣愛過一個女人。她本來是屬於我的，多年之前，她就把自己許給了我。這個英國佬算是哪門子人物，憑甚麼擠到我倆中間來呢？告訴你們，我才是最應該娶她的人，我要求的只是我應得的東西。」

「看清你的真面目之後，她決心不再受你的蠱惑，」福爾摩斯厲聲說道。「為了躲開你，她從美國逃到了英格蘭，嫁給了一位體面的紳士。你死盯着她不放，一直追到了這兒，把她的生活弄得苦不堪言，企圖誘騙她捨棄自己又敬又愛的丈夫，跟你這個讓她又怕又恨的人一起私奔。到最後，你不但導致一名品行高貴的男子死於非命，還逼得他妻子飲彈自盡。這就是你在這件事情當中扮演的角色，亞伯·斯蘭尼先生，法律會讓你清償自己的罪行。」

「埃爾西要是死了的話，我根本就不在乎自己會是甚麼下場，」美國人說道。他攤開一隻手，看了看團在手心裏的一張紙條。「瞧瞧這個，先生，」他大聲說道，眼睛裏閃出了一絲懷疑，「你肯定是想拿這件事情來嚇唬我，對吧？要是她傷得像你說的那麼重的話，這張便條又是誰寫的呢？」說完之後，他把紙條扔到了前方的桌子上。

「我寫的，為的是把你騙來。」

「你寫的？除了我們那個幫派的人之外，世上再沒有

誰知道跳舞小人的秘密。你是怎麼寫出來的呢？」

「既然有人會編，自然有人會解，」福爾摩斯說道。「有輛馬車正在上這兒來，一會兒就要送你去諾里奇，斯蘭尼先生。不過，你還有一點兒時間，可以對你造成的傷害作一點兒小小的補救。希爾頓‧丘比特太太已經蒙上了謀殺丈夫的嚴重嫌疑，若不是我來了這兒，若不是我碰巧掌握了一些情況，她恐怕很難免於指控，這些情況，你知不知道？為了向她贖罪，你至少應該替她澄清這件事情，好讓世人知道，對於她丈夫的悲慘結局，她並沒有任何直接或者間接的責任。」

「這樣最好，」美國人說道。「照我看，我要想替自個兒辯護的話，最好的方法就是把真相毫無保留地說出來。」

「我有責任警告你，你的話將會成為指控你的證據，」督察正氣凜然地高聲說道，活脫脫是英國刑法公平精神的化身。

斯蘭尼聳了聳肩膀。

「那我也得試試運氣，」他說道。「首先我要告訴諸位，這位女士還是孩子的時候，我倆就已經認識了。我們是芝加哥的一個幫派，一共有七個人，幫派的首領就是埃爾西的父親。他這個人非常精明，我說的是老帕特里克。這種密碼就是他發明的，除非你知道解碼的方法，不然的話，準保會把它當成小孩子的亂塗亂畫。到後來，埃爾西知道了我們幹的一些事情，可她受不了我們的行當，自個兒又攢下了一點兒正當的收入，於是就逃到倫敦，瞞過了

我們所有的人。之前她已經跟我訂了婚，而我也相信，假使我做的是別的甚麼營生，她肯定會嫁給我，只可惜，她就是不願意跟歪門邪道沾上邊。直到她嫁給這個英國人之後，我才打聽到了她的下落。我寫了信給她，但卻沒有任何回音，於是我就趕了過來。寫信既然沒有用處，我就把我的話直接留在了她能看見的地方。

「算起來，我到這裏已經有一個月了。我住在那個農莊的底樓，每天夜裏都可以自由出入，從來不曾被人發現。我想盡了一切辦法，就為了勸埃爾西離家出走。我知道她讀到了我的訊息，因為她在其中的一條訊息下面寫上了她的回答。看到她的回答，我不由得火冒三丈，於是就開始恐嚇她。她寫了封信給我，央求我離開這裏，並且告訴我，如果她丈夫名譽受損的話，她就會心碎而死。她還說，凌晨三點，等她丈夫睡着之後，她可以下樓來見我，隔着屋子盡頭的那扇窗子跟我說話，條件是我說完就走，不再來打擾她。到了約定的時間，她下了樓，打算用錢來哄我走。我一下子氣得不行，於是抓住她的胳膊，打算把她從窗子裏面拽出來。就在這個時候，她丈夫衝進了房間，手裏端着左輪手槍。埃爾西癱倒在地板上，就剩我跟他怒目相向。我也帶了槍，這會兒就把槍舉了起來，打算把他嚇跑，自己才好離開。他馬上開了槍，只不過沒打到我。幾乎是跟他同時，我也扣動了扳機，他立刻倒了下去。我穿過花園離開現場，身後傳來了關窗子的聲音。這些都是千真萬確的事實，各位，一句假話也沒有。後來的事情我就不知道了，再後來，那個騎馬的小伙子捎來了一張便

條，而我就像一隻呆頭鵝似的走了進來，把自個兒交到了你們手裏。」

美國人還沒講完，一輛馬車已經跑到了屋子跟前，車裏坐着兩名穿制服的警察。馬丁督察站起身來，拍了拍犯人的肩膀。

「咱們該走了。」

「能讓我看看她再走嗎？」

「不行，她還沒有清醒過來。歇洛克·福爾摩斯先生，我的願望非常簡單，要是再碰上甚麼大案子的話，希望我還能有這樣的好運，還能得到您的支持。」

我倆站在窗前目送馬車遠去。轉過身來的時候，我瞥見了犯人扔在桌上的那個小紙團，也就是福爾摩斯用來誘捕犯人的那張便條。

「試試吧，看看你能不能讀懂，華生，」福爾摩斯笑着説道。

便條上沒有文字，只有這麼一行正在跳舞的小人：

「用上我剛才解釋過的那些代碼，」福爾摩斯説道，「你就會發現，這行小人的意思僅僅是『Come here at once（馬上過來）』。我確信他不可能拒絕這樣的邀請，因為他絕對料想不到，會寫這種密信的除了那位女士還有別人。這一來，親愛的華生，咱們總算是讓這些作惡多端的跳舞小人做了點兒善事，與此同時，我也兑現了自己的

諾言，為你的案件收藏提供了一件非同凡響的藏品。咱們那趟火車的時間是下午三點四十，依我看，回貝克街吃晚飯還來得及。*」

還有一句話需要交代。冬季巡迴法庭[†] 開庭的時候，美國來的亞伯・斯蘭尼在諾里奇被處極刑，後來又獲得寬大處理，改服苦役，原因是案中存在從寬情節，希爾頓・丘比特首先開槍的事實也得到了確證。關於希爾頓・丘比特太太的情況，我只是聽說她已經完全康復，並且孀居至今，眼下正在全力以赴地救貧濟苦、管理丈夫留下的產業。

---

* 1903 年，亞瑟・柯南・道爾曾在諾福克郡赫斯布拉村 (Happisburgh) 的山居旅館 (Hill House Hotel) 小住，當時的旅館東家姓丘比特 (Cubitt)。東家的妻子請亞瑟・柯南・道爾在一本紀念冊上題字，紀念冊上有旅館東家的兒子七歲時用「跳舞小人」寫成的姓名和地址。這個故事當中的「跳舞小人」和主顧姓氏由此而來。不過，類似的符號還有過許多的先例。

† 巡迴法庭 (Azzizes) 為當時英格蘭和威爾士負責審理重大案件的定期巡迴法庭，1972 年廢止，職責由皇家法庭 (Crown Courts) 取代。

騎自行車的孤身旅人

一八九四至一九零一年之間，歇洛克・福爾摩斯先生忙得不可開交。甚至可以這麼說，八年之中，他不但參與了涉及公眾利益的所有疑難案件，還在數以百計的私人案件當中發揮了極為突出的作用，後一類案件之中也不乏錯綜複雜、非同凡響的例子。他馬不停蹄地工作了如此漫長的一段時間，最後的答卷是無數次驚世駭俗的成功以及三五次在所難免的失敗。所有這些案件我都留下了詳盡的記錄，其中還有不少是我的親身經歷。可想而知，要判斷哪件案子更適合公之於眾，並不是一件輕而易舉的事情。不過，我打算繼續奉行以往的取捨標準，優先選擇的案子應該以巧妙新穎、富於戲劇色彩的破案手法見稱，而非以殘酷野蠻的罪行取勝。基於這個理由，我準備向讀者奉上維奧萊特・史密斯小姐的故事，奉上她騎車在查林頓*孤身趕路時的奇遇，奉上我們曲折離奇的調查過程，以及變生不測的結案方式。誠然，囿於案情，我朋友借以揚名的那些本領並沒有得到甚麼華麗驚人的展演，即令如此，此案依然不乏特異之處，足以從我汲引故事素材的那一長串罪案記錄當中脫穎而出。

---

* 這篇故事首次發表於 1904 年 1 月；查林頓 (Charlington) 是作者虛構的一個地名，在書中的地理位置見下文。

翻開一八九五年的筆記，我發現我倆初次聽說維奧萊特·史密斯小姐的時間是一個週六，具體說則是四月二十三日 *。我還記得，福爾摩斯對她的來訪極不歡迎，因為他當時正在全力調查一個撲朔迷離的複雜案件，案由是著名煙草大亨約翰·文森特·哈登所遭受的離奇困擾。我朋友平生最注重的就是思維的精準與專注，絕不願意讓任何事情來攪擾手頭的工作。話是這麼說，他終歸不具備心硬如鐵的素質。入夜之時，當這位身材高挑、優雅迷人、儀態萬方的美麗女郎貿然登門、苦苦討要他的幫助和建議，他終歸還是不得不聽她講述箇中原委。他堅稱自己騰不出任何工夫，只可惜完全是白費唇舌，因為這位姑娘抱定了非講不可的決心，顯然是不達目的絕不罷休，除非我倆用蠻力轟她出門。到最後，福爾摩斯擺出一副無可奈何的架勢，擠出一個多少有點兒疲憊的笑容，請這位美麗的不速之客坐下來、給我倆講講她的煩心事。

「不管怎樣，事情總歸跟您的健康沒有關係，」他一邊說，一邊用銳利的眼睛打量對方，「您對自行車如此癡迷，肯定不缺少活力。」

她驚訝地看了看自己的雙腳，我立刻發現，她有只鞋子的邊緣已經被自行車的腳蹬子磨出了一點兒毛刺。

「是的，我經常騎自行車，福爾摩斯先生，今天的來意也跟這個愛好有關係。」

我朋友拿起姑娘那隻沒戴手套的手，仔仔細細地看了

---

* 原文如此，不過，1895 年 4 月 23 日是星期二。

起來，看得聚精會神、看得無動於衷，正如一位面對標本的科學家。

「您一定得多多包涵，我的行當就是這個，」他一邊說，一邊放下了姑娘的手。「剛才我差一點就把您當成了打字員，事實呢，顯而易見，您從事的是音樂工作。華生，這兩種職業都有指尖扁平的特徵，你肯定注意到了吧？不過，這張臉帶着幾分靈氣，」──他輕輕地把她的臉轉到了對着光的方向──「打字員可不具備這種特徵。如此說來，這位女士肯定是一名樂師。」

「是的，福爾摩斯先生，我是教音樂的。」

「任教的地方在鄉下，對吧，您的膚色是這麼告訴我的。」

「是的，先生，我任教的地方離法納姆不遠，挨着薩里郡的邊界*。」

「那可是個風景優美的地方，還有很多特別有趣的軼事。你肯定還記得吧，華生，咱們就是在那一帶逮到偽造犯阿契·斯塔福德的。好了，維奧萊特小姐，在挨着薩里郡邊界的法納姆一帶，您碰上的又是甚麼事情呢？」

以一種極其清晰、極其平靜的口吻，年輕的女士給我倆講述了下面這段離奇的故事：

「我父親已經過了世，福爾摩斯先生。他名叫詹姆斯·史密斯，生前是老帝國劇院的樂團指揮。我母親和我在這世上相依為命，唯一的親人只有我那個名叫拉爾夫·

---

* 薩里郡 (Surrey) 為英格蘭東南部的一個郡，與倫敦接壤；法納姆 (Farnham) 為薩里郡西端的一個市鎮，東北距倫敦約 70 公里。

史密斯的叔叔，可他二十五年前去了非洲，到現在依然杳無音訊。父親去世之後，我們母女倆的生計非常艱難。突然有一天，人家告訴我們，有人在《泰晤士報》登啟事尋找我們的下落。您可以想像，當時我們覺得非常激動，滿以為有人給我們留下了一筆遺產。我們立刻按照啟事裏的聯繫方式去找那位律師，結果就見到了從南非回國尋人的兩位先生，一位名叫卡魯瑟斯，另一位名叫伍德利。他倆自稱是我叔叔的朋友，又説我叔叔幾個月之前身無分文地死在了約翰內斯堡，臨死的時候囑咐他倆找到他的親戚，保證他的親戚免於匱乏。當時我們就覺得很奇怪，因為拉爾夫叔叔在世的時候對我們不聞不問，死了倒想着關照我們。不過，卡魯瑟斯先生解釋説，原因是我叔叔剛剛聽到兄弟的死訊，這才覺得自己應該擔起照顧我們的責任。」

「容我打斷一下，」福爾摩斯説道，「這次見面是甚麼時候的事情呢？」

「去年十二月，也就是四個月之前。」

「麻煩您接着講吧。」

「按我的印象，伍德利先生是個特別招人討厭的傢伙。他是個沒甚麼教養的小伙子，長着一張腫泡泡的臉，蓄着紅色的小鬍子，粘乎乎的頭髮緊貼在額頭兩邊，老是衝我擠眉弄眼。我覺得他就是一個十足的壞蛋，要我説，西里爾肯定不樂意我跟這種人結識。」

「噢，原來他名叫西里爾啊！」福爾摩斯笑着説道。

年輕的女士紅着臉笑了笑。

「是的，福爾摩斯先生，他名叫西里爾‧莫頓，是

個電氣工程師，我倆打算夏末結婚。哎呀，我**怎麼**扯到他身上去了呢？我只是想告訴您，伍德利先生是個十足的討厭鬼，不過呢，比他年長得多的卡魯瑟斯先生倒是個比較容易相處的人。他膚色又黑又黃，臉刮得乾乾淨淨，不怎麼愛說話，可他的舉止彬彬有禮，笑容也很中看。他問了問我家的情況，聽說我們的窘境之後就提議我去他家，教他十歲的獨生女兒學習音樂。我說我不想扔下母親，他的回答是我每個週末都可以回來看她，同時又給我開出了一份顯然是非常豐厚的報酬，一年一百鎊。就這樣，我接受了他的提議，搬進了距離法納姆大約六英里的奇爾特恩農莊。卡魯瑟斯先生是個鰥夫，可他請了迪克森太太來當管家，讓這個非常可敬的老婦人幫他打理家裏的事情。他的女兒十分可愛，一切都顯得稱心如意。卡魯瑟斯先生非常和氣，同時也非常喜歡音樂，晚間相處的時候，我們總是過得非常愉快。每個週末，我都回倫敦來看望母親。

「我這段快樂日子終於還是有了缺憾，就因為紅鬍子伍德利的到來。他只待了一個星期，可是，唉！對我來說就跟三個月一樣！他這個人非常可怕，所有人都免不了受他的欺凌，我在他手裏遭的罪更是沒法形容。他像隻蒼蠅似的纏着我求愛，拼命吹噓自個兒的財富，說甚麼只要我肯嫁給他，他就會給我全倫敦最漂亮的鑽石。到最後，我已經完全不想跟他有任何來往，可是有一天，吃完晚飯之後，他竟然仗着他那股大得嚇人的蠻勁，強行抱住了我，還賭咒發誓地說，我不吻他的話，他就不放我走。卡魯瑟斯先生走進來拉開了他，可他居然不顧自己是在別人家

裏，照樣翻臉動手，主人家不光被他打倒在地，臉上還多了一條口子。可想而知，他這次來訪就此告終。第二天，卡魯瑟斯先生找我道了歉，保證不讓我再次遭受這樣的凌辱。打那以後，我再也沒有看見過伍德利先生。

「好了，福爾摩斯先生，我講了這麼多，終於要講到我今天登門求教的緣由、講到那個具體的情況了。您得知道，每個週六的上午，我都要騎着自己的自行車 * 去法納姆車站，趕十二點二十二分的火車回倫敦。奇爾特恩農莊門口的那條路沒甚麼人，其中的一段更是特別僻靜。那段路有一英里多長，一邊是灌木叢生的查林頓荒地，另一邊是環繞查林頓宅邸的樹林。哪兒都找不出比那段路更僻靜的道路，直到轉進克魯克斯伯里山 † 附近的公路之前，你幾乎見不到哪怕是一輛大車、一個農夫。兩個星期之前，我騎車經過那段路，偶然間回頭看了一眼，發現身後大概兩百碼的地方有個騎自行車的人，看樣子是個中年男人，蓄着短短的黑鬍子。快到法納姆車站的時候，我又回頭看了看。那人已經不見了，我也沒把這事情放在心上。可是，週一回農莊去的時候，我又在同一段路上看見了同一個人，您可以想像一下，福爾摩斯先生，當時我是多麼地驚訝。接下來的那個週六和週一，同樣的事情分毫不差地再次上演，這麼着，我心裏自然是更加驚異。那人始終跟我保持着距離，並沒有用任何方法來騷擾我，然而，這樣的事情終歸是非常古怪。我跟卡魯瑟斯先生說起了這件事

---

* 　對於當時的女性來說，自行車是一種新鮮、時髦而且前衛的事物。

† 　克魯克斯伯里山 (Crooksbury Hill) 是作者虛構的一座山。

情，他顯得很是關切，並且告訴我，他已經訂購了一匹馬和一輛輕便馬車，以後呢，我就不用獨個兒去走那條僻靜的道路了。

「馬和馬車本週就該送到，賣主卻不知道為甚麼沒有發貨，所以我只好騎車去火車站，跟往常一樣。這是今天早上的事情。可想而知，經過查林頓荒地的時候，我自然是格外留神。果不其然，情形跟前兩個星期一樣，那個人又在那裏。他始終跟我保持着相當遠的距離，我沒法辨認他的長相，不過我可以斷定，那人我並不認識。他穿着一套黑色的衣服，還戴了一頂軟帽，臉上只有一樣東西能看清楚，那就是黑色的絡腮鬍子。這次我並不驚慌，只是覺得非常好奇，於是就打定主意，要把那人的身份和意圖搞清楚。我放慢車速，他也跟着放慢了車速；我乾脆停着不走，可他也停了下來。接下來，我給他設了個陷阱。前方有個急彎，於是我使勁兒蹬車，飛快地轉過那個彎，停在前邊等他。我本以為他會飛快地撞上來，跟着就會剎不住車，從我眼前衝過去。可他始終沒有跟來，我只好回到轉彎處去找他。我可以順着來路望出去一英里的距離，路上卻沒有他的蹤影。更奇怪的是，那段路上沒有分岔，他應該是無路可逃的。」

福爾摩斯搓着雙手，吃吃地笑了起來。「這件案子顯然是獨具特色，」他說道。「從您轉過彎去等他開始，到您發現路上沒人為止，中間經過了多長的時間呢？」

「兩三分鐘吧。」

「這樣看來，他應該來不及原路折返，而且您也說了，路上沒有分岔，對吧？」

「沒有。」

「那他肯定是下車步行，從大路某一邊的小徑溜掉了。」

「他走的肯定不是荒地那邊，要不然我就能看見。」

「這麼說的話，咱們就通過排除法得出了一個結論，當時他是往查林頓宅邸那邊走的，因為您剛才說過，那座帶有庭院的宅子就在路邊。還有別的嗎？」

「沒了，福爾摩斯先生，再有就是我覺得非常困惑，不找您請教一番的話，我心裏是踏實不下來的。」

福爾摩斯靜靜地坐了一小會兒。

「跟您有婚約的這位先生住在哪裏呢？」他終於開口問道。

「他是米德蘭電氣公司的僱員，公司在考文垂*。」

「他不會出其不意地跑來看您吧？」

「噢，福爾摩斯先生！好像我連他都認不出來似的！」

「您還有別的仰慕者嗎？」

「認識西里爾之前有過幾個。」

「之後呢？」

「之後就是伍德利這個可怕的傢伙，如果他也算仰慕者的話。」

---

* 這個公司名稱中的「米德蘭」(Midland) 來自英格蘭中部歷史地區名「米德蘭茲」(Midlands)，參見《證券行辦事員》當中的「法蘭西－米德蘭五金有限公司」；考文垂 (Coventry) 在英格蘭中部，東南距倫敦約 150 公里，為米德蘭茲地區僅次於伯明翰的第二大城市。

「沒有別人了嗎？」

聽到這句問話，我們的美麗主顧顯得有點兒困惑。

「他是誰呢？」福爾摩斯問道。

「呃，這興許只是我自個兒瞎猜，不過，有時候我確實覺得，我東家卡魯瑟斯先生對我特別關注。我倆經常聚到一起，晚間我總是替他伴奏。他從來都沒有說過甚麼，始終保持着紳士風度。不過，姑娘家對這種事情總是有感覺的。」

「哈！」福爾摩斯臉色一沉。「他靠甚麼生活呢？」

「他是個有錢人。」

「沒車沒馬的有錢人嗎？」

「呃，怎麼説他也是相當富裕。還有，他每週都會到倫敦來兩三次，對南非金礦的股票特別感興趣。」

「再有甚麼新情況的話，您一定得告訴我，史密斯小姐。眼下我非常忙，可我會騰出工夫來調查您這件案子的。與此同時，如果您打算採取甚麼措施的話，千萬要提前讓我知道。再見，我完全相信，我們從您那裏等來的一定是好消息。」

「這樣的姑娘有人追，只能説是一種自然法則，」福爾摩斯一邊説，一邊就着他那個用於沉思時刻的煙斗*抽了一口，「話又説回來，要追也不能騎着自行車到僻靜的鄉間道路上去追。毫無疑問，跟蹤她的一定是個暗戀者。不過，華生，這件案子確實包含着一些意味深長的古怪細

---

* 按照《銅色山毛櫸》當中的記述，用於沉思時刻的煙斗是一個陶土煙斗。

節。」

「你指的是他只在那一個地方出現嗎？」

「一點兒不錯。咱們首先得查出查林頓宅邸的租客都是些甚麼人。接下來的問題就是，既然卡魯瑟斯和伍德利似乎是截然不同的兩種人，他倆之間到底有甚麼關係呢？他倆**都**對尋找拉爾夫‧史密斯的親戚這麼上心，這又是為了甚麼呢？還有一點，自己家離車站有六英里遠都不捨得買匹馬，倒要花兩倍於行情的價錢去請一名女家庭教師*，這是一種甚麼樣的持家之道呢？怪事，華生，咄咄怪事！」

「你要去那邊看看嗎？」

「不去，親愛的伙計，**你**要去那邊看看。這興許只是個微不足道的小陰謀，我不能讓它打斷我手頭的重要調查。下週一，你一早就去法納姆，到查林頓荒地附近埋伏起來，自個兒觀察相關的事實，按自個兒的判斷採取行動。打聽到宅邸租客的身份之後，你才可以回來向我報告。好了，華生，接下來不准再提這件事情，等咱們拿到實實在在的線索再說。」

姑娘已經告訴我們，週一她會去滑鐵盧車站，搭九點五十分的火車回法納姆，於是我一早動身，趕上了九點十三分的火車。到了法納姆車站之後，我輕而易舉地打聽到了查林頓荒地的位置。姑娘遇上意外的地方非常好認，

---

* 《銅色山毛櫸》當中，同為家庭教師的維奧萊特‧亨特小姐原來的年薪是四十八英鎊，後來也跟這位維奧萊特‧史密斯小姐一樣，獲得了不止兩倍於行情的高薪。

那條路一邊是灌木叢生的開闊荒地，另一邊則是一道古老的紫杉樹籬，樹籬裏邊是一片庭院，庭院裏散佈着一些蔚為壯觀的大樹。樹籬中央是一道苔痕滿佈的石砌大門，兩邊門柱的頂上都立着朽壞的家族紋章。除了與大門相連的馬車道之外，我發現樹籬當中還有幾個豁口，豁口處都有伸向庭院深處的小徑。從路上看不見宅子的模樣，宅子周圍則是一派陰森淒慘的敗落景象。

荒地上長着一叢又一叢開滿黃花的荊豆 *，明媚的春日陽光把它們映照得格外嬌豔。我藏到了一叢荊豆背後，既可以看到宅院的大門，又可以看到橫過宅院大門的一大段路。我走進荒地的時候，路上一個人也沒有，不過，眼下我看見路上出現了一個騎車的人，從跟我來路相反的方向騎了過來。那人穿着一套黑色的衣服，蓄着黑色的絡腮鬍子。騎到查林頓宅院盡頭的時候，他突然跳下車來，推着車從樹籬的豁口走了進去，離開了我的視線。

一刻鐘之後，路上又出現了一個騎車的人。這一次來的不是別人，正是剛從車站過來的那位姑娘。騎進宅院樹籬所在的路段之後，我看見她東張西望了一番。片刻之後，剛才的那個人從藏身之處走了出來，跳上車子，跟着她騎了過去。眼前這片廣闊的原野中只有兩個活動的人影，一個是那位身姿優雅的姑娘，端端正正地坐在車上，另一個則是她身後的那個男人，那個人伏在車把上，一舉

---

* 荊豆 (gorse)，即《白額閃電》當中的「furze」，是豆科蝶形花亞科一屬常綠灌木的統稱，原產於西歐及北非，開黃花，與同屬蝶形花亞科的金雀花親緣相近且形態相似，區別在於荊豆長有大量棘刺。

一動都顯得鬼鬼祟祟、蹊蹺可疑。她回頭看見了他，於是就放慢了車速。他也放慢了車速。她停了下來，他馬上有樣學樣，繼續跟她保持着二百碼的距離。接下來，她採取了一個出人意表的勇敢行動，突然間掉轉車頭，直接朝他衝了過去！可他的動作跟她一樣迅速，立刻就奔命似的逃了開去。過了一會兒，她順着原路騎了回來，驕傲地揚着腦袋，不再跟那個一聲不吭的追隨者一般見識。他跟着騎了回來，繼續保持着原來的距離，最後就轉過彎去，從我的視線當中消失了。

　　我繼續待在自己的藏身之處，這個選擇相當明智，因為不久之後，那個人又慢騰騰地騎了回來。他拐進宅院的大門，跟着就下了車。我看見他在樹叢裏站了幾分鐘，雙手抬了起來，似乎是在整理自己的領帶。這之後，他騎上車子，順着馬車道往宅子的方向去了。我趕緊跑出荒地，隔着樹叢往宅子的方向張望，遠遠地瞥見了那座古老的灰色建築，瞥見了那些都鐸式*的櫛比煙囪。可惜的是，馬車道伸進了一片茂密的灌木叢，我沒法看到我追蹤的對象。

　　儘管如此，我還是覺得自己這天早上幹得不賴，於是就興高采烈地走回了法納姆。當地的房產中介對查林頓宅邸的情況一無所知，只是介紹我去問樸爾莫爾大街†上的一家著名中介。回家的路上，我到那家中介去了一趟，受到了一名經紀的殷勤接待。不行，他沒法把查林頓宅邸租

---

* 　都鐸王朝 (Tudor) 是 1485 至 1603 年間統治英國的王朝，都鐸式即指這一時期的建築風格，特徵之一是頂部帶有裝飾的大煙囪。

† 　樸爾莫爾大街 (Pall Mall) 是倫敦的一條著名街道，參見《希臘譯員》。

給我避暑，因為我來得太晚。大概一個月之前，宅子已經租出去了，租戶名叫威廉森，是一位模樣體面的老先生。到最後，這名彬彬有禮的經紀告訴我，別的他恐怕不便多說，因為主顧的私事不是他應該談論的話題。

當天晚上，歇洛克・福爾摩斯先生認認真真地聽完了我勉力呈上的冗長報告，嘴裏卻沒有道出那句我滿以為可以收到、收到之後也必定會受寵若驚的簡潔誇獎。恰恰相反，就我業已完成和未曾實施的工作發表評論的時候，他那張本來就不短的臉拉得比平常還要長。

「親愛的華生，你那個藏身之處選得大錯特錯。你應該躲在樹籬後面，這樣就可以近距離地看到那個有趣的傢伙。事實呢，你跟他隔了幾百碼的距離，能告訴我的情況比史密斯小姐還要少。她覺得她不認識那個人，我倒是確信她肯定認識。要不然，他幹嗎急成那個樣子、死活不讓她追到近處去看他的長相呢？按你的說法，當時他伏在車把上。這也是為了隱藏身份，你明白吧。你這件事情辦得真是一般地糟糕。他回到了那座宅子裏面，而你也想到了要去查他的底細，可是，你的辦法竟然是去問一名倫敦的房產經紀！」

「不這麼做又怎麼做呢？」我大聲問道，口氣多少有點兒激烈。

「到最近的酒館去問，那種地方是鄉間流言的集散地。酒館裏的人會把宅子裏所有人的名字告訴你，從主子到幫廚女傭一個不落。威廉森！這名字對我來說等於零。他既然是個老頭，自然不會是迅速甩掉這位矯健姑娘的那

名飛車健將。你跑了這麼一趟，咱們到底有甚麼收穫呢？第一，姑娘的陳述確有其事，可我從來都沒有懷疑過她的陳述。第二，騎車的人跟查林頓宅邸之間存在某種聯繫，這也是我從來都沒有懷疑過的東西。第三，宅邸的租戶名叫威廉森，可是，知道這個有甚麼用呢？好啦，好啦，親愛的先生，用不着這麼滿臉晦氣。下週六之前，咱們已經沒甚麼可幹的了，在此期間，我可能會親自去跑那麼一兩趟。」

第二天早上，我們收到了史密斯小姐的一封短束。她在信裏把我親眼看見的那些事情簡短而又準確地講了一遍，核心的部分則是信的附言：

福爾摩斯先生，我知道您肯定不會辜負我的信任，所以才告訴您，由於我的東家向我提出了求婚，我在這裏的處境已經變得十分尷尬。他這份感情極其真摯、極其高尚，對此我深信不疑。與此同時，當然，我的承諾已經給了別人。面對我的拒絕，他表現得非常失望，同時也非常克制。可是，您肯定能夠理解，這樣的局面確實有點兒難堪。

「看樣子，咱們這位年輕的朋友惹上了不小的麻煩，」看完信之後，福爾摩斯若有所思地說道。「毫無疑問，這件案子比我原來的設想更為有趣，變數也更多。依我看，我去鄉下安安靜靜地待上一天也不會有甚麼害處。我打算今天下午就去，順便檢驗一下我已經作出的一兩個假設。」

福爾摩斯這個安安靜靜的鄉間假日產生了一個非同一般的結果，因為他入夜之時才回到貝克街，嘴唇上開了條口子，額頭上頂了個瘀青的鼓包，整個兒一副浪子狂徒的

模樣，非常適合充當蘇格蘭場的調查對象。他被自個兒的冒險經歷逗得樂不可支，一邊給我講，一邊不停地放聲大笑。

「我實在是缺乏大運動量的身體鍛煉，有機會鍛煉的時候總是樂此不疲，」他說道。「你當然知道，對於拳擊這種源遠流長、有益身心的英式運動，我多少算是有點兒造詣。隔三岔五，它也能派上一點兒用場。就拿今天來說吧，沒有這點兒本事的話，我多半會落得一個非常可恥的悲慘結局。」

我趕緊提出請求，讓他講講到底是怎麼回事。

「我找到了我推薦你予以關注的那種鄉村酒館，小心翼翼地展開了調查。當時我站在吧台旁邊，聽那個喜歡嘮叨的酒館老闆介紹我想要知道的所有情況。威廉森是個白鬍子老頭，獨個兒住在那座宅子裏，身邊沒幾個僕人。傳言說他是個牧師，要不就曾經是個牧師，與此同時，他雖然剛搬進那座宅子不久，但卻已經幹出了一兩件讓我覺得特別不神聖的事情。後來我到一家宗教機構去查過，那裏的人告訴我，**以前**的確有一個名叫威廉森的牧師，那人的履歷極其可恥。酒館老闆還告訴我，每到週末，宅子裏往往會有客人，客人是『一幫非常火爆的伙計，先生』，尤其火爆的是一個紅鬍子的先生，名字叫做伍德利，老是在那座宅子裏晃悠。我倆剛剛聊到這裏，有個人就走了過來，不是別人，正是我倆念叨的這位先生。原來他一直在酒吧間裏喝啤酒，把我倆的話聽了個一句不落。你是誰？你想幹嗎？問這些問題是甚麼意思？他滔滔不絕地說了一

大堆話，選用的形容詞也特別地強勁有力。一連串污言穢語之後，他突然惡狠狠地反手給我來了一下，我沒有能夠完全躲過去。接下來的幾分鐘有趣極了，我頂着一名惡棍的連續猛擊，一記左直拳就解決了問題。結果呢，我變成了你現在看到的樣子，伍德利先生則躺在大車上回了家。我的鄉間旅行就這麼畫上了句號，而我必須承認，薩里郡邊界的這個假日雖然充滿樂趣，收穫卻比你的那次旅行大不了多少。」

到了星期四，我們的主顧又寄來了一封信，信中說道：

福爾摩斯先生，聽說我即將辭掉卡魯瑟斯先生這裏的工作，您想必不會覺得驚奇。報酬雖然很高，卻也補償不了我的難堪處境。我週六就去倫敦，以後也不準備回這兒來了。卡魯瑟斯先生已經弄來了一輛輕便馬車，所以呢，那條僻靜的道路上即便有過甚麼危險，眼下也不復存在了。

說到我辭職的具體緣由，這並不只是因為我與卡魯瑟斯先生的尷尬關係，還因為那個可惡的傢伙，也就是伍德利先生，已經再次現身。他本來就非常招人討厭，這一次就更加讓人看不下去，因為他似乎是出了甚麼意外，整張臉都變了形。我從窗子裏面看見了他，萬幸的是並沒有跟他碰面。他跟卡魯瑟斯先生談了很久，談完之後，卡魯瑟斯先生顯得非常激動。伍德利一定是住在附近，因為他並沒有在我們這裏過夜，今天早上我卻瞥見他在灌木叢裏鬼鬼祟祟地走動。我寧願周圍有一頭出籠的猛獸，也不樂意看到他

在附近遊蕩。我對他的憎惡和恐懼真是無法言表。這樣的畜生叫人一刻也不能忍受，卡魯瑟斯先生為甚麼能忍受呢？不管怎麼樣，到了週六，我所有的麻煩就會煙消雲散了。

「我看也是，華生，我看也是，」福爾摩斯的語氣十分沉重。「這個小姑娘中了別人非常陰險的算計，咱們有責任保證她平安完成最後的這段旅程，不受任何人的騷擾。依我看，華生，咱倆必須抽出時間，週六早上到那邊去一趟，確保這次尚無定論的古怪調查不會以災難性的方式收場。」

老實說，之前我一直都覺得這案子只是稀奇古怪，談不上甚麼危險。即便到了這個時候，我依然沒把它太當回事。男人打漂亮女人的埋伏，然後又盯她的梢，並不算甚麼新鮮事情，再者說，既然他膽子如此之小，不但不敢打招呼，甚至不敢讓她靠近，想必不會是甚麼特別兇惡的暴徒。伍德利這個惡棍當然另當別論，可他只騷擾過我們的主顧一次，上一次到卡魯瑟斯家作客的時候，他也沒有硬往她跟前闖。酒館老闆說查林頓宅邸有一幫週末訪客，騎車跟蹤的人無疑是其中的一員，只不過，他的身份和意圖到現在也依然是不清不楚。一直到週六早上走出家門的時候，看到福爾摩斯的嚴峻神情，又看到他把左輪手槍塞進了口袋，我才開始意識到，這一連串離奇古怪的事件沒準兒預示着某種悲劇。

夜雨之後的早晨格外清朗，石南遍生的原野之中點綴着一叢叢黃花照眼的荊豆，此景映入看厭了倫敦城裏褐牆

灰瓦的眼睛，自然是越發美好迷人。福爾摩斯和我順着寬闊的沙土道路往前走，呼吸着新鮮的晨間空氣，盡情領略鳥兒的天籟之音和春天的清冽氣息。道路從克魯克斯伯里山的山肩穿過，形成了一道斜坡。走到坡頂的時候，我們看到陰森可怖的查林頓宅邸矗立在古老的橡樹叢中，那些橡樹雖然古老，歲數卻依然及不上它們環抱的那座建築。福爾摩斯指了指下方那段長長的道路，道路像一條金黃色的帶子，蜿蜒地穿行在褐色的荒地和新綠初染的樹林之間。遙遠的地方出現了一個黑點，那是正在駛向我們這邊的一輛馬車。見此情景，福爾摩斯焦躁地驚叫了一聲。

「我已經留出了半小時的富餘，」他說道。「她這會兒要是在那輛輕便馬車裏的話，那就説明她改變了平常的習慣，打算去趕更早的一班火車。要我説，華生，等不到咱們迎上去，她恐怕已經過了查林頓。」

走下坡頂之後，我倆已經看不見那輛馬車，只是急匆匆地往前趕，速度快得讓我那種久坐不動的生活在我身上起了反應，致使我有心無力地落在了後面。福爾摩斯倒是始終保持着良好的狀態，因為他擁有取之不竭的精力。他一路前行，輕捷的步履從無阻滯，到最後才在我前方一百碼的地方突然停了下來，舉起手做了個悲傷絕望的手勢。與此同時，一輛空無一人的輕便馬車出現在了前面的轉彎處，吱吱呀呀地迎着我倆迅速駛來，馬兒得得小跑，韁繩拖在了地上。

「太晚了，華生，太晚了！」我氣喘吁吁地跑上前去，福爾摩斯叫道。「我真是個傻子，竟然沒考慮到那班更早

的火車！這是一次綁架，華生，綁架！謀殺！天知道是甚麼歹事！把路擋上！把馬截住！行了。好了，上車吧，咱們這就趕過去，看我還能不能補救自個兒鑄成的大錯。」

我倆跳上馬車，福爾摩斯撥轉馬頭，猛抽一鞭，馬車順着來路飛快地駛向前方。轉過前面那個彎之後，夾在宅邸和荒地之間的那段路整個兒地暴露在了我倆眼前。這時候，我一把抓住了福爾摩斯的胳膊。

「就是那個人！」我倒抽一口涼氣。

一個騎車的人在路上孑孑獨行，迎着我倆騎了過來。他埋着腦袋、聳着肩膀，全身的每一分力氣都用到了腳蹬子上，速度快得跟賽車手似的。突然之間，他抬起毛茸茸的臉，看見我倆已經到了近處，於是就剎住車子，從車上跳了下來。他的臉十分蒼白，跟墨黑的絡腮鬍子形成了奇異的對比，眼睛則亮得跟發燒的人一樣。他直勾勾地看了看我倆，又看了看馬車，臉上露出了驚愕的表情。

「喂！給我停下！」他大叫一聲，用自行車擋住了我倆的去路。「你們的馬車是從哪兒弄來的？停下，伙計！」他一邊咆哮，一邊從衣服側面的口袋裏掏出了一把手槍。「停下，聽見沒有，要不然，老天作證，我一定會讓你們的馬吃上子彈的。」

福爾摩斯把韁繩扔到我的膝頭，縱身跳下了馬車。

「我們就是來找你的。維奧萊特‧史密斯小姐上哪兒去了？」他的口吻跟平常一樣，急切而不失清晰。

「這正是我要問你們的問題。你們坐的是她的馬車，肯定知道她的下落。」

「馬車是我們在路上撿來的，車上當時一個人也沒有。我們要去幫那位姑娘的忙，所以才把車往回趕。」

「上帝啊！上帝啊！我該怎麼辦哪？」陌生人大聲叫道，神情絕望已極。「他們把她給抓去了，抓她的是伍德利那條瘋狗，還有那個流氓牧師。來吧，伙計，來吧，如果你們真是她朋友的話。幫我一把，咱們一塊兒去救她，就算要把自個兒這把骨頭扔在查林頓樹林裏，我也心甘情願。」

他提着手槍，發瘋似的跑向樹籬當中的一個豁口，福爾摩斯跟在他的身後。我讓馬兒自個兒在路邊吃草，然後就跟了上去。

「他們是從這兒過去的，」福爾摩斯指着泥濘小徑上的幾行腳印。「喂！停一停！灌木叢裏的這位是誰呢？」

那是個十七八歲的小伙子，穿着皮褲，打着綁腿，看行頭像個馬夫。他仰面躺在地上，雙膝聳起，腦袋上有一道可怕的傷口。他已經失去知覺，還好是沒有死。我瞥了一眼他的傷口，發現他並沒有傷到骨頭。

「這是馬夫彼得，」陌生人叫道。「替史密斯小姐趕車的就是他。肯定是那兩個畜生把他拖下了車，然後又用棍子敲暈了他。讓他躺在這兒好了，咱們幫不了他甚麼忙，但卻沒準兒能幫到史密斯小姐，讓她逃脱對女人來説最為悲慘的那種厄運。」

我們順着那條蜿蜒林間的小徑一路狂奔，終於跑到了宅子周圍的灌木叢跟前，福爾摩斯突然停了下來。

「他們沒有進屋，瞧，他們的腳印是往左邊去的，瞧

這兒，這叢月桂的旁邊！噢，我說甚麼來着！」

他還沒有說完，一聲女人的尖叫就在我們前方的一片蔥鬱叢林之中響了起來。顫抖的尖叫聲訴說着跡近癲狂的恐懼，跟着就在音調最高的地方戛然而止，換成了一聲嗆咳和一陣嘰里咕嚕的聲音。

「走這邊！走這邊！他們在草地滾球場*，」陌生人一邊高喊，一邊在灌木叢裏橫衝直撞。「噢，這群軟骨頭的野狗！跟我來，各位！太晚了！太晚了！我的老天！」

突然之間，我們已經踏進了一片古樹環繞的幽雅草坪。草坪的遠端有一棵碩大無朋的橡樹，樹蔭下站着三個人，可說是一個稀奇古怪的組合。其中一個是女的，也就是我們那位主顧，她耷拉着腦袋，昏昏欲倒，嘴上綁着一條手帕。站在她對面的是一個蓄着紅色髭鬚的小伙子，臉龐腫脹，形同野獸，打着綁腿的兩條腿擺成了大大的八字，一隻手叉着腰，另一隻手揮舞着一根獵鞭†，整個兒是一副大獲全勝的得意模樣。他倆之間是一個花白鬍子的老頭，身穿一套淺色的花呢衣服，外面裹了一件短短的白色法袍，顯然是剛剛主持完一場婚禮，因為就在我們趕到的那一刻，他把自己的祈禱書裝進口袋，拍了拍那個邪惡新郎的背脊，送上了興高采烈的祝賀。

「他倆已經成親了！」我吸了一口涼氣。

「上！」我們的嚮導喊道，「上！」他衝過草坪，福

---

*　草地滾球場 (bowling alley) 英文字面與「保齡球道」相同，草地滾球是保齡球運動的前身，如今依然存在。

†　獵鞭 (riding crop) 也作「hunting crop」，是一種沒有鞭梢的短馬鞭，可以用來打馬，也可以用作武器。

爾摩斯和我緊緊地跟在後面。我們衝到近前的時候，姑娘跟跟蹌蹌地靠到了樹幹上，曾經的神職人員威廉森拿出一種意在揶揄的禮貌，衝我們鞠了一躬，只懂得欺凌弱小的伍德利則朝我們迎了上來，野獸般地嗥了一聲，跟着又發出一陣忘乎所以的狂笑。

「你還是把你的鬍子取下來吧，鮑勃，」他説道。「我認得你，沒甚麼可含糊的。好了，你和你這幫朋友來得正是時候，剛好可以跟伍德利太太認識認識。」

聽了這話，我們的嚮導作出了一個古怪的回答。他一把扯掉掩蓋身份的黑鬍子，露出一張刮得精光的蠟黃色長臉，跟着就把假鬍子扔到了地上。接下來，他舉起手裏的左輪手槍，對準了那個舞着兇險獵鞭走向自己的年輕惡棍。

「沒錯，」我們的同道盟友説道，「我**是**鮑勃·卡魯瑟斯。我要替這姑娘討回公道，為這個我可以去上絞架。我早就跟你説過，你要是敢騷擾她的話，我會怎麼對付你，老天作證，我的話可是算數的！」

「你來不及了。她已經是我妻子了！」

「不對，她是你的遺孀。」

他手裏的左輪手槍砰然炸響，鮮血立刻從伍德利的馬甲前襟噴了出來。他尖叫一聲，身子一轉，仰面倒了下去，令人作嘔的紅臉膛突然變成了夾着斑點的慘白色，看起來十分可怕。那個老傢伙不顧自己身上還裹着白色的法袍，一口氣噴出了一大堆我聞所未聞的污言穢語，跟着就把自己的左輪手槍掏了出來。不過，他還沒來得及舉起手槍，

低頭一看，福爾摩斯的槍管已經伸到了他的身前。

「夠了，」我朋友的聲音冷若嚴霜。「把槍扔掉！華生，把槍撿起來！用槍指着他的腦袋！謝謝你。還有你，卡魯瑟斯，把你的槍給我。不能再有暴力了。快點，把槍給我！」

「我說，你到底是誰啊？」

「我名叫歇洛克·福爾摩斯。」

「我的老天！」

「看樣子，你也聽說過我的名字。警察到場之前，我就是他們的代表。喂，叫你呢！」那個驚慌失措的馬夫出現在了草地邊緣，他衝馬夫高聲喊道。「快過來。拿上這張便條，騎馬去法納姆，能跑多快就跑多快。」他從自己的記事本上扯下一張紙，潦草地寫了幾句話。「把它交給警察局長。警察趕到之前，我必須把你們一干人等置於我本人的監管之下。」

憑借堅毅威嚴的個性，福爾摩斯主宰了慘劇現場的局面，所有人都俯首帖耳，任由他隨意擺佈。威廉森和卡魯瑟斯攤到了把受傷的伍德利抬進宅子的任務，我則負責攙扶那位受驚的姑娘。他們把傷者放到他自個兒的床上之後，我便按照福爾摩斯的吩咐檢查了一下他的傷勢。接下來，我跑去向福爾摩斯匯報檢查結果，發現他坐在宅子那間飾有掛毯的古老餐廳裏，兩名犯人都坐在他的面前。

「他死不了，」我說道。

「甚麼！」卡魯瑟斯大叫一聲，從椅子上跳了起來。「我這就上樓去，先把他了結後再說。你們說說看，難不

成，這位天使一般的姑娘一輩子都得跟畜生一樣的傑克·伍德利拴在一起嗎？」

「這一點你用不着擔心，」福爾摩斯説道。「我們有兩條非常充分的理由，絕不會讓她成為他的妻子。首先，我們可以十拿九穩地説，威廉森先生並不見得有資格主持婚禮。」

「我可是領有聖職的，」老惡棍高聲抗議。

「而且遭到了褫奪聖職的處罰。」

「一日為牧師，終身為牧師。」

「我可不這麼認為。你們有許可證嗎？」

「我們為這椿婚事申請到了許可證，就在我兜裏裝着呢。」

「就算有許可證，那也是騙來的。不管怎麼説吧，出於強迫的婚姻不但沒有任何效力，反倒是一椿非常嚴重的罪行，在你的日子到頭之前，你會認識到這一點的。要是我算得不錯的話，接下來你會有十年左右的時間，盡可以好好地想想這個問題。至於你，卡魯瑟斯，當初倒不如把手槍留在兜裏。」

「到現在，我也明白您説得對，福爾摩斯先生。可是我愛她，福爾摩斯先生，這是我第一次懂得甚麼叫做愛。一想到我用了那麼多的辦法來保護她，又想到她落到了這麼一個惡霸手裏，我想不發狂都不行，因為這個惡霸是整個南非最野蠻的畜生，從金伯利＊到約翰內斯堡，所有人都對他談虎色變。咳，福爾摩斯先生，説起來您可能不相

＊　金伯利 (Kimberley) 為南非中部城市。

信，不過，自打這位姑娘接受了我的聘用，每次她要從這座宅子門口經過的時候，我都騎着自行車跟在她後面，因為我知道這些惡棍就藏在宅子裏，絕不能讓她受到他們的傷害。為了不讓她認出我來，我始終跟她保持着距離，還戴上了一把假鬍子，因為她是個心高氣傲的好姑娘，一旦發現我在鄉間道路上盯她的梢，肯定是不會在我這兒長期逗留的。」

「那你幹嗎不把她面臨的危險告訴她呢？」

「告訴她的話，她同樣會離開我，可我承受不了那樣的打擊。即便她不愛我，只要我家裏還有她的倩影，耳邊還有她的聲音，對我來說也是莫大的安慰。」

「呃，」我說道，「你管這叫做愛，卡魯瑟斯先生，我倒是覺得，這只能叫做自私。」

「興許是兩者兼而有之吧。不管是甚麼原因，總之我沒法讓她離開。再者說，周圍有這麼一幫虎視眈眈的傢伙，她身邊也應該有個照應的人。後來呢，電報來了，於是我馬上意識到，他們一定會採取行動。」

「甚麼電報？」

卡魯瑟斯從口袋裏掏出了一封電報。

「就是這封，」他說道。

電報的內容十分簡潔：

老頭已死。

「嗯！」福爾摩斯說道。「我覺得我已經看清了事情的原委，也知道這封電報為甚麼具有你說的那個作用、為甚麼會讓他們鋌而走險。不過，趁着等警察來的工夫，你

不妨盡你所知，給我講講你們的事情吧。」

身披白袍的老妖孽猛然開火，吐出了一連串下流字眼。

「老天作證，」他說道，「鮑勃·卡魯瑟斯，你要敢揭我們老底的話，我一定會拿你對付傑克·伍德利的方法來對付你。你只管哭哭啼啼地念叨你那個小妞，念叨到你滿意為止，那反正是你自個兒的問題，可你要是膽敢把你的伙伴賣給這個便衣警察，那就只能算是你這輩子辦得最蠢的一件事情。」

「尊敬的牧師大人，用不着這麼激動，」福爾摩斯一邊說，一邊點起了一支香煙。「你們的罪證已經十分確鑿，我這不過是打聽幾個細節，滿足一下私人的好奇心而已。不過，你們要是不方便說的話，那我就替你們說一說，也好讓你們知道，你們那張紙究竟還包不包得住火。首先，你們三個從南非跑了回來，開始玩這套把戲——你，威廉森，你，卡魯瑟斯，再加上伍德利。」

「記好嘍，這是你的第一條謊言，」老頭說道，「我兩個月之前才第一次碰見他們，這輩子也從來沒去過非洲，所以啊，你可以把這句話塞到你的煙斗裏吸回去，沒事瞎忙的福爾摩斯先生！」

「他說的是實話，」卡魯瑟斯說道。

「行啦，行啦，從外面跑回來的只有兩個，牧師大人是我們這邊的土產。在南非的時候，你們認識了拉爾夫·史密斯，而且知道他活不了太久，後來又打聽出來，他的遺產將會由他的姪女繼承。這麼說可以吧——嗯？」

卡魯瑟斯點了點頭，威廉森則是破口大罵。

「毫無疑問，她是他最近的親屬，而你們已經了解到，那個老伙計不會留下甚麼遺囑。」

「他不識字，」卡魯瑟斯說道。

「於是乎，你們跑了回來，你們兩個，把姑娘當成了獵物。你們的算盤是一個跟她結婚，另一個等着分贓。由於某種原因，伍德利成為了充當丈夫的人選。具體是甚麼原因呢？」

「我倆在回來的船上打牌，拿她來當賭注。他贏了。」

「原來如此。接下來，你把姑娘請到家裏，給伍德利提供求愛的機會。她瞧出他是頭酗酒成性的畜生，不願意跟他有任何來往。與此同時，你不由自主地愛上了她，由此完全打亂了你們的計劃，因為你再也不能任由這個惡棍去佔有她，那樣的事情連想都不能想。」

「不能，老天作證，絕對不能！」

「你們兩個吵了一架，最後他拂袖而去，把你撇在一邊，打起了自己的算盤。」

「照我看，威廉森，這位先生需要咱們提供的情況並不太多，」卡魯瑟斯苦笑着叫道。「沒錯，當時我跟他吵了一架，還被他打倒在地。當然，再怎麼說，現在我也算是跟他扯平了。吵完之後，他跟我斷了聯繫，轉頭找上了眼前的這位革職牧師。我發現他倆在這座宅子裏安了家，宅子又是她前往車站的必經之路，於是就感到風頭不對，開始密切關注她的安危。隔三岔五，我也會去找他倆，因為我很想知道，他倆到底要幹甚麼。兩天之前，伍德利跑到我家裏來找我，手裏拿着這封通知拉爾夫·史密斯死

訊的電報。他問我願不願意遵守先前講好的條件，我說我不願意。於是他又問，我願不願意自己去娶這位姑娘，然後把遺產分他一份，我說我自己當然願意，只可惜她不肯嫁給我。這時他說，『咱們可以先把生米煮成熟飯，過上那麼一兩個星期，她的態度興許就會有所轉變。』我說我絕對不願意使用任何暴力，於是他露出髒話連篇的流氓本相，罵罵咧咧地走了，同時還賭咒發誓，說他無論如何也要把她弄到手。她這個週末就要從我這裏離開，我也安排了一輛輕便馬車送她去車站，可我心裏始終是七上八下，所以就騎着車跟了過來。沒想到她走得比我早，我還沒來得及追上她，禍事就已經來了。看到你們兩位趕着她的馬車往回走，我才知道大事不妙。」

福爾摩斯站起身來，把煙頭扔進了壁爐。「我的腦子真是太不好使了，華生，」他說道。「之前你跟我說過，你看見那個騎車的人站在樹叢裏，似乎是在整理領帶，就憑這一點，我就應該當場演繹出所有的前因後果。不過，咱們查清了這麼一件多少有點兒獨一無二的奇案，終歸是一件值得慶賀的事情。好了，我看見馬車道上走來了三名郡裏的警察，更叫我高興的是，那個小馬夫也能夠跟上他們的腳步，這樣看來，他也好，那個很有意思的新郎倌也好，多半都不會因為這一次的晨間奇遇落下甚麼永久性的傷害。依我看，華生，你不妨運用自己的醫術為史密斯小姐略盡綿薄，同時告訴她，如果她精神恢復得差不多了的話，咱倆非常樂意護送她去她母親家裏。如果她精神依然欠佳，那你一定會發現，只需要給她一點兒提示，說咱們

準備給米德蘭茲地區一位年輕的電氣技師發電報，她多半就可以徹底復原。至於你，卡魯瑟斯先生，你雖然參與了一次邪惡的陰謀，可我覺得，你已經不遺餘力地進行了補救。這是我的名片，先生，審判的時候如果需要我為你作證的話，我隨時聽候你的差遣。」

很有可能，讀者諸君已經發現，由於我倆的調查工作紛至沓來、無止無休，我往往不能把自己的故事講得有始有終，不能向好奇的讀者們提供關於結局的種種細節。案子一件接着一件，案情的高潮部分一旦結束，各位演員也就紛紛退場，從我倆的繁忙生活當中徹底消失。不過，具體到這件案子，我倒是在筆記手稿的末尾找到了一段簡略的附記。根據附記當中的記載，維奧萊特・史密斯小姐的確繼承了一大筆遺產，眼下已經嫁給了西里爾・莫頓，後者以主要合伙人的身份在倫敦的西敏寺地區開辦了一家著名的電氣事務所，也就是莫頓及肯尼迪事務所。威廉森和伍德利都因實施綁架和人身傷害受到了審判，前一個被判七年徒刑，後一個則是十年。附記當中沒有提到卡魯瑟斯的結局，可我非常肯定，既然大家都知道伍德利是一名極為危險的惡棍，法庭想必不會把卡魯瑟斯的傷害罪名看得十分嚴重。在我看來，要體現公平與正義，幾個月的刑期也就足夠了。

修院學堂

　　貝克街這個舞台雖然不大，可我們也看過許多次戲劇性的出場和退場，不過，在我的記憶當中，要說哪一次最顯得突如其來、最讓人驚詫莫名，還得算是擁有碩士博士等等頭銜的索尼克羅夫特‧哈克斯泰堡初次登台的場面。先行來到的是他的名片，相較於他讓人眼花繚亂的學術榮銜，那張名片實在是顯得器小難容，幾秒鐘之後，他本人也大駕光臨，身材無比魁偉、神情無比驕傲、儀態無比威嚴，活脫脫是「冷靜可靠」這個字眼兒的化身。儘管如此，帶上房門之後，他的第一個動作卻是跟跟蹌蹌地貼到桌子旁邊，跟着就一骨碌出溜下去，偉岸的身軀癱倒在壁爐跟前的熊皮地毯上，人事不省。

　　我們一躍而起，默不作聲地盯着他看了片刻，一時間驚駭不已。這樣的一艘巨船轟然翻倒，生活海洋的深處顯然是突然掀起了一陣狂飆惡浪。這之後，我倆忙不迭地行動起來，福爾摩斯往他腦袋下面塞了個墊子，我也把白蘭地送到了他的嘴邊。他那張寬闊的蒼白臉龐刻滿了憂心如焚的皺紋，緊閉的雙眼下方耷拉着烏青的眼袋，張開的嘴巴淒淒慘慘地彎成了向上的弧線，肉滾滾的雙下巴上留着未經修剪的胡茬子。他的衣領和襯衫上都積着長途旅行的污垢，頭髮也亂蓬蓬地支棱在原本形狀不錯的腦袋上。顯

而易見，躺在我倆面前的是一個備受折磨的人。

「他這是怎麼回事，華生？」福爾摩斯問道。

「消耗過度，原因興許只是飢餓和疲勞，」我一邊說，一邊試了試他的脈搏。他的脈搏細若游絲，生命之泉顯然已經變成了涓涓滴滴的細流。

「他身上有一張從英格蘭北部梅克爾頓*到倫敦的往返車票，」福爾摩斯一邊說，一邊把車票從來人裝懷錶的衣袋裏掏了出來。「眼下還不到十二點，今天他肯定是一大早就動了身。」

這之前，來人擠在一起的眼皮已經開始顫動，到這會兒，他睜開了灰色的眼睛，茫然地仰視着我倆。緊接着，他手忙腳亂地爬了起來，害臊得滿臉通紅。

「請原諒我的虛弱，福爾摩斯先生，這陣子我有點兒勞累過度。謝謝您，麻煩您給我一杯牛奶，再給我幾塊餅乾，這樣我肯定能好一點的。這次我親身趕來，福爾摩斯先生，為的是確保您會跟我一起回去，因為我覺得，電報恐怕不足以讓您相信，這件案子真的是十萬火急。」

「等您恢復得差不多了之後——」

「我已經恢復得差不多了。我真是不明白，剛才我怎麼會這麼不中用。我的希望是，福爾摩斯先生，您跟我一起，坐下一班火車去梅克爾頓。」

我朋友搖了搖頭。

「我同事華生醫生可以作證，眼下我們忙得不可開

---

* 這篇故事首次發表於 1904 年 2 月；梅克爾頓 (Mackleton) 為作者虛構的城鎮名稱。

交。我手頭的菲瑞爾斯文件案還沒辦完，阿伯蓋溫尼鎮的那件謀殺案也馬上就要開庭。就目前的情況來看，除非案子極其重要，否則我絕不會離開倫敦。」

「重要！」我們的客人猛然舉起了雙手。「有人劫走了霍德瑞斯公爵的獨子，您一點兒也沒聽說嗎？」

「甚麼！您說的是那位前任的內閣大臣嗎？」

「一點兒不錯。我們千方百計地阻止這件事情見報，不過，昨晚的《環球報》還是登出了一些傳聞。我本來還以為，您已經有所耳聞哩。」

福爾摩斯伸出瘦長的胳膊，從他那套無所不有的指南當中挑出了「H」卷。

「『霍德瑞斯，第六世公爵、嘉德勳位擁有者、樞密院顧問』——頭銜得有十幾個！『比弗利男爵、卡斯頓伯爵』——天哪，這些頭銜可真嚇人！『自一九零零年開始擔任哈拉姆郡長，於一八八八年迎娶查爾斯·艾普多爾爵士之女伊迪絲，獨子及繼承人為薩蒂爾勳爵。名下土地共約二十五萬英畝，並在蘭開夏郡及威爾士擁有數處礦山。住址：卡爾頓公館巷；哈拉姆地區霍德瑞斯府邸；威爾士班戈城卡斯頓城堡。一八七二年任海軍大臣；亦曾任國務大臣，主管——』夠啦，夠啦，毫無疑問，此人的確是女王座下最了不起的臣民之一！ *」

---

* 此段文字相關背景略述如下：嘉德勳位 (K.G.) 是英格蘭等級最高的騎士勳位；樞密院顧問 (P.C.) 指王室智囊團樞密院成員，通常為終身職；哈拉姆 (Hallamshire) 是英格蘭中部一片歷史悠久的區域，在今天的南約克郡與德比郡交界處，毗鄰匹克高地，從來不曾成為一個真正意義的郡；郡長 (Lord Lieutenant) 是英國君主駐地方的私人代表，當時已經成為榮譽性虛銜，因通常由貴族

「不光是最了不起，興許還最不缺錢。我完全明白，福爾摩斯先生，您對自己專業上的事務要求很高，而且樂意為工作而工作、不計較甚麼報酬。可我還是得告訴您，公爵大人已經宣佈，報告孩子下落的人可以得到一張五千鎊的支票，如果能讓他知道是哪個人或者哪幫人劫走了孩子，還可以額外得到一筆一千鎊的賞金。」

「這樣的酬勞可真是慷慨，」福爾摩斯說道。「依我看，華生，咱們還是陪哈克斯泰堡博士到北邊去走一趟吧。好了，哈克斯泰堡博士，喝完牛奶之後，麻煩您給我們講講到底發生了甚麼事情，發生在甚麼時間，具體是怎樣的情形，最後再給我們講講，您，也就是梅克爾頓附近修院學堂的索尼克羅夫特·哈克斯泰堡博士，跟這件事情有甚麼關係，為甚麼要等到事發三天之後——這麼說是因為您的臉已經三天沒刮了——才光臨寒舍、吩咐在下獻上犬馬之勞。」

牛奶和餅乾下肚之後，客人的眼睛恢復了神采，雙頰也有了血色。於是他定下神來，開始繪聲繪色、清清楚楚地講述事情的原委。

「首先我得告訴你們，各位，修院學堂是一間預備學校*，我本人是學校的創辦人，也是學校的校長。聽到《哈

擔任，英文頭銜遂有「Lord」字樣；1 英畝約等於 6 畝；蘭開夏郡 (Lancashire) 是英格蘭西北部一個歷史悠久的郡；卡爾頓公館巷 (Carlton House Terrace) 是倫敦的一條上流街道；班戈城 (Bangor) 是威爾士的一個小城。

*　在當時的英國，預備學校 (preparatory school) 指的是一種私立學校，大致相當於我國的小學，功能是為六至十三歲的兒童提供教育，為他們升入公學之類的私立中學做好準備。

克斯泰堡淺說賀拉斯*》這本書，你們興許能想起我的名字。毫無疑問，修院學堂是全英格蘭質量最好、門檻最高的預備學校，勒維斯托克勳爵、布萊克沃特伯爵和卡斯卡特·索姆斯爵士都把自己的兒子託付給了我。三個星期之前，霍德瑞斯公爵打發他的秘書詹姆斯·懷爾德先生來通知我，他打算把他現年十歲的獨子和繼承人，也就是薩蒂爾勳爵，交給我來照管。當時我只是覺得，自己的學校這才算是真正達到了輝煌的頂點，可我萬萬沒有想到，這竟然預示着我這輩子最大的一件禍事。

「五月一號是夏季開學的第一天，公爵的孩子來到了我的學校。他是個討人喜歡的孩子，很快就適應了我們那裏的生活。不過，我還得告訴你們——我覺得自己也算是謹言慎行，只不過事已至此，吞吞吐吐實在是非常荒唐的做法——他在家裏的生活並不是十分快樂。盡人皆知，公爵的婚姻生活不太平靜，最後的結局是協議分居，公爵夫人遷居到了法國南部。他倆分居是不久之前的事情，大家也都知道，這個孩子是完全站在母親那邊的。夫人離開霍德瑞斯府邸之後，孩子一直悶悶不樂，就是由於這個原因，公爵才把他送進了我的學校。到校剛剛兩個星期，孩子就跟我們打成了一片，顯然是過得十分高興。

「他最後一次露面是在五月十三號的晚上，換句話說就是星期一的晚上。他的寢室是三樓一個套間的裏屋，要穿過一間比較大的外屋才能進去。外屋裏住了兩個孩子，他倆一無所見、一無所聞，所以說，小薩蒂爾肯定不是從

---

* 　賀拉斯 (Horace, 前 65– 前 8) 為古羅馬詩人。

外屋出去的。他屋裏的窗子開着，窗邊有一根非常結實的常春藤，一直連到了地面。我們雖然沒在窗子下方找到足跡，但卻可以肯定，他只能從這條路出去。

「星期二早上七點，我們發現他不知去向。他在自己的床上睡過，出去之前還像平常那樣穿上了全套的校服，一件黑色的伊頓外套*、一條深灰色的褲子。沒有任何跡象表明曾經有人進入他的房間，除此之外，房間裏肯定不曾有過哭叫打鬥之類的聲音，因為外屋那個名叫孔特的大孩子睡覺很輕，有的話一定能夠聽見。

「發現薩蒂爾勳爵失蹤之後，我立刻把學校裏所有的人清點了一遍，學生、老師和僕役都包括在內。清點完畢之後，我們才確知薩蒂爾勳爵並非獨自出走，因為德國裔老師海德格爾也不見了。他的房間在三樓的遠端，朝向跟薩蒂爾勳爵的房間一樣。他也在自己的床上睡過，可他出去的時候顯然是衣冠不整，因為他的襯衫和襪子都扔在地板上。他肯定是順着常春藤爬下去的，我們看到了他着地之時留在草坪上的腳印。他的自行車本來停在草坪旁邊的一個小棚子裏，出事的時候也不見了。

「海德格爾已經在我的學校裏待了兩年，來的時候帶着無可挑剔的資歷證明，可他這個人沉默寡言、鬱鬱寡歡，老師和學生都不怎麼喜歡他。哪裏都找不到兩個逃亡者的蹤跡，眼下已經是星期四的早晨，可我們仍然跟星期二一樣茫無頭緒。當然，剛出事的時候我們就上霍德瑞

---

* 伊頓外套 (Eton jacket) 為一種帶有大翻領的齊腰短外套，因英國著名私立中學伊頓公學而得名。

斯府邸去打聽過。府邸離學校只有幾英里，當時我們以為孩子突然想家，回家找他父親去了。可是，府邸裏的人根本沒有他的消息。公爵非常焦急，我呢，你們自個兒也看見了，憂慮和責任感把我折磨成了怎樣一種心力交瘁的樣子。福爾摩斯先生，如果您願意為甚麼事情拿出全部本領的話，我求您現在就拿出來，原因在於，比這件案子更值得您全力以赴的案子，您這輩子再也碰不上了。」

歇洛克・福爾摩斯一直在全神貫注地傾聽這位不幸校長的講述。看到他緊鎖的雙眉，還有眉間的那道深溝，我知道他已經把所有的注意力轉向了這個問題，用不着別人勸說，因為眼前的問題不光關涉重大，而且正合他對於疑案奇案的胃口。到這會兒，他拿出自己的記事本，草草地記下了幾個要點。

「您沒有早點兒來找我，實在是太過疏忽，」他嚴厲地說道。「巨大的障礙已經形成，您才讓我着手調查。就拿您剛才提到的那根常春藤和那片草坪來說吧，放到真正的觀察專家眼裏，絕不會一點兒線索也沒有的。」

「這事兒可不能怪我，福爾摩斯先生。公爵大人絕不希望看到任何公開的醜聞，生怕自己的家庭不幸傳揚出去。他對這一類的事情深惡痛絕。」

「終歸還是讓警方進行了一些調查，不是嗎？」

「是的，先生，結果卻讓人大失所望。開始調查之後，他們馬上就找到了一條明顯的線索，因為他們收到報告，有人在附近的一個火車站看見一個男孩和一個小伙子坐上了一列早班火車。昨天晚上，我們才得到消息，警方已經

在利物浦追到了那兩個人，但卻發現他倆跟這件案子沒有絲毫聯繫。聽到這個消息，我真是萬分絕望，結果是一晚上都沒睡覺，直接搭早班火車上您這兒來了。」

「據我估計，警方追蹤這條虛假線索的時候，案發當地的調查應該放鬆了吧？」

「不是放鬆，是完全停了下來。」

「如此說來，這三天的時間就算是白白地浪費掉了。這案子真是辦得再糟糕不過了。」

「您說得對，我也這麼覺得。」

「不過，這個問題應該能有一個最終的答案。我非常樂意調查這個案子。失蹤的孩子跟德國老師之間有沒有甚麼聯繫，您查出來了嗎？」

「甚麼聯繫都沒有。」

「孩子是他班上的學生嗎？」

「不是，據我所知，他倆連話都沒有說過一句。」

「毫無疑問，這一點非常奇怪。孩子有自行車嗎？」

「沒有。」

「還有誰的自行車不見了嗎？」

「沒有。」

「您能肯定嗎？」

「非常肯定。」

「很好，這麼說的話，您不會真的認為，德國老師能夠深更半夜地抱着男孩騎自行車逃走吧？」

「當然不會。」

「不會的話，您的推測又是甚麼呢？」

「自行車興許只是個幌子，他可能把它藏在了甚麼地方，兩個人都是徒步走掉的。」

「很有可能。可是，用自行車來當幌子似乎有點兒荒唐啊，對吧？那個棚子裏還有別的自行車嗎？」

「有幾輛。」

「真想讓別人覺得他倆騎自行車逃走的話，他應該會藏**兩輛**吧，您説呢？」

「我看他會。」

「他當然會。幌子的説法是講不通的。不過，這一點仍然是一個非常適合下手的突破口。再怎麼説，自行車這種東西既不容易隱藏，也不容易銷毀。還有個問題，孩子失蹤之前的那一天，有人去找過他嗎？」

「沒有。」

「他收到甚麼信了嗎？」

「有的，就一封。」

「誰寫的？」

「他父親。」

「你們會拆學生的信嗎？」

「不會。」

「那您怎麼知道信是他父親寫的呢？」

「信封上有他們家族的紋章，姓名地址也是公爵那種異常剛硬的筆跡。再者説，公爵本人也記得寫信的事情。」

「他收到的前一封信是甚麼時候來的呢？」

「好幾天以前。」

「他收到過從法國來的信嗎？」

「沒有，從來沒有。」

「當然，您肯定知道我這些問題的用意。孩子出走只有兩種可能，一種是被人強行劫走，另一種是出於自願。如果是後一種情況，那他一定是受到了某種外部因素的引誘，不然的話，這麼小的孩子是不會這麼做的。既然他沒有訪客，引誘就只能來自信件。所以呢，我想要查出跟他通信的都是些甚麼人。」

「恐怕我幫不上您甚麼忙。據我所知，跟他通信的只有他的父親。」

「剛好在他失蹤的當天，他父親給他寫了信。他們父子倆算得上特別親近嗎？」

「公爵大人從來不跟任何人特別親近。他全部的心思都投入了重大的公眾事務，普通人都有的那些情感沒法對他造成甚麼影響。不過，按他的標準來衡量的話，一直以來，他對孩子還是很慈愛的。」

「可是，孩子的心是向着母親的，對嗎？」

「對。」

「這是他自己說的嗎？」

「不是。」

「那麼，是公爵說的嗎？」

「我的天，不是！」

「那您是怎麼知道的呢？」

「我跟公爵大人的秘書詹姆斯・懷爾德先生私下談過幾次，薩蒂爾勳爵向着誰的事情是他告訴我的。」

「我明白了。對了，公爵寫給孩子的最後一封信——

孩子走了之後，你們在他房間裏找到那封信了嗎？」

「沒找到，他把信帶走了。照我看，福爾摩斯先生，咱們該去優頓車站了吧。」

「我這就差人去叫一輛四輪馬車。再過一刻鐘，我倆就聽候您的差遣。如果您打算往家裏拍封電報的話，哈克斯泰堡先生，不妨讓您那邊的人覺得，調查的火力依然集中在利物浦，或者是那條虛假線索領你們去的其他任何地方。與此同時，我打算在您的家門口不聲不響地做點兒工作，說不定，現場的嗅跡還沒有完全消失，還逃不過我和華生這兩隻老獵犬的鼻子。」

當天傍晚，我們踏上了哈克斯泰堡博士那所著名學校所在的匹克高地 *，周遭是令人神清氣爽的凜冽空氣。到學校的時候，天已經黑了下來。門廳的桌子上擺着一張名片，學校的僕役長跟校長耳語了幾句，校長轉頭對着我倆，寬闊的臉膛寫滿了焦慮。

「公爵來了，」他說道。「公爵和懷爾德先生都在書房裏等着呢。來吧，兩位，我替你們引見引見。」

當然，這位著名政治家的肖像我已經看得不少，不過，他本人的模樣卻跟肖像大相逕庭。他身材高大，儀表堂堂，衣着一絲不苟，臉型又瘦又長，長得出奇的鼻子彎出了一道古怪的弧線，尖錐形的絡腮鬍子一片火紅，將

---

* 匹克高地 (Peak district) 為英格蘭中北部的一片高地，大部分位於德比郡北部。1951 年設立的匹克高地國家公園是英國的第一個國家公園。

死人一般慘白的臉色襯托得格外扎眼。他那部長髯一直拖到了白色的馬甲上，懷錶的鏈子在鬍鬚的邊緣閃閃發光。站在哈克斯泰堡博士那塊爐邊地毯中央的就是這麼個高貴威嚴的人物，正在用冷冰冰的目光打量我們。他身邊還站著一個年紀很輕的小伙子，想來應該是懷爾德，他的私人秘書。懷爾德身材瘦小，神態又緊張又機警，淡藍色的眼睛顯得十分聰穎，表情瞬息萬變。正是他首先打開了話匣子，用的是一種不由分說的尖刻語調。

「今天早上我就來找過您，哈克斯泰堡博士，只可惜來得太晚，沒來得及阻止您去倫敦。我聽說，您去倫敦的目的是請歇洛克‧福爾摩斯先生來偵辦這件案子。公爵大人覺得十分驚訝，哈克斯泰堡博士，因為您擅自採取了這樣的行動，竟然沒有跟他商量一聲。」

「當時，我聽說警方的行動已經失敗——」

「公爵大人絕對沒有得出警方已經失敗的結論。」

「可是，懷爾德先生，您肯定也知道——」

「您應該非常清楚，哈克斯泰堡博士，公爵大人絕不希望看到任何公開的醜聞。大人的意思是，知情的人越少越好。」

「這個問題很容易解決，」嚇破了膽的博士說道，「歇洛克‧福爾摩斯先生可以坐明天早上的火車回倫敦去。」

「這可不行，博士，這可不行，」福爾摩斯說道，語調平和得無以復加。「這裏的北方空氣提神醒腦、清爽宜人，所以我打算在您這邊的荒原上住那麼幾天，盡量找點兒事情來充實頭腦。當然嘍，至於我是托庇於您的屋簷之

下、還是在村裏的旅店棲身，完全由您來決定。」

看得出來，不幸的博士陷入了一種極度為難的境地。還好，紅鬍子公爵深沉洪亮的嗓音像宣佈開飯的銅鑼一般轟然鳴響，幫助他擺脱了困境。

「我贊成懷爾德先生的看法，哈克斯泰堡博士，您應該事先跟我商量才是。不過，鑑於您已經讓福爾摩斯先生知道了這件事情，我們自然應該借重他的幫助，要不然就真的是太荒唐了。千萬別提甚麼旅店，福爾摩斯先生，您要是願意來霍德瑞斯府邸跟我同住的話，我將會覺得非常榮幸。」

「謝謝您，公爵大人。依我看，為便於調查起見，我還是留在事發現場比較好。」

「悉聽尊便，福爾摩斯先生。當然，如果您需要我或者懷爾德先生提供甚麼情況，只管開口就是。」

「稍後我多半得到府上去拜訪您，」福爾摩斯説道。「眼下我只想問一問，先生，關於您的兒子離奇失蹤的事情，您自個兒有沒有想出甚麼解釋呢？」

「沒有，先生，我沒有甚麼解釋。」

「如果我提起您的傷心事，麻煩您多多包涵，只可惜我不得不提。按您看，公爵夫人跟這件事情有關係嗎？」

面對這個問題，這位顯赫人物明顯有些躊躇。

「我看是沒有，」他終於開了口。

「還有一種極其明顯的解釋，孩子是被人劫走的，劫持的目的是勒索贖金。有人向您提出這一類的要求嗎？」

「沒有，先生。」

「再問一個問題，大人。據我所知，事發當天，您給孩子寫了封信。」

「不對，信是前一天寫的。」

「一點兒不錯，可他是事發當天才收到的，對吧？」

「對。」

「您的信裏有沒有甚麼足以擾亂他的心神、導致他離校出走的內容呢？」

「沒有，先生，絕對沒有。」

「信是您親自發出去的嗎？」

這位貴族還沒來得及開口作答，他的秘書就惡聲惡氣地插了進來。

「公爵大人並沒有親自發信的習慣，」他說道。「這封信跟其他信函一起擺在書房裏的桌子上，是我親手把信放進郵袋的。」

「您肯定這封信進了郵袋嗎？」

「是的，我看見了。」

「公爵大人，當天您一共寫了多少封信呢？」

「二三十封吧，我的來往信件很多。不過，是多是少都跟這件案子沒有關係，不是嗎？」

「多少還是有點兒關係的，」福爾摩斯說道。

「我這邊的情況是這樣的，」公爵接着說道，「我已經建議警方把調查的重點轉向法國南部。剛才我說過，我並不認為公爵夫人會慫恿這麼荒唐的舉動，話說回來，這孩子的想法非常偏執，有可能會在那個德國人的唆使和幫助之下逃到她那邊去。按我看，哈克斯泰堡博士，我們該

回府邸去了，這就跟您告辭。」

看得出來，福爾摩斯的心裏還藏着一些問題，不過，這位貴族的斷然態度已經表明，這次晤談只能就此結束。顯而易見，跟陌生人討論自己的家庭私事，這樣的舉動與他十足的貴族性情完全是格格不入，更何況他還擔心，接下來的每一個問題都會帶來一縷更加熾烈的光線，照進他顯赫家史當中那些遮得嚴嚴實實的角落。

公爵帶着秘書離去之後，我朋友立刻展開了全力以赴的調查，跟平常一樣迫不及待。

我們仔仔細細地檢查了孩子的房間，僅有的收穫是一個板上釘釘的結論，孩子只能從窗子逃出去。德國老師的房間和私人物品也沒有給我們提供任何新的線索。他窗子外面的一株常春藤已經被他壓得塌了下去，借着提燈的光亮，我們還看到了他着地之時留在草坪上的一個腳跟印跡。青蔥短草之間的這個凹痕是唯一的一件物證，證明他這次莫名其妙的夜間逃遁確已發生。

歇洛克·福爾摩斯獨自離開了校舍，回來的時候已經過了十一點。他弄來了一張附近地區的軍用地圖，拿着這張尺幅巨大的地圖走進我的房間，把它攤到床上，又把一盞提燈立在地圖中央，然後就開始對着地圖猛抽煙斗，其間還時不時地把煙霧繚繞的琥珀煙嘴伸到地圖上面，指點那些值得注意的細節。

「這件案子越來越有意思了，華生，」他如是說道。「毫無疑問，案子當中包含着一些引人入勝的地方。趁着調查剛剛開始的時候，我希望你能對這些地理特徵有個認

識，它們可能會在咱們的調查當中發揮十分重要的作用。

　　「注意看這張地圖。塗了陰影的這個方塊就是修院學堂，我在這兒插上一枚大頭釘。好了，這條線就是大路，你瞧，大路從東向西經過學堂，學堂東西兩邊一英里之內都沒有岔路。如果這兩個傢伙走的是大路的話，那就只能是**這條**路。」

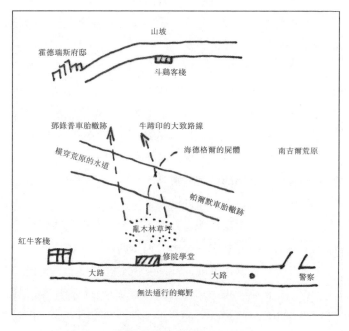

福爾摩斯的學堂左近地形圖 *

---

*　原圖雖未標注，據文中敍述可知，此圖頂端的道路就是後文所說的「通往切斯特菲爾德的公路」。

「的確如此。」

「多虧了一種少見的運氣，咱們才可以大致弄清案發當晚這條路上的情形。嗯，我眼下用煙斗指着的這個地方有一名站崗的鄉村警察，值班的時間是夜裏十二點到凌晨六點。你瞧，這地方正好是學堂東邊的第一個岔路口。那名警察說，當晚他一刻也不曾離開崗位，同時也非常肯定，不管是大人還是小孩，都不可能從他眼皮底下溜過去。今晚我跟他談過，感覺他這個人絕對可以信賴。這麼着，往東去的可能性就算是排除了，咱們再來看往西去怎麼樣。嗯，這兒有一間名叫『紅牛』的客棧。案發當晚，客棧的老闆娘生了病，於是就打發人到梅克爾頓去請醫生，沒想到醫生出診去了，第二天早上才趕到客棧。為了等醫生，客棧裏的人整晚都沒睡覺，守夜期間，他們當中似乎始終有人在朝這條路上張望。據他們所說，過路的人一個也沒有。如果他們的證詞可信的話，咱們就幸運地排除了往西去的可能性，進而得出結論，兩名逃亡者根本就**沒走**大路。」

「可是，自行車的事情該怎麼解釋呢？」我反駁了一句。

「自行車的事情確實是個問題，咱們等會兒就會說到。順着剛才的思路往下捋，這兩個人如果沒走大路，必然是走進了附近的原野，不在學堂北邊，就在學堂南邊。這個判斷不會有甚麼疑問。接下來，咱們可以對比一下這兩種可能性。你瞧，學堂的南邊是一大片耕地，一段又一段的石牆把耕地分隔成了一小塊一小塊的農田。按我看，

這樣的地形壓根兒就騎不了自行車，往這邊走的可能性可以排除。好了，咱們再來看看北邊的原野。學堂的北邊是一片樹林，地圖上標的是『亂木林』。樹林的遠端是一大片起伏不平的荒野，名字叫做『南吉爾荒原』。荒原一直往北延伸了十英里，地勢漸漸升高。喏，荒原的一側就是霍德瑞斯府邸，從學堂走大路去的路程是十英里，穿過荒原去的話，路程就只有六英里。這是一片十分荒涼的平原，只有幾戶農家在裏面闢出了小塊的土地，靠放牧牛羊過活。不算他們的話，你就得走到通往切斯特菲爾德*的公路上才能見到鷸鳥和麻鷸之外的活物。你瞧，公路邊有一座教堂、幾座農莊，還有一家客棧。從公路再往北去，山勢就比較險峻了。不用說，咱們的調查應該從學堂北邊入手。」

「可是，自行車的事情該怎麼解釋呢？」我不依不饒。

「行啦，行啦！」福爾摩斯很不耐煩地說道。「自行車騎得好的人可不是非走大路不可，荒原裏有許多縱橫交錯的小徑，事發當晚又是滿月當空。嘿！甚麼聲音？」

門上傳來了火急火燎的叩擊聲。片刻之後，哈克斯泰堡博士走了進來，手裏拿着一頂藍色的板球帽，帽頂上飾有白色的 V 形標記。

「我們終於找到了一條線索！」他大聲喊道。「謝天謝地！終於找到了小傢伙的蹤跡！這頂帽子就是他的。」

---

* 切斯特菲爾德 (Chesterfield) 為德比郡東北部城鎮，在匹克高地範圍之內。

「在哪兒找到的呢？」

「在一幫吉普賽人＊的篷車裏，他們在荒原裏扎過營，星期二才離開。警察在今天追到了他們，搜查了他們的篷車，結果就找到了這件東西。」

「他們是怎麼解釋的呢？」

「他們支支吾吾，謊話連篇，說帽子是星期二早上在荒原裏撿來的。他們肯定知道他的下落，這幫惡棍！謝天謝地，眼下他們都進了牢房，想跑也跑不掉了。要麼是法律的威力，要麼是公爵的重賞，肯定能讓他們把所有的實話吐出來。」

「到現在為止，情況還算不錯，」等博士終於離去之後，福爾摩斯說道。「他的話至少可以證明，我的推測是對的，問題的答案得到南吉爾荒原那邊去找。說實在的，警方在本地等於是甚麼事情也沒幹，就抓了這麼一幫吉普賽人。注意，華生！有一條橫穿荒原的水道，這不，地圖上也標出來了。水道在有些地方展成了沼地，在霍德瑞斯府邸和學堂之間的這片區域尤其如此。眼下的天氣如此乾燥，到其他地方去找痕跡只能是徒勞無功，不過呢，**這片**區域多半還保留着一些事發當時的記錄。我明天一早就來叫你，咱倆一起去找一找，看看能不能把這件謎案理出一點兒頭緒。」

破曉時分，我一睜眼就看見了福爾摩斯的頎長身影。

＊ 吉普賽人 (Gipsy) 參見《波希米亞醜聞》中有關「波希米亞人」的注解，今天的吉普賽人喜歡稱自己為羅姆人 (Roma)。當時的西歐人覺得這個種族很神秘，又因為他們膚色較深、居無定所，因此往往把壞事算到他們頭上。

他站在我的床頭，穿得整整齊齊不說，顯然還已經到外面去走了一遭。

「我已經把草坪和自行車棚檢查完了，」他說道。「還在亂木林裏轉了一圈兒。好了，華生，隔壁已經備好了一杯可可，我必須得請你加快速度，今天的事情多着呢。」

他眼裏閃着精光、頰上也泛着紅暈，滿臉都寫着能工巧匠面對稱心活計的喜悅心情。眼前的福爾摩斯渾身是勁、矯健機敏，與蝸居貝克街的那個耽於玄思、有氣無力的空想者大相逕庭。看着他躍躍欲試的敏捷身形，我真真切切地感到，這一天必定是任重道遠。

然而，這一天的開端令人失望至極。黃褐色的荒原滿佈泥炭，無數條羊腸小道交錯其中。懷裏揣着滿滿的希望，我倆興衝衝地穿過荒原，終於走進了那片淺綠色的寬闊沼地，沼地的對面就是霍德瑞斯府邸。毫無疑問，孩子選擇的如果是回家的方向，那就必然會經過這裏，如果經過這裏，那就必然會留下痕跡。可是，眼前並沒有孩子經過的跡象，也不見那個德國人的影蹤。我朋友沿着沼地邊緣大步前行，急切地辨認着印在苔蘚上的每一點泥斑，臉色越來越陰沉。到處都是羊蹄的印跡，下游幾英里處的一個地方還有牛群留下的蹄痕，別的就沒有了。

「這可真是當頭一棒，」福爾摩斯一邊說，一邊悶悶不樂地掃視連綿起伏的廣袤荒原。「瞧，下邊這段水道非常狹窄，再下邊還有另一片沼地。哈！哈！哈！瞧瞧這是甚麼？」

一條黑乎乎的小徑橫在我倆眼前，小徑中央是自行車

留下的一道轍跡，清清楚楚地印在浸透了水的泥土上。

「好啊！」我叫道。「這就是咱們要找的東西。」

福爾摩斯卻在那裏大搖其頭，臉上不見喜色，倒顯得困惑不解、有所期待。

「這當然是一輛自行車，但卻不是**那一輛**，」他說道。「我熟知四十二種不同的自行車輪胎轍印。你瞧，這道轍印來自鄧祿普車胎，外胎上還打了個補丁。海德格爾的自行車用的是帕爾默車胎*，轍印應該帶有縱向的條紋，數學老師埃夫林對這件事情非常肯定。所以說，這並不是海德格爾留下的轍跡。」

「那麼，是孩子留下的轍跡嗎？」

「有這個可能，如果咱們能證明他的確有自行車的話。可惜的是，咱們壓根兒就證明不了。你瞧，這道轍跡可以說明，騎車的人是從學堂那邊來的。」

「也可能是往學堂那邊去的，不是嗎？」

「不，不是，親愛的華生。身體的重量落在後輪，後輪的轍印自然會比前輪深。你瞧，轍跡當中有幾處地方，後輪的轍印已經把相對較淺的前輪轍印壓得看不見了。毫無疑問，自行車是從學堂的方向來的†。這道轍跡不一定

---

* 鄧祿普 (Dunlop) 和帕爾默 (Palmer) 都是當時實際存在的自行車輪胎品牌，分別源自蘇格蘭發明家鄧祿普和美國發明家帕爾默，前者在輪胎發展史上有尤為重要的貢獻。

† 關於通過轍跡判斷車行方向的問題，柯南・道爾在自傳《回憶與冒險》(*Memories and Adventures, 1924*) 當中寫道：「針對這一點，許多人向我提出了惋惜以至憤怒的抗議，於是我就用自己的自行車做了一番測試。我本來以為，只要自行車走的不是筆直的路線，車行方向就可以通過後輪轍印碾壓前輪轍印的方式判斷出來。事實證明我錯了，筆友們才是對的，因為無論自行車朝哪個方向行

跟咱們的調查有關，不過，咱們還是別急着往前趕，先順着轍跡往回走一段吧。」

往回走了幾百碼之後，我倆走出了荒原之中的泥沼地帶，自行車的轍跡也看不見了。我倆沿着與轍跡相接的小徑繼續往回走，路過一個泉水淙淙的地方，再一次看到了同一輛自行車留下的轍跡，只不過，轍跡已經被牛群踩得亂七八糟，差不多完全無法辨認。這之後，轍跡再也沒有出現，小徑則一直伸進了學堂背後的亂木林。這樣看來，自行車一定是從這片林子進入荒原的。福爾摩斯在一塊大石頭上坐了下來，雙手托住了下巴。等我抽完兩支香煙之後，他總算是有了一點兒動靜。

「好啦，好啦，」他終於打破了沉默。「當然嘍，鬼主意多的人完全可能把車胎換掉，免得別人認出自己的轍跡。能跟一個想得出這種招數的罪犯打上交道，我倒是覺得非常榮幸。這個問題暫且不管，咱們還是接着搞咱們的沼地調查好了，還有好多地方沒看呢。」

我倆繼續沿着荒原沼地潮濕的邊緣進行有條不紊的勘查，不久之後，我倆的不懈努力就換來了巨大的回報。水道下游的沼地之中橫亙着一條泥濘的小徑，走近小徑的時候，福爾摩斯歡呼了一聲。小徑中央有一道似乎是用一小捆電線在地上拖曳而成的印子，正是帕爾默車胎的轍跡。

「這道轍跡屬於咱們的海德格爾先生，錯不了！」福

駛，轍跡都是一樣的。另一方面，判斷方向的真正方法比這還要簡單得多，因為荒原既然高低不平，上坡的轍印自然會比下坡的轍印深得多，由此看來，福爾摩斯的判斷終歸還是合情合理的。」

爾摩斯興高采烈地叫道。「看樣子，我的演繹還是相當可靠的嘛，華生。」

「祝賀你。」

「不過，接下來的事情還多着呢。麻煩你，別踩在這條小徑上。好了，咱們跟着轍跡往前走吧。我只是擔心，跟不了多久就會跟丟。」

還好，荒原的這個部分穿插着一塊又一塊的濕地，追蹤的過程之中，轍跡雖然一次又一次地從我倆的眼前消失，我倆卻總是能重新把它找出來。

「到這個地方，騎車的人無疑是發起了衝刺，你看出來了嗎？」福爾摩斯說道，「這一點可以說是板上釘釘。瞧瞧這個轍印，兩個車胎的印跡都很清晰，深淺也一樣。這只能說明騎車的人把身體的重量壓到了車把上，正是發起衝刺的表現。天哪！他摔了下來。」

小路上出現了一片不規則的寬闊印跡，往前延伸了幾碼的距離，印跡的前方有幾個腳印，腳印的前方則是再次出現的輪胎印子。

「他是向側面摔倒的，」我提醒福爾摩斯。

福爾摩斯舉起了一枝折斷的荊豆，而我駭然發現，枝上的黃花濺滿了深紅色的斑點。路面之上，路邊的石南叢中，同樣可以看到鮮血凝成的暗紅印跡。

「壞了！」福爾摩斯說道。「壞了！站開點兒，華生！沒事兒不要到處亂踩！眼前的痕跡是甚麼意思呢？他受了傷，摔下來，跟着就站起來，又上車，接着往前騎。可是，周圍看不到有人趕路的痕跡啊。旁邊的這條岔路上倒是有牛

蹄印，他總不會是讓牛給頂傷了吧？不可能！可我完全看不到其他人在場的跡象。咱們必須接着追下去，華生。眼下又有血跡，又有轍印，咱們肯定能追到他的。」

接下來的追蹤並沒有持續太長的時間。車胎的印跡很快就開始在白亮亮的潮濕小徑上瘋狂打彎，突然之間，我看到前方那片茂密的荊豆叢裏閃出了金屬的亮光。緊接着，我倆從那片荊豆叢裏拖出了一輛自行車，車胎是帕爾默牌的，一個腳蹬子已經彎了，車頭上沾滿了血點和血痕，情狀十分可怖。灌木叢的另一側支棱着一隻鞋子，我倆趕緊跑到灌木叢背面，立刻看到了躺倒在地的不幸車主。他身材高大，滿臉鬍鬚，戴着一副眼鏡，鏡片已經被砸飛了一塊。他的死因是腦部遭受了一記可怕的重擊，連顱骨都被打塌了一部分。身負如此重傷，他還能夠繼續騎行，充分說明他不但身強力壯，勇氣也令人欽佩。死者雖然穿了鞋，但卻沒穿襪子，外套沒有扣上，露在下面的是一件睡衣。毫無疑問，死者不是別人，正是那位德國老師。

福爾摩斯恭恭敬敬地把屍體翻了一面，仔仔細細地檢查了一遍。接下來，他坐在那裏沉思了一陣。他緊鎖的眉頭向我表明，按他的看法，這個嚴酷的發現並沒有給我們的調查帶來長足的進展。

「接下來該怎麼辦，還真是有點兒不好決斷，華生，」他終於開了口。「按我自個兒的意見，前面已經耽擱了這麼長的時間，眼下咱們就應該繼續追查，一刻也不能拖延。話又說回來，咱們確實有責任向警方通報這件事情，

務必讓這個可憐人的遺體得到妥善的處置。」

「我可以替你送張便條回去。」

「可我還需要你的陪伴和協助呢。有了！那邊有個挖泥炭的傢伙，你把他叫過來，讓他去給警察帶路好了。」

我把那個農夫叫了過來，眼前的慘景讓他驚恐萬分。福爾摩斯寫了張便條，打發他去交給哈克斯泰堡博士。

「好了，華生，」福爾摩斯說道，「今天早上，咱們已經找到了兩條線索。一條是這輛配有帕爾默車胎的自行車，咱們已經追到了底。另一條則是那輛配有鄧祿普車胎、車胎還打了補丁的自行車。繼續追查之前，咱們不妨把**已經**知道的各種情況捋一捋，以便分清主次，最大限度地利用現有的資料。

「首先我得提醒你，孩子肯定是自願出走的。他從自己寢室的窗子爬下去，然後就離開學堂，可能是獨自一人，也可能是跟別的甚麼人一起。這一點絕不會有甚麼疑問。」

我表示同意。

「很好，咱們再來說說這位不幸的德國老師。孩子是穿好衣服逃走的，說明他事先就有準備。反過來，這個德國人連襪子都沒穿就出了門，肯定是因為事起倉促。」

「毫無疑問。」

「他為甚麼要出去呢？因為他從臥室的窗子裏看到了孩子逃走，因為他想追上去、把孩子帶回來。他跳上自行車去追孩子，又在追趕的過程當中死於非命。」

「差不離吧。」

「接下來我要講的是這段演繹的關鍵部分。要追一個小孩子，成年男人的正常反應肯定是跟在後面跑，因為他知道自己準保能追上。可是，這個德國人的反應並不是跟着跑，而是去拿自己的自行車。我聽人説了，他的車技非常不錯。他之所以這麼做，只可能是因為他看到孩子擁有某種飛速逃走的手段。」

「另一輛自行車。」

「咱們接着往下推。他死在離學堂五英里遠的地方，注意，致他死命的並不是子彈，如果是子彈的話，小孩子開槍的可能性倒也不能完全排除。可是，致他死命的是一隻強健胳膊發出的一記兇殘重擊，由此可知，孩子**必定**是跟某個同伴一起逃跑的。還有啊，他們逃跑的速度非常快，因為追他們的人雖然車技高超，卻也追了足足五英里才追到。然而，咱們已經仔細勘查過慘劇現場周圍的地面。有甚麼發現呢？不過是一些牛蹄印，別的就甚麼也沒有。我在現場周圍轉了一大圈，五十碼之內都沒有自行車能走的小徑。由此可見，另外那個騎車的人絕對沒有親身參與這起謀殺。除此之外，現場周圍並沒有任何腳印。」

「福爾摩斯，」我叫道，「這是不可能的啊。」

「説得好！」他説道。「你這句評論簡直讓人茅塞頓開。事情**絕對**不可能是我説的這個樣子，所以我肯定是有甚麼地方説得不對。可是，現場的情形你自己也看見了。你説説看，我哪個地方説得不對呢？」

「他的顱骨也可能是摔碎的，不是嗎？」

「摔在沼地上也能碎嗎，華生？」

「那我就完全想不明白了。」

「嘖，嘖，比這還難的一些問題不是也沒難住咱們嘛。再怎麼說，咱們已經掌握了大量的資料，只需要懂得運用就行了。好了，走吧，帕爾默車胎已經查完了，咱們這就去看看，那個打了補丁的鄧祿普車胎又能提供一些甚麼樣的情況。」

我們找到鄧祿普車胎的轍跡，循着轍跡往前走了一段。可是，沒過多久，眼前的荒原就越聳越高，變成了一道長滿石南的漫長斜坡，水道也被我們拋在了身後，追蹤轍跡變成了不可能的事情。從鄧祿普車胎轍跡最終消失的地點來看，那輛自行車既可能是去了霍德瑞斯府邸，府邸的堂皇塔樓就矗立在我倆左手邊幾英里之外的地方，也可能是去了前方那一片灰撲撲的低矮村舍，村舍坐落在通往切斯特菲爾德的公路邊上。

村子裏有一家陰森破敗的客棧，大門上方懸着一塊畫有鬥雞的招牌。走到客棧跟前的時候，福爾摩斯突然呻吟一聲，一把抓住了我的肩膀，好歹是沒有摔倒在地。看樣子，他這是突然扭傷了腳踝，陷入了行走不便的困境。他一瘸一拐、千辛萬苦地蹩到門口，門口有一個身材矮胖、膚色黝黑的老頭，嘴裏叼着一隻黑陶煙斗。

「怎麼樣啊，魯本·海斯先生？」福爾摩斯說道。

「你是誰啊，從哪兒把我的名字打聽得這麼清楚？」鄉下人回答道，狡黠的眼睛裏閃出了懷疑的神色。

「哦，名字不就寫在你頭頂的那塊牌子上嘛。一家之主自然有一家之主的架勢，很容易就可以看出來。據我

看，您的馬廄裏應該沒有馬車之類的家什吧？」

「沒有，我沒有馬車。」

「我這隻腳已經沾不了地了。」

「那就別讓它沾地唄。」

「不沾地沒法走路啊。」

「是嗎，不能兩腳走，那就單腳跳唄。」

魯本‧海斯先生的態度遠遠說不上客氣，福爾摩斯卻坦然受之，真讓人佩服他的好性子。

「聽着，伙計，」他說道。「眼下我遇上了相當不小的麻煩。我只希望能接着趕路，具體是甚麼方法倒無所謂。」

「我也無所謂，」客棧老闆沒好氣地說道。

「我的事情非常重要。您要能借給我一輛自行車的話，我可以給您一個金鎊。」

客棧老闆豎起了耳朵。

「你打算去哪兒呢？」

「霍德瑞斯府邸。」

「你倆是那個倒霉公爵的甚麼落難親戚，對吧？」客棧老闆一邊說，一邊用譏諷的目光打量我們泥點斑斑的衣服。

福爾摩斯和顏悅色地笑了笑。

「不管怎麼樣吧，他反正是樂意見我們的。」

「為甚麼？」

「因為我們有他失蹤兒子的消息。」

客棧老闆打了個激靈，動靜十分明顯。

「甚麼，你們知道他的下落嗎？」

「聽說他眼下是在利物浦，他們隨時都有可能找到他。」

客棧老闆那張滿是胡茬的臃腫臉龐又一次表情驟變，態度也突然之間和藹起來。

「我比大多數人都更不希望那個倒霉公爵日子好過，這也是有理由的，」他說道，「因為我曾經是他的車夫班頭，他對我非常冷酷。有個賣草料的說了幾句謊話，他就把我給開除了，連封推薦信都不給我。不過，聽你說利物浦那邊有了小少爺的消息，我還是挺高興的。我願意幫你的忙，好讓你把消息捎到府邸去。」

「謝謝您，」福爾摩斯說道。「我們打算先吃點兒東西，然後再問你借自行車。」

「我沒有自行車。」

福爾摩斯舉起了一枚金鎊。

「聽我說，伙計，我確實沒有自行車。我可以借給你們兩匹馬，讓你們騎到府邸去。」

「也好，也好，」福爾摩斯說道，「等我們吃完了再說吧。」

我們走進了石板蓋頂的廚房，客棧老闆剛剛走開，福爾摩斯那扭傷的腳踝就奇跡般地好了起來。時候已經接近黃昏，我倆從大清早開始就粒米未進，於是就騰了點兒工夫來吃東西。福爾摩斯一直在默默沉思，其間還有一兩次走到窗邊，聚精會神地張望外面的情況。廚房的窗子對着一個破敗的院子，遠端的一個角落裏有一個鐵匠作坊，一個邋裏邋遢的小伙計正在幹活，院子的另一側則是幾間馬

殿。福爾摩斯又到窗邊看了看,剛剛走回來坐下,卻又突如其來地從椅子上跳將起來,大叫一聲。

「天哪,華生,我敢說,我終於想明白了!」他大聲說道。「沒錯,沒錯,一定是這麼回事。華生,你回想一下,今天你看見牛蹄印了嗎?」

「看見了,不只一次。」

「在甚麼地方看見的呢?」

「呃,甚麼地方都有。沼地上有,路上有,離海德格爾慘死現場不遠的地方也有。」

「一點兒不錯。那麼,華生,今天你在荒原裏看見過多少頭牛呢?」

「我記得是一頭也沒看見。」

「怪吧,華生,咱們老是能在路上看見牛蹄印,整片荒原裏卻連一頭牛都看不見。怪極了,華生,對吧?」

「是啊,確實很怪。」

「好了,華生,你加把勁兒,好好回想一下!能想起那些牛蹄印印在路上的畫面嗎?」

「是的,能想起來。」

「那你能不能想起來,華生,牛蹄印有時是這個樣子」——他把一些麵包屑擺成了: : : : :的形狀——「還有時是這個樣子」—— : . : . : . : . ——「偶爾又是這個樣子」. . . . . . . 「你能想起來嗎?」

「不行,我想不起來。」

「可我能想起來,讓我發誓都行。不過,這件事情咱們先放一放,有工夫的時候再來驗證。之前我居然拿不出

一個結論，真是比瞎子還瞎！」

「那麼，你現在的結論是甚麼呢？」

「結論僅僅是，咱們遇上的是一頭很不一般的牛，又能走，又能得得慢跑，還能亮開四蹄飛奔。老天作證，華生，這樣的障眼法可不是一個鄉下的客棧老闆能想出來的！好了，眼下的環境好像還挺太平，能打擾咱們的只有鐵匠作坊裏的那個小伙計。咱們不妨溜出去，看看能有些甚麼樣的發現。」

搖搖欲墜的馬廄裏拴着兩匹毛皮粗糙、邋邋遢遢的馬，福爾摩斯抬起其中一匹的後腿，大聲地笑了起來。

「蹄鐵是舊的，但卻剛剛釘上去沒多久——舊蹄鐵，釘的卻是新釘子。這件案子真可以成為經典呢。咱們去鐵匠作坊那邊看看吧。」

小伙計沒有理睬我倆，顧自幹他的活計。我看見福爾摩斯急急忙忙地左顧右盼，掃視着地上那些亂七八糟的鐵塊和木頭。突然之間，我倆聽見身後響起了腳步聲，客棧老闆已經到場。只見他濃眉緊鎖、眼神獰惡，黑黢黢的五官不住顫抖，顯然是氣得不行。他握着一根包了金屬頭的短手杖，氣勢洶洶地走了過來，我不由得萬分慶幸地摸了摸兜裏的左輪手槍。

「你們這兩個該死的特務！」客棧老闆吼道。「你們到這兒來幹甚麼？」

「怎麼啦，魯本‧海斯先生，」福爾摩斯若無其事地說道，「看您這個樣子，人家還以為您有甚麼事情害怕我們發現哩。」

客棧老闆使出吃奶的力氣控制住了自己，緊繃的嘴巴鬆弛下來，扮出了一個假笑，笑容卻比他緊蹙的眉頭還要猙獰。

「如果你能在我的鐵匠作坊裏找出甚麼名堂，那麼你儘管找，」他說道。「不過你給我聽着，先生，我可不喜歡別人不經許可就在我家裏探頭探腦，所以啊，我還是請你趕緊結賬離開，越早越好。」

「好吧，海斯先生。我們並沒有甚麼惡意，」福爾摩斯說道。「您的馬我們已經看過了，可我覺得我還是走着去好了。據我看，路程應該不算太遠。」

「從這兒到府邸大門最多不過兩英里，出門往左走就行了。」接下來，他氣沖沖地注視着我倆的一舉一動，直到我倆走出他的客棧為止。

上路之後，我倆並沒有走出去多遠的距離。剛剛轉過彎，離開了客棧老闆的視線，福爾摩斯就停了下來。

「在那家客棧裏，用孩子們的話來說，咱們已經挺熱乎的了，」他說道。「眼下我覺得，離那家客棧遠一步，我心裏就涼一截。不，不行，說甚麼我也不能離開它。」

「我敢肯定，」我說道，「這個魯本·海斯甚麼都知道。比他更不打自招的惡棍，我還沒見過呢。」

「噢！你也是這種印象，對嗎？他那裏有馬，還有鐵匠作坊。沒錯，這個『鬥雞』客棧確實是個有意思的地方。要我說，咱們得再上那裏去看一看，別弄得大張旗鼓就行了。」

我倆身後橫亙着一道長長的山坡，山坡上散落着一些

巨大的灰色石灰石。就在我倆離開公路往山上爬的時候，我轉頭往霍德瑞斯府邸的方向看了看，正好看到一個人騎着車飛快地衝了過來。

「快趴下，華生！」福爾摩斯喊道，重重地摁了摁我的肩膀。我倆剛剛藏好，那人就從眼前的公路上飛馳而過。滾滾煙塵之中，我瞥見了一張焦慮不堪的蒼白臉龐。那人張着嘴巴，狂亂的眼睛直勾勾地瞪着前方，臉上的每一處地方都寫滿了恐懼，活脫脫是一張詭異的漫畫肖像。畫中人不是別人，正是我倆昨夜見過的那個風度翩翩的小個子，詹姆斯·懷爾德。

「公爵的秘書！」福爾摩斯叫道。「快走，華生，咱們去看看他要幹甚麼。」

我倆手忙腳亂地跳過一塊又一塊岩石，不一會兒就來到了一個可以看見客棧前門的所在。懷爾德的自行車靠在門旁邊的牆上，屋裏沒有任何動靜，窗子裏也瞧不見任何面孔。太陽漸漸落到霍德瑞斯府邸那些高聳塔樓的後面，暮色越來越深。接下來，我倆看見客棧馬廄的昏黑院子裏亮起了兩盞提燈，原來是一輛輕便馬車的側燈。片刻之後，我倆聽見了得得的馬蹄聲，馬車轉進公路，向着切斯特菲爾德的方向狂奔而去。

「你覺得這是怎麼回事，華生？」福爾摩斯悄聲問道。

「看樣子是有人正在逃跑。」

「據我的觀察，那輛輕便馬車只坐了一個人。好啦，車裏坐的肯定不是詹姆斯·懷爾德先生，他這會兒才到門口呢。」

黑暗之中閃出了一個方形的紅色光暈,光暈之中是那個秘書的黑色身影。他正在伸着腦袋張望門外的情形,顯然是在等甚麼人。良久之後,路上終於響起了腳步聲,第二個身影在光暈之中閃了一閃。緊接着,客棧的門關了起來,周遭又是一片黑暗。五分鐘之後,客棧二樓的一個房間裏亮起了一盞燈。

「『鬥雞』客棧的待客規矩還挺古怪的,」福爾摩斯說道。

「酒吧間在屋子的另一頭啊。」

「一點兒不錯。這幾位都是大家所說的入幕之賓。好了,深更半夜的,詹姆斯‧懷爾德先生究竟在這個窩巢裏幹甚麼,來找他的這個伙伴又是甚麼人呢?來吧,華生,咱們說甚麼也得冒一回險,到近點兒的地方去查一查這件事情。」

我倆悄悄地走下公路,摸到路對面的客棧門前。秘書的自行車仍然靠在牆邊,福爾摩斯劃燃一根火柴,照了照自行車的後輪。火光映出一隻打了補丁的鄧祿普輪胎,他吃吃地笑出了聲。我倆的頭頂就是那扇亮着燈的窗子。

「我一定得瞧瞧窗子裏面的情形,華生。依我看,要是你彎下腰伏到牆上的話,我就可以看見了。」

頃刻之間,他的雙腳已經落在了我的肩頭。不過,他剛剛站上去,眨眼工夫又下來了。

「走吧,我的朋友,」他說道,「今天的工作時間夠長的啦。要我說,能收集的資料咱們都收集好了。回學堂的路挺遠的,咱們得趁早動身。」

穿過荒原的路途漫長乏味，可他幾乎沒有開口說話。
到了學堂門口他也不肯進去，而是接着去了梅克爾頓車
站，說是要去發幾封電報。深夜之中，我聽見他好言勸慰
哈克斯泰堡博士，後者正在為學堂老師的慘死痛心不已。
更晚的時候，他跑進了我的房間，跟清早出發的時候一樣
精神抖擻。「一切都很順利，我的朋友，」他如是說道。
「我可以跟你保證，等不到明天天黑，咱們就能讓這件謎
案水落石出。」

　　第二天上午十一點，我和我朋友走進了霍德瑞斯府邸
那條紫杉成蔭的著名大道。僕人引我倆穿過富麗堂皇的伊
麗莎白式 * 門廳，走進了公爵大人的書房。等在書房裏的
是詹姆斯・懷爾德先生，看起來彬彬有禮、一本正經，可
他的眼睛閃爍游移，面容也不時抽搐，昨夜的極度恐懼終
歸還是留下了痕跡。

　　「你們是來見公爵大人的嗎？抱歉，公爵確實身體欠
安，慘劇的消息讓他非常心煩。昨天下午，我們收到了哈
克斯泰堡博士的電報，電報裏說到了你們的發現。」

　　「我一定得見到公爵，懷爾德先生。」

　　「可他在自己的房間裏。」

　　「那我一定得過去找他。」

　　「我估計他這會兒還在床上。」

　　「那我就到床邊去見他。」

---

* 　伊麗莎白式指英國女王伊麗莎白一世 (Elizabeth I, 1558–1603 年在
　　位) 執政時期的建築式樣。

福爾摩斯的神態不溫不火、寸土不讓，秘書終於明白，跟他爭論只能是白費唇舌。

「好吧，福爾摩斯先生。我這就過去跟他通報，說您已經來了。」

等了半個小時之後，這位了不起的貴族總算是露了面。他的臉色比先前還像死人，而且佝僂着肩膀，看起來比前天夜裏老了許多。他十分莊重地跟我倆打了個招呼，然後就坐到他的寫字台後面，紅色的絡腮鬍子掃到了桌面。

「怎麼樣呢，福爾摩斯先生？」他說道。

我朋友卻死死地盯着站在東家身旁的秘書。

「依我看，公爵大人，懷爾德先生不在的話，我說話可能會比較方便。」

秘書的臉色變得更加蒼白，還惡狠狠地瞪了福爾摩斯一眼。

「如果大人希望——」

「是的，是的，你最好還是走吧。好了，福爾摩斯先生，您要說甚麼呢？」

我朋友沒有回答，等到秘書帶上房門之後才開了口。

「事情是這樣的，公爵大人，」他說道，「我和我同事華生醫生都聽哈克斯泰堡博士說了，說您為這件案子開出了一筆賞金。我希望您親口確認一下這件事情。」

「確有其事，福爾摩斯先生。」

「如果博士沒說錯的話，報告孩子下落的人可以得到五千鎊的賞金，對吧？」

「沒錯。」

「如果能讓您知道哪個人或者哪幫人扣留了孩子，還可以額外得到一千鎊，對吧？」

「沒錯。」

「毫無疑問，扣留孩子的人指的不光是帶走他的人，還包括那些合謀扣留他的人，對吧？」

「對，對，」公爵很不耐煩地高聲說道。「只要您幹好自己的工作，歇洛克‧福爾摩斯先生，我絕不會讓您覺得我出手吝嗇的。」

我朋友搓着瘦骨嶙峋的雙手，一副財迷心竅的模樣。我深知他生活簡樸，此時不由得大吃一驚。

「我沒看錯的話，大人您的支票簿就在桌子上擺着呢，」他說道。「麻煩您開一張六千鎊的支票給我，劃上線就更好＊，我的開戶行是都郡銀行†牛津街分行。」

公爵大人坐得筆挺，神色十分嚴峻，冷冰冰地看着我的朋友。

「您這是在開玩笑嗎，福爾摩斯先生？這事情可不適合用來開玩笑。」

「絕對不開玩笑，公爵大人。我這輩子還從來沒有這麼認真過呢。」

「那麼，您到底是甚麼意思呢？」

＊　「劃上線」的意思是在支票正面劃兩道平行線，劃線支票不能直接兌換現金，必須存入某個銀行賬戶，發生冒領的時候較一般支票易於追索。

†　都郡銀行 (The Capital and Counties Bank) 是一家真實存在的銀行，《翻唇男子》當中的聖克萊爾也是這個銀行的主顧。

「我的意思是，我已經掙到了這筆賞金。我知道您的兒子在哪裏，也知道扣留他的是哪些人，至少是知道其中的幾個。」

公爵的臉越發慘白可怖，鬍鬚便越發火紅耀眼。

「他在哪兒？」他倒抽了一口涼氣。

「他在『鬥雞』客棧，準確說是昨天晚上在『鬥雞』客棧，離您府邸的大門大概有兩英里。」

公爵身子一仰，靠到了椅子背上。

「您要控告的是誰呢？」

歇洛克·福爾摩斯的回答可謂匪夷所思。他飛快地衝上前去，拍了拍公爵的肩膀。

「我要控告的就是**您**，」他說道。「好了，公爵大人，麻煩您開支票吧。」

我永遠忘不了公爵當時的反應，他一下子從椅子上彈了起來，雙手向空中亂抓，活像是一個即將沉入無底深淵的人。接下來，他拿出一種貴族式的自制，千辛萬苦地坐了回去，用雙手捂住自己的臉，好幾分鐘都沒有說話。

「您知道多少？」他終於開口發問，腦袋卻沒有抬起來。

「昨晚我看見你們在一起了。」

「除了您這位朋友，還有別人知道嗎？」

「我沒跟任何人說過。」

公爵用顫抖的手拿起一支筆，翻開了支票簿。

「我會遵守自己的諾言，福爾摩斯先生。不管您打探來的消息對我來說是多麼地不中聽，我還是會把支票開給

您。開出這個賞格的時候，我完全沒有想到，事情竟然會有這樣的變化。對了，福爾摩斯先生，您和您這位朋友都是老成持重的人吧？」

「我不明白，大人您這話是甚麼意思。」

「那我就挑明了說吧，福爾摩斯先生。如果只有你們兩位知道的話，這件事情也沒有必要再往外傳了。按我看，我一共欠你們一萬兩千鎊，對嗎？」

福爾摩斯卻只是笑了笑，搖了搖頭。

「依我看，公爵大人，這事情恐怕沒這麼容易了結。學堂裏那位老師不能白死，這一點必須考慮進去。」

「可是，詹姆斯壓根兒就不知道這件事情，您不能讓他來負這個責任。這是那個殘忍的惡棍幹的，詹姆斯只是錯在僱傭了他。」

「公爵大人，這事情我只能這麼看，罪行的始作俑者必須對由此引發的所有罪行承擔道義上的責任。」

「僅僅是道義上的責任，福爾摩斯先生。毫無疑問，您說得對。不過，從法律的角度來看，事情顯然並非如此。如果一個人並沒有參與一樁謀殺，而且跟您一樣對這樁謀殺深惡痛絕，那他就不應該因此受到處罰。一聽說這件事情，他心裏就充滿了驚駭和懊悔，立刻找我坦白了所有的事情。他一刻也沒有耽擱，馬上跟兇手一刀兩斷。噢，福爾摩斯先生，您一定得救救他，一定得救救他！聽我說，您一定得救救他！」說到這裏，公爵徹底拋開了所有的自制，開始滿屋子亂轉，緊握的雙拳在空中瘋狂舞動，整張臉都變了形。到最後，他終於鎮定下來，又一次坐到了

寫字台後面。「謝謝您先上我這兒來，沒跟別人講這件事情，」他說道。「最低限度，咱們可以商量商量，這椿可怕的醜聞能在多大程度上得到遏止。」

「一點兒不錯，」福爾摩斯說道。「依我看，公爵大人，要遏止這椿醜聞，咱們就必須彼此坦誠，不能有任何保留。我願意向您提供力所能及的所有幫助，可我必須了解前前後後的所有細節，要不然就幫不了您。好了，我知道您剛才說的詹姆斯就是詹姆斯·懷爾德先生，也知道他並不是兇手。」

「確實不是，兇手已經逃走了。」

歇洛克·福爾摩斯笑了笑，看樣子還有點兒腼腆。

「公爵大人，您肯定是沒聽過我那點兒小小的虛名，否則您就不會覺得，從我手裏逃走會有這麼容易。昨天夜裏十一點，警方已經根據我提供的情報在切斯特菲爾德抓到了魯本·海斯先生。今天早上，離開學堂之前，我已經收到了當地警方首腦發來的電報。」

公爵靠到椅子背上，驚奇不已地盯着我的朋友。

「您似乎擁有超出凡人的本領，」他說道。「這麼說，魯本·海斯已經抓到啦？我很高興聽到這件事情，只希望它不要影響到詹姆斯的命運。」

「您的秘書？」

「不，先生，我的兒子。」

這一回，驚奇不已的人換成了福爾摩斯。

「說實話，公爵大人，這我還真是沒有想到。您千萬得給我解釋解釋。」

「我不會跟您隱瞞任何事情。您說得對，既然詹姆斯的愚蠢和妒忌已經讓我們陷進了這麼一個走投無路的處境，我的上策莫過於把事實和盤托出，不管這麼做對我來說意味着多麼巨大的痛苦。情形是這樣的，福爾摩斯先生，年紀還很輕的時候，我經歷過一場一生只有一次的愛情。我向那位女士求過婚，可她拒絕了我，理由是那樣的婚配會影響我的前程。要是她還活着的話，我無論如何也不會另娶他人。可是她死了，就留下了這麼一個孩子。為了她的緣故，我珍愛這個孩子，精心地照料這個孩子。我沒法向世人承認我們的父子關係，可我讓他接受了最好的教育。等他成年之後，我一直都把他留在身邊。他撞破了我的秘密，從此就放肆起來，一方面是仗着我們的父子關係，一方面也是仗着他有本事製造一件讓我避之唯恐不及的醜聞。我之所以婚姻不幸，他的存在也是原因之一。最糟糕的是，他從一開始就恨上了我那個年紀幼小的合法繼承人，始終對他不依不饒。您當然會問，情況既是如此，我為甚麼還要把詹姆斯留在家裏。我這就告訴您，這是因為我能從他的臉上看到他母親的面貌，為了我心愛的她，我只能忍受無休無止的折磨。還有啊，她那些可愛的神態，一點一滴都留在他的身上，一點一滴都勾起我的回想。我沒法打發他上別處去。可我實在是擔心他傷害亞瑟，也就是薩蒂爾勳爵。出於安全的考慮，我才把亞瑟送進了哈克斯泰堡博士的學堂。

「詹姆斯之所以會跟海斯那個傢伙搭上關係，是因為海斯是我的佃戶，詹姆斯則負責管理我的產業。那傢伙

是個徹頭徹尾的惡棍，莫名其妙的是，詹姆斯居然跟他打得火熱。詹姆斯總是喜歡結交下九流的朋友。打定主意要綁架薩蒂爾勳爵之後，詹姆斯就把那個傢伙當成了左膀右臂。您肯定還記得，出事之前的那一天，我給亞瑟寫了封信。然後呢，詹姆斯拆開了我的信，塞了張便條進去，叫亞瑟去見他，地點是學堂附近一片名為『亂木林』的小樹林。他用了公爵夫人的名義，所以孩子就上了當。那天傍晚，詹姆斯騎着自行車去了學堂那邊。眼下我說的這些，都是他親口跟我坦白的事情。兩個人在林子裏見面之後，詹姆斯告訴亞瑟，說他母親很想見他，如今正在荒原裏等他，只要他半夜再到林子裏去，就會看到一個人和一匹馬，那個人會帶他去見母親。可憐的亞瑟掉進了陷阱，跑去赴這個約會，結果就看到了海斯那個傢伙，還有一匹為他備好的小馬。亞瑟上了馬，跟海斯一起上了路。現在看來，當時有人從他倆後面追了上去——當然，詹姆斯直到昨天才聽說這件事情。海斯用手杖打了追來的人，致使那人重傷而死。這之後，海斯把亞瑟帶進了自己的『鬥雞』客棧，把他關在樓上的一個房間裏，由海斯太太照管。海斯太太倒是個善良的女人，只可惜被她那個兇殘的丈夫攥在了手心裏。

「好了，福爾摩斯先生，兩天之前我第一次見到您的時候，事情就是這個樣子。那個時候，我對真相的了解並不比您多。您可能會問我，詹姆斯為甚麼要這麼做。我這就告訴您，他非常仇恨我的繼承人，這種仇恨當中包含着很多毫無理性的瘋狂成份。他認為他才應該繼承我所有的

產業，由此就對那些致使他無法如願以償的社會習俗恨之入骨。除此之外，他還有一個明確的目的。他眼巴巴地盼着我撤銷限定繼承權*，並且認為這是我自己可以作主的事情。他打算跟我討價還價，以歸還亞瑟為條件，逼迫我撤銷限定繼承權，將來好通過遺囑把產業留給他。他心裏非常清楚，不到萬不得已，我絕不會找警察來對付他。當然，我只是說他打算跟我這麼討價還價，實際上他還沒有這麼做，因為事態的發展對他來說太過迅猛，他沒來得及實施自己的計劃。

「他這些險惡圖謀之所以徹底落空，是因為您發現了海德格爾的屍體。聽到這個消息，詹姆斯嚇得失魂落魄。我們是昨天收到消息的，當時他和我在一起，就坐在這間書房裏。哈克斯泰堡博士給我們發了電報。收到電報之後，他顯得十分痛苦、十分焦慮，完全失去了自控。見此情景，一直在我心裏縈繞的懷疑立刻變成了確定無疑的事實。我斥責他竟然做出這等事情，於是他主動招認了所有的罪行。接下來，他懇求我暫時不要揭露他的罪行，給他三天的時間，讓他那個該死的同伙得到一個負罪逃命的機會。跟往常一樣，我又在他的哀求之下鬆了口。詹姆斯忙不迭地跑到『鬥雞』客棧去給海斯報信，還給了盤纏讓他逃跑。白天我擔心招惹是非，不敢到客棧去，不過，天一黑我就急匆匆地趕去看我親愛的亞瑟。他別的都還好，就是受了無法形容的極大驚嚇，因為他親眼目睹了那件可怕

---

* 　當時的法律為某些不動產規定了強制性的繼承順序，所有者不得隨意變更，是為「限定繼承權」。

的罪行。為了遵守自己的承諾，我雖然很不情願，卻還是同意讓亞瑟在海斯太太那裏再待三天，因為當時的事態一目瞭然，如果向警方通報亞瑟的下落，那就不能不告訴他們兇手是誰，而我完全想不出來，怎樣才能在懲辦兇手的同時保住我可憐的詹姆斯，不讓他的人生毀於一旦。您要求我實話實說，福爾摩斯先生，我也聽從了您的建議，因為我已經把所有的事情告訴了您，既沒有任何修飾，也沒有任何隱瞞。作為回報，您也得對我實話實說。」

「我會的，」福爾摩斯説道。「首先我必須提醒您，公爵大人，從法律的角度來看，您已經把自己擺到了一個非常不妙的位置。您不但對一樁重罪姑息縱容，還幫助一名兇手負罪潛逃，因為我可以肯定，詹姆斯‧懷爾德送給同伙的逃亡費用必然是出自大人您的腰包。」

公爵頷首表示承認。

「這件事情確實是極其嚴重。不過，公爵大人，在我看來，更應該受到譴責的是您對小兒子的態度。您竟然打算讓他在那個黑窩裏待上整整三天。」

「我有他們的鄭重承諾——」

「對於他們這樣的人來説，承諾算得了甚麼呢？您保證不了他不會再次被人拐跑。您讓清白無辜的小兒子毫無必要地承受迫在眉睫的危險，就為了遷就罪孽深重的大兒子。這樣的舉動無論如何也説不過去。」

驕傲的霍德瑞斯領主可不習慣在自個兒的公爵府邸裏接受這樣的評價。他高聳的額頭已經漲得通紅，歉疚的良心卻讓他無話可説。

「我可以幫助您,不過您必須答應我一個條件。我的條件就是,您現在就把男僕叫進來,我想怎麼吩咐就怎麼吩咐。」

公爵一句話也沒說,直接摁響了電鈴*,一名男僕應聲而入。

「我這兒有一條好消息,」福爾摩斯說道,「你的小主人已經找到了。公爵有令,立刻打發家裏的馬車去『鬥雞』客棧,把薩蒂爾勳爵接回來。

「好了,」興高采烈的男僕走了之後,福爾摩斯接着說道,「未來既然有了保障,咱們不妨對往事寬大為懷。我沒有官方職責的約束,只要正義能夠得到伸張,我完全可以有所保留,並不是非得把我知道的事情和盤托出。海斯的事情沒甚麼可說的,等着他的是絞架,而我絕不會花費半點力氣去解救他。我不知道他會說出些甚麼來,可我絕不懷疑,大人您肯定能讓他明白,不說話才是他最好的選擇。從警方的角度來看,孩子肯定是海斯綁走的,目的是勒索贖金。如果他們沒本事自己查明真相的話,要我說,我也沒理由逼着他們去採取一個更加寬廣的視角。不過,公爵大人,我必須警告您,要是您繼續把詹姆斯·懷爾德先生留在家裏,得到的只能是禍事。」

「這一點我完全明白,福爾摩斯先生。事情已經安排妥當,他會去澳大利亞自謀生路,再也不會在我身邊出現。」

---

* 整個福爾摩斯探案系列當中,「electric bell」(電鈴)這個說法一共只出現過兩次,另一次見於《馬澤林鑽石》。

「這樣的話，公爵大人，既然您自己也說了，您的婚姻不幸都是因為他的存在，我倒想建議您盡量對公爵夫人作些補償，努力修復你們不幸中斷的關係。」

「這件事情也已經有了安排，福爾摩斯先生。今天早上，我給公爵夫人寫了信。」

「這樣的話，」福爾摩斯一邊說，一邊站了起來，「我和我朋友這次短暫的北方之行總算是產生了幾個非常讓人愉快的結果，依我看也值得我倆自豪自喜。還有個小小的問題，我想要請您指點迷津。海斯這個傢伙給他的馬匹釘上了可以踩出牛蹄印的鐵掌，這麼非凡的招數，他是從懷爾德先生那裏學來的嗎？」

公爵站在那裏想了一會兒，看表情是十分驚訝。接下來，他打開一道門，把我倆讓進了一個裝潢好似博物館的大房間。他領頭走到角落裏的一個玻璃櫃子跟前，指了指櫃子上的銘文。銘文是這麼寫的：

> 櫃中鐵掌係自霍德瑞斯府邸城壕掘得，可充蹄鐵之用，鐵掌底部則仿偶蹄形狀，意在令追蹤者迷途失路。中世紀之歷代霍德瑞斯男爵劫掠四方，以理推之，鐵掌或為彼等之物。*

福爾摩斯打開櫃子，舔了舔手指，又用手指順着鐵掌捋了一遍。手指上出現了薄薄的一層泥土，顏色十分新鮮。

「謝謝您，」他說道，關上了玻璃櫃子。「這是我在

---

* 1903 年 5 月的《斯特蘭雜誌》曾經刊出新近發現的兩塊古代蹄鐵的照片，蹄鐵來自英格蘭西南部條克斯布里鎮 (Tewkesbury) 附近伯茨莫頓古宅 (Birtsmorton Court) 的城壕，一塊像小孩子的腳丫，另一塊像牛蹄。這篇故事的靈感或即由此而來。

北方看見的第二件極其有趣的東西。」

　　「第一件又是甚麼呢？」

　　福爾摩斯把支票疊了起來，小心翼翼地夾進了記事本。「我是個窮人，」他如是說道，跟着就深情款款地拍了拍記事本，把它塞進了衣服內袋的深處。

黑彼得

　　按我的記憶，一八九五年是我朋友福爾摩斯狀態最佳的一個年頭，從智力和體力兩方面來說都是如此。與日俱增的聲望為他帶來了無比興隆的業務，還讓許多顯赫的主顧屈尊踏進了我倆的貝克街陋室，其中的一些更是擁有無比尊崇的地位，以致我不便透露他們的身份，即便是略作暗示也未免失於輕率。不過，跟所有的藝術大師一樣，福爾摩斯追求的只是藝術本身，除了霍德瑞斯公爵的那件案子之外，我很少看見他為自己的無價貢獻索取大額的報酬。他太過淡泊名利，毋寧說是太過師心任性，所以就經常把那些財雄勢大的主顧拒之門外，只因為相關的問題引不起他的共鳴；反過來，只要案情離奇跌宕，為他的想像力和創造力提供了用武之地，他倒會全力以赴地連續工作幾個星期，替那些身份卑微的主顧排憂解難。

　　在這個值得銘記的年頭，他偵辦了一連串千奇百怪的案子，其中既有他按照教皇陛下的明確指示展開的那次著名調查，案由是樞機主教托斯卡的猝然死亡，也有他成功抓獲威爾遜的那件案子，威爾遜就是那個臭名昭著的金絲雀訓練師，此人落入法網之後，倫敦東區便少了一個禍根。這兩個著名案件之後，接踵而至的便是伍德曼幽居慘案，案由是彼得・凱里船長之死，案情則十分撲朔迷離。

如果對這個非同凡響的事件略過不提，關於歇洛克‧福爾摩斯先生平生事跡的記載就算不得完整無缺。

七月的第一個星期，我朋友不光是經常外出，在外逗留的時間也相當長，顯然是手頭有甚麼案子。其間有幾個模樣粗鄙的男人上門來找巴茲爾船長，我由此知道福爾摩斯正在某處辦案，並且使用了化裝和假名。他的化裝和假名不計其數，為的是掩藏他那令人聞風喪膽的真實身份。他在倫敦各處至少有五個小小的藏身之所，到了那些所在，他便可以用另外一種面目出現人前。他絕口不提目前的工作，而我向來沒有糾纏追問的習慣。關於這次調查的內容，他給我的第一個明確提示實在是不同一般。那一天，他沒吃早飯就出了門，正當我坐到桌邊準備吃飯的時候，他昂首闊步地走進了房間，頭上戴着禮帽，腋下卻夾着一柄尖端帶有倒刺的粗大魚叉，看着跟雨傘差不多。

「天哪，福爾摩斯！」我不由得叫了起來。「你該不是夾着這樣東西滿倫敦轉悠去了吧？」

「我只是坐車去了趟肉鋪，跟着就回來了。」

「肉鋪？」

「是啊，而且是帶着絕好的胃口回來的。毫無疑問，親愛的華生，早飯之前的身體鍛煉確實是功效卓著。不過，我可以跟你打個賭，你絕對猜不出我是怎麼鍛煉的。」

「我沒打算猜。」

他吃吃地笑了起來，給自己倒了一杯咖啡。

「當時啊，你要是往阿拉戴斯家那間背街肉鋪裏瞧一瞧的話，就會看見天花板上有個鉤子，鉤子下面吊着一頭

死豬，一位光穿襯衫的紳士正在用這件武器朝死豬身上瘋狂戳刺。那位精力充沛的紳士就是我，而我相當滿意地發現，用不着太使勁兒，我就可以一叉扎穿那頭死豬。你要不要去試一試？」

「打死我也不試。可是，你為甚麼要這麼幹呢？」

「因為我覺得，這種鍛煉方式跟伍德曼宅子的那件謎案之間存在一種間接的關聯。啊，霍普金斯，昨晚我收到了你的電報，這會兒正在等你呢。來吧，一起吃點兒早飯吧。」

我們的客人三十來歲，神情異常機警，穿的雖然是一套樸素的花呢衣服，舉止卻依然保持着穿慣制服的人那種筆挺的架勢。我立刻認出他就是斯坦利·霍普金斯，一名年輕的督察，福爾摩斯非常看好他的前程，而他也知恩圖報，公開對這位民間名探的科學方法表示了學生一般的讚美和崇敬。這會兒，霍普金斯垂頭喪氣地坐了下來，臉上烏雲密佈。

「不用，謝謝您，先生。來之前我已經吃過了。昨天我回來匯報情況，晚上是在城裏住的。」

「你匯報的是甚麼情況呢？」

「失敗，先生，徹徹底底的失敗。」

「甚麼進展都沒有嗎？」

「沒有。」

「天哪！我一定得查查這件事情。」

「您要是願意出馬，那可真是謝天謝地，福爾摩斯先生。這是我趕上的第一件大案子，只可惜我已經山窮水

盡。看在老天份上，到那邊去幫幫我吧。」

「可以，可以，剛好我已經比較仔細地讀完了現有的全部證詞，包括死因調查報告在內。對了，你們在犯罪現場找到了一個煙草袋子，你對它有甚麼看法呢？它沒有給你們提供甚麼線索嗎？」

霍普金斯似乎吃了一驚。

「那僅僅是死者自個兒的煙草袋子啊，先生。袋子裏打着他的姓名縮寫。再說了，袋子是海豹皮做的，而他剛好是個捕海豹的老手。」

「可他並沒有煙斗。」

「沒有，先生，我們確實沒有找到煙斗。實際上，他抽煙抽得很少。話說回來，他完全可能備些煙草來招待朋友啊。」

「的確如此。我之所以提起這樣東西，原因是這件案子如果讓我來辦的話，我多半會把它作為下手調查的突破口。不過，我朋友華生醫生對這件案子一無所知，我呢，也不妨把事情的來龍去脈再聽一遍。好了，你就把主要的案情簡單地介紹一下吧。」

斯坦利·霍普金斯從口袋裏掏出了一張紙。

「我這兒記了幾個日子，可以說明死者彼得·凱里船長的生平概況。他出生在一八四五年，換句話說就是現年五十。他的職業是捕獵海豹和鯨魚，膽子非常大，幹得也非常不錯。一八八三年，他當上了鄧迪 * 『獨角鯨號』捕

---

* 這篇故事首次發表於 1904 年 3 月；鄧迪 (Dundee) 為蘇格蘭重要城市，瀕臨北海。

鯨汽船的船長，連續參加了幾次收穫頗豐的航行，跟着就在一八八四年退了休。退休之後，他四處遊歷了幾年，最後在薩塞克斯的弗雷斯特勞村＊附近買了座名為『伍德曼幽居』的小宅子。過去六年當中，他一直住在那裏，整整一個星期之前，他在那裏死於非命。

「這個人身上有一些非常古怪的特點。平日裏，他沉默寡言、鬱鬱不樂，過着清教徒一般的刻板生活。他跟妻子和二十歲的女兒住在一起，家裏還有兩名女僕。女僕總是換來換去，因為他家的環境一直都不是特別讓人愉快，有時候還會達到讓人無法忍受的地步。這傢伙是個間歇性的醉鬼，發酒瘋的時候更是惡魔的化身。據説他曾經在深更半夜把妻子和女兒趕出家門，打得她們滿院子亂跑，直到整個村子的人都被她們的慘叫聲驚醒為止。

「他曾經收到過法庭的傳票，原因是年老的教區牧師到他家去勸誡他改過自新，結果卻被他痛打一頓。一句話，福爾摩斯先生，比彼得・凱里還要危險的人物可不好找。我還聽説，他當船長的時候也有同樣的名聲。同行都管他叫『黑彼得』，這個綽號不單是因為他面色黝黑，濃密的大鬍子也是黑的，還因為他那種讓周圍的人瑟瑟發抖的黑煞脾氣。不用説，街坊鄰里都對他深惡痛絕、敬而遠之，我沒聽見任何人對他的可怕結局表示悲痛，那樣的話一句都沒有。

＊　薩塞克斯 (Sussex) 是英格蘭東南部一片歷史悠久的地域，當時雖然分為東西兩部，名義上卻是一個郡，到 1974 年才分為東薩塞克斯和西薩塞克斯兩個郡；弗雷斯特勞村 (Forest Row) 是該地區的一個小村，今屬東薩塞克斯郡，北距倫敦約 50 公里。

「您肯定已經在死因調查報告當中讀到了他那間『艙房』的情況，福爾摩斯先生。不過，您這位朋友興許還沒聽説那座屋子。他親手在離自家宅子幾百碼的地方蓋了座木屋，平常都管它叫做『艙房』，每天晚上都睡在裏面。那是座只有一個房間的小木屋，長十六英尺、寬十英尺。他總是把木屋的鑰匙裝在自己兜裏，自己鋪床、自己打掃，不允許任何人到裏面去。木屋四面都有拉着窗簾的小窗子，窗子永遠都是關着的。其中一扇窗子朝着大路，夜間屋裏亮燈的時候，村裏的人經常會指着那扇窗子交頭接耳，揣測『黑彼得』在屋裏搞些甚麼名堂。福爾摩斯先生，通過死因調查獲得的明確證據寥寥無幾，其中之一就來自那扇窗子。

「您肯定記得，案發兩天之前，一個名叫斯萊特的石匠從弗雷斯特勞村走出來，大約在凌晨一點的時候路過船長家的庭院，於是就停下來看了看樹叢之中的那扇方形窗子，因為它仍然亮着燈光。石匠發誓説，百葉窗簾上清清楚楚地印着一個男人的頭部側影，而且絕對不是彼得‧凱里的側影，因為他跟船長很熟。那個人也蓄着絡腮鬍子，鬍子卻比較短，而且往前方支棱，跟船長的鬍子大不相同。他雖然説得煞有介事，可他到那裏之前已經在酒館裏混了兩個鐘頭，大路跟那扇窗子之間又隔着一段距離。除此之外，他説的是星期一的事情，罪案卻發生在星期三。

「星期二，彼得‧凱里又一次進入了無比陰鬱的狀態，喝得滿臉通紅，兇暴得如同一頭猛獸。他在宅子周圍遊來蕩去，家裏的女人紛紛望風而逃。入夜時分，他走進

了他的木屋。他女兒睡覺的時候沒關窗子，後來就聽到木屋方向傳來了一聲極其可怕的慘叫，那是第二天凌晨兩點左右的事情。因為他喝醉的時候經常狂喊亂叫，慘叫聲並沒有引起任何注意。七點鐘的時候，一名女僕起了床，發現木屋的門是開着的。不過，懾於他的淫威，她們直到中午才敢去看他究竟出了甚麼事情。透過敞開的屋門，她們看到了屋裏的景象，當場就臉色煞白地逃進了村子。這之後還不到一個鐘頭，我已經趕到現場，接過了這件案子。

「呃，福爾摩斯先生，您也知道我這個人神經還算堅強，可是，不怕跟您説，把腦袋伸進那座小屋的時候，我着實嚇了一跳。屋裏面嗡嗡營營，麻蠅和青蠅開起了大合唱，地板和牆壁上的光景則活像是一個屠場。他管那座木屋叫做『艙房』，名字倒是取得非常恰當，進去之後，你會覺得自己到了船上。房間的一頭有一個鋪位、一個水手用的儲物箱、幾幅地圖和海圖、一張『獨角鯨號』的照片，還有一個擺了一排航海日誌的擱架，全都是船長室裏的通常擺設。這些東西的中央則是船長本人，扭曲的面孔訴説着極度的煎熬，黃褐斑駁的濃密鬍鬚也因為巨大的痛苦而撅了起來，一柄鋼製的魚叉穿過他寬闊的胸膛，深深沒入了他背後的木頭牆壁。他就這樣被魚叉釘在那裏，彷彿是一個釘在卡片上的甲蟲標本。當然，他早就已經咽了氣，那聲最後的慘叫説明了他咽氣的時刻。

「我知道您的方法，先生，也用上了您的方法。我仔仔細細地檢查了屋外的地面和屋裏的地板，然後才允許他們挪動東西。現場沒有任何腳印。」

「意思是你沒有看到任何腳印，對吧？」

「我可以跟您保證，先生，現場確實沒有腳印。」

「親愛的霍普金斯，我調查過許多罪案，可我還從來沒見過會飛的案犯。只要罪犯還在用兩條腿走路，訓練有素的調查專家就一定可以找到一些凹痕、一些擦痕，或者是一些細微的偏移痕跡。這麼個鮮血四濺的房間裏居然沒有可以成為線索的痕跡，實在讓人難以置信。不過，我沒記錯的話，死因調查的過程當中，你們還是發現了幾件想忽視也忽視不了的東西，對吧？」

聽到我室友的譏諷，年輕的督察不由得縮了一縮。

「我真是個蠢人，沒有立刻請您去，福爾摩斯先生。不過，現在後悔也來不及了。沒錯，房間裏的確有幾件值得重視的東西。其中一件是那柄致人死命的魚叉，魚叉顯然是兇手從牆上的一個架子上抓下來的，因為那個架子可以放三柄魚叉，眼下只剩下兩柄。叉杆上的銘文是『獨角鯨號汽船，鄧迪』。由此看來，兇手是在一怒之下實施了這樁罪行，順手抄起了就近的一件武器。兇案發生的時間是凌晨兩點，彼得‧凱里卻穿得整整齊齊，說明他跟兇手有約在先。這一點還有一個佐證，那就是桌子上有一瓶朗姆酒＊，外加兩隻用過的玻璃杯。」

「沒錯，」福爾摩斯說道，「依我看，你這兩個推論都可以成立。除了朗姆酒之外，房間裏還有別的酒嗎？」

＊　朗姆酒 (rum) 是用甘蔗汁或者甘蔗糖漿蒸餾而得的一種烈酒，與水手、海盜和英國皇家海軍頗有淵源。

「有的，房裏有一個裝着白蘭地的酒樽*，儲物箱裏還有威士忌。不過，這些東西對我們並沒有甚麼幫助，因為酒瓶都是滿的，顯然是沒有動過。」

「話雖然這麼説，房間裏有這些東西，這個事實本身就可以説明一些問題，」福爾摩斯説道。「先不説這個，你還是接着講那些你認為與本案有關的物品吧。」

「另一件是您剛才提過的那個煙草袋子，袋子就擺在桌面上。」

「桌面上甚麼位置？」

「桌面中央。袋子用一根皮繩綁着，材質是帶毛的粗制海豹皮。袋子口蓋的內側打着『P.C.』字樣†，裏面裝着半盎司‡勁頭很足的『船牌』煙草§。」

「好極了！還有別的嗎？」

斯坦利·霍普金斯從口袋裏掏出了一本淺褐色的記事本，本子的封皮已經磨出了毛邊兒，內頁也變了顏色。第一頁寫着姓名縮寫「J.H.N」，還有「1883」這個年份。福爾摩斯把本子擺到桌子上，開始按他那種纖毫不遺的方法進行檢查，我和霍普金斯則分別站在他的兩邊，隔着他的肩膀往下看。本子的第二頁有印刷體的「C.P.R.」字樣，後面的幾頁都是數字。再往後又依次出現了「阿根廷」、「哥斯達黎加」和「聖保羅」幾個標題，每個標題後面都跟着幾頁符號和數字。

---

*　「酒樽」(tantalus) 也稱 spirit case，指的是一種可以上鎖的玻璃酒瓶。

†　彼得·凱里這個名字的英文是「Peter Carey」，縮寫即為「P.C.」。

‡　盎司為英制重量單位，1 盎司約等於 31 克。

§　在《暗紅習作》當中，華生曾經説自己抽的是「船牌」(Ship's)。

「你覺得這是些甚麼東西呢？」福爾摩斯問道。

「看着像是證券交易的記錄。按我看，『J.H.N.』應該是某個掮客的姓名縮寫，『C.P.R.』可能是他的主顧。」

「你不妨把『C.P.R.』想成『加拿大太平洋鐵路公司』*，」福爾摩斯説道。

斯坦利·霍普金斯咬着牙罵了自己一句，用拳頭砸了一下自己的大腿。

「我可真是個傻瓜！」他叫道。「當然嘍，您這個解釋肯定沒錯。這麼説的話，咱們只需要把『J.H.N.』這個縮寫查清楚就行了。我已經查過證券交易所的檔案，一八八三年的時候，交易所內外都沒有姓名縮寫是『J.H.N.』的掮客。可我還是覺得，這是我手裏最有價值的一條線索。您肯定也同意，福爾摩斯先生，這很可能是案發現場第二個人的姓名縮寫，換句話説，就是兇手的姓名縮寫。此外我還想強調一點，鑑於案子當中出現了這麼一份與大宗貴重證券相關的文件，咱們已經掌握了關於作案動機的第一條線索。」

歇洛克·福爾摩斯面容驟變，顯然是為這個全新的發現大感迷惑。

「我沒法不同意你這兩個觀點，」他説道。「坦白説，有了這個死因調查報告當中沒有提到的本子，我不得不修正我原來的所有看法。之前我已經有了一種假設，只可惜它涵蓋不了這個本子。你去查過記在本子裏的這些證券嗎？」

---

* 加拿大太平洋鐵路 (Canadian Pacific Railway) 於 1885 年建成，英文縮寫是「C.P.R.」。

「局裏正在查這件事情。不過，這些產業都在南美，完整的股東名單應該也在南美，恐怕得要好幾個星期的時間才能查到證券主人的身份。」

說話的時候，福爾摩斯一直在用放大鏡仔細查看記事本的封皮。

「毫無疑問，封皮上有個地方的顏色不太對勁，」他說道。

「是的，先生，那是一塊血漬。我不是跟您說過嘛，這個本子是我在地板上撿到的。」

「你發現本子的時候，血漬是在上面還是下面？」

「在挨着地板的那一面。」

「當然嘍，這說明本子是死者被殺之後才掉到地上的。」

「一點兒不錯，福爾摩斯先生，這一點我也想到了。按我看，本子是兇手匆忙逃走的時候掉下來的，就掉在屋門旁邊。」

「據我估計，你們並沒有在死者的物品當中找到這些證券，對吧？」

「沒找到，先生。」

「現場有搶劫的跡象嗎？」

「沒有，先生。看樣子，所有的物品都是原封未動。」

「天哪，這件案子可真有意思。除了這些之外，現場還有一把刀子，對嗎？」

「有一把帶刀鞘的刀子，而且沒有拔出來，當時就擺在死者的腳下。經凱里太太的指認，刀子是她丈夫的東西。」

福爾摩斯沉思了一會兒。

「好吧，」他終於開了口，「要我說，我必須得到現場去看看才行。」

斯坦利·霍普金斯歡呼了一聲。

「謝謝您，先生。聽您這麼說，我心裏真是踏實多了。」

福爾摩斯舉起一根指頭，衝着督察晃了晃。

「如果是在一個星期之前，事情還好辦一些，」他說道。「話又說回來，即便到了現在，我這一趟也不會白去。華生，你要能騰出工夫的話，我非常希望你陪我一起去。好了，霍普金斯，去叫一輛四輪馬車吧，一刻鐘之後，咱們就可以起身去弗雷斯特勞村。」

我們在大路旁邊的小站下了火車，然後又坐着馬車趕了幾英里路，路上到處都是廣袤叢林留下的遺跡。這個地區原本是一座大森林的一部分，後者就是無法穿越的「大林地」，它曾經是捍衛大不列顛的一道屏障，在長達六十年的時間裏遏止了撒克遜入侵者的進攻。本國第一座煉鐵工廠就建在這個地區，人們伐樹煉鐵，林間出現了大片大片的空地 *。時至今日，煉鐵生意已經轉移到了北方的富礦地區，只有這些情狀淒慘的小樹林和瘡痍滿目的地面還

---

* 「大林地」(Weald) 指的是英格蘭東南部兩條平行丘陵之間的一大片林地，公元五世紀撒克遜人渡海入侵薩塞克斯的時候，本土的不列顛人曾經把「大林地」倚為屏障。「大林地」曾經是英國主要的鐵礦石產地，弗雷斯特勞村附近的阿什當森林 (Ashdown Forest) 是「大林地」的一部分，1496 年，英格蘭的第一座鼓風高爐在此建成。

在控訴往日的浩劫。路邊一座小山的蔥綠斜坡上有一片空地，空地裏矗立着一座又長又矮的石頭宅子，一條馬車道從庭院之中蜿蜒而過，一直延伸到了房子跟前。離大路近一些的地方有一座小木屋，三面都在灌木叢的包圍之中，對着我們的這一面可以看見一道門和一扇窗子。兇殺現場已經到了！

斯坦利·霍普金斯首先領着我倆走進宅子，介紹我倆認識了死者的遺孀。那是個頭髮花白、形容枯槁的女人，憔悴的臉上刻着深深的皺紋，眼圈紅紅的，眼睛深處仍然殘留着隱隱約約的恐懼，全都在訴說多年以來的苦難和虐待。陪在她身邊的是她的女兒，一個臉色蒼白的金髮姑娘。她用怒火熊熊的眼睛挑釁地看着我們，説她為父親的死感到非常高興，還説她要祝福那個殺死父親的人。顯而易見，「黑彼得」已經把自己的家庭變成了一個十分恐怖的所在。到最後，帶着一種如釋重負的感覺，我們終於回到了屋外的陽光之下，走上了死者在庭院之中踩出的那條小徑。

眼前的木屋是一個再簡樸不過的居所，木牆木瓦，門旁邊有一扇窗子，遠端還有一扇。斯坦利·霍普金斯從口袋裏掏出鑰匙，俯身準備開鎖，跟着卻突然停了下來，臉上露出了警惕和驚訝的神色。

「有人來撬過這道門，」他説道。

千真萬確，木門上有刀刮的痕跡，破損的油漆下面露着白色的木頭，看着就跟剛剛刮開似的。與此同時，福爾摩斯正在檢查窗子。

「這扇窗子也被人撬過。不管這個人是誰，總之是沒能進得去。看情形，這一定是個非常沒用的竊賊。」

「這可真是太奇怪了，」督察說道，「我敢發誓，直到昨天傍晚，門上還沒有這些痕跡呢。」

「興許是哪個好奇心重的村民幹的吧，」我如是推測。

「可能性很小。敢到這個院子裏來的村民都沒有幾個，更不用說強行往『艙房』裏闖了。您怎麼看呢，福爾摩斯先生？」

「我看我們的運氣非常好。」

「您是說這個人還會來嗎？」

「十之八九還會來。上一次來的時候，他以為門應該是開着的。然後呢，他打算硬闖進去，靠的只是一把非常小的刀子，最後是徒勞無功。這一來，他會怎麼辦呢？」

「第二天晚上再來，帶上一件更好使的工具。」

「我也是這麼覺得。咱們如果不在這兒迎接他的話，那可就太不應該了。好了，讓我來瞧瞧『艙房』裏面的情形吧。」

小屋裏的慘劇痕跡已經清理乾淨，傢具的位置卻依然跟案發當晚一模一樣。接下來的兩個鐘頭當中，福爾摩斯全神貫注地逐個檢查了房間裏所有的物品。不過，從他的臉色來看，這番努力並沒有換來多少成果。他這番耐心細緻的勘查只有一次停頓。

「你從這個架子上拿走了甚麼東西嗎，霍普金斯？」

「沒有，我甚麼都沒動。」

「架子上少了一樣東西，因為這個角上的塵土比其他

地方少，可能是一本平放的書，也可能是一個小箱子。好啦，好啦，眼下我也幹不了甚麼了。華生，咱們到這些美麗的林子裏去走走吧，抽幾個鐘頭的時間來關心關心鳥兒和花兒。霍普金斯，晚些時候，咱們再在這兒碰頭，看看能不能跟昨夜來訪的那位先生有一點兒近距離的接觸。」

晚上十一點之後，我們的小小埋伏才算是佈設停當。霍普金斯的意見是讓木屋的門敞着，福爾摩斯卻認為，這樣會讓那個身份不明的人起疑心。木屋的門鎖非常簡單，撬開它只需要一把刃口足夠強韌的刀子。除了要把門鎖上之外，福爾摩斯還建議我們不要待在屋裏，應該埋伏在遠端那扇窗子旁邊的灌木叢裏。這樣一來，如果來人在屋裏點上燈火的話，我們就可以監視他的行動，弄清他這種鬼鬼祟祟的夜間訪問到底是甚麼意圖。

守夜的過程漫長枯燥，同時又讓人非常興奮，感覺自己就像是埋伏在水窪旁邊的獵手，正在等待焦渴的獵物過來飲水。從黑暗之中摸到我們眼前的會是甚麼樣的野獸呢？是一頭兒猛的傷人惡虎，要捕捉它就得跟尖牙利爪來一番殊死搏鬥，還是一隻躲躲閃閃的豺狼，只能對毫無防備的弱小者構成威脅呢？

我們伏在灌木叢裏，無聲無息地等待着無從揣測的結果。剛開始的時候，晚歸村民的腳步聲和村子裏的人聲還會時不時地打破我們單調的守望。不過，這樣的攪擾次第減少，周遭終於徹徹底底地靜了下來，只有簌簌的細雨在我們頭頂的樹葉上低語，還有遠處教堂的鐘聲，不時向我們通報夜晚的進程。

兩點半的鐘聲已經敲過，正是破曉之前最黑暗的時分，庭院大門那邊突然傳來了一聲低沉卻清晰的咔嗒聲，我們不約而同地打了個激靈。有人走進了馬車道。接下來是一段長時間的寂靜，我正在擔心這只是一場虛驚，木屋的另一側卻傳來了一陣鬼鬼祟祟的腳步聲，隨之而來的是一陣金屬的刮擦聲和碰撞聲。來人正在撬鎖！這一回，他肯定是手法有所改進，要不就是工具有所改良，因為那邊突然傳來了「啪」的一聲，跟着就是門樞轉動的吱呀聲響。這之後，他劃燃了一根火柴，轉眼之間，木屋裏就灑滿了穩定的燭光。透過窗子的紗簾，我們三個人目不轉睛地窺視着屋裏的情景。

夜間來客是一個單薄瘦削的小伙子，年紀應該只有二十出頭，蓄着一道黑色的小鬍子，把他死人一般的慘白臉色襯托得格外扎眼。我從來沒見過有誰嚇成了他那副慘相，牙齒打架打得連旁人都可以看出來，四肢也在不停打顫。他打扮得倒像個紳士，穿着一件諾福克外套*和一條燈籠褲，戴着一頂布帽子。在我們的注視之下，他先是眼色驚惶地張望了一陣，然後就把手裏的蠟燭頭立在桌子上，走進了一個我們看不見的角落。回到我們視線當中的時候，他手裏拿上了一個大本子，正是架子上那排航海日誌當中的一本。他倚在桌邊，飛快地翻看那本日誌，最終翻到了他要找的那條記錄。接下來，他握緊拳頭做了個憤怒的手勢，合上日誌，把日誌放回原來的角落，跟着就吹

---

*　諾福克外套 (Norfolk jacket) 是一種帶有腰帶的單排扣寬鬆外套，可能是因諾福克郡而得名。

滅了蠟燭。他剛剛轉身準備離開小屋，霍普金斯的手已經抓住了他的衣領。等他反應過來自己已經被人抓住的時候，我聽見他大聲地抽了一口涼氣。蠟燭再次點燃之後，我看見這名倒運的俘虜正在探員的手中瑟瑟發抖。這之後，他癱坐在儲物箱上，絕望地來回打量着我們。

「我說，這位好伙計，」斯坦利·霍普金斯說道，「你是誰，到這兒來幹甚麼？」

這人給自己鼓了鼓勁兒，揚起頭衝着我們，努力維持着鎮定的神態。

「你們都是偵探，對吧？」他說道。「你們肯定以為，我跟彼得·凱里船長的死脫不了關係。我可以跟你們保證，我是無辜的。」

「這件事咱們等會兒再說，」霍普金斯說道。「首先我要問你，你叫甚麼名字？」

「我叫約翰·霍普萊·奈利甘。」

我看見福爾摩斯和霍普金斯飛快地交換了一個眼神 *。

「你到這裏來幹甚麼？」

「我說的話你們能保密嗎？」

「不能，當然不能。」

「那我幹嗎要告訴你們？」

「你不告訴我們的話，審判的時候可能會吃大虧的。」

小伙子哆嗦了一下。

「呃，那我就告訴你們好了，」他說道。「告訴你們

---

* 　約翰·霍普萊·奈利甘的英文是「John Hopley Neligan」，縮寫正是前文曾提及的「J.H.N.」。

又有甚麼關係呢？可是，我真不願意看到這件陳年的醜事死灰復燃。你們聽說過道森和奈利甘嗎？」

霍普金斯的表情說明他從來沒聽說過這兩個姓氏，福爾摩斯卻一下子來了精神。

「你說的是那兩個西部的銀行家吧，」他說道。「他們欠了一百萬的債，把康沃爾郡半數的人家害得傾家盪產，奈利甘本人也下落不明*。」

「的確如此。奈利甘就是我的父親。」

到這會兒，我們總算是看到了一些清晰的脈絡。可是，事情的一頭是一名負債潛逃的銀行家，另一頭是被自己的魚叉釘在牆上的彼得‧凱里船長，兩頭之間的距離似乎相當遙遠。帶着這樣的疑惑，我們聚精會神地傾聽着小伙子的講述。

「這件事情主要牽涉到我的父親，因為道森已經退了休。當時我雖然只有十歲，多少也懂了點兒事，能夠感覺到這件事情帶來的恥辱和恐懼。人們一直說我父親偷走了所有的證券，然後逃之夭夭，事實卻並非如此。他當時的想法是，如果能給他時間將所有證券變現的話，所有問題就都會迎刃而解，所有債主也都可以得到足額的清償。就在法庭下令逮捕他之前，他坐着他的小遊艇往挪威那邊去了。我現在都還記得他離開的那個晚上，記得他跟我母親道別的情景。他留給了我們一份清單，上面記着他帶走的證券，並且發誓說他會帶着清白的名聲返回家鄉，不會讓

---

*　這裏的西部 (West-country) 是對英格蘭西南部一片地區的統稱，康沃爾郡 (Cornwall) 是英格蘭西南端的一個郡，在「西部」的範圍之內。

那些曾經對他寄予信任的人蒙受損失。可是，從那以後，他再也沒有任何音訊，人和遊艇都消失得無影無蹤。我和我母親都以為他已經和遊艇一起葬身海底，連同他帶在身邊的那些證券。不過，我家有一位非常可靠的商人朋友，一段時間之前，他發現倫敦的市面上出現了我父親當年帶走的一些證券。你們可以設想一下，當時我們是多麼地驚訝。我花了幾個月的時間來追查那些證券，經歷了許多周折，最後才查了出來，最初的賣家是彼得‧凱里船長，也就是這座木屋的主人。

「很自然，我對這個人進行了一番調查，結果發現他曾經是一艘捕鯨船的船長，那艘船從北冰洋返航回國的時間正好跟我父親渡海前往挪威的時間對得上。那年秋天的天氣非常惡劣，連着好長時間都在颳狂暴的南風，我父親的遊艇很有可能被大風颳到了北邊，由此碰上了彼得‧凱里船長的捕鯨船。果真如此的話，我父親後來又怎麼樣了呢？不管怎麼説，如果能從彼得‧凱里這兒弄清那些證券流入市場的途徑，我就可以證明我父親並沒有賣出證券，證明他拿走證券並不是為了牟取私利。

「我到薩塞克斯來找這位船長，沒想到剛好趕上了他的慘死。我從死因調查報告當中讀到了關於『艙房』的描述，其中説到他那艘船以前的航海日誌就保存在這裏。於是我想，如果能看到『獨角鯨號』一八八三年八月的航行記錄，興許就能查清我父親的遭遇。昨晚我來找這些航海日誌，但卻沒法把門弄開。今晚我又來嘗試，這次倒是成功了。可是，我發現日誌裏那個月的記錄已經被人撕掉

了。就在這個時候，我落到了你們的手裏。」

「就這些嗎？」霍普金斯問道。

「是啊，就這些。」說這話的時候，他的眼睛望向了別處。

「沒有別的要講了嗎？」

他遲疑了一下。

「沒了，沒有別的了。」

「昨天晚上之前，你沒有來過這兒嗎？」

「沒有。」

「沒有的話，**這個**你怎麼解釋呢？」霍普金斯大喝一聲，舉起了那個記事本，記事本的第一頁寫着俘虜的姓名縮寫，封皮上帶着血漬，可說是一件無法抵賴的證物。

這個倒霉鬼立刻潰不成軍，雙手捂住了臉，全身抖如篩糠。

「這你是從哪兒找來的？」他哀聲說道。「我不知道。我還以為本子落在旅館裏了呢。」

「夠了，」霍普金斯厲聲說道。「不管你還有甚麼話說，都只能到法庭上去說了。眼下你得跟我上警局去。好了，福爾摩斯先生，非常感謝您和您的朋友過來幫我。事實證明您並不需要親自到場，我自個兒也能把案子辦到這麼圓滿的程度，即便如此，我仍然感激不盡。我已經幫你們在布朗布太旅館 * 訂了房間，咱們可以一塊兒走路進村。」

---

* 弗雷斯特勞村的布朗布太旅館 (Brambletye Hotel) 於 1866 年開業，是亞瑟・柯南・道爾曾經去過的地方。

「呃，華生，這事情你怎麼看呢？」　第二天早上回倫敦的時候，福爾摩斯問道。

「看得出來，你並不覺得滿意。」

「噢，滿意，親愛的華生，我覺得滿意極了。話說回來，斯坦利·霍普金斯的方法並不讓我覺得可喜可賀。這麼說吧，斯坦利·霍普金斯讓我大失所望，因為我本來對他寄望甚高。正確的做法是不斷尋找符合情理的另一種可能性，隨時做好應變的準備。這可是刑事偵查的首要準則啊。」

「那麼，這件案子的另一種可能性是甚麼呢？」

「另一種可能性就是我自己一直在追查的這條脈絡。說不定，查下去也是一無所獲。結果如何，眼下我無從判斷。不過，再怎麼說，我也要一查到底。」

貝克街的寓所裏已經積起了幾封寫給福爾摩斯的信，他一把抓起其中的一封，拆開來看了看，跟着就開始洋洋自得地吃吃輕笑。

「好極了，華生。另一種可能性正在變成現實。你有電報表格嗎？幫我寫兩封電報吧：『拉特克里夫大道，桑納海員中介。請差三人前來，明早十時報到。——巴茲爾』，『巴茲爾』是我在那些地方用的名字。再來一封：『布萊克斯頓街區洛德街46號，斯坦利·霍普金斯督察。明日九點半來此早餐。事關緊要。不克前來請回電。——歇洛克·福爾摩斯』。好了，華生，這件該死的案子已經折磨了我整整十天，眼下我就要把它徹底趕出我的視線。依我看，過了明天，咱們就再也不會聽到跟它有關的事情了。」

斯坦利·霍普金斯督察準時現身，我們一起就坐，

開始享用哈德森太太準備的豐盛早餐。由於破案成功的緣故，年輕的探員顯得意氣風發。

「你真的認為，你的答案絕對不會錯嗎？」福爾摩斯問道。

「我確實想不出來，還能有甚麼案子的證據比這件更充分。」

「我倒是覺得證據並不確鑿。」

「真沒想到您會這麼説，福爾摩斯先生。還要怎樣才算是確鑿呢？」

「你的解釋能涵蓋所有的事實嗎？」

「毫無疑問。我已經查明，小奈利甘在案發當天住進了布朗布太旅館，還假稱是去那裏打高爾夫。他的房間在一樓，因此他可以自由出入。案發當晚他去了伍德曼幽居，在木屋裏見到了彼得·凱里，跟凱里發生了爭執，然後就用魚叉殺死了凱里。這之後，他被自己的罪行嚇得失魂落魄，逃走的時候把記事本掉在了木屋裏，而他之所以帶着那個本子，正是為了向彼得·凱里詢問那些證券的事情。您興許也注意到了，有些證券旁邊打了勾，大多數則沒打。打了勾的那些已經查實流入了倫敦市場，沒打勾的想必還在凱里手中，與此同時，按照小奈利甘自己的説法，他非常想拿回那些證券，為的是給他父親的各位債主一個交代。逃離現場之後，他一時間不敢再靠近那座木屋。不過，為了得到他需要的資料，他最終還是硬着頭皮去了那裏。整件事情可謂簡單明瞭，不是嗎？」

福爾摩斯笑了笑，搖了搖頭。

「按我看，霍普金斯，你這種解釋只有一個缺陷，缺陷就是它根本站不住腳。你試過用魚叉去扎穿動物的軀體嗎？沒試過？嘖，嘖，親愛的先生，你真的應該對這些細節多加留意。我朋友華生可以作證，我花了整整一個早晨來進行這種練習。扎穿動物的軀體可不容易，既需要強大的臂力，又需要長期的練習。可是，這件案子當中的致命一擊實在是力道驚人，竟然讓武器的尖端深深地沒入了牆壁。你說說，這個病快快的小伙子使得出如此恐怖的招數嗎？有人在深夜之中跟『黑彼得』親親熱熱地共飲兌水的朗姆酒，那個人會是他嗎？兩天之前的深夜裏，石匠在百葉窗簾上看到的是他的側影嗎？不，不是，霍普金斯。咱們要找的是另一個人，一個比他兇悍的人。」

福爾摩斯發表這篇演說的時候，探員的臉越拉越長。他的種種希望、種種雄心，全都變成了紛紛跌落的碎片。儘管如此，不經過一番掙扎，他是不會放棄自己的陣地的。

「福爾摩斯先生，您不能否認奈利甘當晚確實在場，他的記事本已經證明了這一點。依我看，即便您能夠挑出破綻，陪審團依然會對我掌握的這些證據感到滿意。還有啊，福爾摩斯先生，我已經逮到了**我的**犯人，您說的那個可怕傢伙又在甚麼地方呢？」

「要我說，他這會兒就在樓梯上，」福爾摩斯心平氣和地說道。「依我看，華生，你不妨把左輪手槍擺在伸手可及的位置。」他站起身來，把一張寫了字的紙片放在了一張邊桌上。「好了，萬事俱備，」他如是說道。

他説話的時候，外面已經傳來了粗聲粗氣的談話聲。到這會兒，哈德森太太推門通報，説是有三個男的要找巴茲爾船長。

「讓他們一個一個地進來，」福爾摩斯説道。

率先進來的是一個長相如同利布斯頓蘋果 * 的小個子，臉頰紅撲撲的，毛茸茸的連鬢鬍子則是白色。他進來之前，福爾摩斯已經從口袋裏掏出了一封信。

「叫甚麼名字？」福爾摩斯問道。

「詹姆斯・蘭卡斯特。」

「很抱歉，蘭卡斯特，可我們的名額已經滿了。喏，這半鎊給你，算是你的辛苦費。你到那個房間去待着好了，稍微等幾分鐘。」

接着進來的是一個瘦長乾癟的傢伙，面色蠟黃，頭髮又直又軟，名叫休・帕廷斯。他收到的也是一句拒聘通知、一枚半鎊金幣，以及一道一旁等候的命令。

第三個應聘者相貌非凡，長着一張牛頭犬一般的獰惡臉龐，臉龐周圍是一圈兒蓬亂的頭髮和絡腮鬍子，兩隻碩大的黑眼睛被低垂的濃眉壓成了兩道閃光的縫隙。他行了個禮，按水手的姿勢站在原地，雙手擺弄着自己的帽子。

「你叫甚麼名字？」福爾摩斯問道。

「帕特里克・凱恩斯。」

「叉魚的嗎？」

---

* 利布斯頓蘋果 (Ribston pippin) 為一種外皮橙黃錯雜並有紅色條紋，形狀不太規則的蘋果，據説是於十八世紀初源自英格蘭北約克郡的利布斯頓老宅 (Ribston Hall)。

「是的，先生，出過二十六次海。」

「在鄧迪幹活，對吧？」

「是的，先生。」

「跟探險船出海沒問題吧？」

「沒問題，先生。」

「要多少薪水？」

「每月八鎊。」

「可以馬上出發嗎？」

「收拾好東西就可以。」

「證明文件帶來了嗎？」

「帶來了，先生。」他從口袋裏掏出一卷油乎乎的破舊文書，福爾摩斯飛快地掃了一眼，把文書還給了他。

「你就是我要找的人，」福爾摩斯說道。「喏，合約在這張邊桌上，你來簽個字，整件事情就算大功告成。」

水手拖着步子走到房間對面，把筆拿了起來。

「是在這兒簽嗎？」他一邊問，一邊俯下身去。

福爾摩斯貼到他的背後，把雙手伸過他的脖子。

「這樣就行了，」福爾摩斯說道。

我聽到一聲鋼鐵製品發出的「咔嗒」，又聽到一聲好似公牛怒吼的咆哮。轉眼之間，福爾摩斯已經和水手在地上滾作一團。水手着實是膂力驚人，即便福爾摩斯已經眼明手快地銬住了他的雙手，他依然有能力迅速地制服福爾摩斯，好在霍普金斯和我一擁而上，幫助福爾摩斯擺脫了困境。直到我那把左輪手槍的冰冷槍口頂住了他的太陽穴，他才意識到反抗不會有任何用處。我們用繩子捆住了

他的腳踝，這才氣喘吁吁地站起身來，結束了這場惡鬥。

「我真得給你賠個不是，霍普金斯，」歇洛克·福爾摩斯說道，「要我說，炒雞蛋恐怕已經涼了。話又說回來，你想到自己已經成功結案，剩下的半頓早飯肯定會吃得更香的。」

斯坦利·霍普金斯驚訝得說不出話來。

「我不知道說甚麼好，福爾摩斯先生，」他終於脫口而出，一張臉漲得通紅。「我只是覺得，我從一開始就在出自個兒的洋相。現在我已經明白，以後也會永遠記得，學生是我，老師是您。眼下我親眼看到了您的行動，可我還是不明白您是怎麼辦到的，也不明白其中的意義。」

「好啦，好啦，」福爾摩斯和顏悅色地說道。「我們都是實踐經驗的學生，這一次，實踐給你的教訓就是，永遠不要忽視其他的可能性。這之前，你對小奈利甘太過癡迷，所以才勻不出心思來照顧謀殺彼得·凱里的真兇，也就是這位帕特里克·凱恩斯。」

水手的粗礦聲音打斷了我們的談話。

「聽着，先生，」他說道，「你用這種粗暴的方法來對付我，我也沒甚麼好說的，可你絕不能亂扣帽子。你說我謀殺了彼得·凱里，我說我**殺了**彼得·凱里，這可是兩件截然不同的事情。沒準兒你不會相信我說的話，也沒準兒，你會以為我這是拿瞎話來誆你。」

「沒那回事，」福爾摩斯說道。「把你的事情講來聽聽吧。」

「我的事情幾句話就能講完，還有啊，老天作證，句

句都是真話。『黑彼得』這個人我是知道的，當時我一看見他拿出刀子，立刻就用魚叉扎了他一個透心涼，因為我知道，不是他死就是我亡。他就是這麼死的，你要説是謀殺，那我也沒辦法。不管怎麼説，脖子上套根繩子是死，讓『黑彼得』在心口扎一刀也是死。」

「你去那兒幹甚麼呢？」福爾摩斯問道。

「我可以從頭到尾全告訴你，就是得讓我坐起來，這樣才好説話。事情出在一八八三年，具體説就是那一年的八月份。彼得·凱里當時是『獨角鯨號』的船長，我呢，是船上的後備叉魚手。那時我們剛剛從那個冰窟裏出來，頂着颳了整整一個星期的猛烈南風往家裏趕，結果救起了一艘被風颳到北邊來的小船。船上只有一個人，一個沒甚麼航海經驗的人。他的船員覺得船要沉了，於是就划着小舢板往挪威的海岸去了，依我看，那些人肯定都做了水鬼。總而言之，我們把這個人救上了船，他還跟船長在艙房裏聊了好長時間。跟他一起上船的只有一個馬口鐵 * 箱子，別的就沒有了。據我所知，船上從來沒有人提過他的名字，而他第二天晚上就不見了，就跟從來沒上過船似的。大家覺得他要麼是自己跳了海，要麼就是不小心掉了下去，因為當時的天氣非常糟糕。只有一個人知道他真正的命運，那個人就是我，因為在一個漆黑夜晚的中班 † 時

---

* 馬口鐵 (tin) 即經過鍍錫防鏽處理的薄鋼板或鐵板，常用於製造各種容器。這種材料的確切名稱應為「鍍錫薄板」，考慮此書時代，仍採「馬口鐵」之舊名。

† 「中班」是航海術語，指的是水手夜裏執勤的一個班次，從十二點到凌晨四點。

間，我親眼看見船長拎起他的雙腳，把他扔到了船舷外面。兩天之後，我們就看見了設得蘭[*]的燈光。

「呃，我沒跟別人講這件事情，只是等着看它接下來會怎麼演變。回到蘇格蘭之後，我們輕輕鬆鬆地把這件事情遮了過去，沒有人來問任何問題。一個生人出意外死了，誰也犯不着問東問西。沒過多久，彼得·凱里就放棄了海上的生活，我花了好長時間才找到他的下落。我估計他幹那件勾當是為了那個馬口鐵箱子裏的東西，所以就覺得，眼下他不妨給我一大筆，好讓我把嘴閉上。

「我找到一個在倫敦見過他的水手，打聽出他的下落，然後就跑去榨他的油水。頭一天晚上他還算講理，準備給我一筆足夠讓我擺脫海上生活的費用。我們約好第三天晚上再談，把所有的事情安排妥當。再去的時候，我發現他喝得七葷八素，脾氣也變得非常惡劣。我們坐下來喝了一點兒，聊了聊過去的日子，可是，他喝得越多，臉色就越不中看。這時我看到了牆上的魚叉，心裏想想，不用上這件東西，今天我興許脫不了身。到最後，他終於衝我發作起來，嘴裏罵罵咧咧，眼睛裏殺氣騰騰，手裏還拿着一把碩大的刀子。不過，沒等他把刀子從刀鞘裏拔出來，我已經用魚叉扎穿了他。老天爺！他那聲慘叫可真是嚇人，他那張臉搞得我連覺都睡不了！我站在那裏，周圍濺滿了他的鮮血。我聽了一會兒，甚麼動靜也沒聽見，膽子又大了起來。我四下看了看，發現那個馬口鐵箱子就擺在一個架子上。說一千道一萬，彼得·凱里能拿的話，我拿

---

[*] 設得蘭 (Shetland) 是大西洋當中的一個群島，為蘇格蘭的一部分。

也沒甚麼不對。於是我拿上箱子，離開了那座木屋，傻就傻在把煙草袋子落在了桌子上。

「好了，接下來我要說的是故事裏最古怪的部分。我剛剛走出小屋，突然聽見有人在往我這邊走，於是就躲進了灌木叢。那個人偷偷摸摸地走了過來，進了小屋，發出一聲見鬼似的尖叫，然後就使出吃奶的勁兒跑了起來，一會兒就沒影兒了。我不知道他是誰，也不知道他去那裏幹甚麼，總之我走了十英里的路，然後就在坦布里奇維爾斯*搭上火車，神不知鬼不覺地回到了倫敦。

「打開箱子之後，我發現裏面沒有錢，只有一些我不敢拿去賣的紙片。『黑彼得』的竹槓自然是敲不成了，我就這麼困在了倫敦，身上一個子兒都沒有，能指望的只有我的手藝。我看到報上有招聘叉魚手的啟事，給的工錢也多，於是就去了那家海員中介，又被他們打發到了這兒。我知道的就這麼多，此外我還想再說一遍，我殺死了『黑彼得』，執法機關應該向我道謝，因為我替他們節省了一根麻繩的費用。」

「講得清楚極了，」福爾摩斯一邊說，一邊站起身來，點上了煙斗。「依我看，霍普金斯，你應該立刻把你的犯人轉移到某個安全的所在。我這裏並不十分適合充當監房，帕特里克·凱恩斯先生在我地毯上佔用的空間也實在是大得過了頭。」

「福爾摩斯先生，」霍普金斯說道，「真不知道該怎

---

*   坦布里奇維爾斯 (Tunbridge Wells) 是肯特郡西邊毗鄰東薩塞克斯郡的一個鎮子，離弗雷斯特勞村很近。

麼感謝您才好。即便到了現在，我還是不明白，您是怎麼辦到這件事情的。」

「方法很簡單，無非是從一開始就幸運地抓住了正確的線索。要是我一早就聽說了那個記事本的話，多半也會朝你那個方向去思考的。還好，我聽說的事情全都指着同一個方向。驚人的臂力、使用魚叉的高超技巧、兌水的朗姆酒、海豹皮的煙草袋子，再加上劣質的煙草，所有的事實都指向一名水手，而且是一名捕過鯨魚的水手。當時我已經斷定，煙草袋子上的『P.C.』縮寫僅僅是一種巧合，指的並不是彼得‧凱里*，因為他很少抽煙，『艙房』裏又沒有煙斗。你肯定還記得，那時我問過你，『艙房』裏有沒有威士忌和白蘭地。你的回答是有。明明有別的酒可以選擇，除了水手之外還有多少人會喝朗姆酒呢？這麼着，我斷定兇手是一名水手。」

「那麼，您又是怎麼找到他的呢？」

「親愛的先生，到了這一步，這件事情可說是簡單之極。既然他是個水手，那就一定跟彼得‧凱里一起在『獨角鯨號』上待過，因為據我所知，彼得‧凱里並沒有上過別的船。我發電報去鄧迪四處打聽，花了三天的時間才弄到『獨角鯨號』一八八三年的水手名單。看到叉魚手的名單當中有帕特里克‧凱恩斯的時候，我的調查就已經接近尾聲。我推測他多半是身在倫敦，而且急於到國外去待一陣子。於是乎，我上東區† 去晃盪了幾天，捏造出一次北

---

* 帕特里克‧凱恩斯的英文是「Patrick Cairns」，縮寫也是「P.C.」。

† 倫敦的東區 (East End) 大致是指倫敦故城以東、泰晤士河以北的區域，區內有很多碼頭。

冰洋探險活動，還拋出一些誘人的條件，吸引叉魚手來替巴茲爾船長幹活，你瞧，結果如何！」

「妙極了！」霍普金斯高聲讚嘆。「妙極了！」

「你一定得盡快釋放小奈利甘，」福爾摩斯說道。「說實在的，我覺得你應該給他賠個不是。還有，你得把那個馬口鐵箱子還給他，當然，已經被彼得‧凱里賣掉的那些證券是追不回來了。外面有輛出租馬車，霍普金斯，你可以把你的犯人帶走了。需要我出庭的話，你得上挪威的某個地方去找我和華生，詳細的情況嘛，以後我再寫信告訴你。」

查爾斯‧奧古斯都‧米爾沃頓

　　我即將講述的種種事件已經過去多年，即便如此，我依然舉筆躊躇，擔心此舉失於輕率。此前的很長一段時間當中，將這些事實公之於眾是一件絕對行不通的事情，哪怕用上最謹慎、最含蓄的講法也不行。不過，時至今日，故事的主角已經超出了人間法律的管轄範圍，只需要加上適當的掩飾，我就可以把這個故事講出來，不會對任何人造成傷害。對歇洛克‧福爾摩斯先生和我本人來說，這些事件都是一次生平僅有的獨特遭際。如果故事當中沒有日期，也沒有任何可以讓人對號入座的細節，還請讀者諸君多多包涵。

　　事情發生在一個嚴霜凜冽的冬季。一天傍晚，我和福爾摩斯出門閒逛，回來的時候是六點鐘左右。福爾摩斯點亮了燈，燈光照到了桌上的一張名片。他瞥了一眼那張名片，跟著就無比厭惡地哼了一聲，把它扔到了地上。我把名片撿了起來，上面寫的是：

查爾斯‧奧古斯都‧米爾沃頓

漢普斯蒂德街區艾普多爾大宅

代理人

　　「這人是誰？」我問道。

　　「全倫敦最壞的壞蛋，」福爾摩斯答道，然後就坐了

下來，把雙腿伸到壁爐跟前。「名片的背面有字嗎？」

我把名片翻了過來，念道，「六點半來訪——C.A.M.*。」

「哼！他馬上就要到了。華生，站在動物園的蛇館跟前，看着那些滑滑溜溜、梭來梭去的毒物，看着它們可怖的眼睛和邪惡的扁臉，你會不會覺得脊骨發涼、心頭發麻呢？知道嗎，米爾沃頓留給我的就是這種印象。我跟五十個謀殺犯打過交道，可是，他們當中最壞的一個也不像這個傢伙這麼讓我厭惡。儘管如此，我卻不得不跟他做點兒交易。事實上，他是我請來的。」

「可他究竟是甚麼人物呢？」

「我這就告訴你，華生。他是勒索行當的王者至尊，誰的隱私和名譽要是落入了米爾沃頓的掌握，那就只能去乞求上天的保佑，男人是這樣，女人就更不用說。他會堆着笑臉、硬着心腸，沒完沒了地壓榨勒索對象，直到把他們榨乾為止。這傢伙有他的一份天才，如果用到比較體面的行當，應該也可以幹出點兒名堂。他的幹法是這樣的：他放出風聲，說他願意花大錢購買那些有損富貴人家名譽的信件。賣信給他的不光有不忠不義的男僕和女僕，經常還包括一些上流社會的敗類，那些敗類騙得了天真婦人的信賴和歡心，然後又把秘密賣給米爾沃頓。做買賣的時候，米爾沃頓可是一點兒也不吝嗇。我碰巧知道這麼一個例子，他曾經用七百鎊的巨款跟一名男僕換了一張只有兩行字的便條，隨之而來的結果就是一個貴族家庭的毀滅。

---

* 這篇故事首次發表於 1904 年 4 月；C.A.M. 是查爾斯·奧古斯都·米爾沃頓的英文首字母縮寫。

流入市場的所有東西都會聚集到米爾沃頓的手裏，這個龐大的都市當中有成百上千的人，一聽到他的名字就會面如死灰。誰也不知道他會把爪子伸到哪裏，因為他有的是錢，而且十分狡猾，絕不是那種等米下鍋的惡棍。他可以把一張牌在手裏捂上好幾年，等到桌子上賭注最大的時候再打出去。剛才我說過，他是全倫敦最壞的壞蛋，你說說，這傢伙成天有條不紊、優哉游哉地折磨人們的靈魂、撕扯人們的神經，就為了給他那個已然鼓鼓囊囊的錢袋添點兒東西，跟他相比，那些一怒之下對伙伴痛下毒手的人又算得了甚麼呢？」

就我所知，我朋友很少有出言如此激烈的時候。

「可是，」我說道，「這傢伙肯定會受到法律的制裁，不是嗎？」

「光看法律條文，這一點毫無疑問，實際的情形卻並非如此。舉例說吧，告到他蹲那麼幾個月的監獄，自己卻馬上面臨身敗名裂的下場，哪個女人會這麼幹呢？受他禍害的人都不敢奮起反擊。要是他哪天跑去勒索一個沒有把柄的人，當然，毫無疑問，咱們就可以把他逮住。可惜的是，他實在是狡猾得跟魔王一樣。不，不行，咱們只能想別的辦法來對付他。」

「他到咱們這兒來幹甚麼呢？」

「因為一位處境可憫的尊貴主顧已經把她的案子託付給了我。她就是伊娃·布拉克維爾夫人，在上一季初入社交圈的一眾女士當中，她是最美麗的一個 *。兩週之後，

---

* 這裏的「上一季」是指社交季，起源於 18 世紀的英國倫敦上流社

她會和多佛科特伯爵結為夫妻。這個惡魔手裏有幾封措辭輕率的信，僅僅是輕率而已，華生，沒甚麼更糟糕的內容。這些信是夫人以前寫給一名窮困的青年鄉紳的，足以讓這樁婚事中途夭折。米爾沃頓要求她支付一大筆款項，否則就要把這些信交給伯爵。夫人委託我跟他見個面，然後呢，盡量爭取一個最好的條件。」

就在這個時候，下方的街道上傳來了得得的馬蹄聲和轔轔的車輪聲。我往樓下看了看，來的是一輛十分氣派的雙駕馬車，明亮的車燈映照着兩匹栗色駿馬的油潤腰身。一名男僕打開車門，一個矮小結實的男人走下車來，身穿一件毛茸茸的俄國羔皮大衣。一分鐘之後，他走進了我們的房間。

查爾斯·奧古斯都·米爾沃頓年紀五十左右，碩大的腦袋似乎裝滿智慧，光溜溜的圓潤臉龐掛着恆久不變的微笑，寬大的金邊眼鏡後面是一雙精光閃亮的灰色眼睛。他的外表幾乎與匹克威克先生 * 一般慈祥，僅有的破綻只是那個假模假式的凝固笑容，以及那雙閃爍銳眼射出的冰冷光芒。他走上前來，伸出一隻肉乎乎的小手，嘟嘟囔囔地說他覺得很是遺憾，第一次來的時候沒能見到我們，說話

會，是上流人士集中進行社交活動和戶外活動的時節。按照《德布雷特英國貴族年鑑》的說法，倫敦的社交季由英國王室在倫敦居留的時間確定，為每年的四月到七月以及十月到聖誕節；上流社會的年輕女子初次進入社交圈的時候往往會有正式的介紹儀式；這裏的「夫人」(Lady) 是貴族頭銜，與結婚與否無關。

* 匹克威克先生 (Mr. Pickwick) 為英國作家查爾斯·狄更斯 (Charles Dickens, 1812–1870) 小說《匹克威克外傳》(*The Pickwick Papers*, 1836–37) 當中的主人公，是一位天真善良的老紳士。

的聲音也圓潤溫和，跟他的面容一樣。福爾摩斯沒有理睬他伸過來的手，只是板着一副好似花崗岩的面孔，直直地盯着他。見此情景，米爾沃頓笑得更加燦爛。他聳了聳肩，脫下大衣，就着椅子靠背把大衣仔仔細細地疊好，然後才坐了下來。

「這位先生是誰呢？」他一邊說，一邊衝我的方向揮了揮手。「這麼談慎重嗎？合適嗎？」

「華生醫生是我的朋友，也是我的搭檔。」

「很好，福爾摩斯先生。剛才我表示抗議，僅僅是替您的主顧着想。這件事情實在是非常敏感——」

「華生醫生已經知道了。」

「那好，咱們談正事吧。您說您是伊娃夫人的代表，她有沒有授權您接受我的條件呢？」

「你的條件是甚麼？」

「七千鎊。」

「另一種選擇呢？」

「親愛的先生，我很不願意說到另一種選擇。不過，十四號不付錢的話，十八號是肯定不會有甚麼婚禮的。」他那種志得意滿的笑容本來就叫人忍無可忍，眼下還顯得更加得意。

福爾摩斯想了一小會兒。

「依我看，」他終於開口說道，「你似乎把事情看得太過理所當然。當然，我完全清楚這些信件的內容，而我的主顧也肯定會聽從我的建議。我會建議她把整件事情告訴她未來的丈夫，寄希望於他的寬宏大量。」

米爾沃頓格格地笑了起來。

「您顯然是不了解這位伯爵，」他說道。

福爾摩斯臉上露出了沮喪的神情，顯然是對伯爵的為人有所耳聞。

「這些信究竟有甚麼害處呢？」他問道。

「這些信的筆調相當活潑，應該說是非常活潑，」米爾沃頓回答道。「夫人可真是一位讓人着迷的筆友啊。可我敢跟您保證，多佛科特伯爵肯定欣賞不了。不過，既然您並不這麼認為，咱們的談判不妨到此為止。這僅僅是一椿生意而已。如果您認為，讓這些信落到伯爵手裏對您的主顧最為有利，那麼，花這麼大一筆錢把信買回去確實是一種非常愚蠢的舉動。」他站起身來，抄起了他的羔皮大衣。

福爾摩斯又氣又惱，面色灰敗。

「等一等，」他說道。「別這麼着急走啊。事情既然如此敏感，我們當然會盡一切的努力來遏止醜聞。」

米爾沃頓坐回了原來的椅子上。

「我就知道您能夠認清這一點，」他得意洋洋地咕噥了一句。

「話說回來，」福爾摩斯接着說道，「伊娃夫人並不富裕。實話告訴你吧，她最多只能籌到兩千鎊，你說的那個數字完全超出了她的能力。所以我懇請你降低要求，按我說的價碼把信還回來，我可以跟你保證，這就是你能得到的最高價碼。」

米爾沃頓笑得更加爽朗，並且饒有風趣地擠了擠眼睛。

「我完全明白，您關於夫人財產狀況的說法一點兒也不假，」他說道。「話又說回來，您肯定也不會否認，一位女士的婚禮正是各位親朋好友向她略表寸心的大好機會。他們沒準兒正在發愁，不知道該送甚麼樣的結婚禮物才合適哩。我倒是可以向他們保證，這一小捆信件帶給夫人的快樂，把全倫敦所有的大燭台和黃油碟子加在一起也比不上。」

「你說的事情壓根兒就辦不到，」福爾摩斯說道。

「天哪，天哪，真是太不幸了！」米爾沃頓一邊嚷嚷，一邊掏出了一個碩大的皮夾。「我禁不住覺得，有一些女士之所以不肯設法補救，一定是聽信了別人的讒言。瞧瞧這個！」他舉起了一張便箋，便箋的信封上印有一個家族紋章。「它屬於——呃，興許得到明天早上才適合透露主人的名字。只不過，等到那個時候，它已經到了那位女士的丈夫手裏。這一切僅僅是因為她不願意把她的鑽石換成玻璃，以便支付一筆跟打發叫花子差不多的區區款項。這可真是太遺憾了。好了，邁爾斯小姐閣下和多爾金上校的婚約突然終結的事情，您一定還記得吧？就在舉辦婚禮的兩天之前，《晨郵報》登出了一則簡訊，說這樁婚事徹底泡了湯。為甚麼呢？說起來都讓人不敢相信，因為整件事情本來可以解決，代價不過是少得可笑的一千二百鎊。您說遺憾不遺憾？眼下呢，您的主顧眼看就要賠上前程和榮譽，您這麼一位明白事理的人居然還在跟我討價還價。您可真讓我吃驚，福爾摩斯先生。」

「我說的都是實話，」福爾摩斯回答道。「我們拿

不出那麼多錢。對你來說，接受我說的這筆相當不小的款項，肯定要強過毀掉這個女人的前程、自己卻甚麼也得不到，對吧？」

「此言差矣，福爾摩斯先生。見光的醜聞可以給我帶來十分可觀的間接利益。我手頭還有十件八件正在醞釀的類似醜聞。如果事情傳揚開去，讓那些當事人知道我用伊娃夫人樹立了一個非常可怕的典型，他們肯定都會變得更加理智。我這番良苦用心，您看明白了嗎？」

福爾摩斯從椅子上一躍而起。

「截住他的退路，華生！別讓他出去！好了，先生，讓我們瞧瞧你那個皮夾裏都有些甚麼東西吧。」

米爾沃頓已經像老鼠似的一下子躥到了房間的一側，眼下則背靠牆壁站在那裏。

「福爾摩斯先生啊，福爾摩斯先生，」他一邊說，一邊翻開外套的前襟，露出了一把大號的左輪手槍，槍柄支棱在內袋外面。「我本來還以為您會使出甚麼新鮮的招數呢。這一招我經歷的次數可太多了，哪一次能有任何作用呢？不怕跟您說，我可是武裝到了牙齒，而且會毫不猶豫地使用我的武器，因為我知道，法律是站在我這一邊的。除此之外，您要是以為我會把信件帶到這兒來，那也只能說是大錯特錯。那麼蠢的事情我是不會幹的。好了，先生們，今晚上我還有一兩個小小的約會，再說了，從這兒回漢普斯蒂德還挺遠的。」他走上前來，拿起大衣，把手放到槍柄上，轉身往門口走去。我抄起一把椅子，跟着又放了下來，因為福爾摩斯衝我搖了搖頭。米爾沃頓鞠了一

躬，笑了一笑，眨巴了一下眼睛，跟着就走出了房門。不一會兒，我倆就聽見了車門重重關上的悶響和馬車轔轔遠去的聲音。

福爾摩斯一動不動地坐在壁爐跟前，雙手深深地插在褲兜裏面，下巴貼着胸膛，眼睛直勾勾地盯着紅彤彤的餘火。接下來的半個小時，他沒有說一句話，也沒有任何動作。這之後，他做了個斬釘截鐵的手勢，跳起身來，走進了他的臥室。片刻之後，一個蓄着山羊鬍子、看上去一表人才的年輕工匠大搖大擺地走了出來，就着煤氣燈點燃了陶土煙斗，衝我說了聲「我一會兒就回來，華生」，然後就下樓上街，消失在了黑夜之中。我完全明白，他這就算是跟查爾斯·奧古斯都·米爾沃頓開了戰，但卻萬萬沒有想到，這場戰鬥注定會有怎樣的一個稀奇古怪的過程。

接下來的幾天當中，福爾摩斯進進出出都穿着這身行頭，但卻只說了他在漢普斯蒂德街區那邊調查情況，而且很有收穫，具體是怎麼調查我就不知道了。不過，在一個暴風肆虐的夜晚，在風聲淒厲、窗子嘩嘩作響的時分，他終於結束了最後一次偵查，回到家裏，卸去偽裝，坐到壁爐跟前，然後就開始縱情大笑，用的則是他那種由外而內、啞然無聲的方式。

「你看我不像是快要結婚的樣子吧，華生？」

「不像，當然不像！」

「那麼，這條消息你肯定很感興趣，我已經訂了婚。」

「親愛的伙計！我真要恭——」

「對象是米爾沃頓的上房女僕。」

「天哪，福爾摩斯！」

「我需要情報啊，華生。」

「你不覺得這樣太過份了嗎？」

「不這樣不行啊。我是個生意越做越紅火的管子工，名字叫做埃斯科特。我每天晚上都陪她散步，跟她說話。天哪，說的都是些甚麼話！不過，我總算拿到了我需要的所有情報，眼下已經對米爾沃頓的宅子瞭如指掌。」

「可你叫那個姑娘怎麼辦哪，福爾摩斯？」

他聳了聳肩膀。

「沒辦法，親愛的華生。桌子上擺着這麼高的賭注，你只能把所有的牌都打出來。不過，我可以非常高興地告訴你，我有個不共戴天的情敵，我這邊一走，他那邊就會把我的位置填上。今晚上的天氣可真是妙極了！」

「這種天氣你也喜歡？」

「這種天氣可以幫助我實現目的。華生，今天晚上，我一定要闖進米爾沃頓的宅子。」

聽了他這句一字一頓、斬釘截鐵的話，我不由得呼吸驟停，全身發冷。情形就像是夜空裏的閃電瞬間照亮了廣袤原野之中的一草一木，我一下子看到了這樣一次行動可能招致的種種後果——被人發覺、遭人擒獲、光輝的職業生涯在無法挽回的失敗和恥辱之中戛然而止，我朋友本人也得讓米爾沃頓這個惡魔任意宰割。

「看在老天份上，福爾摩斯，再好好想想吧！」我高聲說道。

「親愛的伙計，該想的我都已經想過了。我這個人從來不會輕舉妄動，如果還有別的辦法，我絕不會採用這種十分激烈、實在說也十分危險的手段。咱們不妨客觀理智地分析一下這件事情。我相信你肯定會同意，這樣的行動從法律上講是犯罪，從道德上講卻是正義之舉。說起來，闖進他的宅子跟強搶他的皮夾也沒有甚麼兩樣，與此同時，在我打算搶他皮夾的時候，你還準備幫我的忙哩。」

我把他這番說辭掂量了一番。

「是的，」我說道，「如果我們闖進去只是為了拿他的作案工具，這樣的行動就是道德上的正義之舉。」

「一點兒不錯。既然這是道德上的正義之舉，剩下的問題就只是個人安危。面對一位迫切需要幫助的女士，一名真正的紳士總不能太過計較個人安危吧？」

「要是被人發覺的話，你怎麼說也說不清啊。」

「呃，這樣的風險是免不了的。要想拿回那些信件，我只有這麼一個辦法。這位不幸的女士沒有那麼多錢，也沒有可以信任的親人。明天是最後的期限，今晚拿不回那些信件的話，那個惡棍就會把威脅付諸實施，毀掉她的前程。所以我只有兩個選擇，要麼是聽任我的主顧自生自滅，要麼就只能打出這張最後的底牌。咱倆私下說啊，華生，這也是我跟米爾沃頓那個傢伙之間的一場公平決鬥。你也看見了，第一個回合是他佔了上風，可是，自尊和名譽都要求我把這場決鬥進行到底。」

「好吧，我不喜歡這種事情，可我也看不到甚麼其他選擇，」我說道。「咱們甚麼時候出發呢？」

「不用你去。」

「那你也別想去，」我說道。「我可以跟你發誓——我這輩子還沒發過不算數的誓呢——如果你不讓我參加這次冒險的話，我就會叫上一輛出租馬車，直接上警察局去告發你。」

「你幫不上忙的。」

「你怎麼知道我幫不上忙？你又不知道到時候會是甚麼情況。不管怎麼樣，我已經打定了主意。除了你之外，其他人也有自尊，搞不好還有名譽哩。」

福爾摩斯顯得不大高興，最終還是舒展眉頭，拍了拍我的肩膀。

「好啦，好啦，親愛的伙計，你要去就去吧。咱倆在同一間屋子裏住了這麼些年，要是再住進同一間牢房的話，也算是一段佳話。你知道嗎，華生，不怕跟你說，我一直都覺得自己具備成為一名頂尖罪犯的潛質。活了這麼一輩子，我終於得到了一次發揮這種潛質的機會。瞧！」他從抽屜裏拿出一個小巧玲瓏的皮匣子，跟着就打開匣子，開始向我展示一系列閃閃發亮的器具。「這是一套質量一流、設計尖端的撬鎖工具，裏面有鍍鎳撬棍、金剛石玻璃刀、萬能鑰匙，以及適應於文明發展進程的種種最新發明。喏，我這兒還有一盞遮光提燈。所有東西都備齊了。你有走路不出聲的鞋子嗎？」

「我有一雙橡膠底的網球鞋。」

「好極了。有面罩嗎？」

「我可以用黑綢子做兩個。」

「看得出來，你對這一類的事情有一種與生俱來的強烈愛好。很好，把面罩做出來吧。出發之前，咱們可以吃點兒冷餐。眼下是九點半，咱們不妨十一點坐車出發，一直坐到教堂街，從那裏到艾普多爾大宅只需要走一刻鐘。十二點之前，咱們就可以動手幹活了。米爾沃頓睡覺睡得很死，每天都是十點半準時就寢。運氣好的話，兩點之前，咱們就可以揣着伊娃夫人的信件回到這兒。」

我和福爾摩斯都穿上了半正式的晚禮服，表面上看就像是兩個剛看完戲正在回家的人。我倆在牛津街叫上一輛雙輪馬車，坐到了漢普斯蒂德街區的某個所在。天氣冷得要命，寒風直往人心窩裏鑽。打發走馬車之後，我倆趕緊把大衣扣得嚴嚴實實，然後就沿着漢普斯蒂德荒地的邊緣往前走*。

「這件活計需要小心從事，」福爾摩斯説道。「信件都收在那傢伙書房的保險櫃裏，書房的裏屋就是他的臥室。另一方面，跟所有那些把自個兒伺候得不錯的小個子壯漢一樣，那傢伙睡得死沉死沉的。阿加莎——也就是我的未婚妻——告訴我，僕人們都拿叫不醒的主子當笑話講。他有個忠心耿耿的秘書，白天都寸步不離地守在書房裏，所以咱們只能夜裏去。他還養了一頭惡犬，總是在花園裏轉悠。前兩天我都是深夜去見阿加莎，為了替我掃清障礙，她就把那頭畜生鎖了起來。喏，他的宅子到了，就

---

*　牛津街離貝克街很近；漢普斯蒂德街區 (Hampstead) 為倫敦西北部的一個街區，距離貝克街大約 5 公里；漢普斯蒂德荒地 (the Heath) 在該街區北面，是一個歷史悠久的大公園；教堂街 (Church Row) 是漢普斯蒂德街區的一條街道，在漢普斯蒂德荒地附近。

是這座帶庭院的大宅子。咱們先爬進大門——好了，現在到右邊的月桂叢裏去。依我看，咱們這就把面罩蒙上吧。你瞧，所有的窗子都是漆黑一片，事情順當極了。」

戴上黑綢面罩之後，我倆搖身變成了全倫敦最兇惡的兩名歹徒，跟着就偷偷摸摸地走到了宅子跟前。陰森的宅子悄無聲息，宅子的一側看起來像是一段瓦頂遊廊，遊廊的牆上有幾扇窗子，還有兩道門。

「那邊是他的臥室，」福爾摩斯悄聲說道。「這道門裏面就是他的書房，從這裏進去最合適。不過，這道門是鎖着的，而且上了門閂，要進去就得弄出很大的動靜。到這邊來吧。這邊有一個花房，花房跟客廳是連着的。」

花房是鎖着的，福爾摩斯在玻璃門上掏了個洞，伸手轉動了插在門裏的鑰匙。轉眼之間，我倆已經走進花房，關上房門，變成了法律眼中的重犯。花房裏的空氣又暖又悶，瀰漫着奇花異草的濃鬱芳香，嗆得我倆喘不過氣來。黑暗之中，福爾摩斯一把抓住我的手，領着我飛快地穿過一排又一排的灌木，灌木的枝梢不斷從我倆的臉上拂過。他擁有超出常人的夜視能力，那是他精心練就的一種本領。過了一會兒，他用一隻手打開了一道門，另一隻手則仍然抓着我的手。我模模糊糊地感覺到我倆走進了一個寬敞的房間，同時還意識到，沒多久之前，有人在這個房間裏抽過雪茄。福爾摩斯摸索着繞過一件又一件傢具，打開另一道門，等我進去之後又把門重新關好。我伸出一隻手，摸到了掛在牆上的幾件大衣，由此知道自己是在一條過道裏。我倆順着過道往前走了一陣，福爾摩斯輕手輕腳

地打開了右邊牆上的一道門。有甚麼東西從門裏衝到了我倆跟前，我的心一下子提到了嗓子眼兒。不過，我馬上發現那只是一隻貓，差一點兒就笑了出來。眼前的這個房間生着火，空氣中同樣瀰漫着濃烈的煙草味道。福爾摩斯踮着腳尖走進房間，等着我跟進去，然後就輕手輕腳地關上了門。我倆眼下所在的地方正是米爾沃頓的書房，房間的遠端有一道門簾，門簾背後就是米爾沃頓的臥室。

壁爐裏的火很旺，把書房照得相當亮堂。我看到門邊有一個閃着微光的電燈開關，不過，即便不會造成危險，開燈也是一件毫無必要的事情。壁爐的一側有一道厚厚的窗簾，窗簾後面就是我倆剛才在屋外看見過的那扇凸肚窗，通往遊廊的那道門則在壁爐的另一側。書房的中央擺着一張桌子和一張轉椅，椅子上蒙着閃閃發亮的紅色皮革。桌子對面是一個巨大的書櫃，櫃頂上立着一尊大理石的雅典娜* 半身雕像。高高的綠色保險櫃矗在書櫃旁邊的牆角裏，櫃門上那些鋥亮的黃銅把手映着壁爐的火光。福爾摩斯躡手躡腳地走到保險櫃旁邊，仔細地看了看，然後就悄無聲息地走到臥室門口，側着腦袋專心致志地聽了一陣。臥室裏沒有任何聲音。之前我突然想到，預先找好退路才是上策，於是就檢查了一下通往遊廊的那道門。出乎意料的是，那道門既沒有上鎖，也沒有上門閂！我捅了捅福爾摩斯的胳膊，他轉過臉來，隔着面罩看了看那道門。我看見他立刻打了個激靈，顯然是跟我一樣驚訝。

「這可不是甚麼好事，」他悄聲説道，嘴巴已經貼到

---

*　雅典娜 (Athene) 是希臘神話當中的智慧女神。

了我的耳朵。「我不明白它為甚麼沒有上鎖。管不了這麼多了，咱們必須馬上動手。」

「需要我幫忙嗎？」

「是的，我需要你守在那道門旁邊。聽到有人從外面過來的話，你就從裏面把門閂上，咱們可以從來路離開。假使有人從屋裏過來，活幹完了的話咱們就從那道門出去，沒幹完的話就躲到那道窗簾背後，明白了嗎？」

我點了點頭，站到了通往遊廊的那道門旁邊。最初的恐懼已經消退，取而代之的是一種無比強烈的興奮，在我倆捍衛而不是挑戰法律的時候，我從來不曾有過如此興奮的感覺。我倆的任務如此艱險、動機如此俠義無私、對手又如此惡貫滿盈，椿椿件件都讓這次冒險樂趣倍增。我不光沒有絲毫愧疚，反倒是為眼前的險境感到興高采烈、欣喜若狂。懷着滿心的讚嘆，我看着福爾摩斯從容不迫、有條不紊地打開他那個工具匣子，挑出一件又一件的工具，正如一位面對高難度手術的外科醫生。我知道他有開保險櫃的特殊嗜好，也能夠體會他此時此刻的喜悅心情，因為他得到了一個放手一搏的機會，可以努力降服眼前這隻金綠錯雜的怪物、這頭曾經將無數美麗女士的名譽吞進肚子的惡龍。之前他已經把大衣放在了一把椅子上，這會兒便捲起燕尾服的袖口，擺出了兩把鑽子、一根撬棍和幾把萬能鑰匙。我站在中間的門旁邊，眼睛瞟着兩邊的兩道門，提防着各種緊急情況。不過，說實在話，遇上阻撓的時候究竟該怎麼辦，我心裏多少有點兒迷糊。福爾摩斯聚精會神地撬了半個小時，輪番使用各種工具，每一件都用得

跟訓練有素的機械師一般得心應手。到最後，只聽得「咔嗒」一聲，寬大的綠色櫃門開了，我瞥見櫃裏擺着許多個紙包，全部都綁着繩子，加了蠟封，外面還寫着字。福爾摩斯把其中一個紙包拿了出來，但卻沒法在閃爍的火光之中看清上面的字跡。米爾沃頓就在裏屋，開電燈未免太過冒險，於是他拿出了那盞小小的遮光提燈。突然之間，我看見他停了下來，專注地聽了片刻，跟着就合上櫃門，拿起大衣，把工具塞進衣兜，飛也似的衝到了窗簾後面，同時示意我照此辦理。

躲到他身邊之後，我才聽到了他那更為敏銳的感官早已察覺的那些聲音。宅子裏的某個地方有了動靜，遠處傳來了重重關門的聲音，隨之而來的是一陣節奏分明的沉重足音，其間還夾雜着模糊低沉的咕噥。腳步聲飛速靠近，進入了書房外面的走廊，又在書房門口戛然而止。房門開了，一聲清脆的「咔嗒」之後，電燈亮了起來。房門再次關上，烈性雪茄的刺鼻氣味鑽進了我倆的鼻孔。接下來是有人踱步的聲音，來來回回、來來回回，就在離我倆只有幾碼的地方。到最後，椅子發出「吱」的一聲，腳步聲停了下來。我聽到鑰匙插進抽屜鎖孔的聲音，跟着又聽到了翻動紙張的沙沙聲。

我一直都不敢往外看，眼下則輕輕撩開面前的窗簾接縫，開始窺視房裏的情形。我感覺到福爾摩斯的肩膀壓上了我的肩頭，由此知道他也在往外看。米爾沃頓佝僂着的寬闊背脊就在我倆的正前方，幾乎是伸手可及。顯而易見，我倆完全算錯了他的行動，之前他並沒有回房就寢，

而是待在宅子另一側的某個吸煙室或者彈子房裏。闖進宅子的時候，我倆沒有看見那個房間的窗子。此時此刻，我倆視線之中最顯眼的物事便是他那顆頭髮斑白的碩大腦袋，以及他那個油光鋥亮的禿頂。他坐在那張紅色的皮椅上，身子仰得很低，雙腿伸在前方，嘴裏斜斜地叼着一支長長的黑色雪茄。他穿着一件款式類似軍裝的酒紅色吸煙服*，領子是黑色的天鵝絨，手裏拿着一份篇幅很長的法律文書，一邊有一搭沒一搭地讀着文書，一邊吐着煙圈。看那副慢條斯理、舒心愜意的架勢，他一時半會兒是不會離開的。

我感覺福爾摩斯悄悄地抓住了我的手，用力地握了一握，似乎是說形勢仍然在他的掌握之中，他並不擔心，我也用不着擔心。從我的位置可以清楚地看到櫃門並沒有關嚴，隨時都可能會被米爾沃頓發現。我不知道福爾摩斯有沒有注意到這一點，只是暗暗地下定決心，一旦米爾沃頓的眼神定在了櫃門上、讓我知道他已經發現事情不對，我就要撲上前去，用我的大衣蒙住他的腦袋，把他摁在那裏，剩下的事情則交給福爾摩斯。不過，米爾沃頓始終沒有抬頭，一直都漫不經心地看着手裏的文書，一頁一頁地往下翻，瀏覽文書當中的律師意見。我心裏想，再怎麼着，看完文書、抽完雪茄之後，他總得回房去吧。沒想到，他既沒有看完文書，也沒有抽完雪茄，事態就發生了驚人的變化，

---

* 吸煙服 (smoking jacket) 是上流人士晚餐後穿用的一種服裝，一般長度及膝，由絲綢或天鵝絨製成，具有吸收煙味的作用。吸煙服以及前文中關於雙駕馬車、俄國羔皮大衣、宅子、花房等事物的描寫都可以說明米爾沃頓窮奢極欲的生活。

把我倆的注意力轉移到了一個完全不同的方向。

在此期間，我注意到米爾沃頓看了幾次錶，有一次還站了起來，做了個很不耐煩的手勢，跟着又坐了下去。不過，直到外面的遊廊裏傳來輕微聲響之前，我始終都沒想到，他居然會把約會訂在一個如此古怪的時間。聽到聲音之後，米爾沃頓放下手裏的文書，一下子僵在了椅子上。遊廊裏的聲音再次響起，接着是一記輕輕的叩門聲，米爾沃頓站起身來，打開了連着遊廊的那道門。

「呃，」他很不客氣地說道，「你晚了將近半個鐘頭呢。」

通往遊廊的門沒鎖，米爾沃頓也夜深不寐，奧妙原來是在這裏。耳邊傳來了婦女衣裙的窸窣聲音。米爾沃頓轉臉對着我倆這邊的時候，我已經合上了窗簾的縫隙，到這會兒，我壯起膽子，又一次小心翼翼地撩開了窗簾。他已經坐回原位，依然把雪茄叼在嘴角，模樣十分地粗魯無禮。站在他面前的是一個身材頎長的黑衣女子，臉上蒙着面罩，身上裹着斗篷，整個人暴露在了明亮的燈光之下。她呼吸急促，纖弱的身軀不住顫抖，顯然是十分激動。

「好啦，」米爾沃頓說道，「寶貝兒，你已經害得我損失了一個好覺，希望你能證明我沒有白等。你就不能挑別的時間來嗎，唉？」

女人搖了搖頭。

「呃，不能就不能吧。要是伯爵夫人對下人那麼苛刻的話，眼下你就有機會跟她扯平了。天哪，姑娘，你這是抖甚麼呢？這樣才對嘛！振作起來！好了，咱們談正事

吧。」他從寫字台的抽屜裏拿出了一張便條。「你説你手裏有五封不利於德阿爾伯特伯爵夫人的信件，打算把信賣給我，我呢，也打算買下來。這事情你情我願，只差一個合適的價錢。當然嘍，我得檢查一下信的內容。如果貨色確實好的話——天哪，怎麼會是你？」

女人已經默不作聲地掀起了臉上的面幕，解開了繫在下巴上的斗篷，呈現在米爾沃頓面前的是一張黧黑清秀、輪廓分明的臉龐，鼻梁彎出一道弧線，濃濃的黑色眉毛壓着一雙寒光閃閃的堅毅眼睛，又直又薄的嘴唇凝成了一個不祥的笑容。

「沒錯，就是我，」她説道，「一個被你毀掉了一生的女人。」

米爾沃頓笑了起來，聲音卻在恐懼之中簌簌發抖。「當時你實在是太固執了，」他説道。「你幹嗎要逼着我採取那樣的極端手段呢？我可以跟你保證，我本意是連只蒼蠅都不忍心傷害的，可是，各人有各人的行當，你叫我怎麼辦呢？我開的價碼絕對沒超出你的承受能力，可你就是不肯付錢。」

「所以你就把信交給了我的丈夫。他是這世上最高貴的男子，我連幫他繫鞋帶都不配，可你卻用那些信傷透了他那顆高尚的心，致使他鬱鬱而死。最後的那天晚上，我從那道門走進來，再三哀求你高抬貴手，換來的卻只是你的譏笑，你還記得嗎？現在你還想像上次那樣譏笑我，只可惜你是個懦夫，沒法讓自己的嘴巴不打哆嗦。是啊，你當然想不到，我還會跑到這裏來找你，只不過，那天晚上

的事情已經教會了我，讓我知道該用甚麼樣的方式來跟你見面，而且是單獨見面。好了，查爾斯·米爾沃頓，你還有甚麼可說的？」

「別以為你能唬住我，」米爾沃頓一邊說，一邊站了起來。「我只需要提高嗓門兒，我的僕人就會趕過來把你抓住。不過，我可以原諒你這種情有可原的火氣。趕緊從你進來的地方出去，我不會再跟你廢話了。」

女人站在原地，一隻手放在懷裏，薄薄的唇邊依然掛着那種刻毒的笑容。

「你毀掉了我的生活，可你再也別想毀掉其他的人。你捏碎了我的心，可你再也別想殘害其他的心靈。我要替這個世界除掉你這條毒蛇。嘗嘗這個，你這條惡狗，還有這個！——這個！——這個！」

她從懷裏掏出了一把閃閃發光的小手槍，把一顆又一顆的子彈射進了米爾沃頓的身體，槍口就伸在離米爾沃頓的胸膛不到兩英尺的地方。米爾沃頓往後一縮，跟着就栽倒在桌子上，爆發出一陣猛烈的嗆咳，雙手在紙堆裏亂抓。他跟跟蹌蹌地直起身來，又挨了一槍，這才滾到了地板上。「夠啦，」他大喊一聲，之後就沒了動靜。女人目不轉睛地盯着他，在他仰起的臉上狠狠地踩了一腳，停下來看了看。他依然無聲無息、一動不動。一陣急促的窸窣聲響之後，夜晚的寒氣湧進了熱烘烘的房間，復仇者已經不見蹤影。

即便我倆出手干預，這傢伙的結局依然無法改變。不過，眼看那個女人把一顆又一顆的子彈射進米爾沃頓的

瑟縮身體，我還是產生了衝出去的打算。然而，福爾摩斯已經用冰冷的手緊緊拉住了我的手腕，我也立刻體會到了他這番斷然勸阻的種種用意：這事情與我倆無關，不過是一個惡棍得到了應有的懲罰；我倆有自己的責任和目標，絕不能就此置之腦後。那個女人剛剛衝出房間，福爾摩斯就三步併作兩步，悄無聲息地衝到另一道門跟前，轉動了門上的鑰匙。與此同時，宅子裏響起了說話的聲音和急匆匆的腳步聲，槍聲已經驚動了屋裏所有的人。福爾摩斯面不改色地溜到保險櫃旁邊，雙手捧起一捆捆信件，一股腦地扔進了壁爐。他來來回回地不停搬運，直到保險櫃空了才停手。書房外面有人擰了擰門把手，跟着就開始捶打房門。福爾摩斯迅速地四下打量了一番。那張宣判米爾沃頓死刑的便條還擺在桌子上，眼下已經沾滿了米爾沃頓的鮮血。福爾摩斯把便條扔到那些熊熊燃燒的信件當中，然後拔下書房外門的鑰匙，先把我讓出去，自己再跟出來，從外面鎖上了門。「走這邊，華生，」他說道，「咱們可以從花園的圍牆翻出去。」

我簡直沒法相信，警報居然可以傳得這麼快。回頭一看，巨大的宅子已經燈火通明。前門開了，幾個人影在馬車道上狂奔。花園裏到處都是嘈雜的人聲，我倆剛剛跑出遊廊，有個傢伙就看見了我倆，不光大聲叫人，還拼命地追了過來。福爾摩斯似乎非常熟悉這裏的地形，眼下正在一片小樹林裏飛速穿行。我緊緊跟在他的身後，跑在最前面的那名追兵也氣喘吁吁地跟了上來。擋住我倆去路的圍牆有六英尺高，福爾摩斯卻一躍而上，轉眼就翻了過去。

我正要照此辦理，身後的那個傢伙卻抓住了我的腳踝。我踢開了他，手忙腳亂地翻過砌有玻璃碴子的牆頂，一頭栽進了牆外的一叢灌木。福爾摩斯立刻把我扶了起來，我倆一起發足狂奔，衝過寬廣的漢普斯蒂德荒地。按我的估計，足足跑了兩英里之後，福爾摩斯才終於停住腳步，支起耳朵聽了聽周圍的動靜。身後沒有任何聲音，我倆已經甩掉追兵，進入了安全地帶 *。

前述非凡經歷的第二天，我倆正在抽早餐之後的第一斗煙，蘇格蘭場的雷斯垂德先生在僕人的引領之下踏進了我們的簡陋客廳，神情莊重、派頭十足。

「早上好，福爾摩斯先生，」他說道，「早上好。請問，眼下你是不是非常忙呢？」

「還沒忙到沒工夫聽你說話的地步。」

「我的意思是，你手頭要沒甚麼急事的話，不妨幫我們調查一件非常離奇的案子。這案子就出在昨天夜裏，地點則是漢普斯蒂德街區。」

「天哪！」福爾摩斯說道。「甚麼案子呢？」

「謀殺，非常驚人、非常離奇的謀殺。我知道你對這些事情非常熱衷，如果你願意去一趟艾普多爾大宅、給我們提供一點兒建議的話，就算是幫了我的大忙。這可不是

---

* 查爾斯・奧古斯都・米爾沃頓 (Charles Augustus Milverton) 這個人物可能是來源於現實生活中的訛詐嫌犯查爾斯・奧古斯都・霍威爾 (Charles Augustus Howell, 1840–1890)，此人為倫敦藝術品商，據說曾利用手頭的信件訛詐他人，於 1890 年離奇死亡，據說是遭到了訛詐對象的報復。

甚麼普通罪案。我們已經在這位米爾沃頓先生身上下了一陣子工夫，咱們私下說啊，他這人確實有點兒壞。我們知道他掌握了一些文件，靠這些東西進行敲詐勒索。那幫兇手把文件都燒掉了，屋裏的貴重物品倒是原封未動。很有可能，那幫罪犯都是有身份的人，唯一的目的只是防止醜聞曝光。」

「那幫罪犯！」福爾摩斯説道。「不止一個啊！」

「是啊，一共有兩名罪犯。只差那麼一丁點兒，人們就當場逮住了他倆。我們有他倆的腳印，也有他倆的外貌特徵，十之八九能把他倆給查出來。其中一個傢伙溜得稍微快了一點兒，另一個卻被花園幫工抓了個正着，經過一番掙扎才逃離了現場。跑在後面的這個傢伙中等身材，體格健壯，方下巴，粗脖子，蓄着小鬍子，眼睛上還蒙着面罩。」

「這些特徵可不怎麼清楚，」歇洛克·福爾摩斯説道。「咳，我怎麼覺得你説的是華生啊！」

「沒錯，」督察説道，顯然是覺得福爾摩斯的話非常逗樂。「我説的可不就是華生嘛。」

「呃，這回我恐怕幫不了你，雷斯垂德，」福爾摩斯説道。「是這樣，我知道米爾沃頓這個傢伙，而且認為他是全倫敦最危險的惡棍之一，還有呢，我覺得有些罪行讓法律鞭長莫及，這樣一來，從某種程度上説，私自報復也算情有可原。行了，你用不着跟我爭論，因為我已經拿定了主意。我站在罪犯這邊，不打算對受害人表示同情，也不打算接這件案子。」

接下來的一整個上午，福爾摩斯隻字未提我倆親眼目睹的這場慘劇，可我發現，他一直都處於神遊萬里的狀態，從他迷茫的眼睛和恍惚的神情來看，他似乎是正在竭盡全力地回想甚麼事情。午飯吃到一半的時候，他突然一躍而起。「天哪，華生，我知道了！」他大叫一聲。「拿上你的帽子！跟我走吧！」他以最快的速度走出貝克街，然後又順着牛津街往前走，一直走到了快到攝政圓環 * 的地方。街道的左手邊有一家商店，櫥窗裏掛滿了當代名流和美人的相片。福爾摩斯死死地盯住了其中的一張相片，順着他目光的方向，我看到了一位氣度雍容的莊嚴貴婦，身穿宮廷服裝，高貴的額頭上戴着一頂高高的鑽石頭冠。我久久地注視着那個弧度優雅的鼻子、那兩道醒目的濃眉、那張端正的嘴，還有那個小巧堅毅的下巴。接下來，我瞥見了一個顯赫的古老頭銜，不由得屏住了呼吸，頭銜屬於她已故的丈夫，一位了不起的貴族政治家。我和福爾摩斯四目相接，他把手指舉到了唇邊，我倆轉過身去，離開了那個櫥窗。

---

* 攝政圓環 (Regent's Circus) 為牛津圓環 (Oxford Circus) 和皮卡迪利圓環 (Piccadilly Circus) 的舊名，兩個圓環都在貝克街的東南方向。此處所說既然是牛津街和攝政大街的交會處，應以牛津圓環為是。

六尊拿破侖胸像

　　蘇格蘭場的雷斯垂德先生晚間光臨貝克街，絕不是甚麼十分稀罕的事情。歇洛克·福爾摩斯歡迎他上門作客，因為他可以帶來倫敦警局的種種最新動向。為了回報雷斯垂德提供的消息，福爾摩斯總是會洗耳恭聽這位探員講述手頭案件的種種細節，偶爾還會運用自己的淵博知識和豐富閱歷，不露痕跡地送上一些提示和建議。

　　這天晚上，談完天氣和報紙之後，雷斯垂德陷入了沉默，一個勁兒地就着雪茄吞雲吐霧，似乎是有甚麼心事。福爾摩斯目不轉睛地盯着他。

　　「手頭有甚麼不尋常的案子嗎？」他問道。

　　「哦，沒有，福爾摩斯先生，沒有甚麼特別了不起的事情。」

　　「說來聽聽吧。」

　　雷斯垂德笑了笑。

　　「呃，福爾摩斯先生，我心裏**確實**有點兒事情，沒必要跟你藏着掖着。可是，這事情實在是太過荒唐，我不知道該不該拿來攪擾你。話說回來，事情雖然瑣碎，但卻無疑算得上十分古怪，而我又知道，你對所有的古怪事情都很上心。不過，按我看，這事情應該在華生醫生的職責範圍之內，跟我倆沒有多大關係。」

「一種病？」我説道。

「雖然不是一般的病，至少也可以算是瘋病，還是種非常古怪的瘋病哩！你肯定料想不到，到了咱們這個時代，居然還有人對拿破侖一世恨得咬牙切齒，一看見他的雕像就要砸。」

福爾摩斯靠回了椅子背上。

「這種事情與我無關，」他説道。

「一點兒不錯，剛才我也是這麼説的。不過，為了去砸別人家裏的雕像，這傢伙居然用上了入室盜竊的手段，這一來，事情就脱離了醫生的管轄範圍，開始往警察這邊靠了。」

福爾摩斯重新坐直了身子。

「入室盜竊！這還有點兒意思。把詳細的情況説來聽聽吧。」

雷斯垂德掏出了他的探員專用記事本，一邊翻看記錄，一邊講述案情始末。

「第一件案子是四天之前接到的，」他説道。「案發地點是摩爾斯‧哈德森的店鋪。他的店鋪在肯寧頓路，賣的是裝飾畫和雕像。案發當時，店裏的伙計剛剛離開前面的門臉，突然聽見了稀里嘩啦的聲音。他趕緊跑回去看，發現跟其他幾件工藝品一起擺在櫃台上的那尊拿破侖石膏胸像已經變成了碎片。他立刻衝到街上，但卻沒看見砸雕像的無賴，也沒有辦法知道是誰砸的，只是聽幾個過路人説，剛才有個男的從店鋪裏跑了出來。看樣子，這不過是時有發生的那種無聊至極的破壞活動，他們向當班巡警報

案的時候也是這麼説的。那尊石膏胸像只值幾個先令，整件事情顯得十分兒戲，根本不值得展開專門的調查。

「不過，第二件案子卻比較嚴重，同時也顯得更加離奇。事情就出在昨天夜裏。

「也是在肯寧頓路上，離摩爾斯‧哈德森的店鋪只有幾百碼的地方，住着一個名叫巴尼科特的醫生。這個醫生名氣很大，名下的診所在泰晤士河南岸數一數二。他的住宅和主要診所在肯寧頓路，同時又在兩英里之外的地方開了一間分所和一個藥房，具體地點則是南布萊克斯頓路。巴尼科特醫生非常崇拜拿破崙，家裏擺滿了關於這位法國皇帝的書籍、圖片和紀念品。不久之前，他從摩爾斯‧哈德森那裏買了兩尊拿破崙石膏胸像，都是法國雕塑家笛萬那座著名雕像的複製品。他把其中一尊擺在肯寧頓路住宅的大廳裏，另一尊則擺在南布萊克斯頓路分所的壁爐台上。今天早上下樓的時候，巴尼科特醫生大吃一驚，因為他發現，昨天晚上家裏進了賊。不過，他家裏甚麼東西都沒少，單單少了大廳裏的那座石膏胸像。竊賊把雕像拿到了屋外，又在花園的圍牆上狠命摔打，我們已經在牆腳找到了雕像的碎片。」

福爾摩斯興奮地搓起手來。

「這件事情確實非常新奇，」他説道。

「我就知道你喜歡這個。先別急，我還沒講完呢。按照日程，巴尼科特醫生得在十二點鐘趕到分所。剛到分所，他就發現窗子已經在夜裏被人撬開，房間裏滿地都是第二尊胸像的碎片。你不妨想像一下，當時他心裏是多麼

地驚訝。雕像還待在原來的位置，只不過已經被人砸得粉碎。兩件案子當中，幹壞事的這個罪犯或者瘋子都沒有給我們留下任何線索。好了，福爾摩斯先生，全部的事實就是這些。」

「這些事情非常特別，怪誕就不用說了，」福爾摩斯說道。「麻煩你告訴我，碎在巴尼科特醫生屋裏的這兩尊胸像，跟碎在摩爾斯·哈德森店鋪裏的那一尊是不是一樣的呢？」

「它們都是用同一個模子鑄出來的。」

「既然如此，咱們就不能認為，這個人砸雕像是因為對拿破侖懷有甚麼籠而統之的仇恨。想想吧，倫敦城裏怎麼也得有千百座這位偉大帝王的雕像，要說這場毀像運動並沒有甚麼明確的目標，砸掉的頭三座雕像僅僅是碰巧趕上了同一座胸像的複製品，實在是有點兒匪夷所思。」

「呃，這一點我也想過，」雷斯垂德說道。「話說回來，這個摩爾斯·哈德森是那一帶唯一的一個雕像商人，幾年當中，他的店裏一共就進過這麼三尊拿破侖雕像。所以呢，你說得固然不錯，倫敦城裏的拿破侖雕像確實是成百上千，可是，具體到那一帶嘛，很可能就只有這麼三座。當地的瘋子要砸雕像，自然會先拿它們開刀。你怎麼看呢，華生醫生？」

「偏執狂的表現形式可謂數不勝數，」我回答道。「有這麼一種病，當代的法國心理學家稱之為『單一偏執』。這種病往往症狀輕微，患者在其他方面的表現完全正常。一個人要是讀拿破侖的事跡讀得太過投入，或者祖輩在拿破侖戰爭當中受過傷害、自己也跟着受了影響，沒準兒就

會產生這樣的『單一偏執』，幹出各式各樣的瘋狂行徑。」

「這樣是說不通的，親愛的華生，」福爾摩斯搖着頭說道，「原因在於，再多的『單一偏執』也不能幫你這個有趣的偏執狂找出這些胸像的下落。」

「那麼，**你的**解釋又是甚麼呢？」

「我不打算提出甚麼解釋，只是想提醒你們注意一下，這位先生的行徑雖然古怪，但卻並不是毫無章法。舉例來說，在巴尼科特醫生家的大廳裏砸雕像可能會吵醒醫生家的人，他就把雕像拿到屋外去砸，分所那邊不太會驚動旁人，他就把雕像原地砸碎。乍一看，這事情確實是瑣碎到了可笑的程度，可我想到了我以前的一些經典案例，想到它們一開始都顯得毫不起眼，這麼一想，我就不敢再用『瑣碎』這個詞來形容任何事情。你肯定還記得，華生，阿伯奈蒂家的那樁可怕勾當之所以引起了我的注意，不過是因為大熱天裏芹菜陷進黃油的深度不對勁而已。所以呢，雷斯垂德，面對你剛才說的這三尊破爛雕像，我可是一點兒也笑不出來。這一連串無比奇特的事件再有甚麼新發展的話，麻煩你務必跟我說一聲，我一定會對你感激不盡。」

我朋友要求了解的新發展來得比他預想的快，慘烈的程度也遠遠超過了他的估計。第二天早晨，我正在臥室裏穿衣服，突然聽見門上響起一聲叩擊，福爾摩斯走了進來。他手裏拿着一封電報，大聲念道：

速來肯辛頓街區皮特街 131 號。

雷斯垂德

「到底是甚麼事情呢？」我問道。

「不知道，甚麼事情都有可能。不過，我估計是那個雕像故事的續篇。果真如此的話，只能說明那位專砸雕像的朋友已經在倫敦的另一片區域展開了行動。咖啡在桌子上，華生，我已經讓一輛出租馬車在門口等着了。」

不到半個鐘頭，我倆已經趕到了皮特街。皮特街緊挨着倫敦城裏一片最為熱鬧的區域，自身則是一條背靜的小街，街上有一排素樸莊嚴、平淡無奇的住宅，131 號便是其中一座。馬車走到房子附近的時候，我們看到門口的柵欄外面已經聚起了一群看熱鬧的人。見此情景，福爾摩斯吹了聲口哨。

「天哪！最低限度也得是謀殺未遂，小一點兒的事情可不能讓倫敦的小信差站着不走。那傢伙佝僂着背，脖子也伸得老長，說明他看的是一場跟暴力相關的熱鬧。怎麼回事，華生？頂上的幾級台階經過沖洗，其他的台階卻是乾的。腳印真是多極了，這倒好！好啦，好啦，雷斯垂德就在屋子正面的窗子裏邊，要不了多久，咱們就甚麼都知道了。」

探員神色嚴峻地跟我倆打了個招呼，領着我倆走進了一間客廳，一個形象十分狼狽、神情十分焦躁的老頭正在客廳裏來回踱步，身上穿着一件法蘭絨睡袍。探員給我倆介紹了一下，說他就是這座房子的主人，中央報業集團的賀拉斯·哈克先生。

「這回的事情又跟拿破侖胸像有關，」雷斯垂德說道。「昨晚上你似乎很感興趣，福爾摩斯先生，所以我覺

得，既然事態發展到了比以前嚴重得多的地步，你應該會願意到現場來看一看。」

「那麼，究竟發展到了甚麼地步呢？」

「謀殺。哈克先生，您能給這兩位先生講講詳細的經過嗎？」

穿着睡袍的男人轉頭對着我倆，臉上的神情極其沮喪。

「說起來真是奇怪，」他說道，「我一輩子都在搜羅別人的新聞，眼下呢，一條大新聞出在了我自個兒的身上，可我卻又是困惑又是煩躁，一句話也寫不出來。要是以記者的身份來到這裏的話，我一定會採訪一下我自己，寫出一篇佔兩個通欄的報道，所有的晚報都會把它登出來。事實呢，我只是一遍又一遍地跟一長串不同的人講自己的故事，把寶貴的素材拱手送人，自己卻一點兒也用不上。不過，歇洛克·福爾摩斯先生，我聽過您的大名，您要是能把這件怪事解釋清楚的話，也就不枉我辛辛苦苦地給您講一遍了。」

福爾摩斯坐了下來，開始傾聽他的講述。

「所有的事情似乎都圍繞着那尊拿破侖胸像，雕像就擺在這個房間裏，是我大概四個月之前從哈定兄弟商行便宜買的，商行跟肯辛頓主街地鐵站只隔兩個門臉。我有很多稿子都是夜裏寫的，經常會一直寫到凌晨，昨天夜裏也是這樣。我的書房在屋子頂樓背街的那一面，昨天夜裏我一直在裏面幹活。大約凌晨三點的時候，我確信自己聽到了樓下的甚麼聲音，於是就仔細地聽了一陣。聲音沒有再響，因此我斷定它是從外面來的。可是，福爾摩斯先生，

約摸五分鐘之後，我聽見了一聲極其可怕的慘叫，可說是我這輩子聽過的最恐怖的聲音，只要我還沒死，這聲音就會在我耳邊迴響。我嚇得動彈不得，呆呆地坐了一兩分鐘。接下來，我抄起撥火棍下了樓。走進這個房間的時候，我發現窗子大開，壁爐台上的胸像也不見了。我完全弄不明白，竊匪幹嗎要偷這麼一樣東西，因為它僅僅是一件石膏複製品，談不上甚麼真正的價值。

「您自個兒也能看見，從這扇敞開的窗子爬出去之後，一個大步就可以邁到前門的台階上。那個竊匪顯然就是這麼幹的，於是我穿過客廳，打開前門，摸着黑往門外走，不料卻絆到了地上的一具屍體，差一點兒就摔了一跤。我跑回屋裏拿上燈，然後就看到了那個不幸的傢伙。他仰面躺在地上，彎着膝蓋，張開的嘴巴顯得十分嚇人，喉嚨上有一道可怕的傷口，血流得滿地都是。要我說，他肯定會在我的夢裏現身的。我勉強吹響了我那隻警用哨子，跟着就多半是暈了過去，因為我記不得後來的事情。再有記憶的時候，我已經躺在了客廳裏，身邊還站着一名警察。」

「這麼說，死者究竟是誰呢？」福爾摩斯問道。

「沒有甚麼能說明他身份的東西，」雷斯垂德說道。「要看屍體的話，你可以上停屍房去。不過，到現在為止，我們並沒有從屍體上得到任何線索。他個子很高，皮膚曬得黝黑，身體十分健壯，年紀還不到三十，衣着雖然寒酸，看着卻不像是個幹體力活的。他身邊的血泊之中有一把牛角柄的折刀，可我不知道它究竟是殺人的兇器，還是死者

的遺物。他的衣服上沒有繡名字，口袋裏只有一隻蘋果、一截繩子、一幅售價一先令的倫敦地圖，外加一張相片。喏，這就是那張相片。」

相片顯然是用小型相機抓拍下來的，相片裏的人神情機警，尖嘴猴腮，眉毛很濃，下半邊臉以一種十分怪異的方式朝前方支棱着，看起來跟狒狒差不多。

「胸像到哪裏去了呢？」仔細檢查完相片之後，福爾摩斯問道。

「就在你過來之前，我們剛剛收到了關於胸像的消息。有人在肯登宅邸路一座空屋的前門花園裏找到了它，找到的時候已經是一堆碎片。我這就打算過去看看，你去嗎？」

「當然要去，可我得先看看這間屋子，」他把地毯和窗子檢查了一遍。「這傢伙要麼是腿特別長，要麼就是身手特別靈活，」他說道。「窗台相當高，從門口跳過來開窗子並不是一件輕而易舉的事情，退回去倒是比較簡單。您打算跟我們一起去看看您那尊胸像的殘骸嗎，哈克先生？」

悶悶不樂的記者已經坐到了一張書桌跟前。

「我得試一試，看看能不能寫點兒甚麼，」他說道，「雖然我可以肯定，早版的晚報已經印了出來，上面也已經有了這件事情的詳細報道。這就是我的運氣！你們還記得唐卡斯特 * 看台坍塌事件嗎？那時候，我是看台上唯一的一名記者，我的報紙也是唯一的一家沒報道坍塌事件的

---

* 這篇故事首次發表於 1904 年 5 月；唐卡斯特 (Doncaster) 是英格蘭南約克郡的一個城鎮，是英國歷史最悠久的賽馬中心之一。

報紙，因為我嚇得失魂落魄，甚麼也寫不出來。現在呢，謀殺案發生在了我的家門口，可我又趕不上趟了。」

走出房間的時候，我們聽見他的筆尖正在書寫紙上刷刷疾行。

胸像碎片就在離記者的房子只有幾百碼的地方，七零八落地散佈在草叢當中。這麼着，我倆第一次看見了這位偉大帝王的這種化身，它似乎讓那個不明身份的歹徒產生了一種必欲毀之而後快的瘋狂仇恨。福爾摩斯拾起幾塊碎片，仔仔細細地看了起來。從他專注的面容和目的明確的姿態來看，我確信他最終還是找到了一條線索。

「怎麼樣？」雷斯垂德問道。

福爾摩斯聳了聳肩膀。

「咱們離破案還早着呢，」他說道。「然而——然而——呃，咱們終歸還是掌握了幾個很有啟發性的事實，可以據此展開調查。其一，對於這名古怪的罪犯來說，這尊不值幾個錢的胸像比一條人命還要貴重。此外，要說他唯一的目的就是砸胸像的話，可他既沒有在屋裏砸，也沒有一出屋子就砸，這也是一件怪事。」

「可能是因為他碰上了另外那個傢伙，一下子慌了手腳，自己也不知道自己在做甚麼了。」

「呃，的確有這種可能。不過，既然胸像碎在了這座房子的花園裏，我想請你好好地留意一下房子的位置。」

雷斯垂德四下張望了一番。

「這座房子是空的，所以他不用擔心有人到花園裏來打擾他。」

「沒錯，可是，街道上首還有一座空房子，來這兒的時候他必然會經過那座房子。帶着胸像多走一碼，被人撞見的風險顯然就會多加一分，他幹嗎不在那座房子跟前砸完了事呢？」

「這我就想不明白了，」雷斯垂德說道。

福爾摩斯指了指頭頂的街燈。

「在這兒砸他看得見，那兒卻看不見。原因就在這裏。」

「天哪！一點兒不錯，」探員說道。「你這麼一說，我倒是想起來了，巴尼科特醫生的那尊胸像也是碎在他那盞紅燈* 旁邊的。那麼，福爾摩斯先生，知道了這個事實，咱們又該怎麼辦呢？」

「記住它，把它寫進記事本。接下來，咱們興許還能碰上跟這個事實相關的事情。眼下你打算怎麼辦呢，雷斯垂德？」

「依我看，要偵破這件案子，最管用的辦法莫過於首先確認死者的身份。這件事情不會有甚麼難度。弄清楚死者是誰、跟一些甚麼人來往，咱們就算是開了個好頭，可以接着追查他昨天夜裏上皮特街去幹甚麼，又是誰在賀拉斯·哈克先生家門口跟他狹路相逢，隨即殺死了他。你覺得呢？」

「你這種辦法當然不錯，但卻跟我的打算有點兒不一樣。」

---

*　在維多利亞時代的英格蘭，紅燈是醫生診所的標誌。亞瑟·柯南·道爾有一本講述醫生生活的著作，名字就叫《紅燈周圍》(*Round the Red Lamp*, 1894)。

「那麼，你打算怎麼辦呢？」

「噢，你可千萬別受我的影響！我的建議是你查你的、我查我的，回頭還可以交換情況、取長補短。」

「就這麼辦吧，」雷斯垂德說道。

「你要是回皮特街的話，不妨去見見賀拉斯‧哈克先生，替我告訴他，我已經有了相當的把握，昨夜闖進他家的肯定是一個仇恨拿破侖的殺人狂。他寫文章用得着的。」

雷斯垂德瞪大了眼睛。

「這肯定不是你真實的想法吧？」

福爾摩斯笑了笑。

「不是嗎？呃，就算不是吧。可我敢保證，這肯定能讓賀拉斯‧哈克先生和中央報業集團的各位訂戶產生興趣。好了，華生，依我看，今天還有一大堆相當複雜的工作在等咱倆呢。雷斯垂德，今晚六點，麻煩你抽時間上貝克街來碰個頭吧。碰頭之前，死者兜裏的這張相片暫時歸我保管。如果事實證明我的演繹過程正確無誤的話，今天夜裏就會有一次小小的探險，屆時我可能會需要你的陪伴和協助。好了，到時見，祝你好運！」

歇洛克‧福爾摩斯和我一起走到肯辛頓主街，到哈克先生購買胸像的哈定兄弟商行去打聽了一下。年輕的伙計告訴我們，哈定先生要到下午才能回來，他自己則初來乍到，甚麼情況也不知道。福爾摩斯的臉上露出了失望和焦躁的神色。

「算啦，算啦，咱們可不能指望事事如意，華生，」他終於開口說道。「既然哈定先生下午才能回來，咱們就

只能下午再來。你肯定看出來了吧，我這是在追溯這些胸像的源頭，想要知道它們這種離奇的結局有沒有甚麼特別的來由。咱們這就上肯寧頓路去找摩爾斯·哈德森先生吧，看他能不能提供一點兒線索。」

坐了一個鐘頭的馬車之後，我倆來到了這位畫商的店鋪。畫商是個體格敦實的小個子，臉色紅潤，神情十分焦躁。

「沒錯，先生。就在我這個櫃台上，先生，」他說道。「既然隨便哪個惡棍都可以走進店鋪來砸東西，我真不知道我們交的那些稅費都是用來幹嗎的。沒錯，先生，巴尼科特醫生的兩尊雕像都是在我這裏買的。丟人哪，先生！無政府主義分子搞的一場陰謀，這就是我的結論。只有無政府主義分子才會到處去砸雕像。赤色共和黨 *，這就是我送給他們的雅號。我的雕像是從哪兒買來的？我不明白這跟砸雕像的事情有甚麼關係。好吧，您非得知道的話，這些雕像是從斯德普尼區 † 教堂街的戈爾德商行買來的。二十年以來，他們一直是這個行當裏的著名商號。我進了多少尊雕像？三尊——二加一等於三——兩尊賣給了巴尼科特醫生，一尊在光天化日之下碎在了我自個兒的櫃台上。這張相片裏的人我認識嗎？不，我不認識。等等，沒錯，我好像認識。咳，這不就是貝波嘛。他是個意大利

---

* 赤色共和黨 (Red republican) 原本指法國的極端共和派，因他們的標誌性紅色帽子而得名，後來也泛指主張社會改良的激進分子。

† 斯德普尼 (Stepney) 位於倫敦東區範圍之內，歷來是外國移民的聚居地，1900 年成為倫敦的一個區，1965 年併入塔村區 (Tower Hamlets)。下文中的「河邊城鎮」指的就是斯德普尼。

人，打零工的，在我店裏幹過一陣。他會點兒雕刻，還會貼金箔、鑲鏡框甚麼的，幹的都是些零活。這傢伙上個星期從我這裏走的，後來我就沒聽到過他的消息。不知道，我不知道他從哪裏來，也不知道他去了哪裏。他還在這兒的時候，倒也沒甚麼叫我不滿意的地方。他是在胸像被砸之前兩天走的。」

「好啦，按常理說，摩爾斯‧哈德森能知道的事情也就這麼多了，」我倆走出店鋪之後，福爾摩斯說道。「找到了貝波這個連接肯寧頓和肯辛頓的共同點，咱們這趟十英里的路程就不算白跑。好了，華生，咱們這就去斯德普尼區的戈爾德商行，去看看這些胸像的源頭。咱們肯定能在那邊得到一些幫助，要不就真是怪事了。」

我們飛快地掠過倫敦各色區域的邊緣，依次經過上流區域、旅館區域、劇院區域、文化區域、商業區域和航運區域，最終進入了一座河邊城鎮，這裏聚居着十萬人口，一座座出租住宅散發着歐洲大陸流亡者的濃烈氣息。在一條曾經是故城富商居所的寬闊通衢上，我們找到了此來尋訪的那間雕塑作坊。作坊外面是一個擺滿巨型石雕的大院，裏面則是一個寬敞的房間，房間裏大概有五十名工人，有的正在雕刻，有的正在翻鑄雕塑。作坊管事是一個滿頭金髮的大個子德國人，他彬彬有禮地接待了我倆，並且清清楚楚地回答了福爾摩斯提出的所有問題。他查了查自己的賬簿，然後就告訴我們，他們先後用笛萬那座拿破侖雕像的一件大理石複製品翻鑄了幾百尊胸像，有一個批次總共鑄了六尊，摩爾斯‧哈德森在大概一年之前買走了

其中的三尊，另外三尊則賣給了肯辛頓的哈定兄弟商行。就他所知，這六尊胸像跟其他批次的胸像不會有甚麼不同，而他也想不出來，為甚麼會有人想毀掉這些雕像。事實上，他覺得這種行徑十分可笑。胸像的批發價是六先令，零售則可以賣到十二先令以上。鑄造的時候是用兩個半邊模具分別鑄出胸像的左右兩個側面，然後再粘合成一個完整的熟石膏胸像。胸像通常都由眼前這個房間裏的意大利工人負責翻鑄，鑄好就放到過道裏的桌子上去晾乾，然後再送進庫房。他知道的情況就這麼多。

不過，福爾摩斯拿出相片之後，作坊管事立刻產生了激烈的反應。他一下子氣得面紅耳赤，緊皺的眉頭壓住了他那雙日耳曼種族的藍色眼睛。

「喔，這個無賴！」他叫道。「是的，錯不了，我對他非常熟悉。我們這裏一直都是個體體面面的地方，警察只來過那麼一次，就是因為這個傢伙惹了事。那已經是一年多以前的事情了。當時他在大街上捅了另一個意大利人，然後就逃到了作坊裏。警察追了進來，在這兒抓到了他。他的名字叫貝波，姓甚麼我從來也不知道。我竟然請了個長成他這副模樣的工人，活該有這種報應。話又說回來，他幹活還是不錯的，算得上是我們這兒數一數二的工人。」

「法院怎麼判他的呢？」

「挨他捅的那個人沒死，所以法院便宜了他，只判了他一年。我敢肯定他這會兒已經出來了，只不過不敢再上我們這兒來晃悠。他有個表弟在我們這兒，要我說，他表弟肯定能把他的下落告訴你們。」

「不用，不用，」福爾摩斯大聲説道，「我懇求您千萬別跟他表弟提這件事，一個字都不能提。這件案子事關重大，越是往下查，我越是這麼覺得。剛才您翻賬簿的時候，我看到這幾尊雕像的銷售日期是去年的六月三號。您能不能告訴我，貝波是哪一天被抓的呢？」

「我只能查一查工資單，然後告訴您一個大概的日期，」作坊管事回答道。「有了，」翻了一陣之後，他接着説道，「他最後一次領工資的時間是五月二十號。」

「謝謝您，」福爾摩斯説道。「依我看，我這就可以告辭，不用再叨擾您了。」接下來，他又一次叮囑管事，不要跟任何人提起我倆前來調查的事情。説完之後，我倆再次踏上了西向的旅程。

下午已經過去了一大半，我倆總算找到一家餐館，胡亂吃了頓午飯。餐館門口的新聞招貼寫着「肯辛頓暴行。瘋漢殺人」，報上的内容則表明，賀拉斯·哈克先生終於還是把自個兒的文章變成了鉛字。他的文章佔了兩個通欄，以十分華麗的筆調對整件事情進行了一番極聳人聽聞之能事的敍述。福爾摩斯把報紙支在放調味瓶的架子上，一邊吃一邊讀。有那麼一兩次，他吃吃地笑了起來。

「這麼寫就對了，華生，」他説道。「聽聽這段：
筆者欣悉此案緣由可無疑義，此因閲歷極豐之官方探員雷斯垂德先生及造詣高深之顧問名探歇洛克·福爾摩斯先生皆已論定，以如此慘禍收場之種種怪誕事件皆由瘋病而起，並非蓄意罪行。除兇手精神失常而外，案情實無其他解釋。

「只要你懂得如何使用，華生，報紙實在是一件彌足珍貴的工具。好了，你要是吃好了的話，咱們這就趕回肯辛頓去吧，看看哈定兄弟商行的掌櫃知道些甚麼情況。」

見面之後，我們發現這家大鋪子的創業東家是一個乾脆利落的小個子，風度翩翩，反應敏捷，思維非常清晰，嘴巴也能説會道。

「是的，先生，我已經讀到了晚報上的報道。賀拉斯‧哈克先生是我們這兒的主顧，胸像是我們幾個月之前賣給他的。我們從斯德普尼區的戈爾德商行訂購了三尊那種類型的胸像，眼下都賣出去了。賣給誰了？喔，我們查一查銷貨賬本就可以告訴您，不用費甚麼力氣。有了，相關的記錄就在這兒。您瞧，一尊賣給了哈克先生，一尊賣給了約西亞‧布朗先生，地址是齊茲克區＊金鏈花谷路的金鏈花別墅，還有一尊賣給了雷丁鎮† 南格魯夫路的桑迪福德先生。沒有，我從來沒有見過您這張相片裏的人。見過的話是不可能忘了的，對吧，先生，因為我很少見到這麼醜的人。我們店裏有沒有意大利伙計？有的，先生，我們這兒有幾個意大利人，有當店員的，也有打掃衛生的。要我説，他們真要想看這個銷貨賬本的話，瞅上一眼也不是不可能的事情。又沒有甚麼特別的理由，我們幹嗎要成天守着這個賬本呢。是啊，是啊，這件事情非常古怪，調查要是有甚麼結果的話，希望您能跟我説一聲。」

＊　齊茲克 (Chiswick) 當時是米德爾塞克斯郡的一個區，在倫敦西邊，1965 年併入倫敦。

†　雷丁 (Reading) 是英格蘭伯克郡的一個工業城鎮，東距倫敦 60 公里左右。

哈定先生講述情況的時候，福爾摩斯記了幾條筆記。看得出來，事態的演變讓他滿意到了極點。可他並沒有透露任何想法，只是説咱們得趕快回去，免得耽誤了跟雷斯垂德的約會。果不其然，我倆趕回貝克街的時候，探員已經等在了房間裏，正在急不可耐地來回踱步。看他那副自高自大的架勢，他這一天顯然也沒有白忙活。

　　「情況如何？」他開口就問。「運氣好嗎，福爾摩斯先生？」

　　「我倆風風火火地忙活了一整天，好歹也有那麼一點點收穫，」我朋友如是説道。「我倆不光見到了賣出胸像的兩位零售商，而且見到了批發胸像的生產商。我已經從頭到尾地摸清了每一尊胸像的流通情況。」

　　「胸像！」雷斯垂德叫道。「好吧，好吧，歇洛克·福爾摩斯先生，你有你自個兒的一套方法，輪不到我來説三道四。我只是覺得，我今天的收穫要比你大一些。我已經確認了死者的身份。」

　　「我沒聽錯吧？」

　　「還找到了兇手的作案動機。」

　　「幹得漂亮！」

　　「我們局裏有個名叫希爾的督察，對藏紅花山丘街和意大利人聚居區特別熟悉。是這樣，死者脖子上戴着天主教的護身符，膚色又黑，所以我覺得他應該是來自南歐 *。剛一看到死者，希爾督察就把他認了出來。他名叫

---

* 　藏紅花山丘街 (Saffron Hill) 是倫敦的一條街道，作者把它和「意大利人聚居區」並列，意思是這條街上也有很多意大利人；意大

皮耶特羅・文努齊，來自那不勒斯，是全倫敦最兇惡的殺手之一，還跟意大利的黑手黨有牽連。你肯定知道，黑手黨是一個秘密的政治團體，通過謀殺來貫徹他們的政令。搞清楚這一點之後，你瞧，事情就有了幾分眉目。另一個傢伙多半也是意大利人，而且是黑手黨的成員。那個傢伙肯定是觸犯了黑手黨的某種戒條，皮耶特羅就奉命去追殺他。很有可能，我們在皮耶特羅兜裏找到的就是那個傢伙的相片，皮耶特羅怕自己捅錯了人，所以才把相片帶在身上。皮耶特羅尾隨那個傢伙，看到他進屋之後就在屋外打他的埋伏，沒想到一場混戰之後，挨了致命一刀的反倒是皮耶特羅自己。你覺得怎麼樣，歇洛克・福爾摩斯先生？」

福爾摩斯讚許地鼓起掌來。

「妙極了，雷斯垂德，妙極了！」他大聲讚嘆。「就有一點，我沒太聽明白你對胸像被毀事件的解釋。」

「胸像！你就是放不下你那些胸像。説來説去，胸像能算甚麼呢，小偷小摸而已，撐死能判六個月的監禁。真正該查清楚的是這樁謀殺，而我可以告訴你，我很快就能弄來所有的線索。」

「下一步你打算怎麼做呢？」

「非常簡單。我打算跟希爾一起去一趟意大利人聚居區，找出相片裏的那個傢伙，按謀殺的罪名把他抓起來。你想跟我們一起去嗎？」

「我不想去。依我看，要實現這個目標，咱們還有一

利等南歐國家的普遍信仰是天主教，德國等歐洲北部國家的主要信仰則是新教。

個比較簡單的方法。我不能保證成功，因為我這個方法完全取決於——呃，完全取決於某種咱們控制不了的因素。不過，如果你今晚上跟我們一起去的話，我還是有很大的把握——具體說則是三分之二的把握——幫你抓到他。」

「是去意大利人聚居區嗎？」

「不是。照我的估計，到齊茲克區去找他可能更好找。今晚上你跟我去齊茲克的話，我保證明天跟你去意大利人聚居區，依我看，晚去一天也沒有甚麼關係。好了，我覺得我們都應該睡幾個鐘頭的覺，因為我預定的出發時間是在十一點之後，回來的時候多半已經是早上了。你在我們這兒吃飯好了，雷斯垂德，然後就到沙發上去，睡到出發的時候再起來。還有件事，華生，麻煩你打電話叫一個特快信差，我要發一封信，而且必須立刻發出去。」

樓頂的一個雜物間裏塞滿了往年日報的合訂本，福爾摩斯整晚都在裏面東翻西找。走下樓來的時候，他的眼睛裏帶着勝利的喜悅。只不過，這番研究取得了怎樣的成果，他一個字也沒有告訴我們。拋開雷斯垂德不說，我反正是亦步亦趨地看到了他如何追查這個一波三折的複雜案件。這樣一來，我雖然對我們即將取得的成績一無所知，心裏卻非常清楚，福爾摩斯之所以這樣安排，是因為他估計這個行止怪誕的罪犯將會向剩下的兩尊胸像發動襲擊，按我的記憶，其中之一正是在齊茲克區。毫無疑問，此行的目的就是將這名罪犯當場抓獲。想到這裏，我不由得對我朋友的智謀佩服不已，因為他在晚報當中安插了一條虛假的提示，讓這個傢伙認為自己可以繼續執行原來的計

劃，不需要有任何顧忌。這麼着，福爾摩斯提醒我帶上左輪手槍的時候，我一點兒也沒覺得驚訝。他自己則拿上了他最喜歡的那件武器，一根灌過鉛的獵鞭。

十一點鐘的時候，一輛四輪馬車如約上門。我們一直坐到漢默史密斯橋*另一頭的某個所在，吩咐車夫原地等候，隨即下車步行，不久就進入了一條幽靜的街道，街道兩邊都是賞心悅目的獨棟房屋。借着街燈的光線，我們在其中一座房子的大門立柱上看到了「金鏈花別墅」的字樣。屋主顯然已經安寢，因為屋子裏一片漆黑，只有前門上方的氣窗透着燈光。燈光照進庭院的小徑，灑下一團孤零零的模糊光暈。一道木頭柵欄隔在庭院和街道之間，在庭院裏投下了一片濃重的陰影，陰影之中就是我們的埋伏地點。

「要我說，你們恐怕得等上很長一段時間，」福爾摩斯悄聲說道。「今天晚上沒下雨，咱們真算是吉星高照。我覺得，為了避免暴露，咱們只能這麼乾耗着，連抽支煙都不行。不過，既然有三分之二的希望，咱們這番辛苦也是值得的。」

聽了福爾摩斯的話，我們都以為這次夜間守望將會十分漫長，事實卻並非如此。不久之後，這次守望便在十分特異的情形之下戛然而止。電光石火之間，事先沒有任何警兆，庭院大門猛然開啟，一個黑黢黢的敏捷身影順着庭院的小徑衝向屋子，動作如猴子一般輕靈迅疾。身影匆

---

* 漢默史密斯橋 (Hammersmith Bridge) 是倫敦西部泰晤士河上的一座橋，在齊茲克區附近。

匆掠過氣窗燈光投下的那團光暈，沒入屋子跟前的暗影之中。接下來是一段漫長的寂靜，我們都屏住了呼吸。再下來，我們聽見了非常輕微的吱呀聲，一扇窗子正在開啟。聲音消失了，又是一段漫長的寂靜，那傢伙正在設法往屋子裏爬。突然之間，我們看到一盞遮光提燈在房間裏閃了一閃。不過，那傢伙尋找的目標顯然不在那個房間裏，因為提燈的閃光很快就出現在了另一道百葉窗簾背後，跟着又轉移到了第三個房間。

「咱們可以上開着的窗子跟前去等着，他一爬出來就把他逮住，」雷斯垂德悄聲說道。

不過，沒等我們展開行動，那傢伙已經從屋裏爬了出來。他走進了那團模糊的光暈，我們看見他胳膊底下夾着一件白色的東西。他鬼鬼祟祟地東張西望，空無一人的寂靜街道給他吃了一顆定心丸。於是他轉到背朝我們的方向，放下了手裏的東西，我們立刻聽到了一聲清脆的敲擊和一陣稀里嘩啦的聲音。那傢伙幹得十分專注，完全沒聽見我們悄悄穿過草坪的腳步。福爾摩斯一個虎撲，落到了他的背上，轉眼之間，雷斯垂德和我已經一人抓住他一隻手腕，給他戴上了手銬。我們把他翻了過來，一張令人作嘔的蠟黃面孔立刻出現在了我的眼前。他狂暴的五官扭作一團，惡狠狠地瞪着我們，我立刻認了出來，我們的俘虜不是別人，正是相片裏的那個傢伙。

不過，福爾摩斯關心的可不是這個俘虜。他蹲到門前的台階上，開始仔仔細細地檢查俘虜從屋子裏拿出來的那件東西。那是一尊拿破崙胸像，跟我們早上看見的胸像一

模一樣，眼下也同樣變成了一堆碎片。福爾摩斯把一塊又一塊殘片拿到光暈之中仔細察看，可那不過是一些普普通通的石膏碎片，並沒有任何特別之處。他剛剛看完殘片，屋子的門廳突然燈光大亮，房門也突然開啟，圓滾滾、樂呵呵的屋主出現在了我們面前，身上只穿着襯衫和長褲。

「您就是約西亞‧布朗先生，對吧？」福爾摩斯說道。

「是的，先生。您呢，肯定是歇洛克‧福爾摩斯先生，對吧？我收到了您讓特快信差送來的便條，完全是按您的吩咐做的。我們把所有的房門反鎖起來，靜待事態發展。好啊，你們已經抓住了這個無賴，真是叫人高興。先生們，進來用些茶點吧。」

可是，雷斯垂德非常着急，急着把犯人送到安全的所在。幾分鐘之內，我們就把出租馬車叫了過來，四個人一起踏上了返回倫敦的旅程。犯人一句話也不肯說，只是隔着亂草一般的頭髮怒視着我們。其間有一次，我的手似乎落到了他可以夠到的地方，他便像餓狼一樣撲向了我的手。我們在警局待了一陣，警察搜了他的身，發現他身無長物，只有幾個先令和一把帶鞘的長刀，刀柄上有很多新鮮的血跡。

「好極了，」道別的時候，雷斯垂德說道。「希爾對這些老爺瞭如指掌，肯定能叫得出犯人的名字。你們保準兒會發現，我那個關於黑手黨的推測完全站得住腳。話是這麼說，我還是對你感激不盡，福爾摩斯先生，你抓他的手法真是漂亮極了。即便到了現在，我仍然不太明白其中的道理。」

「眼下這個時間恐怕是晚了一點兒，不適合進行解釋，」福爾摩斯說道。「再者說，案子當中還殘留着一兩個尚未解決的小問題，而這又是一件值得咱們刨根問底的案子。依我看，明天晚上六點，你不妨再上我那裏去一趟，我應該可以讓你明白，這件案子擁有一些非凡的特徵，堪稱是犯罪史上絕無僅有的奇案，而你到現在都還沒有認識到它的全部意義。照我的估計，將來我要是真的准許你再次記述我這些小小案件的話，華生，你肯定會收入這場關於拿破侖胸像的奇異冒險，以此為你的著作增輝添彩。」

第二天晚上再次見面的時候，雷斯垂德已經得到了關於犯人的大量情報。據他說，犯人名叫貝波，姓氏則不得而知。他住在意大利人聚居區，是一個惡名昭彰的浪蕩子。他曾經是一名技藝精湛的雕刻工匠，有一份正當的營生，後來卻走上了歪道，此前已經兩次入獄，一次是因為小偷小摸，另一次則跟我倆先前聽說的一樣，是因為拿刀子捅了一位意大利同胞。他的英語說得非常不錯。他毀壞胸像的動機迄未查明，而他拒絕回答與此相關的任何問題。不過，警方已經發現，這幾尊胸像很有可能是他親手鑄造的產品，因為他當時正好是戈爾德商行的鑄造工人。雷斯垂德說的多數都是我倆已經知道的情況，福爾摩斯卻還是擺出了洗耳恭聽的架勢。不過，知他如我，很容易就可以看出他的心思已經去了別處。此外我還發現，他那副慣常的漠然面具之下藏着一種半是焦灼半是期待的情緒。到最後，他突然在椅子上打了個激靈，眼睛裏放出光來。

門鈴響了。一分鐘之後,樓梯上響起了腳步聲,僕人把一位紅臉膛的老人領了進來。老人的連鬢鬍子已經花白,右手拎着一隻老式的氈包。進來之後,他把氈包放到了桌子上。

「歇洛克‧福爾摩斯先生在嗎?」

我朋友點點頭,笑着說道,「您就是從雷丁來的桑迪福德先生,對吧?」

「是的,先生。恐怕我來得晚了一點兒,可是,火車的事情就有這麼糟糕。是這樣,您給我寫了信,說到了我家裏的一尊胸像。」

「一點兒不錯。」

「您的信我帶來了,您是這麼說的,『我打算收藏笛萬那座拿破侖雕像的複製品,願意花十鎊購買您手裏的那一件。』沒錯吧?」

「沒錯。」

「您的信讓我非常吃驚,因為我完全想不明白,您是怎麼知道我有這麼一件東西的。」

「您當然會覺得驚訝,不過呢,其中的緣由簡單極了。哈定兄弟商行的哈定先生告訴我,他們把店裏的最後一尊胸像賣給了您,接下來,他還把您的地址給了我。」

「哦,這麼說還真是挺簡單的,不是嗎?他有沒有把我買胸像的價錢告訴您呢?」

「沒有,他沒說。」

「呃,我雖然算不上富裕,為人卻向來誠實。胸像只花了我十五個先令,這一點我得跟您說明白,要不就沒法接受您開出的十鎊高價。」

「毫無疑問，您的這番顧慮說明了您的人品，桑迪福德先生。不過，我已經開出了這個價碼，眼下也不打算反悔。」

「好吧，您真是慷慨極了，福爾摩斯先生。按您的吩咐，我已經把胸像帶來了。喏，就是這個！」說到這裏，他打開了他的氈包。我倆已經不止一次地看見過胸像的碎片，這會兒才終於在自家的桌子上看到了一尊完整的胸像。

福爾摩斯從口袋裏掏出一張紙，又把一張十鎊的鈔票擺在了桌子上。

「當着這兩位證人的面，麻煩您在這份文件上簽個字，桑迪福德先生。文件的用途很簡單，不過是證明您把這尊胸像轉讓給了我，包括與它相關的一切權益。您瞧，我是個辦事認真的人，之所以這麼做，是因為以後的事情誰也沒法預料。謝謝您，桑迪福德先生。喏，錢給您，祝您晚安。」

客人剛剛離去，歇洛克·福爾摩斯就做出了一系列讓我們瞠目結舌的舉動。他先是從抽屜裏拿出一塊乾淨的白布，把白布鋪在桌面上，又把剛剛買來的胸像擺到白布中央，最後就抄起獵鞭，衝着拿破侖的頭頂狠狠地來了一下。胸像立刻變成了碎片，福爾摩斯則迫不及待地俯下身去，開始察看那堆殘骸。片刻之後，他得意洋洋地大叫一聲，高高舉起了其中的一塊殘片，殘片上嵌着一件黑乎乎的圓形物品，看着就像是沾在布丁上的一粒葡萄乾。

「各位，」他高聲說道，「容我介紹一下，這就是著名的波基亞* 黑珍珠。」

---

*　波基亞 (Borgia) 是起源於西班牙的一個意大利望族，文藝復興時期曾經盛極一時。

雷斯垂德和我呆呆地坐在原地，過了一會兒，我倆不由自主、不約而同地為這個精心策劃的高潮情節鼓起掌來。一抹緋紅撲上了福爾摩斯蒼白的臉頰，他衝我倆鞠了一躬，如同一位正在接受觀眾喝彩的戲劇大師。只有在這樣的時刻，他才會短暫地脫下演繹機器的偽裝，流露出喜歡讚美和褒獎的人類本性。無比驕傲內斂的天性使他對普羅大眾的景仰嗤之以鼻，與此同時，同樣的天性並不能阻止他被友人發自肺腑的驚嘆和讚賞深深打動。

　　「沒錯，各位，」他說道，「這就是當今世上最著名的珍珠，而我鴻運當頭，得以通過一系列環環相扣的演繹查明它的下落，從它當初失蹤的地點，也就是科隆納王子下榻戴克酒店時所住的客房，一直追到了這尊拿破侖胸像的肚子裏，胸像是斯德普尼區戈爾德商行的產品，還是同一批次六尊當中僅剩的一尊。你肯定還記得，雷斯垂德，這件貴重珠寶的失蹤引起了怎樣的轟動，倫敦警方的搜尋又是怎樣地徒勞無功。我自己也應邀參與了這件案子，但卻沒能理出任何頭緒。我們雖然懷疑過王妃的意大利女僕，後來還發現她在倫敦有個兄弟，但卻查不出他倆之間的任何聯繫。女僕名叫魯克瑞希亞·文努齊，眼下我可以肯定，兩天之前遭到謀殺的皮耶特羅就是她的兄弟。之前我一直在那些舊報紙的合訂本裏查找日期，最終發現珍珠失蹤之後不過兩天，貝波就因為一樁暴力罪行遭到了逮捕，他被捕的地點是戈爾德商行的作坊，時間則剛好是在鑄造這批胸像的過程之中。現在你肯定是豁然開朗，看清了這一連串事件的因果次序，當然嘍，你看到的次序跟它

們當初在我面前顯現的次序截然相反。貝波拿到了珍珠，要麼是從皮耶特羅那裏偷來的，要麼就因為他是皮耶特羅的同伙，還可能因為他是皮耶特羅和女僕的中間人。不管他是怎麼拿到珍珠的，對我們來說都沒有任何影響。

「關鍵的事實是他**拿到了**珍珠，而且，警察追捕他的那個時刻，珍珠正好在他的身上。他逃進自己幹活的作坊，知道自己只有幾分鐘的時間來藏匿這件無比貴重的戰利品，不藏起來的話，警察搜身的時候就會搜到珍珠。過道裏擺着六尊正在晾曬的石膏胸像，其中的一尊還是軟的。身為一名技藝嫻熟的工匠，貝波迅速地在濕乎乎的石膏上掏了個小洞，把珍珠塞了進去，然後又抹了幾把，蓋住了那個小洞。那是個非常絕妙的藏寶地點，誰也想不到珍珠會在胸像裏面。不巧的是，貝波被判了一年的監禁，他坐牢的時候，六尊胸像分散到了倫敦的各個地方。他不知道自己的寶貝藏在哪一尊胸像裏面，只有把胸像砸開才能看見。搖晃胸像起不了任何作用，因為珍珠是在石膏還沒乾的時候塞進去的，多半會跟石膏粘到一起——事實也的確如此。貝波並沒有就此灰心，而是借着相當了不起的機智和韌性展開了搜尋。他通過在戈爾德商行做工的表弟打聽到了買走胸像的兩家零售店鋪，隨後就設法得到了摩爾斯·哈德森的僱用，由此找到了其中的三尊，卻發現珍珠不在裏面。於是乎，他又找哈定商行的某個意大利工人幫忙，成功地摸清了另外三尊胸像的去向。第一尊是在哈克先生家裏。他的同伙在那裏撞上了他，並且指責他偷走了珍珠，隨之而來的就是一場廝打，以他捅死那個同伙告終。」

「要說他倆是同伙的話，同伙幹嗎要把他的相片揣在身上呢？」我問道。

「需要向別人打聽他的下落的時候，相片就能幫得上忙。這個理由實在是一目瞭然。好了，兇案發生之後，我估計貝波多半會加快行動的速度，不會再往後拖。他擔心警方識破自己的秘密，因此就務必要搶在前頭。當然嘍，我不能斷言他肯定沒有從哈克先生的那尊胸像裏找到珍珠，甚至不能斷言他找的一定是這顆珍珠，可我非常清楚，他顯然是在找甚麼東西，因為他不辭勞苦地帶着胸像走過附近的幾座房子，就為了在街燈照着的那個花園裏把它砸碎。哈克先生的胸像既然是三尊之中的一尊，珍珠不在裏面的機率就跟我告訴你們的一樣，剛好是三分之二。剩下的兩尊胸像之中，他顯然會先挑離倫敦近的一尊下手。於是我預先警告了屋主，免得發生第二起慘案，然後呢，咱們一起趕到那裏，取得了最圓滿的成果。當然，到那個時候，我已經斷定咱們的追查目標確實是波基亞珍珠，因為死者的姓氏把兩件事情聯繫在了一起。接下來，雷丁的胸像既然是僅剩的一尊，珍珠就必然在它的肚子裏。所以呢，我當着你倆的面從原主手裏買下了胸像，這不，珍珠就在裏面。」

我們默不作聲地坐了一會兒。

「呃，」雷斯垂德說道，「福爾摩斯先生，我親眼見過你偵辦不少案子，哪一件也沒有這件辦得漂亮。我們蘇格蘭場的人並不是嫉妒你，不是的，先生，我們以你為榮。明天你要是大駕光臨的話，我們那裏所有的人，不管是資

格最老的督察，還是年紀最輕的警員，都會跟你握手，向你表示祝賀的。」

「謝謝你！」福爾摩斯說道。「謝謝你！」說到這裏，他把臉轉向了別處，人類心靈之中那些較為柔軟的感情如此緊密地貼近了他的心靈，實在是我從來沒有見過的事情。然而，轉眼工夫，那個冷漠務實的思想者已經再一次回到了他的身上。「把珍珠放到保險櫃裏去吧，華生，」他說道，「再把康克－辛格爾頓偽造案的相關文件拿出來。再見，雷斯垂德。你要是又遇上了甚麼小小的問題，我非常樂意幫着你想想答案，如果我想得出的話。」

三個學生

　　一八九五年，由於一連串無需在此贅言的事件，歇洛克‧福爾摩斯先生和我在本國一座數一數二的大學城鎮待了幾個星期，我即將講述的這次微不足道卻又發人深省的經歷便是發生在這段時間裏面。可想而知，我的故事當中不會包括任何有助於讀者弄清學院名稱和肇事者名字的細節，那樣做不光是有欠考慮，而且唐突無禮。這件醜聞如此傷人顏面，我完全應該讓它慢慢淡出人們的記憶。不過，經過適當的掩飾之後，我還是可以對事件本身進行一番刻劃，借此展示我朋友的一些非凡本領。敘述過程之中，凡是能讓人聯想到具體地點或者當事人身份的名詞，我都會盡量隱去。

　　事發當時，我倆住的是一套帶傢具的出租公寓。公寓附近有一座圖書館，歇洛克‧福爾摩斯一直在那裏進行一項艱辛的研究。他研究的主題是古代英格蘭的各種特許狀，成果則十分驚人，很可能會成為我日後某個故事的素材。一天晚上，一個熟人到這套公寓裏來找我們。這個熟人名叫希爾頓‧索姆斯，是這所大學聖路加學院的導師和講師。索姆斯先生身材瘦高，動不動就會心神不寧、情緒激動。我一向熟悉他大驚小怪的作派，不過，這一次他實

在是焦慮到了無法自控的程度，顯然是遇上了一件十分不尋常的事情。

「福爾摩斯先生，你一定得抽出幾個小時的寶貴時間來幫幫我。我們聖路加學院發生了一件非常不幸的事情，說實在的，幸虧你這會兒身在本鎮，要不然，我真不知道該怎麼辦了。」

「眼下我非常忙，不打算分神去管別的事情，」我朋友回答道。「我強烈建議你去找警察幫忙。」

「不行，不行的，親愛的先生，這條路絕對不能走。法律的機器啟動容易，要停下來可就難了，還有啊，這件事情關係到學院的名譽，無論如何也不能傳揚出去。你的審慎跟你的本領一樣出名，這世上只有你一個人能幫到我。我求你了，福爾摩斯先生，盡量幫幫我吧。」

離開了貝克街的愜意環境，我朋友的脾氣並沒有絲毫改善。沒有了他的剪貼簿和化學品，沒有了那種讓他如魚得水的邋遢氛圍，他覺得很不舒服。眼下呢，他十分無禮地聳了聳肩膀，冷冰冰地表示默許，我們的客人則激動地打着手勢，連珠炮似的把他的故事一股腦地倒了出來。

「首先我得告訴你，福爾摩斯先生，明天是富特斯丘獎學金申請考試的第一天。我也是這次考試的考官，主考希臘文，第一道題目是希臘文翻譯，要求考生把一大段以前沒有看過的希臘文譯成英文。需要翻譯的原文已經印在了試卷上，當然囉，如果考生能夠提前準備的話，考試的時候就可以佔到很大的便宜。考慮到這個因素，我非常注意試卷的保密問題。

「今天下午三點鐘左右，印刷廠把試卷的校樣送了回來。需要翻譯的是修昔底德*的半章文字，我必須仔細校對，保證原文正確無誤。這項工作到四點半的時候都還沒有做完，可我已經答應了要到一個朋友那裏去喝茶，於是就把校樣留在書桌上，離開了自己的房間，一個多小時之後才回去。

「你可能注意到了，福爾摩斯先生，我們學院的房門都是雙層的，裏面的一道包了綠呢子，外面則是一道厚實的橡木門。回去的時候，我看見外門上插着一把鑰匙，一下子覺得非常驚訝。剛開始我以為是我自己把鑰匙落在了門上，可我摸了摸口袋，我那把鑰匙明明還在裏面。據我所知，這道門一共只有兩把鑰匙，另一把在我的僕人班尼斯特手裏。他替我收拾屋子已經有十年了，人品絕對是不容置疑。接下來，我了解到鑰匙的確是他的，之前他進過我的房間，想看我需不需要茶水，出去的時候不小心把鑰匙忘了在門上。他進我房間的時候，我多半是剛走沒幾分鐘。換作是其他任何時候，忘拔鑰匙也沒甚麼要緊，偏偏趕上這一天，這個疏忽就造成了極其可悲的後果。

「我掃了一眼我的書桌，立刻意識到有人動過我的校樣。校樣一共是三張長條†，我走的時候是疊放在一起的。眼下呢，我發現其中一張掉在了地板上，另一張則跑到了

---

* 　這篇故事首次發表於 1904 年 6 月；修昔底德 (Thucydides, 前460？–前 400？) 為古希臘歷史學家，著有《伯羅奔尼撒戰爭史》(the History of the Peloponnesian War)。

† 　在活字印刷的過程當中，印刷工人會按原稿把活字排入長方形的活字盤，再用排好的活字盤印出通常有大片留白的狹長校樣，待校改完成之後再進行拼版。這種校樣就是「長條校樣」。

窗子附近的邊桌上，只有一張還在原來的位置。」

聽到這裏，福爾摩斯終於有了一點兒動靜。

「地板上的應該是校樣的第一頁，窗子邊上的是第二頁，留在原地的則是第三頁，」他說道。

「一點兒不錯，福爾摩斯先生。我真不明白，你怎麼能知道這些呢？」

「你這個故事非常有趣，麻煩你接着講吧。」

「有那麼一瞬間，我以為是班尼斯特放肆到了無法原諒的地步，居然敢翻看我的文件。可他否認了這一點，態度極其誠懇，而我也確信他沒說假話。另一種可能是有人從門口經過，看到鑰匙留在門上，又知道我不在房裏，於是就跑進去偷看試題。富特斯丘獎學金非常豐厚，考試的事情牽涉到一大筆錢，可想而知，行為不那麼檢點的人完全可能去冒這種險，佔其他同學的便宜。

「這次意外把班尼斯特弄得非常難過，當我們確定有人動過校樣的時候，他差一點兒就暈了過去。我給他喝了點兒白蘭地，讓他靠在椅子上休息，自己則仔仔細細地把房間檢查了一遍。不一會兒，我就發現那個不速之客不光是動過校樣，還留下了其他的一些蛛絲馬跡。窗邊的桌子上有幾片削鉛筆的時候掉下來的碎屑，還有一小截筆芯。那個惡棍顯然是抄試題抄得手忙腳亂，結果就弄斷了筆芯，不得不重新削筆。」

「好極了！」福爾摩斯說道。眼前的案子漸漸地勾起了他的興趣，他的心情也漸漸地好了起來。「你的運氣可真是不錯啊。」

「這還不算完呢，我的書桌是新換的，桌面用的是光滑的紅色皮革，我可以保證，班尼斯特也可以保證，桌面本來是平平整整，沒有任何污跡。眼下呢，我發現桌面有一條清晰的切口，大概有三英寸長，不僅僅是劃痕，而是一條實實在在的切口。不僅如此，桌面上還有一小團黑面或者黑泥，上面沾着一些看起來像鋸末的東西。我可以肯定，這些痕跡都是那個偷題的傢伙留下的。房間裏沒有腳印，也沒有關於他身份的其他線索。我實在是束手無策，突然卻靈機一動，想到你剛好在我們這裏，於是就直接趕了過來，把這件事情交到你的手裏。千萬得幫我一把，福爾摩斯先生！你也看見了，我這件事情真的是非常難辦。如果找不出偷題的人，我就只能把考試推到新試卷準備好之後。要把考試往後推，沒有一個說法是不行的，事情一說出去，隨之而來的就是一樁可怕的醜聞，不光會讓學院的名譽蒙上陰影，大學也會受到連累。我最大的願望就是，這件事情能夠有一個穩妥慎重的解決方式，不引起任何風波。」

「我樂意調查這件案子，盡我的能力向你提供建議，」福爾摩斯一邊說，一邊站起身來，開始穿他的大衣。「這案子多少也算有點兒意思。校樣到你手裏之後，有人上你的房間找過你嗎？」

「是的，道拉特·拉斯來過。拉斯是從印度來的學生，跟我住同一個單元，找我是為了打聽關於考試的一些情況。」

「他也要參加考試嗎？」

「是的。」

「他去找你的時候，校樣就擺在你的桌子上嗎？」

「是的，可我記得校樣是捲着的。」

「捲着也能看出來是校樣，對吧？」

「有這個可能。」

「你的房間裏沒有別人，對吧？」

「沒有。」

「還有別人知道校樣在你手上嗎？」

「只有印刷廠的人知道。」

「這個叫班尼斯特的知道嗎？」

「不知道，他肯定不知道。沒有人知道。」

「班尼斯特現在在哪兒呢？」

「他身體很不舒服，真是可憐。我走的時候，他還在椅子上癱着呢。我急着過來找你，也沒顧得上管他。」

「你走的時候連門都沒鎖嗎？」

「我把校樣鎖好才走的。」

「這樣看來，咱們不妨這麼說，索姆斯先生，一種情形是那個印度學生認出了捲着的校樣，除了這種情形之外，不管是誰動了校樣，都只是偶然碰上的，事先並不知道校樣在你房裏。」

「看起來的確如此。」

福爾摩斯露出了一個高深莫測的笑容。

「好了，」他說道，「咱們出去轉轉吧。這案子跟你可沾不上邊，華生，完全是智力問題，用不上甚麼體力。

好啦，你想去就去吧。好，索姆斯先生，我倆都聽憑你的差遣！」

我們主顧的起居室有一扇開得很低的格子長窗，窗外是這個古老學院的庭院。方形的庭院苔痕點點，歷史比學院本身還要悠久。哥特式 * 的拱頂樓門裏面是一段磨薄了的石梯，導師的房間在底樓，上面的三層各住了一名學生。我們趕到事發現場的時候，暮色已經降臨。福爾摩斯停下腳步，仔細地看了看起居室的窗子，然後就走到窗邊，踮起腳尖，伸長了脖子往房裏張望。

「他肯定是從門進去的。這扇窗子就有一格能打開，別的地方都開不了，」我們這位知識淵博的嚮導說道。

「可不是嘛！」福爾摩斯說道，瞥了一眼這位嚮導，怪裏怪氣地笑了笑。「好了，這裏既然不會有甚麼發現，咱們還是進屋去吧。」

講師打開外門，把我倆讓進了他的房間。我和講師都站在門邊，等着福爾摩斯檢查地毯。

「要我說，這裏恐怕找不出甚麼痕跡，」福爾摩斯說道。「天氣這麼乾燥，想找痕跡也不太現實。你的僕人大概是緩過勁兒來了吧。剛才你說，你走的時候他靠在一把椅子上，是哪把椅子呢？」

「靠窗的那一把。」

「明白了，也就是小桌子旁邊的這一把。你們可以進

---

* 哥特式 (Gothic) 是十二至十五世紀之間流行於西歐的一種建築風格，典型特徵之一為尖形拱門。

來了，地毯已經檢查完畢。好了，咱們先來看看這張小桌子。當然嘍，之前的事情可說是一目瞭然。這個人走進房間，從屋子中央的書桌上一張一張地拿起校樣，然後就跑到窗邊的桌子跟前去抄題，這樣一來，如果你穿過庭院回來的話，他就可以提前看見，隨即逃之夭夭。」

「事實上他逃不掉，」索姆斯說道，「因為我是從邊門進樓的。」

「是嗎，好極了！呃，不管逃不逃得掉，他反正是這麼打算的。好了，咱們來看看這三張長條校樣。沒有指紋——糟糕！情形是這樣，他首先拿起這一張，到窗邊去抄了下來。拼了老命抄的話，他得抄多久呢？至少也得一刻鐘。這之後，他把它扔到地上，開始抄第二張。他還沒來得及抄完，你已經回來了，於是他只好展開十分匆忙的撤退行動。注意，我說的是**十分**匆忙，理由是他沒時間把校樣放回原位，沒時間掩蓋自己來過的事實。走進外門的時候，你沒聽見樓梯上有匆忙的腳步聲嗎？」

「沒有，我記得是沒聽見。」

「呃，當時他抄得非常慌張，結果就弄斷了鉛筆芯。然後呢，就像你已經發現的那樣，他不得不重新削筆。這一點很有意思，華生。他這支鉛筆不太一般，比普通的鉛筆要大一號，筆芯是軟的，深藍色的筆桿上印着銀色的廠商名字，已經用掉了很多，剩下的長度只有一英寸半左右。去找這支鉛筆吧，索姆斯先生，筆找到了，人也就找到了。我還可以再給你一點兒線索，這人的削筆刀比較大，而且非常鈍。」

聽了這一大堆情報，索姆斯先生顯得有點兒暈頭轉向。「別的我都能明白，」他說道，「不過，老實說，你說的筆杆長度嘛——」

福爾摩斯把一小片筆屑遞到了他的眼前，筆屑上印着「NN」兩個字母，字母下方的一截則是空白。

「明白了嗎？」

「不明白，恐怕我到現在——」

「華生啊，我對你的評價一直都有欠公允。不明白的並不是只有你一個。這個『NN』能是甚麼呢？當然是一個單詞的結尾。你們肯定都知道，銷量最大的鉛筆廠商名叫『Johann Faber』（約翰·輝柏）*。『Johann』這個詞後方的那截筆杆通常都只有這麼長，難道不是明擺着的嗎？」說到這裏，他把小桌子挪到了電燈下面。「希望他抄寫時用的是很薄的紙，那樣的話，他的筆跡就會印到光滑的桌面上。沒有，甚麼也沒看見。好了，這張桌子應該沒甚麼可看的了。現在來看房間中央的書桌。照我看，這一小塊東西就是你說的那個黑面團似的玩意兒吧。它大致是金字塔的形狀，中間是空的。跟你說的一樣，上面還沾着一些鋸末似的渣子。天哪，這可真是太有趣了。還有你說的這道切口——看得出來，明顯是撕裂的痕跡。痕跡從細細的劃痕開始，最後發展成了一個參差不齊的小洞。非

---

*　歷史上確有約翰·輝柏 (Johann Lothar von Faber, 1817–1896) 其人，此人出身於德國著名的制筆世家輝柏家族，將家族產業推向鼎盛時期，因商業成就於 1881 年獲得男爵封號。該家族的產業為今日制筆名家輝柏嘉公司 (Faber–Castell) 的前身。

常感謝你把這件案子介紹給我，索姆斯先生。那道門通到哪裏呢？」

「通到我的臥室。」

「出事之後，你進過臥室嗎？」

「沒有，我直接找你來了。」

「我得進去看看才行。你這個古色古香的房間真漂亮！麻煩你等會兒再進來，我需要檢查一下地板。沒有，甚麼也沒看見。這道簾子是幹嗎的呢？你用它來遮擋掛在後面的衣服。要是有人被迫躲進這個房間的話，那就只能往簾子後面躲，因為你的床太低，衣櫥又太淺。要我說，簾子後面不會有人吧？」

福爾摩斯拉開簾子的時候，我注意到他的確是在提防甚麼緊急情況，因為他的神情略顯僵硬，還帶着一點兒警惕的意思。事實呢，簾子後面只有一排掛鉤，上面掛着三四套衣服。福爾摩斯剛剛轉身準備走開，突然又蹲到了地板上。

「哈！這是甚麼東西？」他說道。

眼前是一小塊金字塔形的黑色東西，看起來像是鑲玻璃用的膩子，跟書桌上的那塊一模一樣。福爾摩斯把它攤在手心，舉到了電燈下面。

「你這位客人的蹤跡並不限於你的起居室，你的臥室裏也有，索姆斯先生。」

「他到臥室裏去幹甚麼呢？」

「依我看，這一點非常明顯。你回來的路線出乎他的意料，他發覺你回來的時候，你已經到了門口。他能怎麼

辦呢？只能拿上那些會暴露他身份的東西，然後就衝進你的臥室，把自個兒藏起來。」

「天哪，福爾摩斯先生，難不成你是說，我跟班尼斯特在這個房間裏談話的時候，實際上已經把他堵在了臥室裏嗎？」

「我的判斷正是如此。」

「這事情肯定還有另外一種解釋，福爾摩斯先生。你注意到我臥室裏的窗子了嗎？」

「格子窗，鉛框子，一共三扇，其中一扇裝有合頁，大小夠一個人鑽進來。」

「一點兒不錯。還有啊，臥室的窗子對着庭院的一個角落，因此就有一定的隱蔽性。這人可能是從臥室的窗子爬了進來，接着就從臥室裏穿過，留下了一些痕跡，最後他發現起居室的門開着，於是就從門口逃了出去。」

福爾摩斯很不耐煩地搖了搖頭。

「咱們還是說實際的吧，」他說道。「你剛才說，平常有三個學生要走這段樓梯，而且要從你門前經過，對嗎？」

「是的，是有三個學生。」

「他們都要參加這次考試嗎？」

「是的。」

「在你看來，他們當中有沒有哪一個的嫌疑比其他人大呢？」

索姆斯猶豫了一陣。

「這件事情很難說，」他說道。「沒有真憑實據，可不能瞎起疑心。」

「把你的疑心説來聽聽吧，真憑實據由我來找。」

「好吧，我這就簡單地説一説住在這裏的三個學生，給你介紹一下他們的性格。住在最下面的是吉爾克里斯特，既是個優秀的學生，又是個優秀的運動員。他加入了學院的橄欖球隊和板球隊，還代表大學 * 參加跨欄和跳遠比賽，是一個充滿陽剛之氣的好小伙子。他父親是聲名狼藉的傑貝兹·吉爾克里斯特爵士，賭馬賭得傾家盪產，致使我這個學生落到了非常窮困的境地。即便如此，他依然非常勤勉、非常刻苦，將來會有出息的。

「三樓住的是道拉特·拉斯，也就是那個印度學生。跟大多數印度人一樣，他也是沉默寡言，讓人捉摸不透。他的成績相當不錯，希臘文卻是他的弱項。他這個人非常可靠，做事情一板一眼。

「住在頂樓的是邁爾斯·麥克拉倫。願意上進的時候，他是個非常出色的學生，實際上，全校也沒幾個像他那麼聰明的學生。可惜他反復無常，生活浪蕩，做人也沒有甚麼原則。進學校的頭一年，他就差點兒因為打牌作弊

---

* 「代表大學」的英文原文是「got his Blue」，直譯為「獲得藍色隊服」，實際意思是獲得了代表牛津或者劍橋大學代表隊參賽的資格。1836 年，劍橋大學劃艇隊率先在與牛津大學的劃艇比賽中採用「light blue」(淺藍色，這個顏色可能是源自其中一名隊員的母校伊頓公學) 作為標誌色，牛津大學劃艇隊隨即採用「deep blue」(深藍色，牛津大學網站採用的説法是「dark blue」，這個顏色源自該大學的基督教會學院) 作為標誌色。兩個學校的其他運動隊紛紛起而仿效，傳統延續至今。不過，並不是加入兩校校隊就可以「獲得藍色隊服」，依據所屬運動項目發展狀況和隊員具體情況，有些校隊隊員可以獲得「全藍隊服」(full blue)，有些可以獲得「半藍隊服」(half blue)，還有些不能獲得藍色隊服。亞瑟·柯南·道爾使用了這種説法，無疑給人們留下了對號入座的空間。

遭到開除。這學期他一直都在混日子，這次考試肯定會讓他心裏發怵。」

「如此說來，你的懷疑對象就是他嘍？」

「這我可不敢說。不過，就這三個人來說，不是他的可能性也許是最小的。」

「的確如此。好了，索姆斯先生，讓我們見見你的僕人班尼斯特吧。」

班尼斯特年紀五十左右，小個子，斑白頭髮，白皙的臉龐刮得乾乾淨淨。按部就班的平靜生活突然之間起了波瀾，他到現在都還沒有完全恢復過來。他那張圓鼓鼓的臉緊張得變了形，手指也在不停地哆嗦。

「我們正在調查這件不幸的事情，班尼斯特，」他的主人說道。

「好的，先生。」

「我剛才聽說，」福爾摩斯說道，「你把鑰匙忘在了門上，對嗎？」

「是的，先生。」

「偏偏是在房裏有試題的這一天，你把鑰匙忘在了門上，難道不是非常奇怪嗎？」

「這件事情確實是糟糕極了，先生。不過，以前我也忘過幾次。」

「你是甚麼時候進房間的呢？」

「大概是四點半吧，正好是索姆斯先生平常喝茶的時間。」

「你在房裏待了多久呢？」

「看見他沒在房裏，我馬上就出來了。」

「你看桌子上的這些文件了嗎？」

「沒看，先生，確實沒看。」

「你怎麼會把鑰匙忘在門上呢？」

「我手裏端着茶盤，原本是打算稍後來取鑰匙的，後來就忘了。」

「外門裝彈簧鎖了嗎？」

「沒裝，先生。」

「這麼說的話，門一直都開着嘍？」

「是的，先生。」

「屋裏的人可以跑出去，對吧？」

「是的，先生。」

「索姆斯先生回來找你的那個時候，你覺得非常不安，對吧？」

「是的，先生。我在這裏幹了好些年，從來沒碰上過這種事情。當時我差一點兒就暈了過去，先生。」

「我也是這麼聽說的。剛開始覺得不舒服的時候，你是在哪兒呢？」

「我在哪兒，先生，還能在哪兒？就在這兒，就在門邊上。」

「這可就怪了，因為你後來坐的是那把椅子，坐到了那邊的牆角附近。你為甚麼不坐離你更近的那幾把椅子呢？」

「我不知道，先生。我沒留意自己坐的是哪把椅子。」

「說實在的，我也覺得他沒有留意，福爾摩斯先生。

當時他氣色非常難看，説是可怕都可以。」

「主人走了以後，你還在這個房間裏待着，對嗎？」

「只待了一兩分鐘。然後我就鎖上房門，回自己的房間去了。」

「你懷疑誰呢？」

「噢，這我可不敢説，先生。要説這所大學裏有哪位先生會幹這種投機取巧的事情，我是絕不會相信的。不，先生，這種事情我不信。」

「謝謝你，你可以走了，」福爾摩斯説道。「等等，還有一句。考試的事情出了岔子，你沒跟你服侍的這三位先生提過吧？」

「沒有，先生，一個字也沒提。」

「出事之後，你沒跟他們見過面嗎？」

「沒有，先生。」

「很好。好了，索姆斯先生，你要樂意的話，咱們這就到庭院裏去轉轉吧。」

夜幕低垂，我們的頭頂卻懸着三個明晃晃的黃色方塊。

「你的三隻鳥兒都已經回了巢，」福爾摩斯一邊説，一邊抬頭觀望。「嘿！那是甚麼？有一隻鳥兒好像不太安分哩。」

原來是那個印度學生，他正在自己的房間裏飛快地來回踱步，黑色的側影突然映在了百葉窗簾上。

「我想去瞧瞧他們三個，」福爾摩斯説道。「沒甚麼問題吧？」

「一點兒問題也沒有，」索姆斯回答道。「這些房間的年頭在學院裏數一數二，經常都有人跑來參觀。來吧，我親自給你們當嚮導。」

剛剛敲響吉爾克里斯特的房門，福爾摩斯馬上叮囑了一句，「別提我們的名字，千萬！」開門的是一個身材瘦高，長着亞麻色頭髮的小伙子，聽説我們想參觀房間之後，他立刻向我們表示歡迎。他的房間裏確實有一些非常少見的中世紀建築內飾，其中一件還引起了福爾摩斯極大的興趣，以致他堅持要把它畫在自己的記事本上，畫着畫着又弄斷了鉛筆芯，只好向主人借了一支，最後還借了把刀來削他自己的那一支。同樣的離奇意外在那個印度學生的房間裏重演了一遍，後者是個寡言少語的小個子，長着一個鷹鉤鼻子。他斜起眼睛瞅着我們，等到福爾摩斯的建築研究終於完成的時候，他顯然是非常高興。看福爾摩斯的神色，兩個房間裏都沒有他期望之中的線索。到了第三個房間，我們的參觀終於中途夭折。我們敲不開外層的房門，關於門裏面的情形，我們的了解僅僅是滾滾湧出的一大堆污言穢語。「不管你們是誰，都給我去死好了！」一個聲音在怒吼。「明天要考試，誰也別來煩我。」

「沒教養的傢伙，」下樓的時候，已經氣得面紅耳赤的嚮導說道。「當然，他並不知道敲門的是我。即便如此，他這種行為仍然非常無禮，照眼下的情形來看，還得説是非常可疑。」

福爾摩斯的反應卻讓人摸不着頭腦。

「你知道他確切的身高嗎？」他問道。

「這個嘛，福爾摩斯先生，我還真說不好。他比那個印度人高，可又沒有吉爾克里斯特高。按我看，大概是五英尺六英寸吧。」

「這一點非常重要，」福爾摩斯說道。「好了，索姆斯先生，祝你晚安。」

我們的嚮導又是驚愕又是着急，大聲地嚷嚷起來。「天哪，福爾摩斯先生，你可千萬不能說走就走，就這麼把我扔下！看樣子，你還沒弄明白眼前的形勢。明天就要考試，今晚上我必須拿出一個具體的辦法。既然有人動過試題，那我只能取消這次考試。這樣的局面不處理不行啊。」

「你必須對這樣的局面聽之任之。我明天一大早就來找你，跟你好好談談這件事情。說不定，到時我就能教給你一個辦法。在此期間，你得讓事態維持原狀，一點兒變動都不能有。」

「好吧，福爾摩斯先生。」

「你只管放一百個心，我們肯定能幫你找出擺脫困境的辦法。我要把這兩塊黑泥拿走，還有這些筆屑。再見。」

走進漆黑的庭院之後，我們再次抬頭看了看那幾扇窗子。印度人仍然在房間裏踱來踱去，窗子裏面沒有另外兩個學生的身影。

「好了，華生，這事情你怎麼看呢？」我倆走進了鎮上那條主要的街道，福爾摩斯問道。「簡直就是個用來娛樂客人的小遊戲，跟那種三張牌挑一張的戲法 * 差不多，

---

*　這種戲法的英文原文是「three-card trick」，我國的地攤上也時常

對吧？咱們面前有三個人，其中一定有一個偷了題。你來挑一挑好了。你挑誰呢？」

「我挑頂樓那個滿嘴髒話的傢伙，因為他過去的表現最差勁。話說回來，那個印度人也挺狡猾的。他幹嗎要在房間裏走個不停呢？」

「他這種舉動沒甚麼蹊蹺。拼命記東西的時候，很多人都會走來走去。」

「他瞧我們的眼神也不對勁。」

「如果你正在準備第二天的考試，一分一秒都非常寶貴，這時卻有一群陌生人跑來打擾你，你也會這樣的。不奇怪，我看這一點兒也不奇怪。還有啊，他們的鉛筆，再加上他們的刀子，全都瞧不出甚麼毛病。不過，那傢伙的舉動**確實**讓我想不明白。」

「誰？」

「還能是誰，當然是班尼斯特，那個僕人。他在這裏面攪和甚麼呢？」

「按我的印象，他是個再誠實不過的人。」

「我也是這種印象，就是這點讓我想不明白。一個再誠實不過的人為甚麼要——好啦，好啦，這家文具店還挺大的，咱們就從它查起吧。」

鎮上一共只有四家有點兒規模的文具店，福爾摩斯挨個兒轉了一遍，每到一家就掏出他那些筆屑，出高價買一

可以看到這種戲法，三張牌扣在地上，攤主亮開其中一張，旋即重新扣上，之後將三張牌攪和一番，讓願意參賭的人挑出適才亮開的那一張。由於其中摻雜魔術成份，上鉤者必將以失敗告終。

模一樣的鉛筆。四家店都說可以預訂，同時又都說這種鉛筆尺寸超常，店裏很少會有存貨。我朋友似乎並沒有為這次失敗感到沮喪，只是聳了聳肩膀，半真半假地表示投降。

「可惜呀，親愛的華生。這是咱們最好的一條線索，也是唯一的一條可以蓋棺論定的線索，就這麼泡了湯。不過，說實在的，咱們肯定能把這件案子辦成鐵案，沒它也一樣。天哪！親愛的伙計，都要到九點了，房東太太還念叨着七點半給咱們做豌豆湯呢。華生啊，你抽煙抽得沒完沒了，又總是不按時吃飯，我看你肯定會被她掃地出門，連累我一塊兒遭殃。話說回來，掃地出門之前，咱們肯定能解決這個問題，搞清楚這位神經兮兮的導師、這名粗心大意的僕人和這三個奮發上進的學生到底是怎麼回事。」

接下來，福爾摩斯再也沒有跟我提起這件事情，只不過，我倆吃完那頓遲來的晚餐之後，他坐在那裏沉思了很長時間。第二天早上八點，我剛剛盥洗完畢，福爾摩斯就走進了我的房間。

「好了，華生，」他說道，「咱們該去聖路加學院了。你不吃早飯行嗎？」

「沒問題。」

「等不到咱們的明確答案的話，索姆斯會急死的。」

「你拿得出甚麼明確答案嗎？」

「我看可以。」

「你已經有結論了嗎？」

「是的，親愛的華生，我已經解決了這件謎案。」

「可是，你究竟拿到了甚麼樣的新證據呢？」

「哈！我六點鐘就催命似的把自己趕下了床，怎麼可能一無所獲呢。我辛辛苦苦地工作了兩個鐘頭，跑了至少五英里的路，總算是弄到了一點兒拿得出手的東西。瞧瞧這個！」

他把手伸了過來，掌心裏是三小塊金字塔形的黑色泥土。

「怎麼回事，福爾摩斯，昨天你還只有兩塊呢！」

「今天早上又多了一塊。第三塊的源頭也是第一塊和第二塊的源頭，這麼說應該不算離譜。對吧，華生？好了，咱們這就去解救索姆斯老兄的苦難吧。」

不幸的導師待在自己的房間裏，顯然是陷入了一種極度焦慮的淒慘狀態。考試開始的時間就在短短幾個鐘頭之後，而他依然左右為難，不知道是該把事實公之於眾，還是該縱容作弊的人繼續競爭這項豐厚的獎學金。他腦子裏亂成了一鍋粥，幾乎連站都站不住了。看到我們的時候，他伸着雙手，迫不及待地跑到了福爾摩斯面前。

「謝天謝地，你可算是來了！我還擔心你想不出解決的辦法，就這麼放棄了呢。我該怎麼辦？考試還可以照常舉行嗎？」

「可以，一定要照常舉行。」

「偷題的無賴呢？」

「不讓他參加就行了。」

「你知道他是誰了嗎？」

「差不離吧。這事情既然不能公開，咱們就必須擺出一點兒權威派頭，自己組織一個私人的軍事法庭。麻煩你坐那邊，索姆斯先生！華生，你坐這邊！我來坐中間的這把扶手椅。依我看，咱們這就算是有了不小的排場，足以讓那些愧疚的心靈瑟瑟發抖了。麻煩你，按鈴吧！」

班尼斯特應聲而入。看到這個恍如法庭的場面，他不由得縮了一縮，內心的驚愕和恐懼暴露無遺。

「麻煩你把門關上，」福爾摩斯說道。「好了，班尼斯特，關於昨天的那件事情，你能把實話告訴我們嗎？」

班尼斯特的臉刷地一下白到了髮根。

「我知道的都已經說了，先生。」

「有沒有補充呢？」

「甚麼也沒有，先生。」

「是嗎，那好，我只能自個兒來猜一猜了。昨天你之所以要坐那把椅子，是不是為了掩蓋某件東西、免得別人發現房裏有人呢？」

班尼斯特的臉色越發慘白。

「不是，先生，絕對不是。」

「僅僅是一個猜測而已，」福爾摩斯的語氣十分溫和。「坦白說，這一點我完全證明不了。話說回來，我這個猜測很有可能是符合事實的，因為索姆斯先生剛一出門，你就把藏在臥室裏的人放了出去。」

班尼斯特舔了舔乾燥的嘴唇。

「房裏沒人，先生。」

「唉，真是太遺憾了，班尼斯特。在此之前，你説的興許都是實話，現在呢，我可以斷定你撒了謊。」

這個人臉色一沉，露出了挑釁的神情。

「房裏沒人，先生。」

「説吧，説實話，班尼斯特！」

「沒有，先生，一個人也沒有。」

「這麼説的話，我們也指望不上你提供甚麼新情況了。麻煩你待在這兒別走，行嗎？就站在臥室的門邊吧。好了，索姆斯，麻煩你辛苦一趟，上樓去找吉爾克里斯特，把他叫到你這裏來。」

片刻之後，導師帶着學生走了回來。學生是個儀表堂堂的男子，身材頎長，動作敏捷，腳步輕快，長着一張討人喜歡的開朗面龐。他那雙不安的藍眼睛從我們身上依次掃過，最後就張惶失措地落到了遠端角落裏的班尼斯特身上。

「把門關上吧，」福爾摩斯説道。「好了，吉爾克里斯特先生，這裏沒有甚麼閒人，永遠也不會有人知道咱們這次談話的內容。咱們完全可以開誠布公，不需要隱瞞任何事情。我們想問一問，吉爾克里斯特先生，你這麼一個品格高尚的人，怎麼會幹出昨天的那種事情呢？」

不幸的小伙子跟蹌着退了一步，瞥了班尼斯特一眼，目光裏充滿了憎恨和譴責。

「不，不是我，吉爾克里斯特先生，先生，我一個字都沒説，一個字都沒説！」僕人叫道。

「以前沒説，可你現在説了，」福爾摩斯説道。「好

了，先生，你應該看得出來，班尼斯特説了這句話之後，你已經無法抵賴，唯一的出路就是徹底坦白。」

吉爾克里斯特抬起一隻手，打算摀住自己不停抽搐的臉。片刻之後，他撲通一聲跪倒在書桌旁邊，雙手摀住了臉，爆發出一陣猛烈的抽泣。

「好啦，好啦，」福爾摩斯溫言勸慰。「人非聖賢，孰能無過，再怎麼説，你終歸還沒有墮落成一個不知廉恥的罪犯。依我看，不如由我來給索姆斯先生講講事情的經過，你只需要糾正我説得不對的地方就行了，這樣你興許會好受一些。你覺得怎麼樣？好啦，好啦，你用不着勞神回答。好好聽着，免得我冤枉了你。

「索姆斯先生，之前你告訴我，誰也不知道校樣在你的房間裏，包括班尼斯特在內。從那一刻開始，我就對這件案子有了一個清晰的概念。當然，印刷廠方面的嫌疑完全可以排除。他們要是想看，盡可以在自個兒的辦公室裏看。那個印度人也不在我的考慮範圍之內，他來的時候校樣是捲着的，所以他不可能知道那是甚麼東西。另一方面，要説有人為別的事情闖進房間，僅僅是剛好趕在了桌子上擺着校樣的這一天，這樣的巧合實在是讓人無法想像，所以我排除了這種可能性。由此可知，闖進來的人知道校樣在房間裏。他是怎麼知道的呢？

「走到你房間外面的時候，我檢查了一下窗子。你當時的表現真讓我暗自好笑，因為你竟然認為，我是在揣測會不會有人大白天破窗而入、不顧院子對面那些屋子裏無數雙眼睛的注視。那樣的想法只能説是荒唐透頂。實際

上，我是在估量一個人得有多高的個子，才能在路過的時候看到起居室中央這張桌子上的文件。我有六英尺高，費點兒勁可以看到，比我矮的人是絕對看不到的。你瞧，到了這個時候，我已經有理由推測，如果三個學生裏有一個身材特別高的話，那他就是最值得注意的對象。

「進屋之後，我把我從邊桌上查到的情況告訴了你。房間中央的書桌沒給我甚麼提示，直到你說起吉爾克里斯特是一名跳遠選手的時候，我才一下子看清了事情的全貌。這一來，剩下的工作僅僅是尋找確鑿的證據而已，然後呢，我很快就找到了證據。

「事情的經過是這樣的。昨天下午，這個小伙子一直在運動場上練習跳遠。練完之後，他拎着跳鞋走了回來。你肯定也知道，跳鞋上是有幾枚尖釘的。他個子很高，從你窗邊經過的時候就看見了你桌子上的校樣，並且猜出了這是甚麼東西。看見了本來也沒甚麼關係，不巧的是，從你門前經過的時候，他又看見了你的僕人不小心忘在門上的鑰匙。他一時頭腦發熱，於是就闖進房間，想要看看這些東西到底是不是校樣。這麼做並沒有甚麼風險，要是你在房裏的話，他完全可以假裝是進來請教一個問題。

「好了，他發現這些東西的確是校樣，一時間頂不住誘惑，於是就把跳鞋放在了書桌上。對了，你放在窗邊那把椅子上的又是甚麼呢？」

「手套，」小伙子說道。

福爾摩斯得意洋洋地看了看班尼斯特。「他把手套放到那把椅子上，然後就一張一張地拿起校樣，開始抄寫

試題。他以為導師肯定會穿過院子從正門回來，以為自己能夠提前看見。可我們已經知道，導師是從邊門回來的。突然之間，他聽見導師到了門口，自己已經無路可逃。他忘了拿手套，但卻沒忘了拎起跳鞋，跟着就一頭衝進了臥室。你瞧，書桌上的痕跡剛開始很淺，之後卻朝着臥室門口的方向逐漸加深。光憑這一點，我們就可以知道肇事者是把鞋子往那個方向拖的，還可以知道他躲進了臥室。鞋釘上的泥土灑了一些在書桌上，另一個樣本則掉在了臥室裏。需要補充的是，今天早上我到運動場去走了一遭，親眼看到了跳遠沙坑用的那種粘乎乎的黑色泥土，並且帶上了一個樣本，外加一些灑在地面防滑的淺褐色細粉，或者說是鋸末。我說得對嗎，吉爾克里斯特先生？」

這時候，學生已經站直了身子。

「對，先生，您說得沒錯。」

「天哪，你這就無話可說了嗎？」索姆斯叫了起來。

「有的，先生，我有話要說，剛才是因為事情突然敗露，我一下子羞愧得不知所措。我這兒有一封信，索姆斯先生，信是我今天凌晨寫給您的，為這件事情，我翻來覆去地想了一整夜。寫這封信的時候，我並不知道自己的罪行已經有了報應。信給您，先生。您一看就知道，我信裏寫的是，『我決定退出此次考試，因為我得到了羅得西亞警察部隊的聘任，準備即刻前往南非＊。』」

「聽到你並不打算通過不正當的手段來撈好處，我真是太欣慰了，」索姆斯說道。「可是，你為甚麼會改變主意呢？」

吉爾克里斯特指了指班尼斯特。

「是他讓我走上了正道，」他說道。

「說吧，班尼斯特，」福爾摩斯說道。「聽了我剛才說的話，你自己也應該非常清楚，事情已經一目瞭然，能放走這個小伙子的人只有你，因為你當時留在了這個房間裏，出去的時候也必然會把門鎖上。要說他是從臥室的窗子逃走的，那也是匪夷所思的事情。你能不能澄清一下這件謎案當中的最後一個疑點，說說你這麼做的理由呢？」

「您要是知道內情的話，先生，就會發現我的理由非常簡單，只不過您沒法知道內情，多聰明也不管用。是這樣，先生，我曾經是傑貝茲·吉爾克里斯特老爵士的管家，爵士就是這位年輕紳士的父親。他破產之後，我成了這個學院的僕人，可我總是惦記着我的老東家，並不因為他走了背運就把他拋到腦後。念着往日的情分，我盡量看顧他的兒子。然後呢，先生，昨天出事之後，我走進這間屋子，第一眼就看見吉爾克里斯特先生的淺黃色手套擺在那把椅子上。我非常熟悉那雙手套，也知道它意味着甚麼事情。要是索姆斯先生看見的話，這事情就算是完了。於是我癱倒在那把椅子上，在那裏生了根，直到索姆斯先生出去找您為止。這之後，我可憐的小少爺跑了出來，跟我坦白了所有的事情。以前我還曾經把他抱在膝上呢，眼下我要救他，先生，難道不是一件自然而然的事情嗎？我像

他已故的父親那樣開導他，讓他明白這樣的便宜不能佔，不也是一件自然而然的事情嗎？您能說出我甚麼不是嗎，先生？」

「不能，確實不能，」福爾摩斯懇切地說道，跟着就一躍而起。「好了，索姆斯，依我看，你這個小問題我們已經解決了，家裏還給我們預備了早飯呢。走吧，華生！至於你嘛，先生，我相信羅得西亞為你預備了光明的前程。這次你雖然跌落深谷，不過來日方長，將來你能夠登上多高的山峰，且讓我們拭目以待。」

金邊夾鼻眼鏡

　　看着記錄我倆一八九四年工作的三大本手稿，我不得不承認，面對數量如此驚人的素材，要想判斷其中的哪些案子最為有趣、同時又最能彰顯我朋友借以揚名的種種獨特本領，實在是一件非常困難的事情。瀏覽手稿的過程之中，我看到了那個讓人反胃的故事，說的是紅色水蛭和銀行家克羅斯比的慘死，還看到了關於埃戴爾頓慘案的記述，其中牽涉到埋藏在那座不列顛古冢當中的古怪物品。著名的史密斯 – 莫蒂默繼承權糾紛也發生在這一年，此外還有成功緝拿大道殺手休瑞特的行動，後者為福爾摩斯贏得了法國總統的親筆感謝信和法國政府頒發的榮譽軍團勳位 *。以上這些案子都值得動筆敍寫，不過，整體看來，我還是認為它們都不像約克斯萊老宅事件這麼奇峰迭起，這次事件當中不光有青年威洛比 · 史密斯的慘死，更有隨之而來的諸多曲折，最終揭曉的罪案因由也十分地出人意表。

　　事情發生在十一月下旬一個狂風暴雨的夜晚。我和福爾摩斯默不作聲地坐了一個晚上，他忙着用高倍放大鏡解

---

*　這篇故事首次發表於 1904 年 7 月；榮譽軍團勳位 (Legion of Honour) 由拿破侖於 1802 年創設，是法國的最高榮譽勳位。

讀一份重寫手稿 * 的原有內容，我則致力於鑽研一篇新近發表的外科論文。暴風呼嘯着掃過貝克街，雨點猛烈地敲打着窗子。說來也怪，身處這座城市的中心、周圍十英里之內都是人類的種種施設，我們卻依然可以感受到造物主的無情鐵腕，依然可以意識到，相較於種種自然威力，整個倫敦也不過是鼹鼠在田間營造的一座座土丘而已。我走到窗前，看着下方那條空無一人的街道。泥濘的主路和白亮亮的人行道映出了忽明忽滅的提燈光線，一輛孤零零的出租馬車正在從牛津街方向飛速駛來，一路泥水四濺。

「呃，華生，今晚咱們不用出門，真算是一件幸事，」福爾摩斯一邊說，一邊放下手裏的放大鏡，把手稿捲了起來。「一口氣看這麼久已經夠了，這可是一件傷眼睛的活計。按我的判斷，這不過是十五世紀下半葉一間修道院的流水賬而已，沒甚麼更讓人興奮的內容。嘿！嘿！嘿！這是甚麼聲音？」

呼呼的風聲之中多了一陣得得的馬蹄聲，接着就是車輪急劇摩擦街沿的長聲吱呀。我剛才看見的那輛出租馬車已經停在了我們的門前。

「他這是想幹甚麼呢？」看到一個男的走下車來，我不由得脫口問了一句。

「想甚麼！當然是想咱們。咱們呢，倒霉的華生啊，咱們要想的是大衣、圍巾和橡膠套鞋，以及可以抵御狂暴天氣的一切人類發明。等等，不用急！馬車又走了！這麼

---

* 重寫手稿 (palimpsest) 通常指寫在紙莎草紙或者羊皮紙上的古代手稿，紙張經過重覆使用，由此承載着不止一種內容。

説的話，咱們還有希望。他要是想讓咱們出去的話，肯定會讓馬車等着的。下樓去吧，親愛的伙計，去幫他開下門，因為品行端正的人們早就已經上了床。」

門廳的燈光灑在了午夜訪客的身上，我立刻認出他就是那名前程大好的探員，年輕的斯坦利·霍普金斯。在此之前，他的職業生涯曾經多次得到福爾摩斯大有裨益的關注。

「他在嗎？」他迫不及待地問道。

「上來吧，親愛的先生，」樓上傳來了福爾摩斯的聲音。「今晚的天氣這麼糟糕，你可別給我們安排甚麼差使。」

探員上了樓，我們屋裏的燈光映照着他水光閃閃的雨衣。我幫他脫掉了雨衣，福爾摩斯則撥旺了壁爐裏的火。

「好了，親愛的霍普金斯，往這邊靠一靠，暖暖你的腳，」他說道。「喏，拿上這支雪茄，醫生會給你開一張熱水加檸檬的處方，都是些特別適合這種夜晚的良藥。風這麼大你還來，事情一定是非常緊急吧。」

「的確是非常緊急，福爾摩斯先生。跟您說吧，整個下午我都忙得喘不過氣來。您在最新的報紙上看到約克斯萊案件的消息了嗎？」

「今天我看到的消息，還沒有晚於十五世紀的呢。」

「也好，報上只登了一則簡訊，內容也是大錯特錯，所以您並沒有錯過甚麼。我一點兒工夫也沒耽擱。案發地點在肯特郡，離切特姆鎮有七英里，離鐵道線則是三英

里 *。我下午三點十五分收到電報，五點鐘趕到約克斯萊老宅，馬上展開調查，然後又坐最後一班火車回到查林十字車站，下火車就上出租馬車，直接上您這兒來了。」

「照你這麼說，意思就是你對案情沒多少頭緒，對不對？」

「意思是我完全沒有頭緒。在我看來，這案子比我以前辦過的任何一件案子都要亂。可是，乍看起來，它又是一件簡單得不可能弄錯的案子。這案子沒有犯罪動機，福爾摩斯先生。就是這一點讓我心煩——我找不到任何動機。人確實已經死了，這事情不容否認，可我看來看去，哪個人也不會有害他的理由。」

福爾摩斯點起雪茄，靠到了椅子背上。

「說來聽聽吧，」他說道。

「我已經理清了各種事實，」斯坦利·霍普金斯說道。「可我並不明白它們究竟是甚麼意思。按我的理解，事情的經過是這樣的。幾年之前，一個自稱科瑞姆教授的老先生買下了這座名為『約克斯萊老宅』的鄉間別墅。科瑞姆身有殘疾，半數的時間都躺在床上，其餘的時間則要麼是拄着拐杖在屋子周圍顛上幾步，要麼就是坐上巴斯椅†，讓花匠推着在院子裏轉悠。拜訪過他的鄰居雖然不多，對他的印象倒是很好，那一帶的人都覺得他是個很有學問的

---

* 　肯特郡 (Kent) 為英格蘭東南部的一個郡，緊鄰倫敦；切特姆 (Chatham) 為肯特郡城鎮，西北距倫敦約 50 公里。

† 　巴斯椅 (bath–chair) 是一種類似輪椅的小車，有一些還帶有可折疊的頂篷，可以手推，也可以用牲口拉，廣受維多利亞時代英國人的歡迎。名字來源於英格蘭城鎮巴斯 (Bath)，據說是巴斯人詹姆斯·希思 (James Heath) 在 1750 年左右的發明。

人。以前他屋裏只有兩個人，一個是老管家馬克爾太太，一個是名為蘇珊‧塔爾頓的女僕。他剛剛來到此地的時候，這兩個女人就開始在他家裏幹活，兩個人的人品似乎都很不錯。教授正在撰寫一本學術著作，所以呢，大概一年之前，他發現自己需要請個秘書。他請的前兩個秘書都不怎麼理想，第三個則是威洛比‧史密斯先生，似乎是特別符合東家的要求。史密斯非常年輕，剛剛才走出大學的校門。他上午的工作是給教授的口述做記錄，晚上的事情則通常是查找資料，為第二天的工作做準備。不管是在阿平厄姆＊念中學的時候，還是在劍橋念大學的時候，這個威洛比‧史密斯的履歷都是無可挑剔。我看到了他的各種證明材料，他從頭到尾都是個為人正派、性格沉靜、學習勤奮的傢伙，一個缺點都沒有。沒想到，這麼個小伙子卻在今天早上死在了教授的書房裏，更怪的是，種種跡象表明，他肯定是死於謀殺。」

狂風在窗子上哀號尖叫，福爾摩斯和我往壁爐跟前挪了挪，年輕的督察則慢條斯理地接着往下講，將他的離奇故事次第展開。

「依我看，走遍整個英格蘭，」他說道，「你也找不出一戶更自我封閉、更不受外界影響的人家。整戶人可以全體待在家裏，連續一個星期不出花園的大門。教授埋頭寫作，別的事情一概不理。年輕的史密斯不認識任何街坊鄰里，生活跟他的東家相去無幾，兩個女人也沒有甚麼非

＊　阿平厄姆 (Uppingham) 是英格蘭中部拉特蘭郡的一個小鎮，鎮上的
　　阿平厄姆學校是一所歷史悠久的著名私立學校。

得出門去辦的事情。推巴斯椅的花匠名叫莫蒂默，是個領年金的退伍軍人，曾經參加過克里米亞戰爭[*]，為人也是非常正派。他沒有住在大屋裏，住的是花園另一頭的一座有三個房間的小屋。約克斯萊老宅的住客就是這些，再沒有別的人。與此同時，花園的大門離切特姆到倫敦的大路不過一百碼，門上只有一道門閂，誰都可以隨便進去。

「接下來我說的都是蘇珊・塔爾頓提供的證詞，只有她能提供一點兒有用的情況。事情出在午前十一點到十二點之間，當時她正在樓上正面的那間臥室裏掛簾子。科瑞姆教授還沒起床，天氣不好的時候，他很少會在中午之前起身。管家在屋子背面忙活。威洛比・史密斯本來是在自己的臥室兼起居室裏待着，出事的時候，女僕聽見他穿過走廊，跟着就走進了樓下的書房，書房正好在她的腳下。她並沒有看見他，同時又說她聽得出他那種迅速有力的腳步聲，絕對不會弄錯。她沒有聽到書房關門的聲音，不過，約摸一分鐘之後，她聽到腳下的房間裏傳來了一聲可怕的尖叫，聲音狂亂嘶啞，而且詭異至極，以致她無法判斷聲音的主人是男是女。同時傳來的還有一聲沉重的悶響，震動了整座老宅，接下來就是一片寂靜。女僕呆呆地站了片刻，然後才鼓起勇氣跑到樓下。書房的門是關着的，她把門打開，發現年輕的威洛比・史密斯先生攤開四肢躺在書房的地板上。剛開始她沒看見他身上的傷口，不過，伸手

---

[*] 克里米亞戰爭 (Crimean War) 是 1853 至 1856 年間土耳其、英國、法國等幾個國家與沙皇俄國之間的戰爭，起因是爭奪巴爾干地區的控制權，以俄國失敗告終，因戰場所在地克里米亞半島而得名。

去扶他的時候，她看到他的脖根血如泉湧。他脖根有一道很深的小口子，傷到了頸動脈。傷人的兇器就在他身邊的地毯上，是一把用來壓實蠟封的小刀，刀柄是象牙的，刀身非常堅硬。老派人家的書桌上經常看得到這種刀子，這一把則是教授本人的書桌文玩之一。

「剛開始的時候，女僕以為史密斯已經死了，不過她還是拿起玻璃水瓶，往他的額頭上澆了點兒水。有那麼一瞬間，他睜開眼睛，喃喃地說了一句，『教授，是她。』女僕發誓說這是他的原話。他拼命想說點兒別的，還把右手舉到了空中，跟着卻身子一沉，就這麼斷了氣。

「這時候，管家也已經趕到了現場，只不過剛好沒趕上聽小伙子的最後遺言。她讓蘇珊守着屍體，自己則趕緊跑進了教授的房間。教授坐在床上，神情極其惶恐，因為他聽到的聲音足以讓他確信家裏發生了可怕的事情。教授當時仍然穿着睡衣，這一點馬克爾太太可以發誓擔保，實際上，他自己根本穿不上衣服，必須得靠莫蒂默幫忙，而莫蒂默當天得到的指示是十二點再來。教授說他聽見了遠處的慘叫聲，別的就甚麼也不知道了。他不明白小伙子最後為甚麼要說『教授，是她』，只能猜測這是句神智不清的胡話。他認為威洛比·史密斯沒有任何仇敵，也想不出任何犯罪動機。出事之後，他的第一個行動就是打發花匠莫蒂默去找當地的警察。不久之後，當地的警察局長就給我發了電報。我趕到那裏之前，所有的東西都沒動過，他們還封鎖了現場，嚴禁任何人走進通往大屋的各條小徑。這可是一個實際運用您那些理論的大好機會啊，歇洛克·

福爾摩斯先生。說實在的，該有的要素一個也不缺。」

「只缺歇洛克·福爾摩斯先生，」我室友說道，臉上的笑容多少有點兒刻薄。「好吧，把你的意見說來聽聽。按你看，這是個甚麼類型的案件呢？」

「福爾摩斯先生，我得先請您看看這張草圖。看過之後，您就可以對教授的書房和案子當中的各個細節有一個整體的概念，聽我講調查過程的時候，您也會聽得更明白的。」

他打開一張粗略的方位圖，把它攤在了福爾摩斯的膝蓋上。我站起身來，走到福爾摩斯身後，隔着他的肩膀仔細觀看。以下就是這張略圖的複製件：

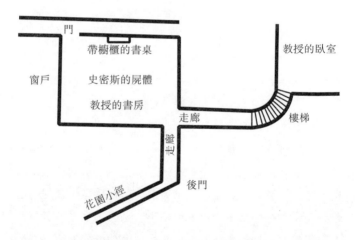

「當然，這張圖非常簡略，裏面只有我自己覺得最重要的那些細節。其他的細節嘛，稍後您可以自己去看。好了，第一點，假設兇手來自宅子之外，他或者她是怎麼

進來的呢？毫無疑問，兇手走的是花園小徑和小徑盡頭的後門，從這裏可以直接走進書房。其他的任何路線對兇手來說都有點兒太過麻煩。從書房逃走的時候也只能選擇這條路線，因為另外兩條出路都行不通，一條已經被正在往樓下跑的蘇珊堵死，另一條則直接通往教授的臥室。這一來，我立刻把目標轉向了花園小徑，小徑浸透了新近的雨水，過路的人都會留下腳印。

「檢查完小徑之後，我發現自己面對的是一名極其謹慎的專家級罪犯。小徑上沒有任何腳印。不過，毫無疑問，有人曾經貼着小徑邊緣的草地走進來，目的正是不留下任何足跡。我找不到甚麼清晰的腳印，但卻可以斷定有人曾經從這裏經過，因為地上的草已經被人踩倒。過路的人只可能是那個兇手，因為今天上午沒有人來過這裏，雨又是昨天夜裏才開始下的。」

「等一等，」福爾摩斯説道。「這條小徑通往甚麼地方？」

「通往大路。」

「有多長呢？」

「一百碼左右。」

「到了花園的大門附近，小徑上總該有腳印吧？」

「很不巧，到了大門附近，小徑上就有地磚了。」

「那麼，大路上有腳印嗎？」

「沒有，大路已經被踩成了一灘爛泥。」

「嘖，嘖！好吧，再來説説草地上的這些印跡，印跡的方向是進來還是出去呢？」

「沒法判斷，這些印跡完全不成形狀。」

「腳的大小呢？」

「分辨不了。」

福爾摩斯很不耐煩地哼了一聲。

「從案發到現在，外面一直都是狂風暴雨，」他說道，「到這會兒，現場的痕跡肯定會比那份重寫手稿還不好認。算啦，算啦，這已經沒法挽回了。好了，霍普金斯，等你確定自己甚麼都確定不了之後，你又是怎麼做的呢？」

「要我說，我還是確定了不少情況的，福爾摩斯先生。我確實知道，有人小心翼翼地從外面摸進了宅子。這之後，我檢查了一下走廊。走廊裏鋪的是棕毛地氈，地氈上甚麼痕跡都沒有。於是我只好走進書房，書房的陳設非常簡單，主要的物件是一張帶櫥櫃的大書桌。書桌的櫥櫃由三個部分組成，兩邊各是一列抽屜，中間是一個小櫃。抽屜可以打開，小櫃則上着鎖。抽屜似乎是從來不上鎖的，裏面也沒有任何貴重物品。小櫃裏倒是有一些重要文件，但卻並沒有遭人撬竊的痕跡，除此之外，教授也親口跟我保證，家裏並沒有遺失任何東西。可以肯定，這件案子與盜竊無關。

「接下來，我開始檢查小伙子的屍體。屍體離櫥櫃很近，就在櫥櫃左邊一點兒的地方，跟圖上標的一樣。刀傷在脖子右側，刀子是從後往前扎過去的，由此看來，自傷的可能性基本上可以排除。」

「除非他摔在了刀子上，」福爾摩斯說道。

「一點兒不錯，當時我也想到了這一點。不過，我們發現刀子跟屍體之間隔着幾英尺的距離，要說他摔在了上面，似乎也是不可能的事情。當然，另一個反證是死者自己的臨終遺言。最後呢，您瞧，我們還在死者緊握的右手裏面找到了這麼一件至關重要的證物。」

斯坦利‧霍普金斯從口袋裏掏出一個小小的紙包，跟着就打開紙包，取出了一副金邊夾鼻眼鏡，固定眼鏡的黑色絲繩已經斷開，兩截繩頭在眼鏡的一端晃來晃去。「威洛比‧史密斯的視力非常好，」他補充道。「毫無疑問，這是從兇手臉上或是身上抓下來的。」

歇洛克‧福爾摩斯饒有興致地拿起眼鏡，全神貫注地檢查起來。他把眼鏡架到自己的鼻梁上，努力地嘗試透過眼鏡看清文字，還跑到窗邊去張望外面的街道，接着又把眼鏡舉到燈光下面，仔仔細細地看了一陣，最後吃吃地笑了一聲，坐到桌子跟前，在一張紙片上寫了幾行字，跟着就把紙片扔給了斯坦利‧霍普金斯。

「我只能幫到這個程度了，」他說道。「興許會對你有點兒用處吧。」

萬分驚訝的探員大聲念出了福爾摩斯寫的紙條，內容如下：

尋人：此女風度優雅，衣着華貴，鼻子碩大，雙目緊貼鼻根，額有皺紋，眼睛眯縫，兩肩或顯佝僂。種種跡象表明，前此數月之中，此女曾數次光顧某眼鏡鋪，最低限度亦有二次。鑑於此女之眼鏡度數頗深，眼鏡鋪之數目亦屬有限，尋獲此女當非難事。

福爾摩斯微微一笑，笑的是霍普金斯的驚愕表現，同樣的驚愕一定也寫在了我的臉上。

「說起來，我這些演繹實在是簡單之極，」他說道。「比眼鏡更能說明問題的物品可不好找，何況這還是一副十分特別的眼鏡。我說它屬於一位女士，理由是它小巧精緻，當然，另一個理由是死者的臨終遺言。至於風度優雅和衣着華貴嘛，你瞧，眼鏡做工上乘，鏡架還是純金的，她戴了這麼一副眼鏡，其他方面自然不會邋遢粗鄙。眼鏡的兩片夾子隔得很開，你應該戴不上，說明這位女士的鼻根十分寬闊。一般說來，這樣的鼻子應該粗短難看，不過，例外的情況相當多見，因此我不能過於教條，也不會堅稱她必然具有這個特徵。我的臉並不寬，可我剛才發現，我沒法讓眼睛對上鏡片的中心，連貼近鏡片中心都做不到，由此看來，這位女士的雙眼一定是緊貼在鼻根兩側。你來看看，華生，鏡片是凹的，度數非常之深。這位女士的視力既然如此之差，年深日久，免不了會在額頭、眼瞼、肩膀之類的部位留下一些相應的外貌特徵。」

「沒錯，」我說道，「你說的這些我都明白。不過，說老實話，我真的無法理解，兩次光顧同一家眼鏡鋪的結論是怎麼得來的。」

福爾摩斯又一次拿起眼鏡。

「你瞧，」他說道，「兩片夾子的邊緣都鑲了細細的軟木條，作用是緩和鼻子承受的壓力。其中的一條軟木已經變了顏色，並且略見磨損，另一條卻是新的。顯而易見，新的這一條是剛換的，因為原來的那一條掉了。看得

出來，舊的這一條也是幾個月之前才換的。兩條軟木一模一樣，由此可知，兩次換軟木條的時候，這位女士去的都是同一家店鋪。」

「天哪，真是太妙了！」霍普金斯叫道，佩服得五體投地。「想想吧，所有證據都在我的手裏，我自己竟然不知道！話說回來，我倒是想過，應該到倫敦的各家眼鏡鋪子去轉轉。」

「當然應該去轉轉。對了，關於這件案子，你還了解別的甚麼情況嗎？」

「沒了，福爾摩斯先生。要我說，眼下您知道的不但不比我少，沒準兒還比我多哩。我們讓人去查了，想知道有沒有生人在附近的鄉間道路或者火車站出現，到目前為止還沒有甚麼收穫。最讓我傷神的事情就是這樁罪行完全沒有目的，連犯罪動機的影子都見不着。」

「哈！這一點我可幫不上你。不過，你希望我倆明天去一趟，對吧？」

「如果您不覺得我強人所難的話，福爾摩斯先生。早上六點，查林十字車站有一班去切特姆的火車，坐這班火車的話，咱們八九點鐘就能趕到約克斯萊老宅。」

「就這麼辦吧。你這件案子顯然有一些非常有趣的特徵，我非常樂意參與調查。好了，馬上就到一點了，咱們最好還是睡幾個鐘頭吧。你就睡壁爐跟前的這張沙發，應該可以對付一宿。出發之前，我可以用我的酒精爐子給你煮點兒咖啡。」

到了第二天，狂風已經耗盡了力氣，清晨出發的時候，天氣卻依然十分寒冷。冷冷的冬日太陽漸漸升起，照耀着泰晤士河岸的一片片陰鬱沼地，還有一條條長長的灰暗河汊。每當看到這樣的景象，我總是會想起我倆早年的一次經歷，想起追捕那個安達曼島民的情景 *。一段漫長枯燥的旅程之後，我們在一個小站下了車，小站跟切特姆鎮隔着幾英里的距離。趁着車站旅館幫我們套輕便馬車的工夫，我們草草地吃了頓早飯。這一來，趕到約克斯萊老宅的時候，我們全都做好了投入調查的準備。一名警員在花園的大門口迎候我們。

「呃，威爾遜，有甚麼消息嗎？」

「沒有，先生，甚麼都沒有。」

「沒有人來報告發現生人嗎？」

「沒有，先生。車站那邊的人說得非常肯定，昨天沒有生人來，也沒有生人去。」

「你們到那些旅館和出租公寓去問了嗎？」

「問了，先生，沒有甚麼來歷不明的人。」

「呃，這裏離切特姆並不算遠。有人從切特姆走路到這裏來，或者是坐了火車卻沒有被人發現，都是完全有可能的事情。這就是我說的那條花園小徑，福爾摩斯先生。我可以發誓，昨天小徑上是沒有任何腳印的。」

「草地上的痕跡在小徑的哪一邊呢？」

「這一邊，先生，就在小徑和花圃之間的這條狹窄草地上。現在已經看不見了，昨天倒是很清晰的。」

---

* 參見《四簽名》當中的記述。

「沒錯，沒錯，之前的確有人順着草地往前走，」福爾摩斯一邊說，一邊俯身察看小徑邊緣的草地。「咱們這位女士一定是走得非常小心，想想也是，踩到小徑就會留下足跡，踩到另一邊的柔軟土壤的話，足跡還會更加清晰，不小心行嗎？」

「是啊，先生，她肯定是個頭腦冷靜的老手。」

這時我突然看見，福爾摩斯臉上掠過了一抹若有所思的神情。

「你說她肯定是原路返回的，對嗎？」

「是啊，先生，沒有別的路可走啊。」

「還是這塊草地？」

「那是當然，福爾摩斯先生。」

「嗯！這人的身手可真是了得——真是了得。好了，小徑上沒甚麼可看的了，咱們往裏走吧。朝着花園的這道門平常都是開着的，對嗎？照這麼說，這位客人甚麼勁兒也不用費，直接走進來就行了。當時她腦子裏肯定沒有殺人的念頭，要不然她就會帶上武器，不會落到非得用書桌上那把刀子的地步。她順着這條走廊往前走，沒有在棕毛地氈上留下痕跡。接下來，她走進了咱們眼前的這間書房。她在這兒待了多久呢？咱們沒辦法判斷。」

「最多不過幾分鐘，先生。我忘了跟您說，出事之前不久，管家馬克爾太太還在書房裏打掃呢。按她的說法，是出事之前一刻鐘左右。」

「很好，這就算是有了一個時限。咱們這位女士走進書房，接着又幹了些甚麼呢？她走到了書桌跟前。為甚麼

呢？應該不是為了抽屜裏的東西。如果裝了甚麼值得她拿的東西的話，抽屜就肯定會上鎖。不，她為的是這個木頭櫃子裏的東西。嘿！櫃子上的這道劃痕是怎麼回事？劃根火柴照一照，華生。這事情你怎麼沒跟我說呢，霍普金斯？」

他正在檢查的劃痕從鎖孔右側的黃銅鑲板開始，大約有四英寸長，一直延伸到了櫃子的漆面上。

「當時我確實看見了這道劃痕，福爾摩斯先生。可是，鎖孔周圍有劃痕，並不是甚麼怪事啊。」

「這一道劃痕是新的，非常新。你瞧，劃傷的地方銅色多麼鮮亮。如果是舊劃痕的話，顏色就應該跟沒割傷的地方一樣。用我的放大鏡好好看看吧。再瞧瞧這塊漆面，劃痕兩邊的毛刺簡直跟犁溝兩側的土堆一樣。馬克爾太太在嗎？」

一個神色哀戚的老婦人走進了書房。

「昨天早上你擦過這個櫃子嗎？」

「是的，先生。」

「當時你看見這道劃痕了嗎？」

「沒有，先生，沒看見。」

「你當然是沒看見，要不然的話，漆面上的毛刺肯定會被你的抹布帶走的。這個櫃子的鑰匙在誰手裏呢？」

「在教授手裏，平常都穿在他的錶鏈上。」

「是普通的鑰匙嗎？」

「不是，先生，是一把丘伯鑰匙 *。」

---

* 　丘伯 (Chubb) 指英國的丘伯鎖廠，該鎖廠當時以生產民用及商用防盜鎖聞名。

「很好。馬克爾太太,你可以走了。好啦,咱們已經有了一點兒進展。這位女士走進書房,走向櫥櫃,試圖把它打開,打沒打開眼下還不好說。她正在忙活的時候,年輕的威洛比·史密斯走了進來。她趕緊抽回鑰匙,忙亂之中就在櫃門上留下了這道劃痕。他抓住了她,她呢,抄起了離自己最近的一樣東西,碰巧就是這把刀子,然後就朝他身上來了一下,為的是讓他放開自己。這一下就要了他的命。他摔倒在地,她立刻逃離現場,可能帶上了她前來尋找的那件東西,也可能沒有。女僕蘇珊在嗎?你聽到慘叫聲之後,有沒有人能從這道門逃出去呢,蘇珊?」

「不能,先生,那是不可能的。如果走廊裏有人的話,我在樓梯上就能看見,不用等跑到樓下。再說了,這道門當時壓根兒就沒有開過,要不我肯定會聽見聲音的。」

「按你的說法,這條出路就算是堵死了。如此說來,這位女士肯定是從來路出去的。我聽說這條過道只能通到教授的臥室,這個方向沒有別的出口嗎?」

「沒有,先生。」

「咱們應該過去看看,跟教授認識認識。嘿,霍普金斯!這一點非常重要,簡直是重要極了。教授門前的這條過道鋪的也是棕毛地氈。」

「怎麼了,先生,這一點有甚麼蹊蹺嗎?」

「難道你看不出它跟這件案子之間的關係嗎?算啦,算啦,當我沒說過好了。我肯定是想錯了。話說回來,我還是覺得這一點很有意思。跟我來吧,替我引見引見。」

這條過道跟通往花園的過道一樣長,我們順着過道走

上了盡頭的一小段樓梯，樓梯頂上是一道門。我們的嚮導敲了敲門，然後就把我們讓進了教授的臥室。

臥室十分寬敞，裏面堆着數不清的書籍，書架上滿滿當當，牆角和櫃子周圍也是成堆成垛。床擺在房間中央，宅子的主人坐在床上，身後墊着枕頭。長相比這位先生還要奇特的人，我實在是很少見到。他轉頭對着我們，瘦削的臉龐好似鷹隼，黑色的眼睛咄咄逼人，眼窩深陷，突出的眉弓毛髮叢生。他的頭髮和絡腮鬍子都是白色，嘴巴周圍的一圈兒鬍子卻染着一種古怪的黃色。一支香煙在蓬亂的白須之中閃着紅光，房間裏充滿了陳年煙霧的腐臭氣味。他衝福爾摩斯伸出了一隻手，手上也沾着尼古丁的黃漬。

「抽煙嗎，福爾摩斯先生？」他的英語字斟句酌，同時又有點兒怪腔怪調、矯揉造作。「請您來一支。您呢，先生？我建議您來一支，這些香煙是埃及亞歷山大城的愛奧尼德斯為我特制的。他按一千支一批給我送貨，叫我傷心的是，我每隔十四天就得訂一批新的。不應該啊，先生，真是不應該，不過，老年人難得有點兒樂趣。拿我來説吧，就只剩煙草和寫作了。」

福爾摩斯已經點上了一支香煙，這會兒正在不動聲色地四下張望。

「煙草和寫作，眼下卻只剩了煙草，」老人高聲説道。「唉！這次的打擾可真要命！這麼可怕的禍事誰想得到！多規矩的一個小伙子啊！説真的，經過幾個月的訓練，他已經變成了一名非常可貴的助手。這事情您怎麼看呢，福爾摩斯先生？」

「眼下還不好說。」

「我們全都是兩眼一抹黑，您要能幫我們指點迷津的話，我可真是感激不盡。我不過是個可憐的書呆子，身上還有殘疾，壓根兒就承受不了這樣的打擊。到現在，我似乎已經喪失了思考的能力。不過，您是個敏於行動的人，又是個解決問題的專家。這種事情是您日常生活的一部分，任何緊急情況都不能讓您方寸大亂。能得到您的幫助，我們真是太幸運了。」

老教授嘮嘮叨叨的時候，福爾摩斯一直在房間的一側踱來踱去。我發現他抽煙抽得特別快，顯然是跟我們的主人一樣，覺得這種新鮮定制的亞歷山大香煙很對胃口。

「真的，先生，這是一次毀滅性的打擊，」老人說道。「您瞧，那是我一輩子心血的結晶——就是邊桌上的那堆稿紙。人們在敍利亞和埃及的科普特＊修道院裏找到了一些文書，稿紙上就是我對那些文書的研究成果，足以徹底動搖天啟宗教的根本。我身體這麼虛弱，眼下又失去了助手，真不知道我還能不能把它寫完。天哪，福爾摩斯先生，我說，您抽煙抽得比我還快啊。」

福爾摩斯笑了笑。

「我可是個懂得享用好煙的行家，」他一邊說，一邊從煙盒裏拿起了他走進房間之後的第四支煙，用剛剛抽

＊　科普特教會 (Coptic Church) 全稱為亞歷山大科普特正教會，為基督教支派之一，據說由《馬可福音》的作者聖馬可 (St. Mark) 於公元一世紀在埃及的亞歷山大城創立。伊斯蘭教傳入之前，基督教曾經是埃及的主要宗教。直至今日，科普特教會仍然是埃及和中東地區影響最大的基督教會。

完的煙頭把它點燃。「我不打算用沒完沒了的問題來折磨您，科瑞姆教授，因為我知道，案發當時您還在床上，肯定是對案情一無所知。我只想問一問，按您看，這個可憐的傢伙最後那句『教授，是她』是甚麼意思呢？」

教授搖了搖頭。

「蘇珊是個農村姑娘，」他說道，「您肯定知道，那個階層的人全都是蠢得讓人沒法相信。依我看，這個可憐的傢伙當時已經神智不清，不過是咕噥了幾句毫無意義的胡話，蘇珊卻把它們揉成了這麼一條不着邊際的訊息。」

「我明白了。關於這場慘劇，您自個兒有沒有甚麼解釋呢？」

「或許是一次意外，又或許，咱們私下說啊，是一起自殺事件。小伙子們總喜歡把麻煩藏在心裏——說不準，他這是感情出了問題，這種事情咱們可沒法知道。跟謀殺相比，還是自殺的可能性大一些。」

「可是，眼鏡的事情怎麼解釋呢？」

「咳！我不過是個搞學問的，成天只知道空想，沒本事解釋現實生活當中的具體問題。不過，朋友啊，咱們都知道，再怪的東西也可以用來充當愛情的紀念品。再來支煙吧，千萬別客氣。您也這麼喜歡這種煙，真讓人覺得高興。一把扇子，一雙手套，一副眼鏡——一個人打算自尋了斷的時候，誰知道他會把甚麼樣的寶貝或者紀念品捏在手裏呢？這位先生提到了草地上的足跡，可是，說來說去，這一類的事情很容易就會搞錯。至於刀子的事情嘛，倒下去的時候，這個不幸的傢伙完全有可能把它甩得遠

遠的。你們可能會認為我說的都是些孩子話，可我確實覺得，威洛比・史密斯死在了他自己的手裏。」

教授拋出的這套妙論似乎讓福爾摩斯非常震驚，他繼續來來回回地踱了一陣，一邊苦思冥想，一邊一支接一支地抽煙。

「告訴我，科瑞姆教授，」他終於打破了沉默，「書桌的小櫃子裏裝的是甚麼東西？」

「沒有甚麼能讓小偷感興趣的東西，有的只是一些家族文件，我可憐的妻子寫的信，還有各個大學授予我的榮譽證書。喏，鑰匙就在這裏，您可以自己去看看。」

福爾摩斯拿起鑰匙，仔細地看了看，然後就把它還給了主人。

「不用，我覺得它幫不上甚麼忙，」他說道。「我倒想上您的花園裏去靜一靜，好好地想想前前後後的事情。說起來，您這個關於自殺的推測也值得我們考慮考慮。抱歉攪了您的清靜，科瑞姆教授，我可以跟您保證，午飯之前，我們絕對不會再來打擾。下午兩點，我們還會上這兒來，跟您匯報一下這段時間當中的進展。」

奇怪的是，福爾摩斯顯得有點兒心不在焉。我們在花園的小徑上來來回回地走了一陣，誰也沒有開口說話。

「有甚麼線索嗎？」我終於開口發問。

「有沒有線索，得看我抽掉的那些香煙，」他說道。「也沒準兒，我想得完全不對。對與不對，那些香煙會給我提示的。」

「親愛的福爾摩斯，」我大叫一聲，「究竟是怎麼——」

「行啦，行啦，你可以自個兒去看。如果我想得不對，也沒有甚麼害處。當然嘍，再怎麼説，咱們也還有眼鏡鋪子的線索可以追查，我只是覺得，既然有這麼一條捷徑，不走也説不過去。哈，好心的馬克爾太太來了！咱們去跟她聊五分鐘吧，肯定能有不少收穫。」

有一件事情，以前我就應該告訴大家，也就是説，如果願意的話，福爾摩斯特別善於討女人的歡心，可以輕而易舉地贏得她們的信任。這不，説是説五分鐘，可他只用了一半的時間就贏得了管家的好感，眼下正跟她聊得熱火朝天，就跟相識多年的朋友似的。

「是啊，福爾摩斯先生，全讓您説中了，先生。沒錯，他抽煙抽得厲害極了。整天整天地抽，有時候還整宿整宿地抽，先生。有一天早上，我走進他的房間——呃，先生，讓您來看的話，沒準兒還覺得是倫敦的大霧哩。可憐的史密斯先生也是個煙客，但卻不像教授這麼厲害。説到教授的健康嘛，呃，抽煙對他好還是不好，我可真説不上來。」

「是嗎！」福爾摩斯説道，「可是，抽煙總歸會影響胃口啊。」

「呃，這我可沒聽説過，先生。」

「照我看，教授的飯量肯定很小吧？」

「這麼説吧，他的飯量有時大有時小，我反正是這麼覺得的。」

「我敢打賭，他今天肯定沒吃早飯，還有啊，我眼瞅着他抽了那麼多煙，午飯他多半也吃不下了。」

「呃，説真的，要打賭您可就輸了，先生，因為他

今早上吃得特別多。我真不記得他哪頓早飯吃得比這頓還多，這都不算完，午飯他還要了一大盤肉排。這可真讓我吃驚，因為我昨天走進書房，看到史密斯先生躺在地板上，打那以後，我看見吃的就犯惡心。不過，這世上甚麼樣的人都有，這事情並沒有影響到教授的胃口。」

就這樣，我們在花園裏晃盪了一個上午。斯坦利·霍普金斯已經到村裏去了，因為他收到傳言，昨天上午，村裏的幾個小孩在切特姆路上看到了一個陌生的女人。我朋友則顯得無精打采，完全喪失了以往的那種活力，我從來沒見過他用這麼懶心無腸的架勢來處理一件案子。從村裏回來的時候，霍普金斯說他找到了那些小孩，那些小孩的確看到了一個戴眼鏡的女人，模樣也跟福爾摩斯的描述完全相符，就連這樣的消息都沒能讓福爾摩斯表現出任何強烈的興趣。伺候我們吃午飯的是女僕蘇珊，她主動告訴我們，據她所知，史密斯先生昨天上午出去散了會兒步，慘案發生之前半個鐘頭才回來。聽她說這件事情的時候，福爾摩斯倒是顯得頗為專注。我看不出這件事情意義何在，可我看得非常清楚，福爾摩斯已經把這件事情納入了他對這件案子的總體判斷。突然之間，他從椅子上一躍而起，看了看自己的錶。「兩點鐘已經到了，各位，」他說道。「咱們得到樓上去，跟咱們的教授朋友談個水落石出。」

老人剛剛吃完午飯，從他空空如也的盤子來看，管家關於他胃口好的說法絕非虛言。這會兒他轉過頭來，把鬃毛似的白色鬚髮和亮閃閃的眼睛呈現在我們眼前，那副尊容着實有點兒稀奇古怪。永不消失的煙卷在他的嘴裏裊

裊生煙。他已經穿好了衣服，眼下是坐在壁爐跟前的扶手椅上。

「好啦，福爾摩斯先生，這件謎案您解決了嗎？」他一邊說，一邊把身邊那張桌子上的錫制大煙盒朝我朋友的方向推了推。他推煙盒的時候，福爾摩斯剛好伸手去拿香煙，兩個人的手一錯，煙盒就從桌子邊緣翻了下來。接下來的一兩分鐘，我們都跪在地上，忙着從各式各樣的犄角旮兒裏撿拾散落的香煙。我們直起身來的時候，我看見福爾摩斯兩眼放光，雙頰也泛出了紅暈。只有在戲劇性的轉折關頭，他臉上才會閃現這些發起衝鋒的戰鬥訊號。

「是的，」他說道，「我已經解決了。」

斯坦利·霍普金斯和我一下子目瞪口呆，老教授的瘦削臉龐則漾起了一抹略帶譏諷的笑意。

「真的啊！在花園裏解決的？」

「不是，在這兒。」

「這兒！甚麼時候？」

「就是現在。」

「您肯定是在開玩笑吧，歇洛克·福爾摩斯先生。我不得不告訴您，這是一件非常嚴重的事情，可不能用這種態度來應付。」

「我已經築起了一根完整的演繹鏈條，並且對每一個環節進行了檢驗，科瑞姆教授，我可以擔保它沒有任何瑕疵。眼下我還不知道您的動機，也不知道您在這個離奇案件當中扮演的具體角色。不過，再過幾分鐘，我應該可以聽到您的親口陳述。在此之前，我準備把事情的經過講給

您聽一聽，也好讓您知道，需要您補充的是些甚麼情況。

「昨天，有位女士走進了您的書房，目的是拿走您那個櫃子裏的一些文件。她自個兒也有櫃子的鑰匙，因為我之前已經得到了檢查您那把鑰匙的機會，您的鑰匙並沒有出現輕微變色的情況，說明櫃子漆面上的劃痕與它無關。由此看來，您並不是她的同謀，根據我對現有證據的判斷，她是瞞着您來偷文件的。」

教授噴了一口煙。「您這種說法真是太有趣、太有教益了，」他說道。「您沒有甚麼可補充的了嗎？當然嘍，您既然對這位女士的行蹤這麼了解，肯定能說出她目前的下落吧。」

「等會兒我就會講到她的下落。首先我要說的是，她讓您的秘書逮了個正着，為了脫身就捅了他一刀。我倒覺得這齣慘劇僅僅是一次不幸的意外，因為我已經斷定，他遭受的致命傷害並不是這位女士的本意。理由很簡單，本來就打算行兇的人是不會空着手來的。看到自己闖下的禍事之後，她驚慌失措，瘋狂地逃離了慘劇現場。不巧的是，她在廝打的過程當中弄丟了眼鏡，而她的視力非常糟糕，沒了眼鏡就甚麼也看不清楚。她順着一條走廊往前跑，滿以為這就是她進來的時候走的那條走廊，因為兩條走廊鋪的都是棕毛地氈。等她發現自己跑錯了走廊的時候，退路已經被人堵死，想回頭也來不及了。她該怎麼辦呢？不能回頭，也不能原地不動，只能繼續往前跑。於是乎，她繼續往前跑，跑上一段樓梯，推開一道門，最後就發現，她已經闖進了您的房間。」

老人坐在那裏，張着嘴巴，直勾勾地緊盯着福爾摩斯，表情豐富的臉上寫滿了驚愕和恐懼。接下來，他勉為其難地聳了聳肩膀，爆發出一陣空洞虛假的笑聲。

「您説得還挺像那麼回事的，福爾摩斯先生，」他説道。「可惜的是，您這種精彩論斷終歸有一個小小的破綻。當時我就待在自個兒的房間裏，一整天都沒出去過。」

「這一點我非常清楚，科瑞姆教授。」

「您難道是説，我明明就躺在房間裏的床上，卻不知道有個女人進了房間嗎？」

「我可沒這麼説。您**知道**她進了房間。您跟她説了話。您認識她。您還幫着她逃跑。」

教授已經站了起來，灼灼的眼睛如同炭火的餘燼。到這會兒，他再一次爆發出了調門兒很高的笑聲。

「您肯定是瘋了！」他叫道。「説的都是些瘋話。我幫着她逃跑？她現在在哪兒呢？」

「她在那兒，」福爾摩斯説道，指向了立在牆角的一個高高的書櫃。

我看見老人把雙手舉到空中，陰沉的臉猛烈地抽搐起來，跟着就頽然倒進了他那把扶手椅。與此同時，福爾摩斯指着的那個書櫃繞着某條樞軸轉到了一邊，一個女人從書櫃後面衝了出來。「您説對了！」她用一種怪腔怪調的外國口音高聲喊道。「您説對了！我確實是在這兒。」

她身上滿是塵土，還掛着一些蜘蛛網，全都是從藏身之處的牆壁上蹭來的。除此之外，她的臉上也帶着一道道的污痕。用最客氣的話來形容，我們也只能説她從來沒有

漂亮過，因為她的外貌特徵跟福爾摩斯的推斷一模一樣，此外還多了一個又長又顯眼的下巴。她本來就視力很差，眼下又突然從暗處走進了強光，於是便暈頭轉向地站在那裏，眨巴着眼睛，努力想看清我們的位置和模樣。可是，所有這些缺陷都不能掩蓋這位女士身上的貴族氣質，她倔強的下巴和高高揚起的頭顱訴說着一種俠肝義膽的高尚情操，讓人不得不肅然起敬。

斯坦利‧霍普金斯抓住她的胳膊，宣佈她已經遭到逮捕，可她揮手讓他放開自己，動作雖然輕柔，但卻帶着一種不容抗拒的威嚴氣度。老人仰在自己的椅子上，憂心忡忡地盯着她看，面容不停抽搐。

「是的，先生，您已經逮住了我，」她說道。「我在藏身的地方聽到了你們的所有對話，知道你們已經查明了真相。所有事情我都承認，殺死那個小伙子的人確實是我。不過，剛才我聽見有個人說這是一次意外，這個人說得對。抓起那件東西的時候，我壓根兒就不知道我抓的是一把刀，因為我當時走投無路，只是從桌子上胡亂抓了件東西來打他，好讓他放我走。我說的都是實話。」

「夫人，」福爾摩斯說道，「這一點我絕不懷疑。據我看，您好像很不舒服啊。」

她的臉色十分難看，再加上一道道黑乎乎的塵垢，簡直可以說是驚心怵目。她在床邊坐了下來，繼續講她的故事。

「我的時間已經不多了，」她說道，「可我還是想把全部的真相告訴你們。我是這個人的妻子，他是從俄國

來的，壓根兒就不是英國人。我不想提他的名字。」

聽到這裏，老人終於有了一點兒反應。「上帝保佑你，安娜！」他叫道。「上帝保佑你！」

她朝老人的方向瞥了一眼，眼神輕蔑得無以復加。「你幹嗎要死乞白賴地保着你這條卑賤的性命呢，謝爾蓋？」她說道。「你這一生害了不少人，沒給任何人造福，包括你自己在內。不過，報應到來的時候，老天爺自然會收去你這條小命，輪不到我來動手。自從踏進你這座該死的房子以來，我的靈魂已經背負了太多的罪孽。可我必須把真相說出來，要不就來不及了。

「剛才我已經說了，諸位先生，我是這個人的妻子。我倆結婚的時候，他已經年過半百，而我只是個二十歲的傻丫頭。那時我是在俄國的一個城市，在一所大學裏——具體的地方我不想說。」

「上帝保佑你，安娜！」老人又咕噥了一句。

「我們是改良派、革命者、無政府主義分子，你們明白吧。我們兩個都是，還有很多別的人。到後來，我們的事情出了岔子，一名警官被人殺害，許多人遭到了逮捕。官方需要證據，我丈夫就出賣了自己的妻子和伙伴，靠這個保住了自己的性命，還換來了一大筆賞錢。沒錯，就是因為他告了密，我們全都被抓了起來，有些人上了絞架，還有些人去了西伯利亞。我也被流放到了西伯利亞，只不過不是終身流放而已。我丈夫帶着自個兒的不義之財來到英格蘭，從此過上了隱姓埋名的生活，因為他非常清楚，

一旦我們的組織找到了他的下落，用不了一個星期，他就會受到應有的懲罰。」

老人伸出一隻手，抖抖索索地拿了一支煙。「我聽憑你的發落，安娜，」他說道。「你一直都待我非常好。」

「他最缺德的事情我還沒跟你們說呢，」她說道。「在我們那個組織裏面，有位同志跟我是特別投契的朋友。他人品高尚、大公無私、仁慈博愛，跟我丈夫截然相反。他特別厭惡暴力。要說使用暴力有罪的話，我們那幫人就都不能逃脫罪名，唯獨他是個例外。他一直在給我們寫信，勸我們放棄暴力手段。這些信件本來可以洗清他的罪名，我的日記也是一樣，因為我每天都會記下我對他的感情，還有我和他對這些事情的看法。我丈夫發現了信件和日記，不光把這些東西藏了起來，還拼命地捏造證詞，務必要把這個小伙子送上絞架。他的陰謀雖然沒有得逞，亞歷克斯卻還是被流放到了西伯利亞，此時此刻，他仍然在那兒的一個鹽礦裏做着苦工。想想吧，你這個惡棍，你這個惡棍——現在，就是現在，就是我說話的這個時刻，亞歷克斯，一個你沒資格指名道姓的人，正在像奴隸一樣勞作、像奴隸一樣生活，而你，我已經把你的小命攥在了手裏，終究還是放過了你。」

「你一直都是個高貴的女人，安娜，」老人一邊說，一邊吞雲吐霧。

她本來已經站了起來，這會兒又輕輕地呻吟了一聲，頹然坐了回去。

「我一定要把話說完，」她說道。「刑滿之後，我

開始尋找我前面說的這些日記和信件，打算把它們交給俄國政府，好讓他們釋放我的朋友。我知道我丈夫來了英格蘭，於是就花了幾個月的時間來四處追查，終於查到了他的住址。我知道日記仍然在他的手裏，因為我還在西伯利亞的時候，他寫過一封信來斥責我，引用了日記裏的一些文字。可我非常清楚，他這個人報復心很強，絕對不會主動交出日記，要想拿到日記，我只能自己想辦法。為了拿到日記，我僱了一名私家偵探，讓他以秘書的身份混進了我丈夫的宅子。我說的就是你請的第二個秘書，謝爾蓋，在你這兒沒待幾天的那個。他查到文件保存在那個櫃子裏，還取到了櫃門鑰匙的模子，但卻不願意接着往下幹了。他給了我一張宅子的地圖，並且告訴我，上午的時候書房都是沒人的，因為秘書工作的地點是你這個房間。到最後，我終於鼓足勇氣，自己跑來拿這些文件。文件倒是拿到了，代價又是多麼地沉重啊！

「我剛剛拿到文件，正在鎖櫃子的門，那個小伙子就抓住了我。就在同一天的早上，我還看見過他。我倆是在大路上碰見的，我跟他打聽科瑞姆教授的宅子在甚麼地方，但卻不知道他就是我丈夫請的秘書。」

「這就對了！這就對了！」福爾摩斯說道。「回來之後，秘書曾經跟東家說起路上碰見的女人。臨死之前，他是想說兇手是她，是他剛剛才跟東家說過的那個『她』。」

「您最好別打斷我，」女人用命令的口吻說道，整張臉扭作一團，似乎是非常痛苦。「他倒下之後，我趕緊衝出書房，沒想到走錯了路，跑進了我丈夫的房間。他威脅

要告發我，而我告訴他，要告他儘管去告，他的命反正是在我的手裏。他可以把我交給警察，我也可以把他交給組織。我不想死，並不是為了我自個兒，只是為了完成我的使命。他知道我說到做到，也就是說，他的命運取決於我的命運。僅僅是因為這個理由，他才肯庇護我。他把我塞進了那個暗無天日的藏身之處，那地方是以前的人留下來的，只有他一個人知道。他都是在自己的房間裏吃飯，所以就可以分我一份。我倆已經說好，警察走了之後，我就可以在夜裏偷偷溜走，再也不回這兒來。可惜的是，不知道用了甚麼方法，你們終歸還是看穿了我倆的計劃。」說到這裏，她從懷裏掏出了一個小小的包裹。「現在我要交代一下後事，」她說道，「這就是可以拯救亞歷克斯的那個包裹，我把它託付給你們的良心和正義感。拿去吧！你們必須把它交給俄國使館。好了，我已經完成了自己的任務，而且──」

「快攔住她！」福爾摩斯大叫一聲。話音未落，他已經從房間的另一頭撲了上去，從她手裏奪下了一個小小的藥瓶。

「太晚了！」她應了一句，慢慢地癱倒在床上。「太晚了！還沒出來的時候，我就已經服了毒。頭暈啊！我要去了！這個任務交給您，先生，您可千萬別忘了包裹的事情。」

「案情雖然簡單，多少也有點兒教益，」我們返回倫敦的時候，福爾摩斯如是評論。「自始至終，這件案子的焦點一直都是那副夾鼻眼鏡。依我看，要不是小伙子臨

死之前剛好抓到了那副眼鏡的話，能不能破案還真是一個未知之數。根據眼鏡的度數，我斷定它的主人離了它寸步難行。霍普金斯，你應該記得吧，之前你打算讓我相信她沿着一條狹窄的草地走了個來回，而且一步都沒走錯，當時我就告訴你，這人的身手可真是了得。實際上，當時我已經斷定，她根本做不到這件事情，除非她身上還有一副眼鏡。可是，還有一副眼鏡的情形也是匪夷所思，所以我不得不認真考慮另外一種可能性，也就是説，她還在那座房子裏。兩條走廊既然非常相似，事情就變得一清二楚，她很可能會走錯路，一旦走錯就必然會進入教授的房間。因此我打醒了全副的精神，努力尋找跟這個假設相關的證據，同時還仔細地檢查了教授的房間，想知道房間裏有沒有可以藏人的地方。地毯似乎沒有斷痕，而且釘得很牢，所以我排除了地板上有活門的可能性。與此同時，書櫃後面完全可能存在暗室。你們也知道，年代久遠的圖書室裏經常都有這種設施。接下來，我發現地板上到處都堆滿了書，只有那個書櫃的周圍空了一塊。這樣看來，那個書櫃多半就是暗門。我沒看到甚麼能幫上忙的痕跡，好在地毯是暗褐色的，有了痕跡就非常容易看見。於是乎，我接連抽了好幾支那種非常不錯的香煙，在那個可疑的書櫃跟前彈了一大堆煙灰。這種把戲非常簡單，同時也非常管用。接着我走到樓下，然後呢，華生，雖然你並沒有意識到我跟管家談話的目的，可我的確是當着你的面弄清了科瑞姆教授飯量大增的事實——假設他還要供應另一個人的伙食，這個事實自然不足為奇。回到教授的房間之後，我打

翻了香煙盒子，由此得到了仔細觀察地板的機會，進而通過煙灰上的痕跡得出了一個十拿九穩的結論，也就是說，咱們不在的時候，逃犯曾經走出她的藏身之地。好了，霍普金斯，查林十字車站已經到了，祝賀你圓滿地解決了手頭的案子。當然嘍，你肯定得回局裏去。依我看，華生，咱倆應該叫輛馬車，一起去一趟俄國使館。」

失蹤的中衛

　　經常都有人把稀奇古怪的電報發到我們的貝克街寓所，我們早已見慣不驚。儘管如此，七八年之前的一封電報還是給我留下了異常深刻的印象。二月裏一個陰鬱的早晨，那封電報翩然而至，讓歇洛克・福爾摩斯先生足足迷惑了一刻鐘之久。電報是發給他的，電文則是：

　　　　請等我。萬分不幸。右邊衛失蹤，明日無之不可。

　　　　　　　　　　　　　　　　　　　　　　奧弗頓

　　「斯特蘭街的郵戳，十點三十六分發的，」福爾摩斯一邊説，一邊拿着電報看了又看。「拍電報的這位奧弗頓先生顯然是十分激動，電文也有點兒顛三倒四。算啦，算啦，依我看，不等我翻完《泰晤士報》，他多半已經到了咱們這兒，咱們也就甚麼都知道了。眼下的業務這麼清淡，再瑣碎的問題也值得咱們鼓掌歡迎。」

　　這段時間，我倆確實是非常空閒，與此同時，以往的經驗告訴我，無所事事的日子值得警惕，因為我室友的頭腦異常活躍，若是不給它一點兒可以咀嚼的材料，情況就會變得相當危險。通過多年的努力，我已經讓他漸漸地戒除了服食毒品的惡習 *，這種惡習一度對他輝煌的職業生

---

* 　這篇故事首次發表於 1904 年 8 月；之前的一些故事曾提及福爾摩斯有注射可卡因之類毒品的癖好。

涯構成了威脅。如今我可以肯定，正常情況之下，他不會再對這種人為的刺激產生渴望，同時我也非常清楚，這個惡魔並未死去，僅僅是睡着了而已。更糟糕的是，每逢空閒無聊的時候，看到福爾摩斯那張苦行僧似的臉龐流露出不勝煎熬的表情、看到他那雙高深莫測的凹陷眼睛裏積起一團團愁雲慘霧，我總是會意識到，這個惡魔睡得並不深沉，隨時都可能再次甦醒。這樣一來，不管這個奧弗頓先生究竟是何方神聖，我心裏都對他萬分感激，因為他帶來了一條謎一般的訊息，足以打破這種危機四伏的平靜。對我朋友來說，風平浪靜的日子最是可怕，有甚於他動盪生活之中所有的狂風巨浪。

不出我們的預料，電報剛來沒一會兒，拍電報的人就接踵而至。率先進門的是一張名片，寫的是西里爾·奧弗頓先生，來自劍橋大學三一學院 *，緊隨其後的則是一個十分魁梧的小伙子，一身結實的骨骼和肌肉怎麼也得有十六石 † 重，寬闊的肩膀把我們的門框塞了個滿滿當當。他來來回回地打量着我倆，英俊的面孔憔悴不堪，顯然是非常焦慮。

「哪位是歇洛克·福爾摩斯先生？」

我室友點了點頭。

「之前我去了蘇格蘭場，福爾摩斯先生。我見到了斯

---

* 三一學院 (Trinity College) 是劍橋大學規模最大的學院，建立於 1546 年，校友之中包括牛頓、培根、拜倫、羅素、維特根斯坦等傑出人物。

† 這裏的「石」(stone) 是英石，為英制重量單位，用來計量體重的時候等於 14 磅，約合 6.4 公斤。

坦利・霍普金斯督察，他建議我來找您。他跟我說，按他的判斷，這件案子不太適合官方偵探，由您來辦才比較合適。」

「請坐，把你的事情說來聽聽吧。」

「事情非常糟糕，福爾摩斯先生，糟糕極了！我的頭髮居然沒有愁白，真是件怪事情。戈德弗雷・斯坦頓，您肯定聽說過他，對吧？他不是別的，恰恰是整支隊伍的靈魂人物。我寧願少掉兩名隊員，也不願意看到中衛線上沒有斯坦頓*。他的傳球、攔截和運球†技術都稱得上無與倫比，與此同時，他還是全隊的領袖，可以把大家凝聚到一起。我該怎麼辦呢？我要跟您請教的就是這個問題，福爾摩斯先生。我們還有個名叫莫爾豪斯的第一替補，可惜他訓練的時候打的是前衛，總喜歡擠到人堆裏去爭球，不懂得死守邊線。他的定位球踢得不錯，這一點不容否認，可他缺少判斷力，衝刺的速度也不夠快。不是嗎，牛津那兩個跑得飛快的傢伙，不管是莫頓還是約翰遜，都可以輕而易舉地把他截住。史蒂文森跑得倒是挺快，可他不善於踢二十五碼線上的落地球，打中衛的必須擅長踢凌空球或者落地球，光跑得快是不夠格的。不成，福爾摩斯先生，您要是不能幫我找到戈德弗雷・斯坦頓的話，我們就完蛋了。」

---

* 這裏說的是英式橄欖球隊，每隊十五人，八鋒七衛，衛線分為三個部分，兩名前衛，四名中衛，一名後衛。四名中衛分別名為內側中衛、外側中衛、左邊衛和右邊衛。邊衛是一個攻守兼備的位置，擔當邊衛的通常是隊裏速度最快的球員。

† 這個「運球」的英文原文是「dribbling」，並不是一個橄欖球術語，這個詞所指的動作在籃球和冰球當中叫做「運球」，在足球當中叫做「帶球」。

來人滔滔不絕地說了這麼一大篇，神情無比激動、無比認真，強健的手掌不停地猛拍自己的膝蓋，把每一個要點闡發得無比透徹。我朋友聽得津津有味，同時又顯得十分驚訝。客人講完之後，他把標有「S」的那一卷剪貼簿拿了下來 *。就這麼一次，他沒能從這座應有盡有的資料寶庫當中發掘出任何有用的東西。

「我這裏邊兒有亞瑟·H.斯坦頓，一顆冉冉升起的偽造新星，」他說道，「還有亨利·斯坦頓，我親手把他送上了絞架。可是，我真沒聽說過甚麼戈德弗雷·斯坦頓。」

這一來，驚訝的表情立刻轉到了我們這位客人的臉上。

「怎麼回事，福爾摩斯先生，我還以為您甚麼都知道呢，」他說道。「那麼，照我看，您既然沒聽說過戈德弗雷·斯坦頓，肯定也不知道西里爾·奧弗頓是誰吧？」

福爾摩斯和顏悅色地搖了搖頭。

「天哪！」這位運動員叫了起來。「我說，對威爾士的那場比賽，我可是英格蘭隊的第一替補啊。除此之外，今年我一直都是校隊的隊長。嗨，這些都算不了甚麼！我只是覺得，整個英格蘭也不會有人不知道戈德弗雷·斯坦頓，他可是最優秀的中衛啊，代表劍橋大學和布萊克希斯†，還曾經五次入選英格蘭國家隊。上帝啊！福爾摩斯

---

* 斯坦頓的英文是「Staunton」，以字母「S」開頭。

† 布萊克希斯 (Blackheath) 為倫敦南部的一片地區，始創於 1858 年的布萊克希斯橄欖球俱樂部是英格蘭歷史最悠久的橄欖球俱樂部，1871 年的全球首次橄欖球「國際」比賽 (英格蘭對蘇格蘭) 即由該俱樂部主辦。

先生，您真的是生活在英格蘭嗎？」

看到這位年輕巨人天真無邪的驚愕表現，福爾摩斯不由得笑了起來。

「你生活的世界跟我的不一樣，奧弗頓先生，你那個世界比較美好，也比較健康。我的職業生涯觸及了社會生活當中的許多領域，可我非常高興地告訴你，作為英格蘭最美好、最健康的一樣事物，業餘體育運動從來不曾進入我的工作範圍。不過，看到你今天上午不期而至，我禁不住覺得，即便到了你們那個空氣純淨、競爭公平的世界，沒準兒我還是有事可做。好了，親愛的先生，麻煩你趕緊坐下，然後再不慌不忙、平心靜氣、原原本本地講講事情的經過，講講你要我幫甚麼忙。」

年輕的奧弗頓露出了一種不知所措的表情，一看就知道他平常時候肌肉用得多，腦子卻用得少。不過，他還是一點一點地把自己的離奇遭遇講了出來。他的敘述當中有許多囉嗦含糊的地方，在此略去不錄。

「事情是這樣的，福爾摩斯先生。剛才我已經說了，我是劍橋大學橄欖球隊的隊長，戈德弗雷·斯坦頓是我最優秀的隊員。明天要跟牛津隊比賽，昨天我們就全體來到倫敦*，住進了本特利旅館。晚上十點的時候，我查了一遍崗，確定所有的隊員都已經回房就寢，因為我覺得，嚴格的訓練和充足的睡眠是保持隊伍狀態的關鍵。戈德弗雷

---

* 劍橋大學所在的地方是劍橋郡的首府劍橋鎮（劍橋設市是在 1951年），南距倫敦約 80 公里。牛津大學所在的地方是牛津郡的首府牛津市，東南距倫敦約 80 公里。

回房之前，我跟他聊了幾句。當時他臉色蒼白，似乎是有甚麼心煩的事情。我問他怎麼了，他説他沒事，只是稍微有點兒頭疼。於是我跟他道了晚安，從他身邊走開了。半個小時之後，旅館的門房告訴我，有個長相粗野的大鬍子來給戈德弗雷送了張便條。戈德弗雷還沒有睡覺，門房就把便條送到了他的房裏。讀完便條之後，戈德弗雷一下子癱在了椅子上，就跟挨了斧劈似的。門房嚇了一大跳，正準備過來叫我，但卻被戈德弗雷給攔住了。戈德弗雷喝了杯水，重新打起了精神，然後就走到樓下，跟等在門廳裏的大鬍子説了幾句話，兩個人一起走了。門房最後一眼看到他倆的時候，他倆正在往斯特蘭街的方向匆匆趕路，幾乎是跑了起來。今天早上，戈德弗雷的房間空無一人，床沒人睡過，行李也沒人動過，跟我昨晚看見的時候一模一樣。那個生人來找他，他立刻跟了去，從此就沒了任何音訊。依我看，他再也不會回來了。戈德弗雷是個真正的運動員，打心眼兒裏喜歡運動，如果不是迫不得已，他是絕不會中止訓練、讓自己的隊長抓瞎的。不會的。所以我覺得，他永遠不會回來，我們再也見不到他了。」

歇洛克·福爾摩斯全神貫注地聽完了這件古怪事情。

「你是怎麼做的呢？」他問道。

「我給劍橋那邊發了電報，問他們聽沒聽到他的消息。他們已經答覆了我，沒有人看見過他。」

「他趕得及回劍橋嗎？」

「趕得及，末班火車的時間是十一點一刻。」

「不過，據你所知，他並沒有搭這班火車，對吧？」

「沒有，沒有人看見他。」

「接下來你又是怎麼做的呢？」

「我給蒙特－詹姆斯勳爵發了電報。」

「為甚麼要找蒙特－詹姆斯勳爵？」

「戈德弗雷是個孤兒，蒙特－詹姆斯勳爵是他最近的親屬。我沒弄錯的話，應該是他叔叔。」

「真的啊，這個情況倒可以給我們一點兒提示。蒙特－詹姆斯勳爵可是全英格蘭數一數二的富翁哩。」

「戈德弗雷也是這麼跟我說的。」

「你朋友跟他是近親，對吧？」

「是的，他是勳爵的繼承人，老傢伙已經快八十了，而且患有嚴重的痛風。他們說，他打台球都用不着殼粉，拿球杆往自個兒的指關節上蹭就行了*。他這個人吝嗇極了，活了這麼一輩子，連一個先令都不肯給戈德弗雷，不過，他全部的財產早晚會轉到戈德弗雷名下的。」

「蒙特－詹姆斯勳爵給你答覆了嗎？」

「沒有。」

「你為甚麼覺得你朋友可能會去找蒙特－詹姆斯勳爵呢？」

「呃，昨天晚上，我看見他正在為甚麼事情犯愁，如果事情跟錢有關的話，他很可能會去找他這個關係最近錢又特別多的親戚，當然，從我聽說的情況來看，他要到錢

---

* 　「殼粉」見前文注釋，這種說法應該是因為痛風會導致人體某些部位（比如指關節）析出尿酸鹽結晶，形成鼓包狀的「痛風石」，有痛風石的部位可能會排出形似殼粉的尿酸鹽結晶。無論如何，這是拿他人病痛開玩笑的一種惡謔。

的希望十分渺茫。戈德弗雷不喜歡這個老頭，如果不是沒辦法的話，他肯定不會去。」

「他究竟去沒去，咱們很快就能查出來。要説你朋友去了蒙特－詹姆斯勳爵那裏的話，那你就得解釋一下，深夜前來的那個長相粗野的傢伙究竟是怎麼回事，為甚麼能讓你朋友那麼激動。」

西里爾‧奧弗頓用雙手抱住了腦袋。「我完全解釋不了。」他説道。

「好啦，好啦，今天我剛好沒事，非常樂意調查這件事情，」福爾摩斯説道。「我強烈建議你做好準備，制訂一套沒有這個小伙子的比賽方案。你剛才也説了，他這麼突然離隊，一定是有甚麼萬不得已的理由，這個理由多半會讓他逗留在外，沒法回來參加比賽。咱們一起去旅館吧，看看那個門房能不能提供甚麼新的情況。」

歇洛克‧福爾摩斯非常善於安撫那些身份卑微的證人，這麼着，他把門房叫進了戈德弗雷‧斯坦頓留下的那個空房間，很快就打聽到了門房所知的一切情況。據門房所説，昨夜的訪客既不是一位紳士，也不是一名工人，剛好是一個「中等模樣的傢伙」。那個人年紀五十左右，斑白鬍鬚，臉色蒼白，衣着樸素。那個人自個兒似乎也很激動，把便條交給門房的時候，他的手直打哆嗦。戈德弗雷‧斯坦頓把便條塞進了自己的口袋，下到門廳裏的時候也沒跟那個人握手。他倆交談了幾句，門房只聽清了一個詞，「時間」。這之後，他倆就像奧弗頓説的那樣，急匆匆地走了。他倆走的時候，門廳裏的鐘剛好敲了十點半。

「我想想啊，」福爾摩斯一邊說，一邊坐到了斯坦頓的床上。「你是白班門房，對嗎？」

「是的，先生，我十一點下班。」

「夜班門房甚麼也沒看見，對吧？」

「沒看見，先生。深夜回來的只有一幫出去看戲的客人，別的就沒了。」

「昨天一天都是你在值班嗎？」

「是的，先生。」

「斯坦頓先生還有別的信件從你手裏經過嗎？」

「有的，先生，有一封電報。」

「哈！這就有意思了。電報是甚麼時間來的呢？」

「晚上六點左右。」

「收到電報的時候，斯坦頓先生在甚麼地方呢？」

「就在這兒，在他的房間裏。」

「他拆電報的時候，你在場嗎？」

「是的，先生，我就在旁邊等着，看他需不需要回電。」

「那麼，他回了嗎？」

「是的，先生，他寫了一封回電。」

「你去發的嗎？」

「不是，他自個兒去發的。」

「你不是說他寫電報的時候你在場嗎？」

「是的，先生。當時我站在門口，他背朝着我在那張桌子上寫，寫完之後，他跟我說，『好啦，門房，我自己去發。』」

「他用的是甚麼筆？」

「水筆，先生。」

「他用的就是那沓電報紙嗎？」

「是的，先生，他用的是最上面的一張。」

福爾摩斯站起身來，拿着那沓電報紙走到窗邊，仔仔細細地看了看最上面的一張。

「可惜他用的不是鉛筆，」他一邊説，一邊大失所望地聳了聳肩膀，把電報紙扔回了桌子上。「華生，你肯定也經常發現，鉛筆的字跡往往會透到下一張紙上，這種情形不知道毀掉了多少椿美滿的婚姻。可惜啊，這上面甚麼痕跡也沒有。叫人高興的是，我發現他用的是一支寬尖羽毛筆，因此我絕不懷疑，咱們肯定能在這沓吸墨紙上找到一點兒痕跡。哈，沒錯，咱們要找的東西就在這裏！」

他把一張吸墨紙撕了下來，給我們看了看，紙上是以下一些古怪的符號：

西里爾·奧弗頓一下子來了精神。「把它舉到鏡子跟前吧！」他叫道。

「用不着，」福爾摩斯説道。「這張紙很薄，翻過來就可以看清上面的字跡。喏，你們看。」他把吸墨紙翻了

一面，我們立刻看到了以下文字：

Stand by us for Gohe sake

　　紙上文字的意思是：幫幫我們吧，看在上帝份上。

　　「如此說來，失蹤幾個小時之前，戈德弗雷·斯坦頓發了封電報，電報的末尾就是這麼一句話。電文裏至少還有六個咱們沒能看見的單詞，不過，剩下這句『幫幫我們吧，看在上帝份上』已經告訴咱們，小伙子一定是看到了甚麼迫在眉睫的巨大危險，正在向其他某個人尋求保護。你們得注意一下，他說的是『**我們**』！這事情還牽涉到另一個人。另一個人多半就是那個臉色蒼白、自個兒也顯得十分慌亂的大鬍子，除了他還能是誰呢？這樣的話，戈德弗雷·斯坦頓跟那個大鬍子是甚麼關係呢？還有，他倆在危急關頭跑去求助的這個第三方又是誰呢？你們瞧，咱們的調查範圍已經縮小到了電報的內容上。」

　　「咱們只需要查清收報人的身份就行了，」我如是建議。

　　「一點兒不錯，親愛的華生。你這個想法固然很了不起，卻也是我早已想到的東西。另一方面，我敢肯定你已經注意到了這樣一個事實，如果你直接跑進郵局，要求查看其他人的電報存根，郵局的職員多半不會樂於從命。

要想查看那些存根，官方的手續可真是麻煩極了！話說回來，只需要用上一點兒技巧和手腕，我保準兒可以辦到這件事情。對了，奧弗頓先生，趁着你還在這裏，我打算檢查一下他落在桌子上的這些文件。」

桌子上有幾封信、幾張賬單和幾個記事本，福爾摩斯把它們翻了一遍，敏捷的手指微微顫抖、銳利的眼睛飛快地掃來掃去。「沒甚麼發現，」他終於開了口。「順便問一句，照我看，你這位朋友應該是個非常健康的小伙子——身體沒甚麼毛病吧？」

「他壯得跟頭牛一樣。」

「你從來沒見過他生病嗎？」

「一天也沒見過。他曾經在球場上被人踢傷脛骨，休息過一陣子，還有一次是膝關節錯了位，不過，這些可算不上是生病。」

「興許他並不像你想的那麼強壯。要我看，他多半有甚麼別人不知道的毛病。你不反對的話，我打算帶走桌子上的一兩份文件，沒準兒會對以後的調查有所幫助。」

「慢着，慢着！」一個聲音忿然喝道。扭頭一看，原來是一個怪模怪樣的小老頭，抖抖索索地站在門口。他穿着一身褪了色的黑衣服，戴着一頂帽簷極其寬大的禮帽，繫着一條鬆鬆垮垮的白色領帶，整個人看着既像是偏遠地區的鄉村牧師，又像是葬禮上的專業吊客 *。不過，他的模樣雖然寒酸到了可笑的程度，聲音卻又尖又脆，神態也

---

* 專業吊客 (undertaker's mute) 指的是受僱在別人家的葬禮上哭喪的人。

火急火燎，讓人不得不為之側目。

「請問您是哪一位，先生，憑甚麼亂動這位先生的文件？」他問道。

「我是一名私家偵探，正在調查他失蹤的事情。」

「哦，您這是在調查，是嗎？誰讓您來的，唉？」

「這位先生是斯坦頓先生的朋友，是蘇格蘭場介紹他來找我的。」

「您又是哪一位，先生？」

「我是西里爾·奧弗頓。」

「這麼說的話，給我拍電報的就是您嘍。我是蒙特－詹姆斯勳爵，收到電報之後，我一刻都沒耽擱，馬上就從貝司瓦特 * 搭公共馬車趕了過來。您請了一名偵探，對嗎？」

「是的，先生。」

「費用由您來付嗎？」

「先生，等我們找到我朋友戈德弗雷之後，他肯定會支付這筆費用的。」

「要是你們怎麼也找不到他呢，唉？回答我這個問題！」

「那樣的話，他的家人肯定會──」

「想都別想，先生！」小老頭尖聲喊道。「你們別想從我這兒要走一個便士，一個便士都不行！您聽明白了吧，偵探先生！這個小伙子只有我這麼一個家人，可我必須告訴您，這事情我絕不負責。要說他將來還有點兒盼頭

---

* 貝司瓦特 (Bayswater) 為倫敦市中心的一片繁華區域。

的話，全都是因為我從來不浪費錢財，以前沒浪費過，眼下也不打算開這個頭。至於您正在由着性子亂翻的這些文件，我必須告訴您，要是裏面有甚麼值錢東西的話，您可得負上全部的責任。」

「沒問題，先生，」歇洛克‧福爾摩斯說道。「順便問一下，關於這個小伙子失蹤的事情，您自個兒有沒有甚麼解釋呢？」

「沒有，先生，我解釋不了。他塊頭那麼大，歲數也不小，完全可以自己照顧自己，要是他蠢到連自個兒都看不住的話，我絕對不會承擔尋找他的責任。」

「您的想法我完全明白，」福爾摩斯說道，眼睛裏閃出了惡作劇的光芒。「我的想法呢，您可能還不太清楚。戈德弗雷‧斯坦頓似乎是個窮人，要是有人綁架他的話，肯定不是為了得到他自個兒的甚麼東西。反過來，您的闊綽可是名聲在外，蒙特－詹姆斯勳爵，所以呢，十之八九，眼下是有一幫匪徒綁架了您的姪子，目的是從他嘴裏打探您的宅子、您的生活習慣，還有您的財寶。」

聽了這話，這位不招人喜歡的小個子客人一下子臉色煞白，白得跟他的領帶一樣。

「天哪，先生，這簡直太可怕了！沒想到會有這麼邪惡的勾當！世上竟然有這麼沒人性的惡棍！不過，戈德弗雷是個好小伙子，是個性格堅強的小伙子，甚麼也不能讓他出賣自己年邁的叔叔。我得連夜把家裏的貴重器皿送進銀行。與此同時，盡力去找他吧，偵探先生！我懇求您，千萬別放過任何線索，一定要把他安全地找回來。至於費

用嘛，呃，您只管向我開口好了，五鎊我還是拿得出的，甚至啊，十鎊都行。」

即便是在被人教乖了之後，這個身份高貴的吝嗇鬼還是提供不了任何有用的情況，因為他對自家姪兒的私生活一無所知。唯一的線索依然是那封有尾無頭的電報，於是乎，福爾摩斯把電報抄了一份，拿着它去尋找演繹鏈條的下一個環節。出發的時候，我倆已經擺脱了蒙特－詹姆斯勳爵，奧弗頓也找其他隊員商量救急方案去了。

旅館附近就有一個電報局，我倆在電報局門口停了下來。

「這事情值得一試，華生，」福爾摩斯説道。「如果能弄來一張搜查令，咱們當然可以要求他們出示存根。不過，事情還沒有發展到這種地步。依我看，這地方這麼繁忙，他們肯定記不住主顧的模樣。咱們不妨去賭一賭。」

「抱歉打擾，」他衝櫃台柵欄裏的那個姑娘説道，神態再自然不過。「昨天我在你們這兒發了封電報，電文裏有一個小小的錯誤。我一直都沒有收到答覆，所以非常擔心，我肯定是忘了在電報末尾署上名字。究竟署沒署名，您能幫我看看嗎？」

姑娘拿出了一沓子存根。

「甚麼時間發的？」她問道。

「六點多一點兒。」

「收報人是誰？」

福爾摩斯把一根手指舉到唇邊，還疑神疑鬼地瞥了我一眼。

「電文的最後一句話是『看在上帝份上』，」他悄聲說道，一副諱莫如深的樣子，「一直沒收到答覆，我都快急死了。」

姑娘把一張存根抽了出來。

「喏，存根在這兒。電報確實沒署名字，」她一邊說，一邊把存根攤平在櫃台上。

「咳，不用說，收不到回覆的原因就在這裏，」福爾摩斯說道。「天哪，我可真是個十足的傻瓜，如假包換！再見，小姐，多謝您幫我解開了心裏的疙瘩。」我倆回到大街上之後，他一邊搓手，一邊吃吃地笑了起來。

「怎麼樣？」我問道。

「有進展，親愛的華生，確實有進展。我準備了七套偷看電文的方案 *，可我真沒想到，第一套方案就取得了成功。」

「那你究竟有甚麼收穫呢？」

「收穫就是一個着手調查的突破口，」他叫住了一輛出租馬車，然後就吩咐車夫，「國王十字車站。」

「咱們這是要去外地嗎？」

「是的，要我說，咱們必須一起去一趟劍橋。種種跡象表明，那裏才是我的方向。」

「告訴我，」馬車駛入格雷學院路 † 之後，我問了一

---

* 可參看《銅色山毛櫸》當中的「我已經想出了七種各不相同的解釋」和《海軍協定》當中的「你們已經給了我七條線索」。

† 格雷學院路 (Gray's Inn Road) 為倫敦市中心的一條主要街道，因格雷學院而得名，格雷學院為倫敦的四大律師學院之一，參見《波希米亞醜聞》當中關於內殿律師學院的注釋。

句，「到現在，你對小伙子失蹤的緣由有甚麼判斷了嗎？依我看，咱們辦過那麼多案子，動機最不明顯的就是這一件。你肯定不是真的認為，有人綁了他來打探他那個財主叔叔的情況，對吧？」

「說老實話，親愛的華生，我並不覺得這種解釋非常符合情理。當時我只是覺得，這種解釋最管用，最能讓那個特別招人煩的老傢伙產生興趣。」

「它顯然是起到了這種作用。不過，你真實的判斷是甚麼呢？」

「我可以列出好幾種解釋。你肯定不會否認，這次意外發生在一場重要比賽的前夕，失蹤者又似乎是其中一方取勝的關鍵人物，這些事實都可以說是非比尋常、意味深長。儘管這完全可能只是一種巧合，終歸還是值得咱們注意。業餘體育比賽本身並不牽涉賭博，外圍投注的現象卻還是非常普遍，說不定，有些人樂意下點兒工夫來對付一名選手，就跟馬場裏那些惡棍在賽馬身上做手腳一樣。這是一種解釋。另一種非常明顯的解釋是，小伙子眼下再怎麼窮，終歸是一筆巨額遺產的繼承人，有人綁架他來勒索錢財，並不是一件不可能的事情。」

「你這些解釋都跟電報不沾邊啊。」

「你說得對，華生。電報仍然是咱們手裏唯一的一條實實在在的線索，咱們絕不能把它漏過去。眼下咱們之所以要去劍橋，就是為了追查這封電報的用意。具體會是甚麼情況還不好說，不過，天黑之前咱們肯定能解決這件案子，再不濟也能有很大的進展，要不真是怪了。」

我倆趕到這座歷史悠久的大學城鎮的時候，天已經黑了下來。福爾摩斯在車站叫了一輛出租馬車，吩咐車夫前往萊斯利‧阿姆斯特朗醫生的住宅。幾分鐘之後，我們的馬車駛入了城裏最繁華的那條通衢，停在了一座大宅跟前。僕人招呼我倆進了門，等了半天才把我倆帶進醫生的診室，醫生就坐在辦公桌的後面。

　　調查這件案子的時候，我居然沒聽過萊斯利‧阿姆斯特朗這個名字，足以說明我對自己的本行生疏到了甚麼程度。現在我已經知道，他不僅是劍橋大學醫學院的負責人之一，更是在多個學科領域馳譽全歐的一位學者。不過，即便你對這個人的輝煌履歷一無所知，他寬闊的方臉、濃眉之下的深邃眼睛、花崗岩雕塑一般的倔犟下巴依然會讓你過目難忘。城府淵深、步步為營、嚴峻刻板、自奉儉薄、含蓄內斂、令人生畏，這就是萊斯利‧阿姆斯特朗醫生留給我的印象。這會兒，他把我朋友的名片拿在手裏，抬起頭來，陰沉的臉上是一種不太高興的表情。

　　「我聽過您的名字，歇洛克‧福爾摩斯先生，也知道您做的是甚麼行當。您那個行當，我無論如何也不敢恭維。」

　　「您要是這麼看的話，醫生，就算是跟本國所有的罪犯達成了共識，」我朋友平心靜氣地說道。

　　「您的工作要是僅限於撲滅罪行，先生，自然會得到全社會有識之士的一致支持，不過我敢肯定，說到撲滅罪行，官方執法機構已經綽綽有餘。您的行當之所以逃不脫別人的非議，是因為您刺探個人私隱，因為您揭開那些不

宜公之於眾的家庭瘡疤，還因為您往往會捎帶着打攪那些沒您那麼閒的人、浪費他們的時間。舉個例子說吧，眼下我應該做的事情是寫論文，而不是跟您談話。」

「您說得對，醫生。不過，事實也許會證明，我們的談話比您的論文更為重要。捎帶着說一句，我們這一次的行動跟您剛才據理指責的那些事情恰恰相反，因為我們正在努力防止個人私隱公之於眾，一旦案子落到了警方手裏，公之於眾倒是不可避免的事情。這樣吧，您不妨把我看成走在本國正規警力前頭的一支業餘先遣隊。我上您這兒來，是為了打聽戈德弗雷‧斯坦頓先生的事情。」

「打聽他的甚麼事情？」

「您認識他，對嗎？」

「他是我的好朋友。」

「他失蹤了，您知道嗎？」

「噢，是嗎！」醫生那張有棱有角的臉龐看不出任何變化。

「昨天夜裏他離開了旅館，打那以後就沒有任何音訊。」

「他肯定會回去的。」

「劍橋跟牛津的橄欖球比賽明天就要開始。」

「我並不支持這些兒戲一般的運動。小伙子本人的遭際我倒是非常關心，因為我了解他，而且喜歡他。橄欖球比賽壓根兒就不在我的考慮範圍之內。」

「如此說來，我有權要求您的支持，因為我調查的正是斯坦頓先生的遭際。您知道他的下落嗎？」

「一無所知。」

「從昨天開始，您一直沒有見過他嗎？」

「沒有，沒見過。」

「斯坦頓先生身體好嗎？」

「好極了。」

「您見過他生病嗎？」

「沒見過。」

福爾摩斯突然掏出一張紙片，遞到了醫生眼前。「那麼，我這兒有一張上個月的付訖賬單，金額十三畿尼 *，付款人是戈德弗雷·斯坦頓先生，收款人則是劍橋的萊斯利·阿姆斯特朗醫生，麻煩您解釋一下，這到底是這麼回事。賬單是我在他桌子上的文件當中找到的。」

醫生氣得臉都紅了。

「依我看，我並不需要向您解釋，福爾摩斯先生。」

福爾摩斯把賬單放回了自己的記事本裏。「如果您更喜歡在公眾面前解釋，那樣的機會早晚會屬於您，」他說道。「我已經告訴過您，我能夠守住那些其他人必然會張揚出去的秘密，說真的，您最好的選擇就是把實情告訴我，不能有任何保留。」

「我甚麼都不知道。」

「您沒有收到斯坦頓先生從倫敦捎來的信嗎？」

「當然沒有。」

「天哪，天哪，又是郵局的事兒！」福爾摩斯發出了不勝其煩的哀嘆。「昨天晚上六點十五分，戈德弗雷·斯

---

* 畿尼為英國舊幣，1 畿尼等於 21 先令，即 1.05 英鎊。

坦頓從倫敦給您發了一封十萬火急的電報、一封跟他的失蹤脫不了關係的電報，可您居然沒有收到。他們可真是太耽誤事兒了。我一定得找這裏的郵局投訴一下。」

萊斯利·阿姆斯特朗醫生從桌子後面一躍而起，黝黑的臉龐氣成了紫紅色。

「麻煩您從我屋裏出去，先生，」他說道。「您不妨告訴您的東家蒙特－詹姆斯勳爵，我不想跟他有任何交道，他的爪牙也是一樣。住口，先生，一個字兒也別說了！」他怒不可遏地拉響了鈴鐺。「約翰，送這兩位先生出去！」一名趾高氣揚的男管家沉着臉把我倆領到門口，我倆灰溜溜地回到了大街上，福爾摩斯突然大笑起來。

「萊斯利·阿姆斯特朗醫生顯然是個幹勁十足、性格剛強的人，」他說道。「在我見過的人當中，只有他最適合填補傑出的莫里亞蒂教授留下的空缺，如果他把自個兒的本事用到那個方面的話。可憐的華生啊，瞧瞧咱倆，就這麼困在了一個無親無故、待客無禮的城鎮裏，要說離開吧，又不能扔下手頭的案子。瞧，正對阿姆斯特朗住宅的這家小旅館特別適合咱們的需要。麻煩你去訂一個臨街的房間，再買點兒過夜用的東西，我好利用這段時間去打聽幾件事情。」

不過，打聽這幾件事情耗費的工夫超出了福爾摩斯的預期，因為他將近九點才回到旅館。只見他臉色蒼白，垂頭喪氣，滿身塵土，又餓又累，整個人已經筋疲力盡。用桌上的冷餐填飽肚子之後，他點起煙斗，準備施展他出師不利之時的慣用伎倆，發表一點兒略帶幽默富含哲理的見

解。正在這時，耳邊傳來了轔轔的車聲，他趕緊站起身來，往窗外瞥了一眼。一輛套着兩匹灰馬的四輪馬車停在了醫生住宅門前的煤氣燈下。

「馬車在外面跑了三個小時，」福爾摩斯說道，「六點半就出去了，到現在才回來，說明他的目的地離這裏有十到十二英里的路程。這條路他每天都要跑一趟，有時候還要跑兩趟。」

「對於一名執業醫師來說，這也算不上甚麼奇怪的事情啊。」

「可是，阿姆斯特朗並不是一名真正的執業醫師。他是一名講師，也是一名會診醫生，可他並不接待一般的病人，為的是集中精力搞他的案頭工作。既然如此，他幹嗎要一趟又一趟地跑這段想必是不勝其煩的長路，他跑去看的人又是誰呢？」

「他的車夫——」

「親愛的華生，我找的第一個人當然是他的車夫，這你還有甚麼可懷疑的嗎？不知道車夫是天生下流，還是受了他主子的唆使，總之他蠻不講理，竟然放出一隻狗來咬我。還好，他和他的狗都覺得我的手杖不中看，事情也就這麼過去了。這之後，我和他的關係變得相當緊張，想打聽消息自然是門兒都沒有。我了解到的情況都來自咱們這個旅館的院子，來自一位態度友善的本地居民。他跟我說了醫生的生活習慣，還說了醫生天天出去跑路的事情。他剛剛說完，那輛馬車就跑到了醫生的家門口，彷彿是為了證明他不打誑語。」

「你沒有跟上去看看嗎？」

「太對了，華生！今晚上你真是靈光四射。當時我確實是這麼想的。你可能注意到了，咱們這個旅館的隔壁是一家自行車鋪子，於是我衝進鋪子，租上一輛自行車，趕在馬車徹底消失之前追了上去。我很快就撞上了馬車，然後就小心翼翼地保持着一百碼左右的安全距離，尾隨馬車的燈光出了城。在鄉間道路上跑了好一陣之後，突然發生了一起多少有點兒尷尬的事故。馬車停了下來，我也跟着停了下來。醫生下了車，飛快地走到我的面前，用一種極其諷刺的口吻告訴我，他覺得道路有點兒窄，所以擔心他的馬車形成了一道障礙，弄得我的自行車沒法通過。他的話說得巧妙極了，所以我立刻超到馬車前面，順着大路騎了幾英里，然後才找了個方便的地方把車停住，看他的馬車會不會過來。馬車始終不見蹤影，顯然是轉進了我路上看到過的某條岔路。我掉頭往回騎，還是沒看見馬車的影子，現在呢，你也看見了，它回來的時間比我還晚。當然嘍，起初我並不覺得，醫生的奔波跟戈德弗雷·斯坦頓的失蹤有甚麼特殊的關聯，調查他的行蹤僅僅是基於一種泛泛的推測，也就是說，在目前這個階段，跟他有關的一切事情都值得咱們留意。不過，既然我發現他這麼藏頭露尾、這麼害怕有人跟蹤，事態就顯得更加嚴重，不查個水落石出的話，我怎麼也安不下心來。」

「咱們明天可以接着盯他的梢。」

「可以嗎？你似乎覺得這件事情輕而易舉，事實卻並非如此。你並不熟悉劍橋郡的地形，對吧？這裏可不適

合打埋伏，今晚我經過的地方全都跟你的手掌一樣平坦乾淨，更何況咱們的盯梢對象一點兒都不傻，今晚的事情就是一個絕好的證明。我給奧弗頓發了封電報，讓他隨時把倫敦方面的消息發到咱們的旅館裏來，與此同時，咱們只能把注意力集中在阿姆斯特朗醫生的身上，多虧了電報局裏那位樂於助人的姑娘，我才從斯坦頓那封緊急電報的存根上看到了他的名字。他知道這個小伙子的下落，這一點我可以發誓擔保。他既然知道，咱們也應該有辦法知道，要不就真是太沒用了。到目前為止，咱們必須承認他贏了一着，可是華生，你是知道的，我這個人並沒有就此認輸的習慣。」

然而，接下來的一天並沒有讓這件謎案露出任何端倪，我倆依然是在原地踏步。早餐之後，有人送來了一張便條。福爾摩斯笑了笑，把便條傳給了我。便條是這麼寫的：

先生：

我可以跟您保證，跟蹤我絕對是浪費時間。昨晚您肯定已經發現，我的四輪馬車背面有個窗口，如果您還想來回白跑二十英里的話，只管跟着我好了。與此同時，我可以告訴您，盯我的梢對戈德弗雷·斯坦頓先生絕無好處，而我深信不疑，您要是真想幫助這位先生，最好的方法就是即刻返回倫敦，跟您的東家說您找不到他的下落。您在劍橋待着，只能是白費工夫。

您忠實的朋友

萊斯利·阿姆斯特朗

「這位醫生倒是個坦誠直率的對手，」福爾摩斯說道。「好啦，好啦，他可算是吊足了我的胃口，不摸清他的底細，我實在沒法善罷甘休。」

「他的馬車又到門口了，」我說道。「瞧，他正在往馬車裏走，上車的時候還瞥了一眼咱們的窗子。我騎上自行車去試試運氣吧，怎麼樣？」

「不行，不行，親愛的華生！我絕不否認你天資聰穎，可我還是覺得，你鬥不過這位不容小覷的醫生。依我看，我一個人去打探一下就行了，應該也可以實現咱們的目標。你恐怕得自個兒去找點兒消遣了，原因嘛，要是寧靜的鄉野之中突然冒出了**兩個**問東問西的生人，多半就會招來一些多餘的閒言碎語。這座城市歷史悠久，有的是名勝古跡，你肯定不會覺得無聊的。事情順利的話，天黑之前我就能回來，向你呈上一張比較好看的成績單。」

然而，我朋友又一次乘興而往、敗興而歸。他到夜裏才回來，只見疲態、不見戰果。

「這一天算是白跑了，華生。既然知道了醫生的大致方向，今天我就把劍橋那一面的村子轉了個遍，還跟酒館老闆之類的本地消息靈通人士交換了意見。路我可真沒少跑，切斯特頓、希斯頓、沃特比奇和奧金頓*我都去了，都沒有任何收穫。在這些睡谷†一般的地方，一輛天天出

---

* 切斯特頓 (Chesterton) 為劍橋東北角的一片郊區，希斯頓 (Histon) 和沃特比奇 (Waterbeach) 都是劍橋北郊的村子，奧金頓 (Oakington) 是劍橋西北郊的村子。

† 睡谷 (Sleepy Hollow) 出自美國作家華盛頓·歐文 (Washington Irving, 1783–1859) 的短篇小說《睡谷傳奇》(*The Legend of Sleepy Hollow*, 1820)，按小說當中的形容，睡谷是「全世界最寧靜的地方之一」。

現的雙駕四輪馬車是不可能逃過人們的眼睛的。你瞧，醫生又贏了一着。有我的電報嗎？」

「有的，我已經看過了，電文是這樣的：

問三一學院的杰里米·狄克森要龐貝。

「我不明白這是甚麼意思。」

「噢，意思非常明顯。電報是我朋友奧弗頓發來的，回答了我提出的一個問題。我這就讓人給杰里米·狄克森先生捎個信兒，然後呢，咱們肯定會時來運轉。對了，比賽的事情有甚麼消息嗎？」

「有的，最新的本地晚報登出了一篇精彩的報道。牛津隊贏了一次射門和兩次達陣*，報道的最後幾句是這樣的：

淡藍隊伍†之敗績或可悉數歸咎於頂尖國手戈德弗雷·斯坦頓之不幸缺席，縱觀全場，斯人缺席之憾恨時時可感。中衛線欠缺章法，攻守皆無力量，遂令兢兢業業之強大鋒線鎩羽而歸，非止徒勞而已。

「由此看來，咱們的朋友奧弗頓覺得事情不妙，並不是沒有根據的，」福爾摩斯說道。「我個人的看法倒是跟阿姆斯特朗醫生一樣，橄欖球同樣不在我的考慮範圍之內。今晚上早點兒睡吧，華生，明天的事情多着呢。」

第二天早上，剛看見福爾摩斯，我就結結實實地嚇

---

* 達陣指的是橄欖球隊攻方球員持球衝入守方得分區之後觸地得分，射門則與足球相同，指的是將球射入守方球門的得分方式。

† 淡藍隊伍 (Light Blues) 為劍橋大學校隊的傳統稱謂，與牛津大學的深藍隊伍 (Deep Blues) 相對，參見《三個學生》當中的注釋。

了一跳，因為他坐在壁爐跟前，手裏拿着他那支小小的皮下注射器。一看到那件器具，我立刻聯想到了他身上唯一的一種惡習，再看到它在他手裏閃閃發光，我禁不住憂心如焚，擔心最糟糕的事情已經發生。看到我驚惶失措的表情，他笑了笑，把注射器放到了桌子上。

「不，不是那樣的，親愛的伙計，你用不着緊張。這一次，這樣東西可不是用來幹壞事的。事實多半會證明，它就是破解咱們這件謎案的關鍵。我把全部的希望都託付給了這支注射器。我剛剛出去偵查了一番，所有情況都非常理想。好好吃頓早飯吧，華生，咱們今天要去揪阿姆斯特朗醫生的尾巴。追蹤一旦開始，我就得一直追進他的老巢，中途絕不會停下來休息，也不會停下來吃飯。」

「這樣的話，」我說道，「咱們還是帶着早飯上路好了，我看他今天是打算提前出發，馬車已經停在了他的家門口。」

「沒關係，讓他走好了。他要能走出我的追蹤範圍的話，那可就真是太厲害了。吃完之後，你馬上跟我一起下樓，我給你介紹一位探員。說到咱們今天的工作嘛，這位探員可是個赫赫有名的專家哩。」

下樓之後，我跟着福爾摩斯走進了馬廄的院子。他打開一間放養廄舍*，一隻狗跑了出來。這隻狗黃白相間，又矮又肥，耷拉着耳朵，個頭介於獵兔犬和獵狐犬之間。

「我來給你介紹一下，這位就是『龐貝』，」他說道。

---

* 　放養廄舍 (loose-box) 指不把馬拴起來的廄舍，一般要比普通的廄舍大。

「龐貝是本地追蹤獵犬之中的翹楚。瞧它的體型，你就知道它跑不了多快，不過，它追蹤嗅跡的時候絕對是百折不撓。好啦，龐貝，你雖然跑得不快，可我還是擔心，你的速度會讓兩位倫敦來的中年紳士吃不消，所以啊，我得冒昧在你的項圈上拴這麼一根皮帶。好了，小伙計，走吧，把你的本事亮出來看看。」他牽着狗兒走到了醫生的門口，狗兒四處聞了聞，然後就發出一聲興奮的尖聲嗚咽，順着街道使勁兒地跑了下去，把皮帶拽得緊緊的。半個小時之後，我倆已經離開城鎮，開始在一條鄉間道路上匆匆前行。

「你搞了些甚麼名堂，福爾摩斯？」我問道。

「一套老掉了牙的陳年把戲，話說回來，有時候它也能管點兒用。今天早上，我走進醫生家的院子，用我的注射器往他的馬車後輪上打了足足一管子茴香油。碰上了茴香油，追蹤獵犬能從這兒一直追到約翰·奧格羅茨*，要想把龐貝甩掉，咱們的阿姆斯特朗老兄恐怕得從劍河†裏走才行。噢，這個惡棍可真狡猾！那天晚上他甩掉了我，用的原來是這種辦法。」

狗兒已經突如其來地離開大路，轉進了一條雜草叢生的小徑。走了半英里之後，小徑接上了另一條大路，嗅跡陡然右轉，伸向了我倆剛剛走出的城鎮。這條大路一直兜到了城鎮的南邊，並且繼續往前伸展，方向跟我倆出發之時的前行方向截然相反。

---

* 約翰·奧格羅茨（John o' Groats）為蘇格蘭東北角的一個村莊，通常被視為英國本土最北邊的居民點。對英國人來說，這個村子的名字跟中文裏的「天涯海角」差不多。

† 劍河（Cam）是英格蘭東部的一條河流，流經劍橋。

「這麼説，他兜這個圈子完全是為了照顧咱們嘍？」福爾摩斯説道。「怪不得我在那邊的村子裏甚麼也打聽不到呢。這位醫生顯然是使盡了渾身解數，讓人不得不好奇，他這種精心設計的障眼法到底是為了甚麼。咱們右邊的這個村子應該就是特朗平頓 *。瞧，天哪！醫生的四輪馬車正在從那個拐角往這邊來呢。快，華生，快，要不就全完了！」

他拖着不情不願的龐貝，飛快地跑進了一個庭院的大門。我倆剛剛藏到樹籬背後，醫生的馬車就吱吱呀呀地跑了過去。我往車裏瞥了一眼，發現阿姆斯特朗醫生佝僂着肩膀，雙手托着耷拉的腦袋，活脱脱是「悲痛」這個詞的寫照。我同伴臉色一沉，醫生的神情顯然也沒有逃過他的眼睛。

「要我説，咱們這次調查恐怕會以悲劇收場，」他説道。「究竟是怎麼回事，咱們很快就能知道了。走吧，龐貝！噢，咱們要找的就是這個庭院裏的那座農舍！」

毫無疑問，我們已經抵達了這次旅程的終點。大門外面的四輪馬車轍印依然清晰可見，龐貝在那裏跑來跑去，不停地哼哼唧唧，看樣子是十分興奮。一條小徑穿過庭院，一直通到了那座孤零零的農舍跟前。福爾摩斯把狗拴在了樹籬上，我倆急匆匆地走上前去。他敲了敲那扇簡陋的小門，稍後又敲了一次。屋裏沒有任何回應，但卻顯然不是空無一人，因為我們聽見了一種低沉的聲音，一種混

---

* 特朗平頓 (Trumpington) 為劍橋西南郊的一個村子。福爾摩斯上一次查探的那些地方全都在劍橋北面。

合着痛苦與絕望的嗚嗚聲，哀傷得無法形容。福爾摩斯猶豫不決地停在了門口，然後又回頭看了看我倆剛剛走過的那條大路。一輛四輪馬車順着大路跑了過來，拉車的兩匹灰馬清清楚楚地表明了主人的身份。

「天哪，醫生又回來了！」福爾摩斯叫道。「這一來，咱們就沒了選擇，只能搶在他的頭裏，趕緊進去瞧瞧裏面的情況。」

他推開屋門，我倆踏進了門廳。嗚嗚聲越來越響，最終變成了一種長聲夭夭的低沉哀號。聲音是從樓上來的，福爾摩斯便飛也似的衝了上去，我跟在他的後面。他推開一道半掩的房門，房間裏的景象立刻把我倆驚得目瞪口呆。

一個年輕美麗的女子躺在床上，顯然是已經死去。她蒼白的臉龐平靜恬然，濃密的金色頭髮亂作一團，睜得大大的藍眼睛已經沒了光澤，直愣愣地看着上方。床腳是一個半坐半跪的小伙子，臉埋在床單裏，哭得渾身顫抖。他完全沉浸在自己的哀慟之中，福爾摩斯伸手拍了拍他的肩膀，他終於抬起了頭。

「你是戈德弗雷・斯坦頓先生嗎？」

「是，是，我是，可你們來得太遲了，她已經死了。」

小伙子悲痛得沒了神智，怎麼說也沒法讓他明白，我倆是甚麼人都有可能，唯獨不可能是受命來幫他忙的醫生。福爾摩斯竭盡全力地安撫了他幾句，跟着又向他解釋，因為他突然失蹤，他的隊友感到非常擔憂。正在這時，樓梯上傳來了腳步聲，轉眼之間，阿姆斯特朗醫生那張陰

沉嚴峻、充滿疑慮的臉龐已經出現在了門口。

「這麼説，先生們，」他説道，「你們不光是達到了自己的目的，顯然還為自己的擅闖行徑挑選了一個特別得體的時刻。我不會當着死者的面跟你們爭吵，可我告訴你們，要是再年輕一點兒的話，我絕不會放過你們這種令人髮指的行徑。」

「不好意思，阿姆斯特朗醫生，咱們之間好像有點兒誤會，」我朋友鄭重其事地説道。「麻煩您跟我們到樓下去，咱們可以就這件不幸的事情交換一下意見。」

一分鐘之後，我倆已經跟臉色鐵青的醫生一起走進了樓下的客廳。

「有何見教，先生？」醫生説道。

「首先我要告訴您，我並不是蒙特－詹姆斯勳爵的僱員，在這件事情當中，我的立場跟那位貴族截然相反。有人下落不明，找到失蹤者自然是我的份內之事，失蹤者既然已經找到，我的任務也就到此為止。只要事情與罪行無關，我非常樂意消弭事涉個人私隱的流言，絕不願意看到流言擴散。按我的判斷，眼下的事情並沒有違反法律，果真如此的話，您完全可以放心，我不但會保守秘密，還會向您提供幫助，不讓相關的事實見諸報端。」

阿姆斯特朗醫生快步向前，緊緊地握住了福爾摩斯的手。

「您是個正直的人，」他説道。「之前是我看錯了您。謝天謝地，剛才我意識到自己不該讓可憐的斯坦頓獨自面對這樣的悲慘處境，不得不掉轉車頭，這才有緣跟您

結識。您已經了解到了這麼多的情況，剩下的事情就非常容易解釋。一年之前，戈德弗雷·斯坦頓在倫敦住了一段時間，深深地愛上了房東太太的女兒，後來就娶了她。她善良的心地配得上美麗的容貌，聰明的頭腦也稱得起善良的心地，哪個男人都會為這樣的妻子感到自豪。可是，戈德弗雷是那個老貴族的繼承人，一旦那個性情乖戾的老人聽說了他的婚事，他的繼承權多半就會化為泡影。我對這個小伙子非常熟悉，他身上有很多讓我喜歡的優秀品質。於是我竭盡全力地幫他，免得他遇上麻煩。我們想盡了一切的辦法，務必要瞞過所有人的耳目，原因非常簡單，一旦走漏了半點兒風聲，這事情很快就會街知巷聞。幸運的是，這座農舍十分偏僻，戈德弗雷自己也非常謹慎，到目前為止，事情並沒有傳揚出去。知道這個秘密的人只有我，還有一個非常可靠的僕人，僕人這會兒是上特朗平頓找人幫忙去了。沒想到，可怕的打擊終於還是找上門來，他妻子染上了一種兇險的疾病、一種最為致命的肺結核。可憐的孩子難過得都要瘋了，但卻不得不上倫敦去打那場比賽，要不去總得有個解釋，一解釋就難免洩露秘密。我發了封電報給他，想讓他振作起來，他也給我回了電報，懇求我全力施救。喏，這就是他的電報，您似乎看過這封電報，不知道您是怎麼看到的。我覺得他待在家裏也沒甚麼用處，所以就沒有告訴他，他妻子的病情究竟有多麼危急。不過，我把真實的情況通知了姑娘的父親，而他很不明智地轉告了戈德弗雷。結果呢，他徑直跑了回來，整個人跟瘋了一樣。從那時一直到今天上午，也就是死亡給他

妻子的磨難劃上句號的時候，他始終都是這樣瘋瘋癲癲，跪在她的床腳不肯起來。事情就是這樣，福爾摩斯先生，我完全相信，您和您的朋友都能夠守住這個秘密。」

福爾摩斯握了握醫生的手。

「走吧，華生，」他說了一句。就這樣，我倆離開那座哀傷籠罩的農舍，走進了慘淡的冬日陽光。

福田宅邸

一八九七年冬天，一個嚴霜凜冽的清晨，我迷迷糊糊地感覺到有人在扒拉我的肩膀。睜眼一看，原來是福爾摩斯。他手裏拿着一支蠟燭，燭光映出了他俯到近前的熱切臉龐，讓我一眼就瞧出大事不妙。

「快，華生，快！」他叫道。「好戲開場啦*。甚麼也別問！穿上衣服，快跟我走吧！」

十分鐘之後，我倆已經坐上了馬車。馬車穿過一條條寂靜的街道，轔轔駛向查林十字車站。冬日的天空剛剛泛上第一抹暗淡的晨光，透過白茫茫、臭烘烘的倫敦濃霧，間或可以看到零零星星的模糊身影從我們車邊掠過，都是些上早班的工人。福爾摩斯一聲不吭地縮在厚厚的大衣裏面，我也樂得照此辦理，因為清晨的空氣寒冷刺骨，我倆又都沒來得及吃早飯。

在車站喝過一杯熱茶，又在開往肯特郡的火車上找好座位之後，我倆才慢慢地暖和過來，他的嘴巴和我的耳朵也終於解了凍。福爾摩斯從口袋裏掏出一張短箋，大聲地念了起來：

---

*　這篇故事首次發表於 1904 年 9 月；「好戲開場啦」英文原文為「The game is afoot」，出自莎士比亞戲劇《亨利五世》第三幕第一場，直譯為「狩獵開始啦」，是劇中英王亨利五世激勵士兵攻打法國城池的話。

肯特郡馬爾夏姆福田宅邸 *

凌晨三點三十分

親愛的福爾摩斯先生：

此處發生了一起情狀十分奇特的案件，非常希望得到您直接的幫助。這件案子應該很對您的胃口。除了放開夫人之外，我會確保現場一切維持我剛到時的原狀。不過我還是懇請您即刻前來，因為事有不便，我們不能讓尤斯塔斯爵士一直留在現場。

您忠實的朋友

斯坦利·霍普金斯

「霍普金斯一共找過我七次，每一次都不是小題大做，」福爾摩斯說道。「按我看，華生，他經手的所有案件都已經進入了你的收藏，同時我必須承認，你的確有幾分挑選案件的眼力，極大地彌補了我對你那種敘事方法的不滿。你總是從鋪排故事的角度來看待所有案件，而不是把它們看成一種科學問題，這些案子本來可以成為一系列富於教益的示範課，甚至會成為垂範後世的經典，結果卻被你這種要命的習慣破壞殆盡。你把那些妙到顛毫的工作一筆帶過，就為了不厭其煩地敘寫種種聳人聽聞的細節，那些東西固然可以挑動讀者的情緒，但卻絕不能帶給他們任何教益。」

「你自己幹嗎不寫呢？」我忿忿不平地說道。

---

* 馬爾夏姆 (Marsham) 為作者虛構地名，英格蘭有一個名為馬爾夏姆的村莊，不過是在諾福克郡；「福田宅邸」英文為「Abbey Grange」，本義為附屬於修道院的田莊，此處既為宅邸，為免繁冗，故取寺院田產之稱謂，譯為「福田宅邸」。

「會的，親愛的華生，我會寫的。你也知道，現在我確實有點兒忙，步入晚年之後，我打算認認真真地寫一部教科書，囊括偵探藝術的方方面面。眼下的這件案子，似乎是一起謀殺哩。」

「這麼說，你覺得這個尤斯塔斯爵士已經死了嗎？」

「我看是死了。從筆跡來看，霍普金斯的情緒相當激動，與此同時，他並不是一個容易激動的人。沒錯，我看這肯定是一起暴力罪案，他們把屍體留在了現場，等着咱們去檢查。僅僅是自殺的話，他是不會來找我的。至於『放開夫人』嘛，多半是指她在慘劇發生之時被鎖在了自個兒的房間裏。咱們要去的可是個上流的所在，華生。挺括的信紙，上面還印着姓名首字母花押『E.B.』和家族紋章，信上留的又是一個風景如畫的地址。依我看，霍普金斯老兄應該不會辜負我的期望，這個上午肯定很有意思。還有呢，罪案發生的時間是昨天午夜之前。」

「這你怎麼知道呢？」

「從火車時刻和辦事時間推算出來的。他們先得找當地的警察，當地的警察得跟蘇格蘭場聯繫，霍普金斯得趕到現場，然後又得給我寫信，所有這些事情，沒有一宿是辦不完的。好了，火車已經到了奇瑟赫斯特 * 車站，咱們的疑問很快就有答案了。」

坐着馬車在狹窄的鄉村道路上跑了兩英里之後，我倆進入了一道庭院大門。開門的是一個上了年紀的門房，憔

---

* 奇瑟赫斯特 (Chislehurst) 當時是肯特郡的一個區，西北距倫敦大約 20 公里，1965 年併入倫敦。

悴的臉上印着彌天大禍的痕跡。古榆成蔭的馬車道穿過壯觀的庭院，盡頭是一座佔地寬廣的低矮宅邸，門前的柱子用的是帕拉迪奧 * 的樣式。掛滿常春藤的宅子中段顯然是歷史悠久，寬大的窗子卻是現代化改造的表徵，宅子的一廂更似乎是全新的建築。敞開的門口有一個年輕的身影和一張機警熱切的臉龐，斯坦利·霍普金斯督察正在那裏迎候我倆。

「您能來我真是太高興了，福爾摩斯先生。還有您，華生醫生！不過，説真的，要是能從頭再來的話，我一定不會打擾您，因為夫人已經甦醒過來，把事情的經過説得一清二楚，簡直沒給咱們留下甚麼調查的餘地。您還記得劉易舍姆 † 的那幫強盜嗎？」

「甚麼，你是説蘭德爾家的那三個傢伙嗎？」

「沒錯，就是他們父子三人。這事情就是他們幹的，我一點兒也不懷疑。兩週之前他們在希登訥姆那邊作過案，有人瞧見了他們，還把他們的模樣告訴了警方。他們可真是膽大包天，剛作完一件案子，沒多久又在這麼近的地方再作一件，不過，這事情絕對是他們幹的。這一回，他們犯的可是死罪。」

「這麼説，尤斯塔斯爵士死了嗎？」

「是的，他的腦袋叫他自個兒的撥火棍給打癟了。」

---

* 　帕拉迪奧 (Andrea Palladio, 1508–1580) 為意大利著名建築師，風格復古，對西方建築史有很大的影響。

† 　劉易舍姆 (Lewisham) 是倫敦南部的一個區，下文中的希登訥姆 (Sydenham) 是倫敦的一片區域，大部分處於劉易舍姆區範圍之內，離上文中的奇瑟赫斯特很近。

「剛才我聽車夫說，爵士的全名是尤斯塔斯·布拉肯斯妥*。」

「沒錯，他是肯特郡數一數二的富翁。布拉肯斯妥夫人這會兒是在日間起居室裏。可憐的夫人，這次的事情真把她給嚇壞了。我剛看見她的時候，她已經半死不活了。我覺得您最好去看看她，聽聽她自個兒怎麼說。然後呢，咱們再一起去檢查餐廳的情況。」

布拉肯斯妥夫人是個非比等閒的人物，她的身姿如此優雅、神態如此嫵媚、容顏又如此美麗，樣樣都是我很少看見的風景。她是個典型的金髮美人，長着一雙碧藍的眼睛，若不是新近的不幸遭遇讓她形容憔悴的話，她的膚色無疑會跟頭髮和眼睛形成最完美的搭配。看樣子，她不光是心靈受了創傷，身體也吃了苦頭，因為她一隻眼睛上有一個觸目驚心的紫色鼓包，她那個身材高大、神情嚴峻的女僕正在兢兢業業地用醋和水替她擦洗。夫人斜倚在一張沙發上，似乎是已經筋疲力盡。不過，當我們走進房間的時候，她卻向我們投來了機敏的目光，美麗的臉龐也露出了警覺的神色，足以說明這次可怕的經歷並沒有撼動她的智慧和勇氣。她穿着一件藍銀錯雜的寬鬆晨衣，身邊的沙發上卻搭着一件綴滿亮片的黑色晚裝。

「事情的經過我都已經跟您說過了，霍普金斯先生，」她很不耐煩地說道。「您不能替我重覆一遍嗎？好吧，如果您認為確有必要的話，那我就跟這兩位先生再說一遍好了。他們兩位去過餐廳了嗎？」

---

* 這個名字的英文是「Eustace Brackenstall」，縮寫是「E.B.」。

「我的意見是，他們應該先聽聽夫人的說法。」

「您要能早點兒把事情安排好的話，我會非常高興的。想到他還在餐廳裏躺着，我覺得恐怖極了。」她哆嗦了一下，用雙手摀住了臉。她抬起手的時候，寬鬆的晨衣袖子往下一滑，胳膊露在了外面，福爾摩斯驚叫了一聲。

「您身上還有別的傷啊，夫人！怎麼回事呢？」

夫人的胳膊白皙渾圓，有一隻胳膊上卻有兩塊鮮紅扎眼的傷痕。聽到福爾摩斯的驚叫，她趕忙把胳膊藏到了衣服下面。

「沒事的，這跟昨晚那場慘劇沒有關係。麻煩您和您的朋友坐下吧，我盡量跟你們講講事情的經過。

「我是尤斯塔斯·布拉肯斯妥爵士的妻子，結婚到現在大概有一年了。依我看，要想隱瞞我倆婚姻不幸的事實，完全是一種徒勞無益的舉動。即便我盡力遮掩，鄰居們恐怕也會把真相告訴你們。說起來，過錯也許並不全在他那一方。我在澳大利亞南部長大，那邊的空氣比較自由，不像這邊這麼保守，所以呢，我很難適應英格蘭生活之中的種種繁文縟節。不過，婚姻不幸的罪魁禍首還是那個人所共知的事實，也就是說，尤斯塔斯爵士是個怙惡不悛的酒鬼。跟這樣的男人待在一起，哪怕是一個鐘頭也讓人受不了。一個敏感驕傲的女人日日夜夜都得跟他拴在一起，這是怎樣的一種滋味，你們能想像嗎？要說這樣的婚姻也應該具有約束力，實在是一種褻瀆、一種犯罪、一種天理不容的惡行。要我說，你們這些令人髮指的法律終究會給你們的國家帶來詛咒，上帝是不會任由這樣的邪惡繼

續存在的。*」有那麼一瞬間，她突然坐了起來，雙頰緋紅，雙眼從傷痕怵目的眉弓之下噴出了怒火。緊接着，那名神情嚴峻的女僕堅定而又輕柔地把她的頭摁回了墊子上，她歇斯底里的怒火漸漸消退，取而代之的是肝腸寸斷的抽泣。良久之後，她接着説道：

「我這就告訴你們昨晚的事情。你們可能已經知道，我們家其餘的僕人都住在新建的那排廂房裏，中間的這段包括幾間起居室、廚房和我們的臥室，廚房在後面，我們的臥室在樓上，我女僕特蕾莎的房間又在我臥室的上面。中間這段沒有別人，聲音再大也驚動不了那排新廂房裏的人。這些強盜肯定是對屋裏的情況非常熟悉，要不就不敢像昨晚那樣胡作非為。

「尤斯塔斯爵士是十點半左右回房休息的。那時候，僕人們都已經回到了各自的住處，只有我的女僕沒有睡覺，還在頂樓她自個兒的房間裏等候我的吩咐。我坐在這個房間裏，看書看得入了迷，十一點之後才起身巡查各個房間，為的是確定一切正常，然後才好上樓。我平常都是自個兒巡查房間，因為我剛才已經説過，尤斯塔斯爵士並不總是那麼可靠。我把廚房、餐具室、槍械室、彈子房和客廳挨個兒查了一遍，最後就走進了餐廳。餐廳的窗子拉着厚厚的簾子，走到窗邊的時候，我忽然覺得寒風撲面，這才意識到窗子是開着的。我一把拉開簾子，剛好跟一個正在往屋裏走的寬肩膀老頭撞了個臉對臉。餐廳的窗子是

---

* 大致説來，按照當時英國的法律，離婚是一件困難重重、代價高昂的事情，離婚的條件也對女方不公平。亞瑟·柯南·道爾本人對當時英國的離婚法律非常反感。

那種落地長窗，實際上就跟通往草坪的一道門差不多。我手裏端着臥室裏的燭台，這時就借着燭光看見打頭的人後面還有兩個人，都在往屋裏闖。我往後退了一步，打頭的傢伙卻撲了過來，先是抓住了我的手腕，接着又卡住了我的脖子。我張嘴想要叫人，他就照我的眼睛狠狠地打了一拳，把我打倒在地。我一定是暈過去了幾分鐘，醒過來的時候，我發現他們已經扯斷鈴繩，用鈴繩把我牢牢地綁在了餐桌上首的橡木椅子上。繩子綁得很緊，我一點兒都動不了，想出聲也出不了，因為他們用一塊手帕堵住了我的嘴。就在這個時候，我不幸的丈夫走進了房間。他顯然是聽到了甚麼可疑的動靜，因此就對眼前的場面有所準備。他身上穿着睡衣和長褲，手裏拿着他最喜歡的那根黑刺李 * 手杖。進來之後，他立刻衝向其中一名強盜，另一名強盜——也就是那個老頭——卻俯身抄起壁爐護柵裏的撥火棍，趁他走過的時候給了他可怕的一擊。他馬上倒了下去，哼都沒哼一聲，然後就再也不動了。我又一次暈了過去，不過，這一次也只暈了短短的幾分鐘。睜開眼睛的時候，我發現他們已經把餐具櫃裏的銀器攏到了一起，還從裏面拿了瓶葡萄酒出來，每個人的手裏都拿着一個玻璃杯子。剛才我已經説過，對吧，三個人當中有一個是大鬍子老頭，另外兩個都是嘴上無毛的小伙子。看樣子，他們三個興許是父子。他們低聲交談了幾句，跑到我身邊看了看，確定我身上的綁繩沒有鬆動，這才走了出去，隨手關

---

* 黑刺李 (blackthorn)，拉丁學名 *Prunus spinosa*，是原產於歐洲等地的一種多刺灌木，可以用來製造手杖。

上了窗子。足足過了一刻鐘，我才弄掉了綁在嘴上的手帕，然後就開始大聲尖叫。我的女僕聞聲趕來，不久之後，其他的僕人也收到了警訊。我們找來了本地的警察，警察立刻跟倫敦方面取得了聯繫。我知道的情況真的就這麼些了，先生們，要我說，以後該不會再要我重覆講述這麼痛苦的經歷了吧。」

「有甚麼要問的嗎，福爾摩斯先生？」霍普金斯問道。

「我不想再榨取布拉肯斯妥夫人的耐性和時間，」福爾摩斯說道，然後就轉頭看着女僕。「去餐廳之前，我倒想聽聽你的經歷。」

「那些人還沒闖進來的時候，我就已經瞧見了他們，」女僕說道。「我坐在自己臥室的窗前，借着月光看到庭院大門那邊有三個人，只不過，當時我並沒有多想甚麼。一個多鐘頭之後，我聽到女主人大聲尖叫，這才跑到樓下，看到了這隻可憐的小羊羔，處境跟她說的一模一樣，男主人則躺在地板上，鮮血和腦漿濺得到處都是。想想吧，被人綁在那裏，衣服上還濺着丈夫的血，換了哪個女人都得當場瘋掉。可她沒有，還是阿德萊德*的瑪麗·弗雷澤小姐的時候，她就是個勇敢的姑娘，成了福田宅邸的布拉肯斯妥夫人之後，她的勇氣也沒有走樣。先生們，你們的盤問已經夠久的了，她特別需要休息，這會兒就得回房，只需要老特蕾莎一個人的陪伴。」

帶着一種母親般的慈愛，瘦削的女僕攬住自己的女主人，領着她回房去了。

---

*　阿德萊德 (Adelaide) 為澳大利亞南部最大的城市。

「從夫人出生的時候開始，這名女僕就一直在她身邊，」霍普金斯說道。「女僕是她幼年時的保姆，一年半之前又跟她一起來到了英格蘭，那是她們第一次離開澳大利亞。女僕名叫特蕾莎・賴特，她這樣的女僕如今可不好找。走這邊，福爾摩斯先生，來吧！」

福爾摩斯那張表情豐富的臉上已經不再有興致盎然的神色，而我完全明白他的心思，謎底既已揭開，案子也就不再有任何趣味。當然，罪犯尚未緝拿歸案，可是，這些普普通通的惡棍算是哪門子人物，哪裏配得上他弄髒自己的手呢？醫術精妙、學識淵深的名家如果被人叫來處理麻疹之類的小毛病，心裏多半也會產生此刻我在我朋友眼睛裏看到的這種煩惱。不過，福田宅邸餐廳裏的光景着實詭異，終究還是攫住了他的注意力，喚回了他漸漸消退的興趣。

餐廳又高又大，天花板是雕花的橡木，其他位置的鑲板也是橡木，四面的牆上排着一大堆鹿頭和古代兵器。我們剛剛聽過的那扇落地長窗開在對着門的那面牆上，右邊有三扇小一些的窗子，小窗子沒拉窗簾，房間裏灑滿了冷冷的冬日陽光。落地窗的左邊則是一個又大又深的壁爐，上方是又大又寬的橡木爐台。壁爐旁邊有一把沉重的橡木椅子，兩邊有扶手，底部有橫檔。椅子上有一根深紅色的繩子，穿在那些鏤空的地方，繩子的兩頭分別綁在椅子兩邊的橫檔上。把夫人解下來的時候，他們只是撩開了繩子，並沒有解開固定繩子的繩結。當然，剛開始我們並沒有留意到這些細節，因為我們全都把目光定在了壁爐跟前，全都在看躺在虎皮壁爐毯上的那件可怕物事。

亞瑟・柯南・道爾｜福爾摩斯全集 IV

我們眼前是一具屍體，死者是一名體格健壯的高個子男人，年紀大約四十歲。他仰着臉躺在地板上，齜着白森森的牙齒，嘴巴周圍是一圈兒短短的黑鬍子。他緊握的雙手舉過了頭頂，橫在雙手之上的是一根沉重的黑刺李手杖。他鷹隼一般的黝黑臉龐本來也算英俊，此時卻擰成了一團窮兇極惡的仇恨，呈現出一副惡魔一般的可怖遺容。聽到動靜的時候，他顯然已經上了床，因為他穿的是一件花裏胡哨的刺繡睡衣，長褲下面支棱着一雙赤腳。他的腦袋傷得慘不忍睹，與此同時，整個房間裏到處都是證據，證明致他於死的那記重擊實在是兇蠻至極。那根沉重的撥火棍就躺在他的身邊，已經在劇烈的撞擊之下彎成了弧形。福爾摩斯仔細地看了看撥火棍，又看了看撥火棍造就的這具莫可名狀的可怕遺骸。

「這個老蘭德爾一定得是個孔武有力的傢伙，」他如是評論。

「沒錯，」霍普金斯説道。「我手上有關於他的一些資料，這傢伙確實相當硬朗。」

「要抓他應該沒甚麼困難。」

「一點兒困難也沒有。我們一直在留意他的動向，不過，有傳言説他已經逃到了美國。眼下呢，我們既然知道這幫匪徒還在國內，我看他們是逃不掉的。我們已經通知了所有的海港，天黑之前就會開出一個賞格。我只是想不明白，他們的手法為甚麼這麼愚蠢，因為他們肯定知道夫人會把他們的長相告訴我們，也知道我們能通過夫人的描述認出他們。」

「一點兒不錯。按常理說，為了滅口，他們應該不放過布拉肯斯妥夫人才對。」

「他們興許沒意識到，」我如是猜測，「夫人已經從昏迷當中醒了過來。」

「確實有這種可能。如果她看着像是不省人事的話，他們就用不着要她的命。這個倒霉的傢伙是怎麼回事呢，霍普金斯？從我剛才聽到的事情來看，他這個人好像還挺古怪的哩。」

「他清醒的時候倒是個好心腸的人，喝醉之後卻會變成一個徹頭徹尾的惡魔，說喝到半醉之後可能會更恰當，因為他很少會醉到十成。喝了酒之後，他就跟中了邪一樣，甚麼事情都幹得出來。據我所知，他雖然有錢又有頭銜，有那麼一兩次卻還是差一點兒就犯在了我們手裏。傳言說他曾經拿煤油把一隻狗澆透，然後再點上火，更要命的是，那隻狗還是夫人養的。當時是頗費了一番周折，這件事情才沒有鬧大。還有一次，他拿玻璃水瓶去砸那個名叫特蕾莎·賴特的女僕，又惹出了不小的麻煩。總體上說，當然是咱們私下裏說，這座宅子裏沒他更好。您這是在看甚麼呢？」

福爾摩斯跪在地上，正在全神貫注地檢查綁縛夫人的那根紅繩上的繩結。接下來，他仔仔細細地看了看繩子的一端，那一端的邊緣參差不齊，顯然是強盜扯斷鈴繩的時候造成的。

「他們扯斷鈴繩的時候，廚房裏一定會鈴聲大作啊，」福爾摩斯如是指出。

「廚房在屋子背面，沒人能聽見鈴聲。」

「強盜怎麼知道沒人能聽見？怎麼敢如此張狂地去扯一根鈴繩？」

「您說得對，福爾摩斯先生，說得對極了。您提的這個問題，我也翻來覆去地想了好多遍。毫無疑問，這個傢伙一定是對這座宅子和這家人的生活習慣相當熟悉。他一定是非常清楚，當時雖然還不算太晚，所有的僕人卻都已經上了床，誰也聽不見廚房裏的鈴聲。由此看來，僕人當中一定有他的內應。這一點可以說是一目瞭然。話說回來，宅子裏一共有八個僕人，品行都沒有甚麼問題。」

「品行都沒問題的話，」福爾摩斯說道，「嫌疑最大的自然是腦袋吃了主子的玻璃水瓶的那一個。不過，這種行為等於是出賣她的女主人，可她似乎對女主人非常忠心。算啦，算啦，這一點並不是問題的關鍵，逮到蘭德爾之後，你應該可以輕而易舉地逮到他的同謀。顯而易見，咱們眼前的所有細節都可以驗證夫人的說法，如果夫人的說法還需要驗證的話。」說到這裏，他走到那扇落地長窗的跟前，一把推開了窗子。「這邊沒有甚麼痕跡，不過，地面既然硬得跟鐵板一樣，沒有痕跡也很正常。按我看，案發當時，壁爐台上的這些蠟燭應該是點着的吧。」

「是的，那幫強盜東翻西找的時候，就是靠這些蠟燭和夫人的臥室燭台來照明的。」

「他們拿了些甚麼東西呢？」

「呃，沒拿多少東西，只拿走了餐具櫃裏的六七件銀器。布拉肯斯妥夫人認為，那幫強盜自己也被尤斯塔斯爵

士的死嚇得夠嗆，所以才放棄了原來的打算，沒有把宅子洗劫一空。」

「她說得當然在理，可我剛才聽說，他們還喝了一點兒葡萄酒哩。」

「喝酒也是為了壓驚嘛。」

「一點兒不錯。要我說，餐具櫃上的這三個玻璃杯應該沒有動過吧？」

「沒動過，酒瓶也是在原來的位置。」

「咱們來瞧瞧好了。嘿！嘿！這是怎麼回事？」

三個玻璃杯挨在一起，三個都沾着酒痕，有一個還殘留着一些酒膜 *。酒瓶就在杯子近旁，瓶裏的酒還剩三分之二，邊上是一隻長長的軟木塞，塞子上的酒漬已經入木三分。從木塞的外觀和酒瓶上的塵土來看，那幫兇手享用的可不是甚麼普普通通的酒。

這時候，福爾摩斯的神態已經起了變化，臉上那種無精打采的表情不見了，深陷的銳利眼睛再一次閃出了警覺的光芒。他拿起那隻木塞，仔仔細細地看了一遍。

「他們是怎麼把塞子拔出來的呢？」他問道。

霍普金斯指了指一個半開的抽屜，抽屜裏放着幾塊桌布，還有一把碩大的開瓶器。

「布拉肯斯妥夫人說過他們用這把開瓶器的事情嗎？」

「沒有，您肯定還記得吧，他們開酒瓶的時候，她還沒醒過來呢。」

---

* 酒膜 (bees-wing) 是出現在陳年葡萄酒當中的一種形似昆蟲翅膀的薄膜。下文關於瓶塞和酒瓶的描述也說明這瓶酒是陳年佳釀。

「那倒也是。事實上，他們**沒有**用這把開瓶器，用的是一把便攜式的螺旋起子，起子多半是附帶在一把刀上的，長度不超過一英寸半。你看看木塞的頂端，他們用起子鑽了三次才把瓶塞拔出來，就這樣也沒把瓶塞鑽透。反過來，這把開瓶器這麼長，肯定能鑽透瓶塞，鑽一次就可以把瓶塞拔出來。逮到那個傢伙的時候，你保準兒能從他身上搜出一把多用小刀。」

「妙極了！」霍普金斯說道。

「不過，說老實話，這些杯子可真是把我給搞糊塗了。布拉肯斯妥夫人確實**看見了**他們三個喝酒，對嗎？」

「是的，這一點她非常肯定。」

「既然如此，我也就沒甚麼可說的了。還能說甚麼呢？話說回來，霍普金斯，你必須承認，這三個杯子確實是非常蹊蹺。甚麼，你沒看出甚麼蹊蹺！好啦，好啦，就這麼拉倒吧。沒準兒啊，一個人要是像我這樣，掌握了一些特殊的學問和本領，往往就不肯接受現成的簡單答案，非得去尋找一些更加複雜的解釋。當然嘍，杯子的事情肯定只是一種巧合。好了，霍普金斯，再見。照我看，你似乎已經把案情弄得一清二楚，用不着我幫忙了。如果你抓到了蘭德爾，或者是有了甚麼新的情況，麻煩你通知我一聲。我完全相信，要不了多久，我就得跟你道喜，祝賀你圓滿結案。走吧，華生，要我說，回到家裏之後，咱倆的用場可能還大一些。」

回家的路上，福爾摩斯的表情讓我知道，他一直在為

適才看見的某樣東西困惑不已。每隔一段時間，他就會努力拋開心裏的疑雲，開始跟我交談，就跟案子已經解決似的，可是，疑雲很快就會再一次襲上他的心頭，他也會再一次陷入眉頭緊鎖、眼色茫然的狀態，說明他的思緒再一次回到了福田宅邸那間寬敞的餐廳、回到了這件午夜慘案的發生地點。到最後，正當我們的火車緩緩駛出一個市郊車站的時候，他突然發作起來，一下子跳到站台上，還把我拽出了火車。

我倆站在那裏，看着火車的末尾幾節車廂消失在了一段彎道之後。「對不住，親愛的伙計，」他說道，「抱歉讓你受了驚嚇，因為你可能會覺得，這只是我突然發起了神經，不過華生，我拿我的性命起誓，我真的**不能**就這麼扔下這件案子。我全部的直覺都在衝我大聲疾呼，絕不能就此了事。這件事情不對勁，完全不對勁，我可以發誓，事情真的不對勁。可是，夫人的說辭有頭有尾，女僕的證詞無懈可擊，現場的細節也沒有甚麼破綻，我憑甚麼表示懷疑呢？就憑那三個玻璃酒杯，沒別的了。不過，如果我沒有那些先入為主的成見，如果我沒有任由那個預先編好的故事左右我的頭腦，如果在檢查現場的時候，我拿出了沒有偏見的情況之下必然會有的那種細緻，能不能發現一些更加明確的疑點呢？當然可以。到這張長椅上來坐吧，華生，一邊等下一班去奇瑟赫斯特的火車，一邊聽我跟你講講我的理由。首先，我得請你放下成見，不要以為那個女僕和她主人的說辭必然是真的。夫人的外表固然迷人，咱們可不能讓它干擾自己的判斷。

「冷靜地推敲一下夫人的説辭，咱們就會發現，其中確實包含着一些值得懷疑的細節。兩個星期之前，那幫強盜剛剛在希登訥姆搶劫了一大筆財物。報上有關於他們的報道，也説到了他們的長相，任何人想要捏造一個關於搶劫的故事，都會自然而然地往他們身上聯想。事實呢，剛剛做了筆大買賣的強盜照例會踏踏實實地坐下來享用贓物，不太會立刻投入另一樁玩命的勾當。除此之外，強盜一般不會在這麼早的時間動手，一般也不會用拳頭來制止一位女士叫喊，因為可想而知，挨了拳頭的女士叫得更歡。還有，他們一般不會在己方人多勢眾、足以降服對方的時候犯下殺人的罪行，一般也不會放過一大堆唾手可得的財物、拿上一點兒東西就算完事。最後我還得説，尤其不一般的是，像他們這樣的傢伙竟然會扔下半瓶酒不喝。聽了這麼多的不一般，華生，你作何感想呢？」

「加在一起，這些事情確實顯得很不一般，不過，一件一件分開看的話，它們又都是很有可能的事情。按我看，他們竟然會把夫人綁在椅子上，這才是最不一般的地方。」

「呃，華生，這一點我倒不太覺得，因為當時的局面非常明顯，如果不把她殺死的話，他們就必須限制住她的行動，免得她在他們走了之後立刻報警。不過，不管怎麼説，我已經證明了夫人的説辭確有可疑之處，對吧？好了，咱們來説説最後的一個疑點，也就是那些酒杯。」

「那些酒杯有甚麼問題呢？」

「你能回憶起它們的樣子嗎？」

「它們的樣子就在我眼前呢。」

「夫人告訴咱們，當時有三個人用那些酒杯喝了酒。按你看，她這種說法靠得住嗎？」

「怎麼靠不住？三個杯子都有酒痕啊。」

「確實有。話又說回來，有酒膜的杯子卻只有一個。你肯定也注意到了這一點。那麼，你覺得這是怎麼回事呢？」

「最後一個倒滿的杯子最有可能盛上酒膜。」

「沒那回事。酒瓶裏的酒結滿了酒膜，倒酒的時候絕對不可能出現前兩個杯子乾乾淨淨、唯獨第三個盛滿酒膜的情形。這事情只有兩種解釋，其中之一是他們倒完第二杯之後使勁兒地晃過酒瓶，致使酒膜出現在了第三個杯子當中。可是，這種解釋似乎不合常理。不，不對。我敢肯定我的推測是正確的。」

「那麼，你的推測是甚麼呢？」

「喝酒的人只用了兩個杯子，然後又把兩杯殘酒倒進了第三個杯子，以便製造出三個人喝酒的假象。這樣的話，所有的酒膜自然會集中到第三個杯子當中，對吧？沒錯，我斷定當時的情形就是這樣。可是，如果我對這個小小問題的解釋幸而正確的話，只能說明布拉肯斯妥夫人主僕二人都在蓄意撒謊，說明她們的陳述一句也不能信，說明她們有包庇真兇的強烈動機，還說明咱們不能指望她們、只能自己去尋找相關的證據，這麼一看，這件案子也就擺脫平庸，立刻進入了非同凡響的領域。尋找證據，正是擺在咱們眼前的任務，這不，華生，去奇瑟赫斯特的火車已經來了。」

看到我倆去而復返，福田宅邸的人頗為驚訝。不過，發現斯坦利‧霍普金斯已經返回總部匯報工作之後，歇洛克‧福爾摩斯立刻接管了宅子的餐廳，隨即反鎖房門，用兩個鐘頭的時間完成了一次仔仔細細、勤勤懇懇的勘查。有了現場勘查的堅實基礎，他那些美奐美輪的演繹樓閣才能夠巍然屹立。我坐在餐廳的角落裏，注視着這件非凡工作的每一個步驟，感覺自己像一名學生，正在興致盎然地觀摩教授的示範。窗子、窗簾、地毯、椅子、繩子，他一件一件地認真檢查，一件一件地仔細推敲。那位死於非命的從男爵 * 已經被人抬走，其餘種種則原封未動，跟我倆早上來的時候一樣。接下來，福爾摩斯突然作出了一個讓我十分驚訝的舉動，爬到了那個碩大爐台的頂上。殘存的幾英寸紅色鈴繩從連接鈴鐺的鐵絲上耷拉下來，遠遠高過了他的頭頂。他仰起腦袋，盯着繩頭看了好一會兒，跟着就單膝頂住牆上的一個木頭托架，盡力去夠那截繩頭。頂住托架之後，他的手可以夠到離繩頭只有幾英寸的地方，不過，更讓他感興趣的似乎是托架本身，並不是那截繩頭。到最後，他終於歡呼一聲，從爐台上跳了下來。

「行了，華生，」他説道。「這件案子已經有了把握，在咱們經手的案子當中，它可以歸入最不一般的那個類別。話説回來，天哪，之前我是多麼地愚鈍，離我這輩子最大的錯誤又是多麼地近啊！眼下我覺得，我的演繹鏈

---

* 從男爵 (baronet) 是英格蘭最低的一種世襲爵位，擁有此頭銜的人不在貴族之列，稱謂為「Sir」（爵士），跟其他獲得騎士勳位的平民一樣。從男爵的妻子可以享有「Lady」（夫人）的尊稱。

條大體上已經構築完成，再補充幾個環節就行了。」

「你知道那幫歹人的身份了嗎？」

「那個歹人，華生，你得說是那個歹人。歹人只有一個，但卻是個非常厲害的角色。他強壯得像頭獅子，因為他一出手就把撥火棍給打彎了。他身高有六英尺三英寸，敏捷得像隻松鼠，雙手也十分靈巧。最後，他還有一顆轉得非常快的腦袋，因為這一整個活靈活現的故事都是他編出來的。錯不了，華生，擺在咱們面前的是一位非凡人物留下的傑作。只不過，他終歸還是露出了不該露出的馬腳，在這根鈴繩上留下了一條線索。」

「線索是甚麼呢？」

「是這樣，華生，如果你打算把一根鈴繩扯下來，它會從哪兒斷呢？當然會斷在跟鐵絲相連的最高處。可是，這根鈴繩為甚麼會斷在離最高處還有三英寸的地方呢？」

「會不會是因為這個地方有磨損呢？」

「你說得對。你瞧，咱們能夠仔細檢查的這個斷口確實有磨損。他可真是狡猾，居然能想到用刀子劃出磨損的痕跡。可是，另外一個斷口並沒有磨損的跡象。從現在的這個位置，你是看不清那個斷口的，不過，爬到爐台上去的話，你就可以看到那個斷口切得整整齊齊，完全沒有磨損的痕跡。你不妨想像一下當時的情形。那傢伙要用這根鈴繩，同時又擔心鈴聲驚動旁人，所以不敢把它扯下來。他是怎麼幹的呢？他跳到爐台上，還是有點兒夠不着，於是就單膝頂住那個托架，然後才用刀子去割鈴繩。托架上的塵土當中還有他壓出來的印子呢。我夠不到那個斷口，

怎麼也得差三英寸，由此可知，他至少比我高三英寸＊。你再瞧瞧這把橡木椅子，瞧瞧椅面上的這個痕跡！是甚麼痕跡呢？」

「血跡。」

「百分之百是血跡。光憑這一點，咱們就可以駁倒夫人的說辭。要說兇手殺人的時候她坐在這把椅子上的話，椅面上怎麼會有血跡呢？不，不可能。她是在丈夫死亡**之後**才被人安排到這把椅子上的。我敢打賭，她那件黑色晚裝上一定有跟這塊血跡相對應的痕跡。華生啊，咱們還沒有趕上滑鐵盧，眼下剛走到馬倫戈，一開始雖然折了一陣，最終卻會以勝利收場†。好了，我這就去找那個名叫特蕾莎的保姆聊幾句。接下來的這段時間，咱們還得多留點兒神，這樣才能得到咱們想要的情報。」

這名神色嚴峻的澳大利亞保姆是個蠻有意思的人物，寡言少語、疑神疑鬼、冷若冰霜。福爾摩斯擺出一副討人喜歡的架勢，對她所説的一切大加讚同，好一陣之後才讓她有所軟化，換上了一種應答如響的友善態度。對於已故的東家，她毫不掩飾心裏的憎恨。

「是的，先生，他確實朝我扔過水瓶子。當時我聽見他罵我的女主人，所以就對他說，如果她兄弟在場的話，他肯定不敢這麼説話。這麼着，他就把水瓶子扔了過來。

＊　在《三個學生》當中，福爾摩斯曾經説自己身高六英尺。

†　福爾摩斯這裏是以拿破侖的兩次戰役自比。1800 年，拿破侖在意大利的馬倫戈 (Marengo) 與奧地利軍隊作戰，先輸後贏；1815 年，拿破侖在比利時的滑鐵盧 (Waterloo) 遭遇決定性慘敗，此後就在流亡之中度過餘生。

只要他能放過我那隻漂亮的小鳥，要朝我扔一打水瓶子也隨便他。他一直都在虐待她，只不過她天性高傲，不願意在人前抱怨。他對她做的那些事情，她連我也不肯告訴。今早你們都瞧見了她胳膊上的那些傷痕，這件事她就沒跟我說，可我非常清楚，那肯定是他用帽針 * 扎的。這個狡詐的惡魔，願上帝寬恕我，不該這麼說一個死者，可是，要說這世上有惡魔的話，那就只能是他。我們第一次見到他的時候，他表現得乖巧極了，那不過是十八個月之前的事情，對我們兩個來說卻像是十八年。那個時候，她剛剛來到倫敦。是的，那是她第一次搭海船，在那以前，她從來都沒有出過家門。他贏得了她的歡心，靠的是他的頭銜和財產，還有他那種假模假式的倫敦派頭。要說她當初走錯了一步的話，那她也已經付出了代價，代價比哪個女人都大。我們遇見他是哪個月的事情？呃，跟您說吧，那是我們剛到不久的事情。我們六月份到的，七月份就遇上了他。他倆是去年一月結的婚。是的，她這會兒又在樓下的日間起居室裏，我肯定她會願意見您的，不過，您可千萬別讓她太過勞神，因為她吃的苦頭已經到了極限。」

布拉肯斯妥夫人斜倚在原來的那張沙發上，氣色卻比先前好了一些。女僕跟着我倆一起走進了房間，這會兒便再一次開始替她的女主人熱敷眉弓上的瘀傷。

「要我說，」夫人說道，「您該不會是又打算盤問我吧？」

* 帽針 (hat-pin) 類似簪子，用途是把帽子固定在頭上，兼具裝飾性，一般為女性用品。

「不會，」福爾摩斯回答道，語氣溫柔得無以復加，「布拉肯斯妥夫人，我不想給您增添任何不必要的麻煩，一心只想幫您排憂解難，因為我深信不疑，您是一個受了許多磨難的女人。您要能把我當成朋友來信任的話，那您一定會發現，我不會辜負您的信任。」

「您要我怎麼做呢？」

「把真相告訴我。」

「福爾摩斯先生！」

「別，別這樣，布拉肯斯妥夫人，這樣是沒有用的。我那點兒微不足道的名頭，您興許也聽說過。我可以賭上我全部的聲譽，賭您那套說辭純屬捏造。」

主僕二人直愣愣地盯着福爾摩斯，臉色蒼白、眼神恐懼。

「你怎麼這麼放肆！」特蕾莎叫道。「你是說我的女主人撒了謊嗎？」

福爾摩斯從椅子上站了起來。

「您沒有甚麼事情要告訴我嗎？」

「我已經把所有的事情告訴了您。」

「再想想吧，布拉肯斯妥夫人。坦率一點兒不是更好嗎？」

她那張美麗的臉龐閃出了一抹猶疑，轉眼之間，她心裏又湧起了某種執拗的念頭，美麗的臉龐凝成了一張面具。

「我知道的都已經告訴您了。」

福爾摩斯拿起自己的帽子，聳了聳肩膀。「太遺憾

了，」他扔下這麼一句，我倆就一起走出房間，離開了這座宅子。接下來，我朋友領着我走到了庭院裏的一個池塘旁邊。池塘結了冰，冰面上卻鑿了一個洞，為的是方便一隻失群的天鵝。福爾摩斯盯着那個洞看了一陣，然後就走到宅邸的大門口，草草地寫了一張短短的便條，讓門房轉交斯坦利·霍普金斯。

「這個猜測可能對也可能錯，話說回來，咱們總得為霍普金斯老兄做點兒甚麼，至少證明咱們這第二趟沒有白跑，」他說道。「眼下我還不打算把所有的事情告訴他。依我看，咱們的下一個戰場應該是經營阿德萊德－南安普敦＊航線的那家航運公司，如果我沒記錯的話，那家公司就在樸爾莫爾大街的盡頭。另外一家汽船公司也經營澳大利亞南部和英格蘭之間的航線，不過，咱們還是從大的這家查起吧。」

福爾摩斯遞進名片，馬上就得到了公司經理的接待。沒一會兒，他就得到了他需要的所有資料。一八九五年六月，他們公司只有一艘船駛入本國的港口。這艘船名為「直布羅陀巨岩號」，是他們公司最大也最好的一艘船。那次航行的旅客名單當中的確有阿德萊德的弗雷澤小姐，同行的還有她的女僕。現在嘛，這艘船已經出發前往澳大利亞，這會兒是在蘇伊士運河南邊的某個地方。船上的管事跟一八九五年一模一樣，唯一的例外是大副傑克·克羅克先生，他已經離開崗位，升任「貝斯巨岩號」的船

＊　南安普敦 (Southampton) 為英格蘭南部海港。

長 *。「貝斯巨岩號」是他們的新船，兩天之後就會從南安普敦啟航。克羅克住在希登訥姆，不過，他今天上午多半會來公司接受訓示，如果我們願意等的話，應該可以見到他。

不，福爾摩斯先生不想見他，只是想多了解一點兒他的履歷和人品。

他的履歷非常光彩，公司的船隊裏沒有哪個管事能跟他相提並論。說到人品嘛，他這個人恪盡職守，下了船卻是個粗野莽撞、不管不顧的傢伙。他性子急躁、一點就着，同時也稱得上忠誠正派、古道熱腸。離開那間阿德萊德－南安普敦航運公司的時候，福爾摩斯兜裏揣上的主要就是這麼一些情況。接下來，我倆坐車去了蘇格蘭場，到門口他卻不肯下車，只是皺着眉頭，坐在那裏沉思默想。想了半天，他還是轉頭去了查林十字電報局，在那裏發了一封電報。這之後，我倆終於踏上了返回貝克街的旅途。

「不，華生，我不能那麼做，」我倆回到寓所的時候，他如是說道。「逮捕令一旦簽發，他這個人就沒救了。在我的偵探生涯當中，曾經有那麼一兩次，我覺得我親手造成的實際傷害比涉案的罪犯還要大，儘管我做的事情是揭露罪犯，他做的事情是作奸犯科。現在我已經學會了謹慎從事，寧可戲耍英格蘭的法律，也不能戲耍自己的良心。採取行動之前，咱們還是多了解一點兒情況吧。」

---

* 「直布羅陀巨岩」(Rock of Gibraltar) 是直布羅陀海峽當中的一塊礁石，「貝斯巨岩」(Bass Rock) 則是蘇格蘭海濱的一個小島。

天快黑的時候，斯坦利‧霍普金斯督察大駕光臨。看樣子，他的調查進行得不太順利。

「我看您一定是個巫師，福爾摩斯先生。有些時候，我真的覺得您擁有一些超出凡人的本領。好了，失竊的銀器在那個池塘裏，您究竟是怎麼知道的呢？」

「我並不知道這件事情。」

「可您讓我去搜索那個池塘啊。」

「這麼說，你找到啦？」

「是的，我找到了。」

「能幫上你的忙，我真是太高興了。」

「可您並沒有幫上我的忙，反倒是大大地增加了調查的難度。先是偷走銀器，然後又把銀器扔進最近的一個池塘，甚麼樣的強盜才會這麼幹呢？」

「這種舉動確實是非常古怪。當時我只是想，偷銀器的人興許並不想要這些東西，偷這些東西只是一種障眼法，果真如此的話，他們當然會迫不及待地扔掉銀器。」

「可是，您為甚麼會產生這種想法呢？」

「呃，我只是覺得，這也不失為一種可能性。走出那扇落地窗之後，他們馬上就會看到那個池塘，冰面上還有個誘人的小洞，就擺在他們眼皮底下。要藏東西的話，還有比這更好的地方嗎？」

「哈，藏東西的地方，這麼說就對了！」斯坦利‧霍普金斯高聲說道。「沒錯，沒錯，我全都明白了！當時還不算太晚，路上還有行人，他們怕人家看見自己帶着贓物，所以就把銀器沉到池塘裏，打算找個風平浪靜的時間

再回來取。好極了，福爾摩斯先生，這可比您那種關於障眼法的解釋更像那麼回事。」

「的確如此，你的解釋非常巧妙。毫無疑問，我自個兒的這些想法都有點兒不着邊際，可你還是得承認，就是這些想法幫助你找到了銀器。」

「是的，先生——是的。這都是您的功勞。還有啊，我遇上了一次嚴重的挫折。」

「挫折？」

「是的，福爾摩斯先生。今天早上，蘭德爾匪幫在紐約遭到了逮捕。」

「天哪，霍普金斯！你的看法是他們昨天夜裏在肯特郡殺了人，這個事實顯然是在跟你的看法對着幹啊。」

「這是個致命傷，福爾摩斯先生，絕對是個致命傷。不過，三個人的匪幫並不是只有蘭德爾這家人，也有可能，事情是某個警方還不知道的新匪幫幹的。」

「一點兒不錯，這種可能性非常之大。怎麼，你要走了嗎？」

「是啊，福爾摩斯先生。不把這案子查個水落石出，我心裏是沒法踏實下來的。您不能給我一點兒提示嗎？」

「我已經給了你一個提示。」

「甚麼提示？」

「呃，剛才我不是說了嘛，這只是一種障眼法。」

「為甚麼是障眼法，福爾摩斯先生，為甚麼呢？」

「哦，當然，問題就在這裏。不管為甚麼吧，總之我建議你往這個方面去想一想，興許能想出點兒名堂來。你

不留下來吃晚飯嗎？好吧，再見，有甚麼進展的話，通知我們一聲。」

我倆吃完了晚飯，桌子也已經收拾乾淨，福爾摩斯才再一次談起了這件事情。這時他已經點上煙斗，還把穿着拖鞋的雙腳伸到了歡騰的爐火跟前。突然之間，他看了看自己的懷錶。

「事情就要起變化了，華生。」

「甚麼時候？」

「馬上，幾分鐘之內。你肯定覺得我剛才對斯坦利·霍普金斯很不厚道，對吧？」

「我相信你的判斷力。」

「答得好，華生。這事情你得這麼看：我掌握的情況只屬於我個人，他掌握的情況卻屬於官方。我擁有自行其是的權利，他卻不具備這個條件。他必須把自己掌握的全部情況公之於眾，要不就對不起自己的職守。這件案子尚無定論，我不想把他擺到一個如此艱難的位置，所以我只能把我知道的情況扣在手裏，等我自個兒想明白之後再說。」

「甚麼時候想明白呢？」

「時候已經到了。你等着看好了，這一場非同尋常的小小戲劇馬上就要演到最後一幕。」

樓梯上傳來了腳步聲，房門開了，踏進門來的是一個身材非常高的小伙子，儀表比以往的任何一個訪客都更有男子氣概。他擁有金色的髭鬚和藍色的眼睛，皮膚被熱帶地方的太陽曬得黝黑，輕快的腳步表明他魁梧的身軀十分

敏捷，不只是強壯而已。帶上房門之後，他緊握雙拳站在那裏，胸膛起伏不停，竭力控制着翻江倒海的情緒。

「坐吧，克羅克船長。你收到我的電報了嗎？」

我們的客人頹然坐進一把扶手椅，來回地打量着我倆，目光驚疑不定。

「我收到了你的電報，也趕在你吩咐的時間來了。我聽說，你還到我們公司去過。既然我過不了你這關，你不妨把最糟糕的事情說來聽聽。你打算拿我怎麼辦？逮捕我嗎？說吧，伙計！你可別乾坐着不說話，跟我玩甚麼貓捉老鼠的遊戲。」

「給他一支雪茄，」福爾摩斯說道。「抽吧，克羅克船長，千萬得控制住自己的情緒。我坐在這兒跟你一起抽煙，說明我沒把你和那些普普通通的罪犯等量齊觀，這一點你完全可以放心。跟我說實話吧，我們興許可以幫你的忙。你要敢跟我耍花樣，我就會讓你翻不了身。」

「你想讓我做甚麼呢？」

「昨天夜裏，福田宅邸到底發生了甚麼事情，你得原原本本地告訴我，注意，我說的是**原原本本**，不能添油加醋，也不能偷工減料。我已經掌握了很多情況，只要你有半句假話，我就會走到窗邊去吹響這隻警笛，接下來的事情嘛，我可就管不着了。」

水手想了一會兒，然後就用黧黑的大手猛拍了一下自己的大腿。

「那我就賭一賭吧，」他嚷了一聲。「我這就把所有的事情告訴你，因為我相信你說話算話，是一個真正

的白人。首先我想説一句,我自個兒一點兒也不後悔、一點兒也不害怕,這事情我樂意再幹一次,心裏還會覺得自豪。該死的畜生,哪怕他跟貓一樣有九條命,那也得通通交代在我的手裏!我只是擔心這位女士,我説的是瑪麗,瑪麗・弗雷澤,因為我死也不會用那個該死的姓氏來稱呼她。只要能為她那張可愛的臉龐增添一抹笑容,叫我賠上性命我都願意,可是,這一回我卻讓她惹上了麻煩。就是因為想到了這一點,我才覺得心慌意亂。可是——可是——我還能怎麼辦呢?兩位,我這就把我的事情説出來,然後呢,既然大家都是男人,我倒想問問你們,我還能怎麼辦。

「要把事情説清楚,我得稍微往前捋一捋。你好像甚麼都知道,想必也知道我跟她是在『直布羅陀巨岩號』認識的,我當時是船上的大副,她則是船上的旅客。第一天見到她,她就成了我心目中唯一的女人。航程之中,我對她的愛意與日俱增,不知道有多少次,我在黑漆漆的夜班時分跪下去親吻船上的甲板、親吻她嬌美的雙腳曾經踏過的地方。她從來不曾給我任何許諾,也不曾給我甚麼特殊的恩遇。這事情沒甚麼好抱怨的,因為我這邊固然是癡心一片,她那邊卻只當我是好伙伴和好朋友。我倆分別的時候,她依然是一個自由的女人,可我卻再也不是一個自由的男人。

「再一次從海上回來的時候,我聽説她已經結了婚。當然嘍,她既然找到了喜歡的人,幹嗎不能結婚呢?還有誰比她更應該得到頭銜和財富呢?她生來就應該擁有一切

美好精緻的東西。我並不為她結婚的事情感到痛心，因為我還沒有自私到那種程度。我只是替她慶幸，慶幸她交上了好運，沒有委身於一個一文不名的水手。對瑪麗·弗雷澤，我就有這麼癡心。

「呃，我本以為我再也不會見到她，可我在上一次航程之後升了職，新船又一時之間下不了水，所以我只好跟我的船員一起在希登訥姆等了兩個月。有一天，我在鄉間小路上碰見了她的老女僕特蕾莎·賴特，特蕾莎跟我說起了她，說起了她丈夫，還說起了他倆之間的種種事情。不怕告訴你們，兩位，當時我氣得都要瘋了。那個下流的酒鬼連給她舔鞋子都不配，居然敢動手打她！我又跟特蕾莎見了次面，之後還見到了她本人。見了兩次之後，她不願意再和我見面了。不過，後來我得到通知，啟航的日子定在了一週之內，於是決定臨走之前再跟她見個面。特蕾莎一直都和我交情不錯，因為她非常愛瑪麗，同時也非常憎恨那個惡棍，心情跟我差不了多少。我從特蕾莎那裏打聽到了那家人的生活習慣，打聽到瑪麗通常會在樓下她自個兒的小房間裏看書，一直看到深夜。昨天夜裏，我偷偷摸摸到宅子跟前，敲了敲那個房間的窗子。一開始她不肯開窗，可我知道她心裏已經有了我，一定不會看着我在霜夜裏受凍。後來呢，她低聲叫我繞到屋子正面的落地窗跟前，又替我打開窗子，我就從那裏走進了餐廳。這麼着，我又一次聽她親口說起了那些讓我血脈賁張的事情，又一次開始詛咒那個虐待我心上人的畜生。然後呢，兩位，老天作證，我和她只是清清白白地站在窗子邊上，她丈夫卻

像個瘋子似的衝進了房間，嘴裏是男人用在女人身上的最污穢的言語，手裏的手杖也掄到了她的臉上。這時我已經抄起了撥火棍，於是就跟他來了一場公平決鬥。他一上來就打中了我，你們瞧，我這隻胳膊上還有傷痕呢。接下來該我打了，我一棍子結果了他，就跟他是只個爛南瓜似的。你們説説看，當時我覺得內疚嗎？沒那回事！不是他死就是我死，我死還沒甚麼，更要命的是，他不死瑪麗就得死，我怎麼能把她扔給那個瘋子呢？這就是我殺死他的經過。我這麼做有甚麼錯嗎？這麼説吧，換成是你們兩位的話，你們又會怎麼做呢？

「他打瑪麗的時候，瑪麗尖叫了一聲，老特蕾莎聽到聲音就下了樓。餐具櫃上有一瓶酒，於是我打開瓶子，給瑪麗灌了點兒酒，因為她已經嚇得半死不活了。然後呢，我自己也喝了一點兒。特蕾莎一點兒也不慌張，整個故事都是她和我一起編出來的。我們必須把這件事情偽裝成一起搶劫殺人案，這麼着，特蕾莎不停地向女主人重覆我倆編好的説辭，我則跳上爐台，割斷鈴繩，把瑪麗綁到椅子上，然後又在繩頭上弄出自然磨損的痕跡，免得別人心裏嘀咕，強盜為甚麼要跳到上面去割繩子。接下來，我拿上幾件銀質的盤盤罐罐，做足搶劫的假象，然後就跟她倆道別，叮囑她倆一刻鐘之後再去報警。我把銀器扔進池塘，趕緊往希登訥姆那邊跑，心裏的感覺是我活了一輩子，就這個晚上算是做了一點兒好事。好了，福爾摩斯先生，就算要攤上一根絞索，總之我已經説出了事情的真相，而且是全部的真相。」

福爾摩斯抽了一陣悶煙，然後就走上前去，跟我們的客人握了握手。

　　「你說的跟我想的一樣，」他說道。「我知道你每一句話都是真的，因為你每一句話都在我的意料之中。除了雜技演員和水手之外，誰也沒法借着那個托架夠到鈴繩，與此同時，只有水手才會打椅子上的那種繩結。這位女士只有過一次接觸水手的機會，那就是她來英國的那次航程，然後呢，她竭力保護這名水手，說明她愛上了他，進而說明他的社會地位跟她自己大致相當。你瞧見了吧，對我來說，找到正確的方向之後，抓到你是件多麼容易的事情。」

　　「我還以為警方永遠也看不穿我們的計謀呢。」

　　「警方確實沒有看穿，要我說，他們將來也不會看穿。好了，聽着，克羅克船長，這是件非常嚴重的事情，當然我絕不否認，你動手是因為一種最讓男人無法忍受的義憤。照我看，既然你的行動是為了保護自己的生命，無罪判決也不是不可能的事情。不過，這得由英國的陪審團來決定。與此同時，我個人非常同情你的遭遇，只要你能在接下來的二十四小時之內遠走高飛，我保證不會有人攔着你。」

　　「我走了之後，事情就會整個兒暴露出來嗎？」

　　「當然會暴露出來。」

　　水手氣得滿臉通紅。

　　「你竟然提出這種建議，當我不是男人嗎？我多少也懂點兒法律，知道瑪麗肯定會被當成同謀抓起來。你難道認為我會偷偷溜走、讓她一個人承擔後果嗎？不會的，先

生。他們盡可以用最嚴厲的刑罰來對付我，不過，福爾摩斯先生，看在老天爺份上，你一定得想想辦法，別讓他們把我可憐的瑪麗送上法庭。」

福爾摩斯再一次把手伸到了水手面前。

「剛才我只是想敲打你一下，而你次次都是那麼響當當。好啦，我攬到自己身上的是一份巨大的責任，可我已經給了霍普金斯一個絕佳的提示，他要是不懂得利用的話，那我也愛莫能助。聽着，克羅克船長，咱們還是得一絲不苟地走完法律的程序。你是被告。華生，你代表英國的陪審團，因為你特別適合充任這個角色，我再沒見過比你更合適的人。我來當主審的法官。好了，尊敬的陪審員，你們已經聽到了所有的證詞，按你們的意見，被告的罪名是否成立？」

「不成立，法官大人，」我說道。

「民眾之聲即是上帝之聲 *。我宣佈你無罪開釋，克羅克船長。只要執法機構沒有讓別人來代你受過，我就不會去找你的麻煩。一年之後，你就可以回到這位女士身邊，與此同時，但願你的未來和她的未來都不會辜負我倆今夜的判決。」

---

* 　原文為拉丁文，出處不詳。公元八世紀的英格蘭學者阿爾昆 (Alcuin, 735 ？ – 804) 曾經在給查理曼大帝 (Charlemagne, 742 ？ – 814) 的信中寫道：「那些成天高喊『民眾之聲即是上帝之聲』的人並不值得相信，因為民眾的騷動總是與瘋狂相去無幾。」

第二塊血跡

　　寫完《福田宅邸》之後，我本來打算就此封筆，不再向公眾介紹我朋友歇洛克·福爾摩斯先生的輝煌成就。我這個決定並不是因為缺乏素材，我的筆記裏還有千百件我從未提及的案子，也不是因為讀者諸君已經興味索然、不再關注這位非凡人物的卓犖個性和獨特方法，真正的原因在於，福爾摩斯先生已經明確表示，不希望我繼續發表他的事跡。當他還在從事實際的偵探工作的時候，關於他成功案例的報道可以帶給他一些實際的益處，可是，如今他已經毅然決然地離開倫敦，遁入薩塞克斯丘陵 *，以研究工作和蜜蜂養殖自娛，此種情形之下，他自然對無謂的聲名深惡痛絕，並且不由分說地要求我尊重他對這件事情的看法，不能有任何違拗。不過，我還是向他提出抗議，告訴他我已經承諾讀者，一俟時機成熟就會發表「第二塊血跡案」†，同時又向他指出，在他應邀偵辦的所有國際性案件當中，這件案子最為重大，十分適合成為這個漫長系列的收山之作。這樣一來，我最終徵得了他的同意，可以將經過慎重修飾的案情記述呈現在公眾面前。故事

---

* 　這篇故事首次發表於 1904 年 12 月；薩塞克斯丘陵 (Sussex Downs) 為南部丘陵 (South Downs) 的一部分，指英格蘭東南近海薩塞克斯地區的一長列白堊丘陵。

† 　可參看《海軍協定》開篇關於此案的記述。

之中若有含混模糊之處，實在也是不得不然，相信公眾可以諒解。

我不能透露具體的年份，甚至是具體的年代，因此我只能說，某個年代的某一年，秋天裏的某個週二上午，兩位聞名全歐的客人大駕光臨，踏進了我倆位於貝克街的區區寒舍。其中之一神情嚴峻、高鼻鷹眼、威儀赫赫，正是兩度擔任本國首相的貝林格勳爵，另一位則是本國最有前途的政治新星、歐洲事務大臣*特瑞洛尼·霍普閣下，只見他膚色黝黑、輪廓分明、氣度雍容，人雖然未到中年，體格和心智卻已經臻於完美。他們肩並肩地坐進了我們那把堆滿報紙的靠背長椅，兩張憔悴焦灼的臉龐明白無誤地告訴我們，他們屈駕來訪，一定是為了某種至關重要的事情。首相用青筋暴露的枯瘦雙手緊緊抓着雨傘的象牙柄，來回打量着我和福爾摩斯，瘦削的臉上陰雲密佈。歐洲事務大臣則慌慌張張地捋了捋自己的鬍鬚，然後就開始翻來覆去地擺弄穿在錶鏈上的圖章。

「福爾摩斯先生，今天早上八點鐘，我發現文件不見了，之後就立刻通知了首相。我們上門拜訪，正是首相的提議。」

「你們通知警方了嗎？」

「沒有，先生，」首相說道，用的正是他那種名聞遐邇的果決口吻。「我們沒有這麼做，也不可能這麼做。長遠看來，通知警方無異於通知公眾，而這正是我們竭力想要避免的事情。」

---

* 這個職務出於作者虛構。

「為甚麼呢，先生？」

「因為這份文件關涉極其重大，一旦公之於眾，很容易引起——甚至可以說，十之八九會引起——極其嚴重的全歐爭端。不誇張地說，戰爭與和平就取決於這件事情的結果。如果我們不能通過極其隱秘的方式找回文件的話，那就跟找不回來沒有甚麼兩樣，因為那些人偷竊文件的唯一目的就是讓大眾知曉文件的內容。」

「我明白了。好了，特瑞洛尼·霍普先生，勞您大駕，給我講講文件失竊的詳細情形吧。」

「幾句話就可以講完，福爾摩斯先生。六天之前，我們收到了這封信，是這樣，我們說的文件其實是一位外國君主寫來的信。這封信十分重要，我不敢把它留在辦公室的保險箱裏，每天晚上都會把它裝進公文箱，鎖上箱子，然後帶回我在白廳巷 * 的住宅，放到我的臥室裏面。昨天晚上文件還在，這一點我完全肯定。換衣服準備去吃晚飯的時候，我曾經打開公文箱來看過，文件確實是在裏面。今天早上，文件卻不見了。公文箱整夜都在我臥室梳妝台的鏡子旁邊，與此同時，我妻子和我都是睡覺很輕的人。我倆都可以發誓，夜裏絕不會有人進過臥室。可是，我還得重覆一遍，文件確實是不見了。」

「您是甚麼時間去吃晚飯的呢？」

「七點半。」

---

* 白廳巷 (Whitehall Terrace) 是作者虛構的地名，意圖應該是表明此人的住所離英國政府所在的白廳路 (Whitehall) 很近，由此也就離後文中的西敏寺不遠。

「就寢之前，您在臥室外面待了多久？」

「我妻子看戲去了，我一直在等她回來。十一點半的時候，我倆才一起回房就寢。」

「如此說來，公文箱有四個小時沒人看守，對吧？」

「可以進臥室的只有三個僕人，上房女僕早上可以進去，其他時間只有我的貼身男僕和我妻子的貼身女僕可以進去，他們兩個都在我家裏待了相當長的時間，品行十分可靠。除此之外，他們都不可能知道，公文箱裏還放着比部裏的日常公文更有價值的東西。」

「那麼，知道這封信在箱子裏的又有誰呢？」

「我屋裏的人都不知道。」

「您的妻子總應該知道吧？」

「她不知道，先生。今早上發現文件失竊之前，我甚麼也沒跟她說。」

首相讚許地點了點頭。

「先生，我一向知道你十分重視自己的公共職責，」他說道。「毫無疑問，手握如此重大的秘密，再親密的家庭關係也得服從公共職責的需要。」

歐洲事務大臣微微鞠了一躬。

「您說的正是我的實際行動，先生。直到今天早上為止，這件事我一個字也沒告訴我的妻子。」

「她有沒有可能猜到呢？」

「不可能，福爾摩斯先生，她不可能猜到，其他人也不可能。」

「以前您丟過文件嗎？」

「沒有，先生。」

「那麼，全英格蘭範圍之內，究竟有哪些人知道這封信的存在呢？」

「所有的內閣成員昨天都聽說了這封信的事情，不過，每一次的內閣會議都受到保密誓言的約束，這一次的會議還加上了首相本人的鄭重叮囑。天哪，想想吧，剛開完會不過幾個小時，我自個兒就把文件給弄丟了！」說到這裏，他英俊的面容在絕望之中扭作一團，雙手也開始拉扯自己的頭髮。電光石火之間，我們瞥見了這個人熱情衝動、極度敏感的真實天性。不過，他那種貴族式的淡漠面具瞬間恢復，溫和節制的嗓音也回到了我們的耳邊。「除了內閣成員之外，我部裏還有兩三名官員知道這封信的事情。我可以跟您保證，福爾摩斯先生，知道這件事情的人，全英格蘭就只有這些。」

「外國呢？」

「我認為，除了寫信的人自己之外，外國也沒有人見過這封信。我完全肯定，寫信的人手下的那些大臣——這麼說吧，發這封信的時候，寫信的人並沒有使用正常的官方渠道。」

福爾摩斯沉吟了一小會兒。

「好吧，先生，眼下我必須請您說得具體一點兒。這份文件到底是甚麼內容，文件失蹤的後果為甚麼會如此嚴重呢？」

兩位政治家飛快地交換了一下眼神，首相的兩道濃眉漸漸地擰在了一起。

「福爾摩斯先生，這封信裝在一個狹長的信封裏，信封是淡藍色的，上面有紅色的蠟封，蠟封的圖案是一頭蹲伏的獅子。信封上的字跡又粗又大，收信人寫的是——」

「先生，」福爾摩斯説道，「您説的這些細節非常有趣，事實上還非常重要，可我不得不告訴您，我的調查必須觸及那些更為核心的細節。信裏**究竟**寫了甚麼？」

「這是極其重大的國家機密，恐怕我不能讓您知道，再者説，我覺得您並沒有必要知道。如果您確實擁有傳聞之中的那些本領，能夠把我説的這個信封連同信封裏的東西一起找回來，那您就為自己的國家作出了巨大的貢獻，我們也絕不會吝惜能力範圍之內的任何獎賞。」

歇洛克·福爾摩斯微笑着站了起來。

「你們是我國最為繁忙的兩個人，」他説道，「我這個人雖然説微不足道，事情倒也相當不少。非常抱歉，這事情我幫不了你們，再談下去嘛，也不過是浪費時間而已。」

首相一下子跳了起來，深陷的眼睛裏閃出了咄咄逼人的光芒，這樣的光芒總是能讓他的全體閣員俯首稱臣。「我還真是很少聽見，先生，」他開口説了半句，但卻立刻控制住自己的怒氣，坐回了原來的位置。接下來一分多鐘的時間裏，所有人都默不作聲地坐在原地，這之後，年邁的政治家聳了聳肩膀。

「我們只能接受您的條件，福爾摩斯先生。毫無疑問，您的意見是對的，如果不能對您推心置腹的話，我們也就沒理由要求您採取行動。」

「我贊同您的意見，先生，」年輕的政治家說道。

「好吧，我這就告訴您，而我這麼做，完全是因為我信任您和您同事華生醫生的人品。與此同時，我也寄希望於兩位的愛國主義精神，因為事情一旦洩露，我們的國家就會面臨我所能想像的最嚴重的災難。」

「我們絕不會辜負您的信任。」

「那好，這封信來自某位外國君主，此人對我國在殖民地事務方面取得的一些新成就感到忿忿不平。信寫得相當草率，完全是他個人的意見。根據我們的調查，他那些大臣對此事一無所知。與此同時，這封信的措辭十分令人遺憾，個別語句更是具有極大的煽動性，一旦公之於眾，必然會在我國挑起一種極端危險的情緒，進而引發巨大的騷動。因此我可以毫不含糊地告訴您，先生，這封信一旦洩露，用不了一個星期，我國就會捲入一場大規模的戰爭。」

福爾摩斯在一張紙片上寫了個名字，把紙片遞到了首相眼前。

「沒錯，寫信的就是他。很有可能，這封信會讓我國付出十億鎊的金錢和十萬人的生命，眼下呢，不翼而飛的恰恰是這封信。*」

「您通知寫信的人了嗎？」

---

* 多年以來，這個故事引起了很多猜測，流行的說法之一是這個故事發生在 1894 年，「貝林格勳爵」影射當時的英國首相格萊斯頓 (William Ewart Gladstone, 1864 至 1894 年間四任英國首相)，「某位外國君主」則影射德國皇帝威廉二世 (Wilhelm II, 1888–1918 年在位)。不過，以發表年代 (1904 年底) 而論，這個故事反映的是一戰之前的歐洲局勢和恐慌情緒。

「是的，先生，我們已經給他發了一封密電。」

「興許就是他想讓這封信公之於眾吧。」

「不會的，先生，我們有充分的理由相信，他已經認識到自己頭腦發熱、舉措失宜。這封信洩露出去的話，他和他的國家所受的打擊會比我們還要慘重。」

「既然如此，究竟有誰能從洩密事件當中得到好處呢？為甚麼會有人想偷這封信，想把它公之於眾呢？」

「這個問題嘛，福爾摩斯先生，自然牽涉到國際交往之中的高層政治。不過，您只需要看一看目前的歐洲局勢，偷信的動機就可以說是一目瞭然。整個歐洲已經變成了一座武裝營壘，眼下又分成了兩個勢均力敵的軍事聯盟，大英帝國則扮演着居間權衡的角色。一旦英國被迫跟其中一個聯盟開戰，另一個聯盟不論參戰與否，都可以取得歐洲大陸的霸權。您聽明白了嗎？」

「非常明白。如此說來，想要竊取並公開這封信的就是這位君主的敵人，目的是挑起他的國家和我國之間的爭端，對吧？」

「是的，先生。」

「那麼，敵人拿到這封信之後，會把它交給誰呢？」

「交給歐洲大陸任何一個強國的政府。此時此刻，這封信很有可能已經上了汽船，正在以最快的速度奔向海峽對岸。」

特瑞洛尼·霍普先生垂下頭去，禁不住大聲地呻吟起來。首相和藹地拍了拍他的肩膀。

「這只是你運氣不好，親愛的伙計。沒人能說你甚

麼，因為你已經盡了最大的努力來防止這樣的事情。好了，福爾摩斯先生，我已經把所有的事情告訴了您。按您看，我們應該採取甚麼樣的對策呢？

福爾摩斯悲哀地搖了搖頭。

「先生，按您的看法，文件找不回來的結果就是戰爭，對嗎？」

「按我的看法，十之八九就是戰爭。」

「那麼，先生，備戰吧。」

「您這話可太無情了，福爾摩斯先生。」

「想想以下這些事實吧，先生。文件絕不可能是夜裏十一點半之後丟的，因為霍普先生說了，從那個時間開始，到他發現文件丟失為止，他和他妻子一直都在房裏。如此說來，文件是在昨晚七點半到十一點半之間失竊的，失竊的時間多半更靠近前一個時刻，因為偷文件的人顯然是知道文件在那個公文箱裏，按常理說肯定會盡早下手。好了，先生，這麼重要的一份文件既然是在那個時間失竊的，眼下會在哪裏呢？任何人也不會有任何理由讓它在自己手裏逗留，肯定會迅速地把它交給那些用得着它的人。不要說截下它，就說查到它的去向，咱們能有多大的希望呢？它已經不在咱們的控制範圍之內了。」

首相從長椅上站了起來。

「您說得很有道理，福爾摩斯先生。現在我也覺得，局面確實是脫離了咱們的控制範圍。」

「為了便於分析，咱們不妨這麼假設，文件是貼身女僕或者男僕偷的——」

「他倆都是忠誠可靠的老僕。」

「我估計您的臥室是在三樓，從外面爬不上去，從屋裏的樓梯上去的話，肯定也會被人瞧見。這樣看來，偷文件的一定是您屋裏的人。接下來，竊賊會把文件交給誰呢？肯定是交給某個國際間諜或者特工，這樣的人有那麼幾個，他們的名字我也算是略有所聞。在這些人當中，稱得上行中翹楚的一共有三個，我的第一步打算是出去轉轉，看看他們三個在不在自己的老窩裏。要是有哪個失了蹤，尤其是從昨天晚上開始失蹤的話，文件的去向就有點兒眉目了。」

「他幹嗎要失蹤呢？」歐洲事務大臣問道。「他可以把信拿到倫敦的某個使館去，這也是可能的吧。」

「我看這不可能。這些間諜獨立開展工作，跟使館之間的關係通常都是很僵的。」

首相點頭表示贊同。

「我認為您説得對，福爾摩斯先生。拿到了如此寶貴的一份戰利品，他肯定會親手交回總部。按我看，您選擇的路子完全正確。對了，霍普，咱們還有其他的職責，可不能光顧着應付這場災難。今天如果有甚麼新情況的話，我們會跟您聯繫，您的調查要是有了甚麼進展，也請您務必通知我們。」

兩位政治家衝我倆欠身道別，神色嚴峻地走出了房間。

兩位貴客走了之後，福爾摩斯默不作聲地點起煙斗，坐在那裏沉思了一陣。我打開當天的晨報，正在津津有味地閱讀昨夜發生在倫敦的一起聳人聽聞的罪案，我朋友突

然高叫一聲，跳將起來，把煙斗擱在了壁爐台上。

「就這麼着吧，」他說道，「更好的辦法也沒有了。形勢固然十分危急，但還不能說是全無指望。即便到了現在，只要咱們能查出是哪個間諜拿到了文件，仍然有可能發現文件尚未轉手。說來說去，這些傢伙的事情都可以用錢來解決，我的靠山可是英國的國庫呢。如果文件流到了市面上，那我就把它買下來，就算以後每一鎊的收入要多交一便士的所得稅也無所謂。那傢伙有可能會把文件扣在手裏，先看看這邊能出多高的價錢，然後再到那邊去碰運氣。只有我剛才說的那三個傢伙有膽子做這麼大的買賣，一個是奧伯斯坦，一個是拉赫梯爾，還有一個是埃杜瓦多·盧卡斯。我得挨個兒去見見他們。」

我趕緊瞥了一眼手裏的晨報。

「你說的是高道芬街的那個埃杜瓦多·盧卡斯嗎？」

「是啊。」

「你見不着他了。」

「為甚麼見不着？」

「昨天夜裏，他在自個兒的家裏遭到了謀殺。」

在我倆的冒險生涯當中，我朋友很讓我受了一些驚嚇，眼下我看到他被我結結實實地嚇了一跳，心裏不免頗為自得。他目瞪口呆地站了片刻，然後就一把抓去了我手裏的報紙。他從椅子上跳起來的時候，我正在讀的就是以下這篇報道：

西敏寺兇案

　　昨日夜間，高道芬街 16 號發生離奇罪案。此街道

地處泰晤士河與西敏寺之間，毗鄰議會大廈，幾與大廈塔樓陰影相接＊。街道兩側均為古樸幽僻之十八世紀房屋，16 號亦復如此。埃杜瓦多‧盧卡斯先生於此小巧精舍寓居有年，其人風度翩翩，國中頂尖業餘男高音之譽亦非虛傳，以此向為社交圈中著名人物。盧卡斯先生現年三十四歲，尚未婚娶，家中但有老管家普林格爾太太及貼身男僕米頓。管家向來早早安寢，臥室位於寓所頂樓，男僕昨晚亦已前往漢默史密斯街區訪友，以故十時之後，盧卡斯先生即是獨處房中。此後之事迄未查明，唯警員巴雷特於十一時三刻路經高道芬街，因見 16 號屋門半掩，遂往叩門問訊。屋中未有應答，前廳復有燈光，警員遂走入過道，再度叩門。此時亦無應答，警員乃推門入室，則見滿室狼藉，傢具悉數移位，集於房間一側，房間中央更有仰天翻倒之椅子一把。不幸屋主橫屍椅邊，一手依然堅執椅腿。渠既心臟中刀，想係立時喪命。室中一壁陳設多種東方武器，兇器即自壁間摘來，為印度所產之弧形短刀一柄。貴重物品皆無移動跡象，兇案動機似非劫財。埃杜瓦多‧盧卡斯先生聲名如此煊赫，又得眾人如許喜愛，此次離奇慘禍必將引發各界友人之痛切關注及深摯同情。

＊　高道芬街是作者的虛構。西敏寺 (Westminster Abbey) 為英國歷史悠久的著名教堂，英國君主加冕禮舉行地點，位於倫敦市中心，東臨泰晤士河。議會大廈 (Houses of Parliament) 在西敏寺東側，緊鄰泰晤士河，為英國議會上下兩院的集會地點。

「呃，華生，這事情你怎麼看呢？」沉默良久之後，福爾摩斯問道。

「這是個驚人的巧合。」

「巧合！咱們剛剛列出了最有可能出演這部戲的三名演員，他也是其中之一，然後呢，他突然橫死家中，時間又剛好跟這部戲的上演時間對得上。這種巧合發生的機率實在是太小，小得沒法用數字表達出來。不對，親愛的華生，這兩件事情有關聯，**必定**有關聯。到底是甚麼關聯，就得靠咱們去查了。」

「既然這樣，警方肯定是甚麼都知道了啊。」

「沒那回事。高道芬街那些擺在眼前的事情，他們可以說是甚麼都知道，白廳巷的事情呢，他們只能說是甚麼都不知道，將來也不會知道。只有**咱們**同時知道這兩件事情，能夠去追查兩者之間的關聯。不管怎麼說，盧卡斯身上本來就有一個明顯的疑點，因為高道芬街在西敏寺附近，走路到白廳巷只需要幾分鐘的時間。與此同時，我說的另外兩個間諜都住在西區的最西邊*。由此可知，要想跟歐洲事務大臣屋裏的人搭上關係，或者是收取從他屋裏來的情報，盧卡斯的條件最為便利。這只是一個小小的細節，可是，如果你考慮到一連串的變故都發生在短短幾個鐘頭的時間之內，這一點興許就十分重要了。嘿！來的是誰呢？」

哈德森太太端着托盤走了進來，托盤裏擺的是一位女士的名片。福爾摩斯瞥了一眼名片，眉毛一挑，隨手把名片遞給了我。

---

* 西敏寺大致是在倫敦西區的最東邊。

「請希爾達·特瑞洛尼·霍普夫人移駕上樓吧，」他說道。

片刻之後，倫敦最惹人憐愛的女士踏進門來，我們的寒舍今晨已然蓬蓽生輝，眼下就更是光華滿室。我經常聽人說，貝米尼斯特公爵的小女兒美若天仙，可是，傳聞聽得再多、沒有色彩的相片看得再熟，我終歸無法預料，她那張精鏤細刻的臉龐居然能擁有如此妙不可言的魅力、如此美麗動人的色彩。儘管如此，秋天裏的這個上午，她的臉留給我們的第一印象並不是美麗。她的雙頰秀美迷人，激動的情緒卻讓它蒼白黯淡；她的雙眼熠熠生輝，光亮卻來自如焚的憂心；她的嘴唇敏感多情，此刻卻緊緊地繃了起來，因為她正在強作鎮定。天生麗質的客人停留在門框之中的那個瞬間，率先躍入我們眼簾的事物並不是美，而是恐懼。

「我丈夫來過這兒嗎，福爾摩斯先生？」

「是的，夫人，他來過這兒。」

「福爾摩斯先生，我懇求您，千萬別把我來這兒的事情告訴他。」福爾摩斯冷冷地欠了欠身，指了指一把椅子，示意她坐下。

「夫人您實在讓我非常為難。麻煩您坐下，跟我說說您到底有甚麼要求，不過，恐怕我給不了甚麼無條件的承諾。」

她施施然穿過房間，背對着窗子坐了下來。她可真是個女王一般的人物，個兒高挑、身姿優雅、千嬌百媚。

「福爾摩斯先生，」她說道，戴着白色手套的雙手一

會兒扣在一起，一會兒又各自分開，「我會跟您實話實說，希望能換來您的坦誠。我丈夫跟我無話不談，只有一件事情例外，那就是政治。在這個問題上，他總是守口如瓶，甚麼也不跟我說。好了，我已經知道，昨天晚上，我家裏發生了一件十分不幸的事情。我還知道，有一份文件不見了。可是，因為事情牽涉到政治，我丈夫不肯把全部的實情告訴我。眼下呢，我必須徹底弄清這件事情的意義，這一點至關重要，相信我，真的是至關重要。除了那些搞政治的之外，只有您知道事情的真相。所以我懇求您，福爾摩斯先生，您一定得告訴我，到底發生了甚麼事情、後果又會是甚麼。把全部的真相告訴我吧，福爾摩斯先生。您的沉默無非是為了主顧的利益，這一層您用不着擔心，因為我可以跟您保證，對他來說，最有利的選擇就是完完全全地信任我，只可惜他不明白這一點。失竊的文件到底是甚麼內容呢？」

「夫人，您這個問題我真的不能回答。」

她發出一聲呻吟，用雙手捂住了臉。

「您一定得明白，夫人，我確實不能回答您的問題。作出保守秘密的職業承諾之後，我才了解到了事情的真相，您說說看，連您的丈夫都認為不應該讓您知道，我又怎麼能透露他竭力保守的秘密呢？您不應該提出這樣的問題，要問也只能去問您的丈夫。」

「我問過他了啊，實在沒辦法才來找您的。不過，福爾摩斯先生，用不着透露任何明確的細節，您也可以幫我一個大忙，只需要回答我一個問題就行了。」

「甚麼問題呢，夫人？」

「這次的事情會影響我丈夫的政治前途嗎？」

「呃，夫人，事情如果不能挽回的話，肯定會產生非常嚴重的後果。」

「啊！」她猛吸一口氣，似乎是解開了心裏的謎團。

「還有一個問題，福爾摩斯先生。我丈夫剛剛意識到這場災難的時候，我注意到了他臉上的表情，所以我知道，文件丟失的事情可能會對公眾的利益造成一些可怕的影響。」

「他如果這麼說的話，我自然無法否認。」

「這些影響是甚麼性質呢？」

「無可奉告，夫人，您又一次提出了讓我無法回答的問題。」

「那我就不打擾您了。您雖然不肯把話說得明白一點兒，福爾摩斯先生，可我並沒有抱怨的理由。還有啊，我急着分擔丈夫的煩惱，甚至不惜違背他本人的意願，相信您也不會見怪，覺得我心存歹念。我再次懇求您，別把我上門拜訪的事情說出去。」

走到門口的時候，她回頭看了看我倆，我又一次瞥見了那張美麗卻憔悴的臉龐，那雙驚恐的眼睛，還有那兩片緊繃的嘴唇。轉眼之間，她走出了我倆的視線。

衣裙的窸窣聲音漸漸消逝，隨之而來的是前門砰然關閉的聲音。福爾摩斯微笑着說道，「好了，華生，研究女性可是你的專長啊。這位美麗的女士在玩甚麼把戲呢？她真正的意圖是甚麼呢？」

「她自個兒不是說得很清楚嘛，她這麼焦慮也很正常啊。」

「哼！好好想想她的模樣吧，華生，她的神態、她強自壓抑的激動情緒、她坐立不安的舉止，還有她再三追問的執拗勁頭。注意啊，她可是來自一個不輕易流露感情的階層。」

「她確實是非常激動。」

「同樣值得注意的是，剛才她跟咱們保證，對她丈夫最有利的做法就是讓她了解全部的事情，說這話的時候，她的神情認真得出奇。她這麼說，到底是甚麼意思呢？還有啊，華生，你肯定也留意到了，她刻意坐在了背光的地方，顯然是不想讓咱們看清她的表情。」

「沒錯，房間裏只有那一把椅子是背光的，剛好就讓她給挑上了。」

「話說回來，女人的心思確實莫名其妙。你還記得馬蓋特鎮的那個女人吧，我對她的懷疑也是因為同樣的事情，結果呢，正確的解釋不過是她鼻子上沒有撲粉。這一類的證據跟流沙一樣靠不住，怎麼能用作演繹的基礎呢？她們最平凡瑣碎的舉動可能包含着最為重大的意義，最超常出格的行為倒可能只是因為一支髮夾或者一把捲髮鉗。回頭見，華生。」

「你要出門嗎？」

「是啊，我打算去一趟高道芬街，跟咱們的正規軍朋友一起消磨這個上午。咱們這個問題的答案肯定是在埃杜瓦多‧盧卡斯的身上，當然我不得不承認，眼下我一點兒

也不知道，答案會是甚麼模樣。不等掌握事實就提前作出判斷，這樣的做法最要不得。麻煩你在這兒留守，好心腸的華生老弟，有客人就幫我接待一下。我盡量趕回來跟你一起吃午飯。」

這一天過完，接下來又是一天，再下來還是一天，福爾摩斯一直處於同一種狀態，朋友們管這種狀態叫做沉默寡言，其他人的說法則是乖張陰鬱。他時而跑進跑出，時而一支接一支地抽煙，時而用他的小提琴拉一些支離破碎的曲調，時而冥思苦想，還在各種稀奇古怪的時間大嚼三明治，幾乎不回答我偶或提出的任何問題。我心裏非常明白，他眼下情形不妙，他的調查工作也是一樣。他閉口不談案子的事情，我通過報紙才了解到死因調查的細節，了解到死者的貼身男僕約翰·米頓先是被捕繼而獲釋的經過。死因調查陪審團得出了蓄意謀殺的顯然結論，兇手的身份則依然毫無頭緒，作案的動機也無從尋覓。發生兇案的房間裏擺滿了貴重物品，全部都是原封未動，死者的文件也沒有被人翻動的跡象。警方仔細檢查了那些文件，由此發現死者是一位癡迷於國際政治的觀察家，也是一個不知疲倦的閒話簍子，又是一名卓越不凡的語言專家，還是一個兢兢業業的信件作者，跟好幾個國家的政壇顯貴都有親密的交往。不過，他那些文件雖然把一個個抽屜塞得滿滿當當，裏面卻沒有甚麼聳人聽聞的東西。他的男女關係似乎十分混亂，同時又都是淺嘗輒止。他有很多女性熟人，算得上朋友的卻沒幾個，愛人更是一個也沒有。他的

生活很有規律，舉止也不招人討厭。他的橫死完全是一個謎，這個謎多半還會持續下去。

說到貼身男僕約翰·米頓被捕的事情，這只是因為警方不願意顯得毫無作為，無奈之下才出此下策。不過，他們找不到任何可以指控他的證據。案發當晚他在漢默史密斯街區訪友，擁有無懈可擊的不在場證明。誠然，根據他起身回家的時間來推算，他應該可以在警員發現兇案之前趕到西敏寺附近，可他自己的解釋是他徒步走了一段，所以耽擱了時間，考慮到當晚天氣宜人，他這種解釋顯得相當可信。事實上，他十二點鐘才到家，看到那場飛來慘禍的時候，他表現得極為驚駭。除此之外，他跟主人的關係一向都非常不錯。警方在男僕的箱子裏找到了死者的一些物品，尤其值得注意的是一小盒剃刀。男僕解釋說，這是死者以前送他的禮物，管家也證實了他的說法。米頓已經在盧卡斯那裏幹了三年，奇怪的是，盧卡斯從來不曾帶他去歐洲大陸*。有那麼幾次，盧卡斯在巴黎一口氣待了三個月，其間卻讓米頓留在高道芬街看房子。至於那名管家，案發當晚她甚麼也沒聽見。按她的說法，如果有客人到訪的話，肯定也是主人自己去開的門。

就這樣，根據我從報紙上讀到的情況來判斷，這椿謎案一直持續了三個上午。要說福爾摩斯掌握的情況比我多的話，那他也沒有告訴我。不過，他曾經跟我提起，雷斯垂德督察把案子的詳情告訴了他，由此看來，他可以隨時掌握案子的動向。案發之後的第四天，《每日電訊報》刊

---

* 正常情況下，貼身男僕是跟主人寸步不離的。

載了一篇來自巴黎的冗長專電，整件案子似乎就此水落石出。報道內容如下：

> 據巴黎警方最新發現，埃杜瓦多·盧卡斯先生慘死之謎已得破解。其人遇害乃在本週一晚間，地點則為西敏寺左近之高道芬街。讀者諒可記得，案發當時，警方發現事主於家中遭人刺殺，並將事主之貼身男僕指為疑兇，男僕隨即提交不在場證明，調查無疾而終。巴黎警方昨日接獲僕人舉報，家住奧斯特里茨街某小別墅之女業主已瘋狂。女主號為昂熱·方納依太太，勘驗結果表明，此女確已罹患危害甚大之永久瘋病。警方並已詢知，昂熱·方納依太太週二方自倫敦返回，更有跡象表明，此女與西敏寺罪案不無關涉。相片比對已有確鑿結論，昂熱·方納依先生與業已遇害之埃杜瓦多·盧卡斯實為一人，但因某等情由於倫敦巴黎分飾兩角而已。方納依太太為克里奧爾*族裔，性情極之暴烈，此前即多次由悍妒而入瘋狂。據警方推測，方納依太太此次亦因嫉妒成狂，故而製造此等可怖罪案，致令倫敦全城嘩然。此女週一晚間之行蹤迄未查明，所可確證者，則週二晨間曾有一女現身查林十字車站，不唯相貌與此女相符，更兼儀容狂野、舉止暴悍，頗令旁人側目。以理推之，此不幸女子之瘋狂情狀可為罪行因由，亦可為罪行引發之直接後

---

* 克里奧爾 (Creole) 這個詞在不同時代和不同地區有許多含義，多數是指歐洲白人和美洲等殖民地有色人種的混血兒。此處可能是指法裔有色混血兒。

果。此女目下無法就先前經歷提供任何清晰陳述，據醫生所言，恢復此女神智實屬渺茫之事。另有目擊證人聲稱，週一晚間曾有一女於高道芬街窺視死者房舍達數小時之久，或即方納依太太亦未可知。

「這事情你怎麼看呢，福爾摩斯？」這時候，我已經把報道念給福爾摩斯聽了一遍，而他也剛好吃完了早飯。

「親愛的華生啊，」他一邊說，一邊站起身來，開始在房間裏來回踱步，「你可真沉得住氣。不過，前面這三天我甚麼都沒跟你說，實在也是因為沒東西可說。即便到了現在，來自巴黎的這篇報道依然幫不上咱們的忙。」

「再怎麼說，它也讓這個人的死因有了定論啊。」

「跟咱們的真正使命相比，這個人的死只不過是一次事故、一段微不足道的插曲，咱們要做的事情是找到文件，阻止一場戕害全歐的彌天大禍。前面這三天只發生了一件重要的事情，這件事情就是，甚麼事情也沒有發生。我幾乎每個鐘頭都會收到政府的通報，可以肯定的是，歐洲的任何地方都還沒有出現大事不妙的徵兆。好了，假設這封信已經流了出去的話——不，它**不可能**已經流了出去——可是，沒流出去的話，它會在甚麼地方呢？拿着它的是誰？為甚麼按兵不動？這些問題就像釘錘一樣，敲得我腦袋嗡嗡直響。難道說，盧卡斯死在了信件失蹤的那個晚上，真的只是一種巧合嗎？信到他手裏了嗎？到了的話，他的文件裏為甚麼沒有呢？難不成，是他那個瘋瘋癲癲的妻子把信拿跑了嗎？果真如此的話，信會在巴黎，會在他妻子的房子裏嗎？我怎樣才能搜查他妻子的房子，同

時又不惹起法國警方的疑心呢？親愛的華生啊，就這件案子而言，執法人員對咱們的威脅跟罪犯一樣大。所有的人都在跟咱們作對，事情又實在是極其重大。要是我能夠圓滿結案的話，這件案子無疑會成為我偵探生涯當中的至高榮耀。哈，火線上的最新消息來了！」他匆匆地掃了一眼僕人剛剛送來的便條。「嘿！雷斯垂德似乎有了一點兒有趣的發現。戴上你的帽子，華生，咱們一起去西敏寺那邊蹓躂蹓躂吧。」

這是我第一次來到這件案子的事發現場。眼前是一座又高又窄、沾滿煤煙的房子，看起來跟房子落成的那個世紀一樣刻板莊重、分量十足。雷斯垂德那張牛頭犬一般的面孔出現在了房子的前窗裏面，正在注視我倆。接下來，一名大塊頭警員打開房門，把我倆讓了進去，雷斯垂德非常熱情地跟我倆打了個招呼。我倆走進的房間正是兇案現場，兇案的痕跡卻已經消失殆盡，只有地毯上還殘留着一塊不規則的血跡，看起來十分礙眼。這是一塊小小的粗毛方毯，鋪在寬大房間的中央，周圍是漂亮的老式地板，由一塊塊十分光潔的方形木板拼砌而成。壁爐台上方陳列着一份精美的武器收藏，其中一件藏品還曾經在那個悲慘的夜晚派上了用場。窗子跟前擺着一張華麗的寫字台，房間裏陳設着各式各樣的油畫、毛皮小毯子和簾帷，每個細節都體現着一種奢靡得近於陰柔的品味。

「看到巴黎來的消息了嗎？」雷斯垂德問道。

福爾摩斯點了點頭。

「這一回，咱們的法國朋友似乎搔到了癢處。毫無疑

間，事情就跟他們說的一樣。他妻子敲響了他的房門，要我說，他肯定覺得非常意外，因為他一直都把自己在這邊的生活捂得密不透風。他不能讓她在大街上站着，於是就讓她進了門。她告訴他，她是怎麼查到了他的蹤跡，跟着就開始數落他，越數落越來氣，然後呢，短刀既然近在手邊，結局自然不會太遠。不過，結局肯定不是瞬間來到的，因為這些椅子當時都被掀到了那邊，死者手裏也抓着一把椅子，似乎是想要用它來抵擋攻擊。我們已經把當時的情形弄得一清二楚，就跟親眼看見沒甚麼兩樣。」

福爾摩斯挑起了眉毛。

「那你還叫我來幹甚麼呢？」

「哦，這樣的，我找你是因為另外一件事情，僅僅是一件小之又小的事情，只不過剛好屬於你感興趣的那一類。這件事情很古怪，你知道吧，説是反常也可以。它跟主要的案情沒有任何關係——不可能有關係，表面上反正看不出來。」

「究竟是甚麼事情？」

「是這樣，你知道吧，趕上這種罪案的時候，我們總是非常注意保護現場。房間裏的東西都沒有動過，還有警員在這裏晝夜看守。今天早上，死者已經下葬，調查也結束了，呃，這個房間裏的調查反正是結束了，所以呢，我們決定把房間收拾一下，收拾就收拾到了這塊地毯。你瞧，地毯只是攤在地板上的，並沒有進行固定。中間有那麼一次，我們需要把地毯掀起來，然後呢，我們發現——」

「甚麼呢？你們發現——」

福爾摩斯露出了緊張的神色，顯然是迫不及待。

「呃，我們發現了甚麼，我保證你猜一百年也猜不出來。地毯上的那塊血跡，你瞧見了嗎？看情形，一定有很多血滲到了地毯下面，對吧？」

「毫無疑問。」

「很好，接下來你就該覺得意外了，因為我要說的是，白色的木地板上並沒有跟它對應的血跡。」

「沒有血跡！可那兒肯定得——」

「是得有，你完全可以這麼說。可是，事實明擺着，沒有就是沒有。」

他抓住地毯的一角，把那個角翻了過來，以此證明自己所言不虛。

「可是，地毯背面的血跡跟正面一樣深啊，肯定會在地板上留下印跡的。」

眼看這位名聞遐邇的專家被自己弄得一頭霧水，雷斯垂德喜不自禁，格格地笑了起來。

「好啦，我這就給你揭曉答案。第二塊血跡**確實**存在，只不過不在跟第一塊相對應的位置。自個兒看看吧。」他一邊說，一邊把地毯的另一角掀了起來，果不其然，老式地板的一個白色方格裏印着一大塊深紅的血跡。「你覺得這是怎麼回事呢，福爾摩斯先生？」

「咳，這還不簡單嘛。兩塊血跡本來是對應的，只不過地毯被人轉了一下而已。地毯是方形的，又沒有固定在地板上，轉起來非常容易。」

「地毯被人轉了一下，福爾摩斯先生，警方並不需

要從你這裏知道。這一點非常明顯，因為兩塊血跡完全重合——如果你把它們重起來的話。我想知道的是，轉動地毯的人是誰，為的又是甚麼？」

福爾摩斯的臉繃得緊緊的，顯然是興奮到了心裏發顫的地步。

「聽我說，雷斯垂德，」他說道，「看守房子的一直都是過道裏的那名警員嗎？」

「是的，一直都是他。」

「這樣的話，你不妨聽聽我的建議，好好地盤問他一下。別當着我倆的面，我倆在這兒等你，你帶他去裏屋好了。私下盤問的話，更容易問出實話。你得這麼問他，他怎麼這麼大膽，不但放外人進來，還讓外人自個兒在屋裏待着。別問他有沒有這麼幹，只當他確實是幹了。你得告訴他，你**知道**有人進過這個房間。你要逼問他，還要讓他明白，只有徹底坦白才有可能得到寬恕。去吧，嚴格按我說的去辦！」

「老天作證，只要他知道，我就一定能讓他説出來！」雷斯垂德高喊一聲，一頭衝進了過道。片刻之後，裏屋就傳來了他盛氣凌人的聲音。

「快，華生，快！」福爾摩斯高聲喊道，看樣子是急得發了狂。他已經扯下了那副無精打采的面具，全身上下那些着魔一般的邪乎勁兒一下子抽風似的爆發出來。他一把掀開地毯，緊接着就開始在地板上爬來爬去，挨個兒地扒拉那些方形的木板。他的指甲摳到了其中一塊木板的邊緣，木板往上一翹，跟着就像盒蓋一樣繞着活頁翻了開

來，露出一個黑黢黢的小洞。福爾摩斯迫不及待地把手伸了進去，然後又抽了出來，恨恨地吼了一聲，又是惱怒又是失望。洞裏甚麼也沒有。

「快，華生，快！趕緊讓這兒恢復原樣！」我倆剛剛扣上木板、捵平地毯，過道裏就傳來了雷斯垂德的聲音。他走進房間的時候，看到的是福爾摩斯有氣無力地倚在壁爐台上，一邊無可奈何地耐心等候，一邊竭力掩藏抑制不住的哈欠。

「抱歉讓你等了這麼久，福爾摩斯先生。看得出來，你覺得這些事情無聊得要命。好了，他已經招了，還不錯。進來，麥克弗森，給這兩位先生説説你這種完全不可饒恕的行為。」

大塊頭的警員忸忸怩怩地蹩了進來，紅彤彤的臉上寫滿了悔恨。

「我沒想幹甚麼壞事，先生，真的。昨天傍晚，那位年輕的女士走到了門口。她認錯了房子，所以走到了這兒。然後呢，我倆就聊了起來。成天在這兒值班，確實有點兒寂寞。」

「那麼，接下來怎麼樣呢？」

「她想看看兇案是在甚麼地方發生的，説是在報紙上讀到了這件案子。那是個非常體面的年輕女士，而且很會説話，先生，所以我想，讓她進去瞄一眼也不要緊。看到地毯上的血跡，她一下子就倒在地板上，躺在那裏一動不動，看着跟死了一樣。我跑到後面去弄了點兒水，但卻怎麼也弄不醒她。接下來，我跑到街角的『常春藤』酒館，

從那裏弄了點兒白蘭地。等我回來的時候，那位年輕女士已經醒過來，自個兒走掉了。我敢說，她肯定是覺得非常害臊，不好意思再跟我碰面了。」

「地毯有人動過，這又是怎麼回事呢？」

「呃，先生，我回來的時候，確實看到地毯有點兒皺。您也知道，當時她摔在了地毯上，地毯沒有固定，下面的地板又非常滑溜。後來呢，我就把它給抻平了。」

「有了這個教訓，麥克弗森警員，以後你就應該明白，你是騙不了我的，」雷斯垂德莊嚴宣告。「毫無疑問，你以為你的瀆職行為永遠也不會被人察覺，可我只是掃了一眼那張地毯，立刻就斷定你放了人進來。你運氣不錯，伙計，房間裏沒少甚麼東西，要不然的話，你的麻煩可就大了去了。不好意思，福爾摩斯先生，為這點兒小事情讓你跑了一趟，可我本來以為，你興許會覺得，兩塊血跡對不上的事情很有意思。」

「確實有意思，有意思極了。那個女人只來過一次嗎，警員？」

「是的，先生，只來過一次。」

「知道她是誰嗎？」

「名字我不知道，先生。她是來應徵打字員的，不小心弄錯了門牌號碼。還有，那是個非常討人喜歡的年輕女士，非常斯文，先生。」

「高個子？挺好看的？」

「是的，先生，那位年輕女士個子很高。照我看，您說她長得好看也可以，還有些人沒準兒會說她長得特別好

看。她跟我説，『噢，警官，讓我進去瞧一眼吧！』這麼説吧，她那種口氣特別可愛、特別讓人心軟，所以我就想，讓她伸個腦袋進去瞧一瞧也不要緊。」

「她甚麼打扮呢？」

「挺素淨的，先生，穿的是一件拖到腳面的罩袍。」

「這是甚麼時間的事情？」

「天剛剛開始黑的時候。我拿着白蘭地回來的時候，大家都在掌燈呢。」

「很好，」福爾摩斯説道。「走吧，華生，依我看，其他地方還有更重要的工作在等咱們呢。」

我倆離開屋子的時候，雷斯垂德仍然在前廳裏待着，開門放我倆出去的是那名悔過自新的警員。走到門口台階上的時候，福爾摩斯轉過身去，舉起了一樣東西，警員盯着它看了片刻。

「天哪，先生！」警員大叫一聲，臉上露出了十分驚訝的表情。福爾摩斯把一根手指豎到唇邊，又把手裏的東西揣到懷裏，等我倆走到大街上的時候，他一下子大笑起來。「好極了！」他説道。「走吧，華生老兄，最後一場的幕布已經拉開啦。眼下你儘管放心，接下來不會有甚麼戰爭，特瑞洛尼·霍普閣下的錦繡前程不會有甚麼陰影，那位冒失的君主不會因為冒失受到甚麼懲罰，首相也不會面對甚麼歐洲爭端，還有啊，咱們只需要用上一丁點兒手腕和策略，這件原本可能釀成巨禍的事情就不會讓任何人蒙受哪怕是一丁點兒的損失。」

我心裏充滿了對這位非凡人物的崇敬之情。

「問題你已經解決了！」我叫道。

「不能這麼說，華生。有一些細節跟以前一樣，仍然是不清不楚。不過，咱們已經知道了這麼多，查不出剩下的就只能怪自個兒笨了。咱們這就直接去白廳巷，把這部戲唱到高潮。」

我倆趕到歐洲事務大臣私邸的時候，歇洛克·福爾摩斯通名求見的是希爾達·特瑞洛尼·霍普夫人。僕人把我倆領進了日間起居室。

「福爾摩斯先生！」夫人氣得臉泛桃紅，「您這可真是太沒信用、太沒風度了。我跟您說過，希望您不要洩露我去找您的事情，免得我丈夫覺得我干預他的事情。您呢，竟然跑到我這裏來，讓人知道我跟您有過甚麼業務往來，這不是壞我的名聲嘛。」

「很不巧，夫人，我實在是別無選擇。我受託找回這份極其重要的文件，眼下只能請求夫人您大發慈悲，把文件交到我的手裏。」

夫人猛一下站起身來，美麗的臉龐轉眼變成了一張白紙。她眼色迷茫、身形跟蹌，看上去馬上就要暈倒。接下來，她拿出一股可欽可佩的力量，捱過了這次衝擊，極大的震驚與憤慨佔據了她的臉龐，將其他表情通通掃除乾淨。

「您——您這是人身攻擊，福爾摩斯先生。」

「行啦，行啦，夫人，這一套沒有用。把信交出來吧。」

她衝到了喚人鈴旁邊。

「管家會送你們出去的。」

「別搖鈴，希爾達夫人。您要是搖鈴的話，等於是白費了我遏止醜聞的一片苦心。把信交出來吧，一切問題都可以解決。只要您跟我合作，我就可以把所有的事情安排好。您要是跟我作對的話，我只好拆穿您的把戲。」

她無比桀驚地站在那裏，身姿宛如一位女王，眼睛則死死地盯着福爾摩斯的眼睛，彷彿是想要看穿他的靈魂。她的手已經放在了鈴鐺上，不過，她終歸還是克制住了搖鈴的衝動。

「您這是想嚇唬我。您跑到這兒來嚇唬一個女人，福爾摩斯先生，這可算不上男子漢大丈夫的行徑。您剛才説您知道一些事情，您都知道些甚麼事情呢？」

「麻煩您坐下吧，夫人。不小心摔一跤的話，您就該傷着自個兒啦。您要是不肯坐下，那我就甚麼也不説。謝謝您。」

「我給您五分鐘的時間，福爾摩斯先生。」

「一分鐘就夠了，希爾達夫人。我知道您見過埃杜瓦多·盧卡斯，知道您把這封信給了他，知道您昨天晚上非常機靈地跑回了那個房間，還知道您怎麼把信從地毯下面的藏匿地點拿了出來。」

她直勾勾地盯着他，臉色灰敗，一連咽了兩次口水，這才説出話來。

「您瘋了吧，福爾摩斯先生，您肯定是瘋了！」説到最後，她終於喊叫起來。

他從口袋裏掏出一張小小的卡片，卡片上是一個女人

的頭像，頭像是從一張相片上剪下來的。

「我隨身帶着這樣東西，是因為我覺得它可能會派上用場，」他說道。「那名警察認出了它。」

她吸了一口涼氣，腦袋仰到了椅背上。

「好啦，希爾達夫人。信在您的手裏，事情還可以補救。我並不想給您添甚麼麻煩，我的任務只限於把丟失的信件還給您的丈夫，沒有甚麼別的。希望您接受我的建議，把實情告訴我。這是您唯一的出路。」

她的勇氣着實可嘉，此時依然不肯投降。

「我得再跟您說一遍，福爾摩斯先生，您肯定是產生了某種十分荒唐的幻覺。」

福爾摩斯站了起來。

「我真是替您感到遺憾，希爾達夫人。我對您已經仁至義盡，看樣子都是枉費心機。」

他搖響了鈴鐺，男管家應聲而入。

「特瑞洛尼·霍普先生在家嗎？」

「他十二點三刻回來，先生。」

福爾摩斯看了看自己的錶。

「還差一刻鐘，」他說道。「行啦，我等等好了。」

管家剛剛帶上房門，希爾達夫人就跪在了福爾摩斯的腳邊。她攤開雙手，仰頭看着福爾摩斯，美麗的臉龐沾滿淚水。

「噢，放過我吧，福爾摩斯先生！放過我吧！」她瘋了似的苦苦哀求。「看在老天份上，別告訴他！我實在太愛他了！我不願給他的生活抹上哪怕是一絲陰影，可我知

道，這事情一定會打碎他那顆高貴的心。」

福爾摩斯把夫人扶了起來。「謝天謝地，夫人，臨到這個最後關頭，您終於恢復了理智！咱們一秒鐘也不能耽擱。信在哪兒呢？」

她衝到房間的另一頭，用鑰匙打開一張寫字台，從裏面拿出了一個長條形的藍色信封。

「就在這兒，福爾摩斯先生。老天在上，我要是從來沒看見過它就好了！」

「咱們怎麼把它還回去呢？」福爾摩斯咕噥了一句。「快，快，咱們必須想出個辦法來！公文箱在甚麼地方？」

「這會兒還在他的臥室裏。」

「咱們的運氣可真是好！快，夫人，快把它拿到這兒來！」

片刻工夫，她已經回到了起居室裏，手裏拎着一隻扁扁的紅色箱子。

「上次您是怎麼把它打開的？您有複製的鑰匙？是啊，您當然會有。把它打開！」

希爾達夫人從懷裏掏出了一把小小的鑰匙。公文箱「啪」的一聲彈開了，裏面裝滿了文件。福爾摩斯把藍色的信封深深地塞到那些文件的中央，把它夾在某份文件的兩頁之間。接下來，他合上公文箱，夫人把箱子鎖上，又把箱子送回了臥室。

「好了，他回來也不怕了，」福爾摩斯說道。「咱們還有十分鐘的時間。希爾達夫人，我費了這麼大的力氣來替您打掩護，作為回報，您不妨利用這點兒時間，把這次

離奇事件的始末原原本本地告訴我吧。」

「福爾摩斯先生，我這就把一切都告訴您，」夫人高聲說道。「噢，福爾摩斯先生，我寧願砍掉自己的右手，也不願意帶給他片刻的傷心！全倫敦也沒有哪個女人能像我這樣愛自己的丈夫，可是，要是他知道了我做的事情，應該說是我被迫做的事情，他絕對不會原諒我的。他對自己的要求實在是太過嚴格，因此也絕不會忘記或者原諒別人的失足。幫幫我，福爾摩斯先生！我的幸福，他的幸福，甚至是我倆的性命，全都看您的了！」

「快，夫人，時間不多了！」

「事情的由頭是我寫的一封信，福爾摩斯先生。那封信是我結婚之前寫的，內容不太謹慎，可以說是非常愚蠢，讓愛情衝昏了頭腦的姑娘就是這麼寫信。那封信本來無傷大雅，他卻會覺得它非常可恥。要是讀到了那封信的話，他對我的信任就會蕩然無存。寫信的事情已經過去了好些年，我還以為整件事情都已經煙消雲散了呢。沒想到，我最終還是收到了盧卡斯這個傢伙寫來的信，信裏說我的信到了他的手裏，而他打算把信交給我的丈夫。我懇求他放過我，他回答說，我丈夫的公文箱裏有一份甚麼甚麼樣子的文件，如果我把文件拿給他，他就可以把信還給我。政府裏有他安插的間諜，文件的事情是那個間諜告訴他的。他還信誓旦旦地告訴我，這件事情絕不會連累我的丈夫。您設身處地地替我想想吧，福爾摩斯先生！我還能怎麼辦呢？」

「把事情告訴您的丈夫。」

「不行啊，福爾摩斯先生，不行！這一邊顯然是確定無疑的毀滅，另一邊呢，拿我丈夫的文件雖說也顯得非常可怕，可它終歸是件政治範疇的事情，我並不清楚後果如何，與此同時，關於愛和信任的這件事情，後果我卻是再清楚不過了。我拿了，福爾摩斯先生！我取了鑰匙的模子，盧卡斯這個傢伙幫我複製了一把。我打開丈夫的公文箱，拿走文件，還把文件送到了高道芬街。」

「那邊的情形怎麼樣呢，夫人？」

「我按約定的方法敲了敲門，盧卡斯給我開了門。我跟着他走進了他的房間，沒有把屋門關嚴，因為我害怕跟這個人單獨相處。我還記得，進屋的時候，我看見屋外有個女人。沒一會兒，我倆就做完了交易。他已經提前把我的信擺在了寫字台上，我把文件給他，他就把信給了我。就在這個時候，屋門響了一下，過道裏傳來了腳步聲。盧卡斯飛快地翻開地毯，把文件塞進了地板上一個藏東西的地方，然後又把地毯蓋了回去。

「接下來的事情簡直是一場噩夢，我突然看見了一張瘋瘋癲癲的黝黑面孔，聽見了一個女人的聲音，那聲音用法語高叫，『我可算沒有白等。到頭來，到頭來我終於把你們倆捉了雙！』然後就是一場野蠻的打鬥，我看見他抄起了一把椅子，她拿的則是一把寒光閃閃的刀子。我趕緊逃出那個恐怖的現場，逃離了那座房子，第二天早上才從報紙上看到這件事情的可怕下文。當天晚上我還是挺高興的，因為我拿回了自己的信，那時又不知道後來會發生甚麼事情。

「到了第二天早上，我才明白過來，自己不過是把舊的煩惱換成了新的。我丈夫發現文件丟了，痛苦的樣子真讓我揪心。我差一點兒就當場跪在他的腳下、把我做的事情告訴了他。可是，那樣做的話，我還是得坦白自己的過去。同一天上午，我就去找了您，為的是搞清楚我的過失究竟有多麼嚴重。從我意識到事情的嚴重性之後，我腦子裏就只有一個念頭，那就是設法把我丈夫的文件拿回來。文件肯定還在盧卡斯擱的那個地方，因為在那個可怕的女人闖進房間之前，他已經藏好了文件。要不是那個女人剛好跑來的話，我是絕對不可能知道他藏東西的地方的。怎樣才能走進那個房間呢？我跑到那個地方，接連觀察了兩天，屋門從來都沒有不小心敞着的時候。昨天晚上，我進行了一次最後的嘗試。我做了些甚麼，目的是怎麼達到的，您都已經知道了。我帶着文件回了家，當時還想過把它毀掉，因為我想不出一個兩全的辦法，既能把文件還回去、又不用向我丈夫坦白自己的過失。天哪，我聽到他上樓的聲音了！」

緊接着，歐洲事務大臣萬分激動地衝進了房間。

「有消息嗎，福爾摩斯先生，有消息嗎？」他高聲問道。

「有點兒希望。」

「噢，謝天謝地！」他的臉一下子亮了起來。「首相已經來了，正打算跟我一起吃午飯。您能把您的希望講給他聽聽嗎？他雖然擁有鋼鐵一般的神經，可我確實知道，這件可怕的事情發生之後，他幾乎是沒有合過眼。雅各布

斯，你能下樓去請首相上來嗎？你呢，親愛的，我們要談的事情恐怕會牽扯到政治。你先去餐廳吧，我們過幾分鐘就來找你。」

首相表現得相當克制，不過，看到他閃閃發亮的雙眼，還有他顫抖不已的枯瘦雙手，我立刻知道，他心裏的激動並不亞於他這位年輕的同僚。

「福爾摩斯先生，聽說您帶來了一些消息，對嗎？」

「目前還只有壞消息，」我朋友回答道。「不過，文件可能出現的地方我都已經查過了，而且我可以肯定，眼下並沒有甚麼值得擔憂的險情。」

「這樣是不夠的，福爾摩斯先生。我們可不能坐在這樣的一個火山口上過日子。文件必須得有確切的下落才行。」

「要我說，確切的下落還是有希望找到的，所以我才上這兒來。越是琢磨這件事情，我越是覺得，這封信從來都沒有離開過這座房子。」

「福爾摩斯先生！」

「如果它離開過的話，眼下肯定已經洩露出來了。」

「可是，偷信的人幹嗎要把信藏在原主的家裏呢？」

「我倒不覺得有人偷信。」

「既然如此，信為甚麼會從公文箱裏消失呢？」

「我倒不覺得，信曾經從公文箱裏消失。」

「福爾摩斯先生，您這個玩笑開得可不是時候。我可以跟您保證，信確實從公文箱裏消失了。」

「週二早上之後，您仔細檢查過公文箱嗎？」

「沒檢查過，也沒有這個必要。」

「您一時疏忽沒看到信，這也不是不可能的。」

「要我說就是不可能。」

「我倒不覺得這不可能，同樣的事情以前我也見過。按我看，公文箱裏肯定還裝着別的文件。這麼說吧，信興許是跟別的文件混在了一起。」

「信是擺在最上面的。」

「興許有人晃動過公文箱，信掉到了別的地方。」

「不對，這不可能，當時我把所有的東西都掏了出來。」

「這一點很容易弄明白，霍普，」首相插了一句。「把公文箱拿過來看看就行了。」

歐洲事務大臣搖了搖鈴鐺。

「雅各布斯，去把我的公文箱拿下來。這樣的鬧劇完全是浪費時間，不過，如果您非得這樣才滿意的話，我也就遂您的願。謝謝你，雅各布斯，箱子放這兒就行了。我一直都把箱子的鑰匙穿在錶鏈上，您瞧，文件都在這裏。這是默勞勳爵寫來的信，這是查爾斯·哈迪爵士交來的報告，這是來自貝爾格萊德的備忘錄，這是關於德俄農作物關稅協定的說明，這是從馬德里來的信，這是弗勞爾勳爵寫來的短箋——天哪！這是甚麼？貝林格勳爵！貝林格勳爵！」

首相一把抓過了歐洲事務大臣手裏的藍色信封。

「沒錯，就是它——而且沒有拆過。霍普，我向你表示祝賀。」

「謝謝您！謝謝您！我心裏這塊大石頭可算是落了地。可是，這事情簡直沒法想像——實際上是絕對不可能。福爾摩斯先生，您真是個天才，真是個魔法師！您怎麼知道信在公文箱裏呢？」

「因為我知道，它不在其他的任何地方。」

「我簡直不敢相信自己的眼睛！」他發瘋似的跑到了門口。「我妻子在哪兒呢？我必須馬上告訴她，所有的問題都已經解決了。希爾達！希爾達！」轉眼之間，他的聲音已經到了樓梯上。

首相緊盯着福爾摩斯，雙眼炯炯放光。

「說吧，先生，」他說道。「事情絕不像看起來這麼簡單。信是怎麼回到公文箱裏去的呢？」

福爾摩斯微笑着扭開了臉，躲開了那雙銳利眼睛的咄咄逼視。

「我們也有我們的外交秘密，」說完之後，他拿起自己的帽子，轉身向門口走去。

ISBN 978-0-19-399546-8